TOD EINER HUNDERTJÄHRIGEN

Eva Rossmann, geboren 1962, lebt im Weinviertel/Österreich und auf Sardinien. Verfassungsjuristin, politische Journalistin, ab 1994 freie Autorin, Publizistin, Radio- und TV-Moderatorin. Zahlreiche Sachbücher.
Seit ihrem Krimi *Ausgekocht* auch Köchin in Buchingers Gasthaus *Zur Alten Schule*. Ihre gesellschaftspolitischen Kriminalromane rund um die Wiener Journalistin Mira Valensky und ihre bosnischstämmige Putzfrau und Freundin Vesna Krajner wurden zu Bestsellern und mit zahlreichen Preisen ausgezeichnet. Zuletzt bei Folio erschienen: *Heißzeit 51* (2019), *Vom schönen Schein* (2020) und 2021 das Kochbuch für alle Fälle: *No Stress. Mira kocht* (2021).
www.evarossmann.at

EVA ROSSMANN

TOD EINER HUNDERT-JÄHRIGEN

EIN MIRA-VALENSKY-KRIMI

FOLIO VERLAG

© Umschlagmotive: vorne: mauritius images / Travelstock44 / Alamy / Alamy Stock Photos; hinten: Shutterstock.

Lektorat: Joe Rabl

Grafische Gestaltung: Dall'O & Freunde
Druckvorbereitung: Typoplus, Frangart
Printed in Europe

ISBN 978-3-85256-862-1

www.folioverlag.com

E-Book ISBN 978-3-99037-134-3

[1.]

Ich kann dich nicht sehen!“

„Hörst du mich?“

„Hallo?“

„Jetzt sehe ich dich, aber ich hör nichts!“

„Hallo?“

Lost in Cyberspace. Gestern hat die Videoschaltung noch funktioniert.

„Vielleicht ist Sardinien zu weit weg“, überlegt Vesna.

„Kilometer spielen keine Rolle“, knurre ich meine Freundin an.

„Ach, und warum es geht dann nicht?“

„Vielleicht hat Jana eine schlechte Verbindung.“

„Dann man würde sie schlecht sehen. Wir sehen sie gar nicht, wir hören sie nur.“

„Frau Computerexpertin“, höhne ich.

Vesna lächelt. „Jetzt weiß ich, wie diese große Gereiztheit auf der Welt entsteht.“

„Mira, geh auf den Button mit dem Mikro, einfach anklicken!“ Ein Befehl aus Sardinien. Wer sagt, dass die Welt nicht doch irgendwie verbunden ist. Nur eben nicht restlos.

Ich starre auf den Bildschirm. Leisten mit Symbolen, oben, unten, groß das verschwommene Foto von mir, keine Ahnung, wie es auf die Seite gekommen ist. Meine Freundin tapst ungeduldig auf ein Symbol, das ein Mikrofon darstellen könnte.

„Mein Laptop hat keinen Touchscreen!" Ich fahre genervt mit dem Cursor herum. „Und kannst du mir sagen, warum deine Tochter nicht einfach anruft, wie ganz normale Menschen?"

„Geht doch! Das hab ich jetzt gehört!", kommt es aus dem Laptop.

„Du hörst uns, Jana?", fragt Vesna nach.

„Sieht so aus", knurre ich. „Und frag sie ja nicht, warum wir sie nicht sehen. Ist mir nämlich einfach egal."

„Oben, da sind so Bildschirmzeichen, da musst du draufklicken", kommt es aus dem Laptop.

Bildschirmzeichen. Was für ein Wort. Ich klicke auf ein rechteckiges Symbol.

„Da bist du!", schreit Vesna.

Jana grinst aus dem kleinen Rechteck und hebt den Daumen.

„Das nennt man Internet", kontere ich.

„Jetzt noch einmal draufklicken, dann hast du mich in Groß", sagt Jana.

„Will ich das?"

„Mach schon", drängt Vesna.

Was für ein Fortschritt. Jetzt sehen wir Vesnas Tochter bildschirmfüllend herumruckeln, und uns selbst, Kopf an Kopf, in einem kleinen Fenster.

„Meine Verbindung ist nicht so gut", sagt sie.

„Hab ich mir schon gedacht", antworte ich und sehe meine Freundin triumphierend an.

„Na und?", meint Vesna ungerührt. „Journalistin sein, das kann man auch virtuell. Putzen kann man nicht über das Netz, so etwas bleibt echt." Und an ihre verschwommene Tochter gewendet: „Wo ist Lilli?"

Janas Gesicht verzieht sich auf bizarre Art. Das, was sie sagt, ist nicht verständlich.

„Was ist?", fragt Vesna alarmiert.

„Deiner Enkelin geht's gut, das ist nur das Netz", murmle ich.

Tatsächlich materialisiert sich Janas Gesicht wieder und neben ihrem ein kleines, dunkle Haare, große Augen, eine kleine

Hand, die immer größer wird und offenbar nach dem Bildschirm greift.

Vesna lächelt begeistert. Ich finde Janas Tochter auch entzückend. Trotzdem bin ich immer wieder fasziniert, wie sehr meine sonst so souveräne Freundin wegschmilzt, wenn bloß ein Teilchen von Lilli ihr Bewusstsein streift.

„Wo bist du?", frage ich Jana.

„Im Kent'Annos, in meinem Zimmer in dem Resort. War früher mal ein Kloster, durch die dicken Mauern geht das WLAN leider schlecht."

„Setz dich näher zum Router." Sie soll ja nicht glauben, dass ich mich bei solchen Sachen nicht auskenne.

„Na ja. Besser nicht."

„Was ist?" Vesna schiebt ihren Kopf ganz nahe an den Bildschirm, als könnte sie Jana dann besser sehen. „Alles in Ordnung mit Lilli?"

„Alles bestens mit ihr, sie ist schon ziemlich gut zu Fuß, man muss verdammt aufpassen, dass sie nicht davonläuft. Es geht uns super hier, aber …"

„Was, aber?"

„Tzia Grazia ist gestorben."

„Und wer ist das?" Vesna und ich fragen es gleichzeitig.

„Die Großmutter von Sandro, der hier sozusagen die Geschäfte führt."

Lilli greift wieder nach dem Bildschirm. Verschwommene energische Patschhand.

„Ist sie nicht süß?", seufzt Vesna, „sie will mich berühren!"

„*Tzia* heißt Tante", versuche ich wieder zum Thema zurückzuführen. „Hat sie auch hier gewohnt?"

„Sie sagen zu vielen älteren Frauen *tzia*, selbst wenn sie nicht mit ihnen verwandt sind. Tzia Grazia hat in Birgu gelebt, dem Dorf in der Barbagia, aus dem auch Sandro kommt. Mitten in den Bergen. Es könnte sein, dass es kein natürlicher Tod war."

Vesnas Gesicht strafft sich. So etwas gibt's auch im echten Leben. Vor allem, wenn meine Freundin von der Oma zur

Ermittlerin metamorphosiert. „Das sagt dieser Sandro? Warum? Was ist Todesursache?"

„Nein, Sandro behauptet, es war Herz-Kreislauf-Versagen. Das Übliche eben, wenn jemand stirbt und der Arzt schnell einen Totenschein ausstellt. Stimmt ja auch immer, in gewisser Weise."

„Und warum glaubst du das nicht?", mische ich mich ein.

„Nonna Laurina hat den Verdacht, dass da etwas nicht passt. Auch wenn es so aussehen sollte, als wäre sie friedlich hinübergeschlummert."

„Und was? Lasse es dir nicht aus der Nase ziehen, Tochter. Wer weiß, wie lange das Netz noch funktioniert."

Ich sehe Jana grinsen. „Sie meint, es gibt gewisse Anzeichen für ein traditionelles sardisches Gift. Ich hab die Tote natürlich nicht selbst gesehen, aber …"

„Wie alt war diese Tzia Grazia?"

„Hundertzwei."

Unsere Köpfe schieben sich näher zum Laptop. Kann wohl bloß ein Übertragungsfehler sein. „Hundertzwei?"

„Es gibt gar nicht so wenige in den sardischen Bergen, die über hundert werden, ich hab euch doch davon erzählt. ‚Kent'Annos' heißt auf Sardisch hundert Jahre, und ‚a kent' ànnos' ist ein gängiger Glückwunsch: auf hundert Jahre."

Ich räuspere mich. „Ja, klar. Aber: alles okay mit dir? Gibt es etwas …"

Sie fällt mir ins Wort. „Alles okay. Mit mir. Mit Lilli. Nonna Laurina meint …"

„Und wie alt ist diese Nonna Laurina?", fragt Vesna.

Jana seufzt und versucht ihre Tochter daran zu hindern, auf die Tastatur zu greifen. „Laurina Perra ist hunderteins. Sie ist total hell. Die weiß, was sie sagt."

„Menschen sind nun einmal sterblich", sage ich weise, beinahe feierlich.

„Quatsch", meint Vesna eindeutig in meine Richtung und dann zu Jana: „Wie kommt sie darauf?"

„Sie war ihre beste Freundin. Und sie sagt, das Gesicht von Tzia Grazia war im Tod zu einem schaurigen Grinsen verzogen. Herba Sardonia. Schon mal was vom sardonischen Lächeln gehört? Hat damit zu tun."

Vesna räuspert sich. „Es kann nicht sein, dass sie einfach sehr alt war und gestorben ist und sie hat gelächelt und mit den ganzen Falten hat es etwas verzerrt ausgesehen?"

„Kommt her, dann könnt ihr es selbst herausfinden."

„Wo ist eigentlich Benjamin?", frage ich. „Was sagt er dazu?"

„Vortragsreise in den USA, er holt jetzt eine Menge abgesagter Termine nach."

Vesna verdreht die Augen. Sie ist nicht gut zu sprechen auf den Vater ihrer Enkeltochter. Sie hält den nicht eben öffentlichkeitsscheuen Philosophen Benjamin Koren für einen Schaumschläger. Es gab freilich eine Zeit, als Jana das ähnlich gesehen hat. Doch dann kam die große Aussprache, Benjamin hat sich eindrucksvoll um sie bemüht und sie sind gemeinsam mit Lilli nach Sardinien. Um auszuprobieren, ob sie als Familie leben können. Er hatte vor, in Ruhe an seinem nächsten Buch zu schreiben, und sie …

„Kann es sein, dass dir die Decke auf den Kopf fällt? So schön es in Sardinien ist, du bist keine Hausfrau, die mit Kleinkind auf die Rückkehr ihres Mannes und Helden wartet. Im März in einem Resort im Niemandsland, nicht einmal das Meer ist in der Nähe … Du hast doch erzählt, dieses Kent'Annos ist irgendwo im Landesinneren?", frage ich.

„Mir ist nicht langweilig. Und ich denke mir nichts aus. Nur damit ihr es wisst: Ich kann wunderbar von hier aus arbeiten. Online. Unsere Welt ist vernetzt und so arbeitet auch CHANCE weltweit gegen die Weltklimakrise. Für unsere Organisation kooperieren Menschen aus mehr als hundert Ländern. So funktioniert das heute!"

„Während wir Fossile sind", füge ich trocken an. „Apropos: die helle Nonna Laurina: Lebt sie im Kent'Annos? Ist das eher ein Altersheim als ein Resort für die Schönen und Reichen?"

„Momentan ist es nichts von beidem, sondern vor allem leer. Die wenigsten wollen offenbar im März Urlaub machen, das Kent'Annos ist ja auch bloß so etwas wie die Startbasis für das eigentliche Resort in den Bergen. So etwas dauert. Nonna Laurinas Enkeltochter Elena ist hier. Sie sagt nicht viel, aber sie macht sich offenbar Sorgen. Ihre Oma lebt in der Nähe von Birgu, in Perdasdefogu. Von dort stammt übrigens die langlebigste Familie überhaupt, sie war gleich mehrmals im Buch der Rekorde. Die neun Geschwister Melis waren gemeinsam 837 Jahre alt. Adolfo ist achtundneunzig und arbeitet noch immer in seiner Bar."

„Und man hat sie alle ermorden müssen, damit sie gestorben sind?" Es sollte ein Scherz sein, er ist mir nicht ganz geglückt.

Das Bild verschwimmt.

„Mach was", befiehlt mir Vesna. „Außer dumm reden."

„Ich habe nichts gemacht."

„Eben."

„Hallo? Jetzt sehe ich euch nicht mehr."

„Wir hören dich, Jana, das Bild ist weg."

„Ich höre euch auch. Jedenfalls: Elena ist keine vierzig, sie spricht fließend Deutsch, Italienisch, Englisch, sogar Sardisch, und sie glaubt ihrer Oma."

„Und das Mordmotiv?", will ich wissen.

„Kommt her und findet es heraus. Es ist wunderschön hier. Alles ist grün, alles blüht. Wenn die Sonne scheint, essen wir im Freien. Mam, du willst doch sehen, was Lilli schon alles kann?"

„Du hast Sehnsucht nach mir oder nach Babysitter?"

„Quatsch. Das ist doch das Beste, hier hab ich Zeit für Lilli, das wirklich gute Leben, das …"

Und dann ist auch der Ton weg.

Wir sitzen am großen Esstisch, vor uns noch immer mein Laptop mit dem Standbild der Videoplattform. Ein Piktogramm glücklich kommunizierender Menschen. Alles ganz einfach, über tausende Kilometer, jenseits von Viren – außer sie sind im

Computer. Während Vesna über Jana und ihre wenig gelungenen Beziehungen zu Männern monologisiert – es ist schon erstaunlich, wie sehr sich die meisten Mütter gleichen –, suche ich nach Herba Sardonia und komme auf diverse Produkte aus einer Online-Apotheke: irgendwelche Blattextrakte, getrocknete Pilze „ohne Opium", Angelikawurzeln, „herbal drugs", lese ich, nur dass das auf Englisch Drogen ebenso bedeutet wie Medizin. Oh, ich habe „sardoria" geschrieben. Ich tippe „sardonisches Lächeln":

Das „Sardonische Lachen" ist grimmig und schmerzvoll – ein trotziges Lachen im Angesicht des Todes. Die Römer beschrieben es als „Risus sardonicus". Die Legende besagt, dass es seinen Ursprung in Sardinien hat, wo Sterbenden giftige Kräuter verabreicht wurden, um sie lächelnd ins Jenseits zu bringen. Wie antike Geschichtsschreiber berichten, wurden schwache, ältere Leute, die sich nicht mehr selbst versorgen konnten, mit dieser Pflanze vergiftet und anschließend von einem hohen Felsen gestoßen oder zu Tode geprügelt. Geprägt wurde das „bittere Lachen" aber bereits von den Griechen im 8. Jahrhundert v. Chr. In Homers „Odyssee" lacht Odysseus sardonisch in sich hinein, als er – als Bettler verkleidet – seine Frau mit einem anderen vorfindet. Das soll mit dem in Sardinien heimischen Herba Sardonia zusammenhängen, von dem auch Vergil berichtet. Tatsächlich gibt es neben Strychnin und Wundstarrkrampf Pflanzengifte, die heftige Muskelkontraktionen auslösen und ein solch grimassenhaftes Lachen bewirken können. Während Forscher zuerst davon ausgingen, dass dabei vom Röhrigen Wasserfenchel die Rede war, gehen neuere Studien davon aus, dass es sich dabei um die Safranrebendolde (Oenanthe crocata) handeln muss.

Im Gegensatz zu anderen Pflanzengiften rufen die krampferzeugenden Polyacetylene aus der Safranrebendolde und verwandten Pflanzen keine unangenehmen Geschmacksempfindungen hervor, und die Wurzeln von O. crocata, einer äußerst giftigen Pflanze, haben einen paradoxen süßen und angenehmen Geschmack und Geruch. Beide Pflanzen gehören zur Familie der Doldenblütler (Apiaceae). Zu ihnen gehören viele Gewürz- und Nahrungspflanzen, wie Koriander, Kümmel, Fenchel und Karotte, aber auch einige sehr giftige Pflanzenarten wie Arten des Schierlings.

„Herba Sardonia ist mit dem Schierling verwandt", sage ich zu Vesna und erzähle ihr, was ich sonst noch so gelesen habe. Trotzdem, unwahrscheinlich: Warum sollte eine Hundertzweijährige vergiftet werden? Angeblich haben sich in den Bergen Sardiniens viele alte Bräuche erhalten, aber die Vergiftung der Alten? Stünde ja auch in krassem Gegensatz zu ihrem Stolz auf die vielen Hundertjährigen.

„Wer weiß, was in diesem SardaVit alles drin ist", murmelt Vesna.

„Sarda – was?"

„Hast du sicher in Auslagen von Apotheken gesehen. Tom Marek, der Schauspieler, wirbt dafür. Das Resort, in dem Jana ist, gehört dem gleichen Unternehmer, der SardaVit erzeugt."

„Dieses Mittel, durch das wir angeblich länger leben?"

Vesna lacht. „Genau das. Marek ist Mitte sechzig, seine neue Freundin ist einunddreißig, habe ich gelesen. Er will jetzt in Sardinien von den Hundertjährigen lernen und uralt werden. Ich glaube, er hat nicht mehr viele Rollenangebote, seit sie die Serie eingestellt haben. Wenn du vierzehn Staffeln lang Chefinspektor Franz in ‚Grenzpolizei' warst, dann sehen dich alle so."

„Klingt nach Klatsch aus Herz-Schmerz-Blättern. Seit wann liest du so etwas?"

„Du weißt es nicht? Immer schon. Beim Friseur. Eine goldene Zeitung und ein Glas Prosecco. Man gönnt sich ja sonst nichts."

„Sprudel magst du eigentlich auch nicht."

„Eben."

Vesnas Logik. Ich werde ihr auf keinen Fall verraten, dass ich eine Probe von diesem SardaVit-Zeug in meinem Badezimmerschrank habe. Haben sie mir mitgegeben, als ich um Kopfwehtabletten und meine Blutdrucksenker war. Man wird schließlich nicht jünger, hat mein Internist nach der letzten Vorsorgeuntersuchung gemeint. Und es sei ja ohnehin nur ein ganz leichtes Mittel, quasi „zur Unterstützung und Vorbeugung", damit der

Blutdruck nicht weiter steigt. Inzwischen habe ich mich daran gewöhnt. Vor allem dadurch, dass ich die Umstände ignoriere und die halbe Tablette schlucke. Ich wusste nicht, dass SardaVit mit Jana und diesem Resort in Sardinien zu tun hat.

„Wie hängen eigentlich Benjamin und das Kent'Annos zusammen?", frage ich meine Freundin.

„Ich habe es dir erzählt."

„Du hast dich vor allem darüber beschwert, dass Lilli in Sardinien ist."

„Ich habe nicht beschwert, ich habe mir nur Gedanken gemacht, ob das gut ist für ein so kleines Kind."

„Wo die Leute dort doch so alt werden?"

„Noch ist sie das lange nicht. Abgesehen davon man kann auch sagen: Dort werden sogar Uralte ermordet."

„Du glaubst das mit Tzia Grazia?"

„Ich glaube, es war ein Hilferuf meiner Tochter. Sie will nicht zugeben, dass sie dort unglücklich ist. Sie ist so etwas von stur."

„Von wem sie das wohl hat?"

„Da spricht die Richtige. Jedenfalls, alles weiß ich auch nicht, aber die Sache ist so: Dieser Benjamin …"

„Also dein Schwiegersohn, der Vater deines geliebten Enkelkindes."

„Darüber wir reden später, verheiratet sie sind zum Glück nicht."

„Dabei wolltest du, als Jana schwanger war, unbedingt wissen, wer der Vater ist."

„Natürlich. Man muss auch wenig schöne Wahrheiten kennen. Aber dann ist der große Philosoph ja ganz persönlich erschienen. Wie sagt man? Vom Regen zur Taufe."

„Vom Regen in die Traufe."

„Was? Traufe?"

„Der Dachabschluss. Zuerst regnet es, dann kommt das Wasser im Schwall vom Dach runter."

„Aber es gibt Dachrinne."

„Das Sprichwort ist vielleicht älter als Dachrinnen."

„Es ist Quatsch."

„Vom Regen zur Taufe ist viel besser, was?"

Vesna nickt. „Zuerst tropft der Regen und damit wird dann das Kind getauft."

„Und was ist daran schlechter als der Regen?"

„Hängt von der Religion ab, und dem Zugang."

„Du hast wirklich geglaubt, das heißt so? Vom Regen zur Taufe?" Ich kann mir ein wenig sardonisches, dafür ausgesprochen amüsiertes Lächeln nicht verkneifen.

„Nein. Du musst nicht mit Sprache angeben, nur weil du ewig nichts anderes tust als schreiben."

„Du bist ja auch stolz darauf, dass du sauber machst – in echt und im übertragenen Sinn, wenn's um schmutzige Geheimnisse geht."

„Ich habe letzte Woche fünfzigste Mitarbeiterin eingestellt. ‚Sauber – Reinigungsarbeiten aller Art' ist für den Preis zum Aufsteiger-Unternehmen nominiert. Und genau da geht Jana mit diesem eitlen Philosophen und Lilli …"

„Du hast wohl nicht geglaubt, sie übernimmt den Laden?"

„Sie ist gut, kannst du dich noch erinnern, sie und ihr Zwillingsbruder Fran haben sogar geputzt, während sie studiert haben. Sie kennen von der Pike auf …"

„Jana ist im Leitungsgremium von CHANCE, einer der weltweit größten Non-Profit-Organisationen im Kampf gegen die Klimakrise."

„Non-Profit? Was sagt dir das? Man verdient damit kein Geld. Edles Ziel ist schön und gut, aber Lilli muss leben und …"

„Verhungert sieht sie nicht aus."

„Du wolltest über SardaVit und Kent'Annos hören oder mit mir streiten?"

„Wer streitet?"

„Du spaltest Haare. Und sage mir nicht, dass das auch nicht richtig ist. Du wolltest über Sardinien-Connections wissen? Dann hör zu. Und nimm diesen Philosophen nicht in Schutz, das hat alles auch mit ihm zu tun."

Ich gehe in die Küche und hole uns zwei Gläser Weinviertler Veltliner. Vesna nickt, nimmt einen Schluck und sieht mich konzentriert an. „Also: Das Kent'Annos gehört einem deutschen Unternehmer. Er heißt Claus Hartmann, mit C, und auch wenn du wieder protestierst, ich finde, das passt irgendwie zu diesem Benjamin."

„Was bitte hat das damit zu tun?"

„Eitelkeit. Jedenfalls: Unser Philosoph kennt Hartmann, seit er diese Vorträge vor der Autolobby gehalten hat, vielleicht du kannst dich erinnern, dass Jana da sehr sauer war, zwecks Klimaschutz. Damals haben wir noch nicht gewusst, dass er der Vater von Lilli ist. Hartmann kommt aus der Autobranche. Soviel ich gesehen habe, er hat viel Geld in den Sand gesetzt, jetzt probiert er etwas Neues in Österreich und Sardinien. Wahrscheinlich denkt er, dass in einem kleinen Land oder einer Insel am Rand von Europa mehr geht. Er erzeugt außerhalb von Wien seine SardaVit-Dinger: sollen aus der Natur Sardiniens sein, wo die Menschen so alt werden. Und sollen uns alle gesund alt oder sogar jünger machen. Die große Rundum-Glückspackung kostet in seinem Internet-Shop im Sonderangebot über tausend Euro. Als Nächstes will er Globuli anbieten: SardaVit-Perlen. Geht ja alles, mit der Gutgläubigkeit der Leute. Hofft er zumindest."

„Hat Jana dir das erzählt?"

Vesna schüttelt den Kopf und nimmt einen Schluck. „Mit dir ich werde noch Säuferin."

„Es ist schon nach Sonnenuntergang."

„Und? Du meinst, dann macht Alkohol weniger betrunken?"

„Du liest die falschen Bücher. Ich lese gerade einen französischen Krimi, in dem ein Kommissar mit seiner Freundin am Abend mindestens drei Flaschen Wein und zwei große Whisky trinkt. Von dem, was sie essen, gar nicht zu reden. Opulent."

„Man hat schon lange die kaputten Typen in der Kriminalliteratur."

„Das ist keiner davon. Alles sehr normal, sehr kulinarisch, gefällt mir."

„Normal für dich vielleicht. Aber du lenkst ab. Also: Leider ich weiß noch nicht, wie dieser Hartmann den Tom Marek kennengelernt hat, aber: Der Schauspieler ist ganz begeistert von SardaVit und sagt, nur deswegen er macht dafür Werbung. Weil es wirklich wirkt. Und weil er erkannt hat, dass es im Leben um anderes geht: nicht Filme drehen und Society, nicht dauernd Erfolg und Stress, sondern um das echte Leben, und das hat er in den Bergen von Sardinien gefunden. Wo die Menschen so alt werden und gesund sind und zufrieden. Wo die Luft gut ist und alle noch ehrlich sind und genügsam, wahre Werte und all das. Er hat geschwärmt von einem Zentrum für das gute Leben, wo man abschalten und sich neu finden kann. Er war erst vor kurzem in ‚Talk mit mir' und hat erzählt."

„Das Kent'Annos ist doch gar nicht in den Bergen, oder? Und selbst Jana hat durchklingen lassen, dass es keine Gäste dorthin verschlägt."

„Das richtige soll erst gebaut werden, das jetzige ist nur so etwas wie Basislager oder so. Ein Test."

„Der offenbar nicht positiv ausfällt."

„Wir müssen klären, was in SardaVit drin ist. Ob es mit diesem alten Gift zu tun hat."

„Unsinn, warum sollten sie ihre Kundinnen vergiften?"

„Ist alles eine Frage der Dosis, meine liebe Mira."

„Du steigerst dich da ziemlich hinein. Du willst wirklich hinfahren?"

„Ich habe mich erkundigt, immerhin geht es ja auch um Lilli und Jana, die sich wieder einmal was weiß ich einredet. Ich werde noch mehr herausfinden."

„Eine Hunderteinjährige behauptet, dass eine Hundertzweijährige ermordet wurde. Du liebe Güte!"

„Man kann nachsehen."

„Du willst nur nachsehen, wie es Jana und Lilli geht."

„Es gibt dir nicht zu denken, dass der große Benjamin Koren nicht dort ist, obwohl er alles eingefädelt hat?"

„Jetzt sag nur noch, du glaubst, er hat Tzia Grazia ermordet."

„Habe ich nicht behauptet. Aber ein Zusammenhang mit dieser Firma SardaVita ist auf der Hand. Die arbeiten mit Kräutern. Und man hat die Tzia Grazia mit einem Kraut ermordet."

„Das sind wilde Spekulationen."

„So nähert man sich der Wahrheit. Außerdem: Benjamin hat Familie in Sardinien."

„Einen alten Onkel, der vor ein paar Monaten gestorben ist. Die anderen sind vor Jahrzehnten ausgewandert, wie viele damals in Sardinien."

„Ich sage ja nicht, dass er damit zu tun hat. Direkt. Du kannst dich erinnern, wie schön Sardinien war?"

Ich sehe meine Freundin an und lächle. „Zuerst weniger. Wir sind vom Flughafen in Cagliari abgeholt worden und wussten nicht, ob man uns entführen will."

„Aber dann: das Haus auf dem Hügel in Torre delle Stelle, mit dem Blick über das Meer. Lella Giampiero: Sie ist übrigens für ein Jahr nach Barcelona gegangen."

„Woher weißt du das?"

„Ich dachte mir, wenn sie in der Nähe ist, Jana kann sie einmal besuchen. Oder umgekehrt. Ich finde, sie ist eine sehr sympathische Uni-Professorin. Sozialgeschichte ist sehr interessant. Und: Du kannst dich erinnern, wie gut sie gekocht hat?"

Ich lache. „Kann ich. Sollte ich Benjamin wieder einmal sehen, werde ich ihm einen Tipp geben: Er soll für dich kochen."

„Unsinn, ich sehe nur Tatsachen. Du bist es, die sich gerne einkochen lasst."

„Ich kann nicht nach Sardinien. Ich hab zu viel zu tun. Und Oskar noch mehr."

„Er bleibt eben hier. Aber du? Mache mir nichts vor, du hast Zeit genug. Man muss Geschäftemachern und Blendern auf die Finger sehen, du bist Journalistin. Du schreibst eine große Story für ECCO, und wenn es sich herausstellt, dass eine hundertzweijährige *tzia* ermordet worden ist: Dann ist es überhaupt der Knaller."

Ich stehe auf und öffne die Terrassentür. Eiskalter Nordwestwind, im März keine Seltenheit in Wien. Vom Frühling ist hier noch wenig zu merken. Unser Kater Vui hebt irritiert seinen dicken Kopf und sieht missmutig aus seinem Lieblingskorb mit den alten Zeitungen. Wahrscheinlich zieht's ihm. – Wenn die Sonne scheint, essen sie im Freien, hat Jana gesagt. Realistisch betrachtet, habe ich im Moment nichts zu tun. Gar nichts. Ein ungutes Gefühl. Oft habe ich mir diesen Zustand herbeigewünscht und jetzt … Rosa Prager ist gestorben, ganz plötzlich und unspektakulär. Ich sollte die Biografie der außergewöhnlichen Schauspielerin schreiben. Das ist Geschichte. Auch wenn ich das Manuskript und das Recht, alles zu veröffentlichen, geerbt habe. Mit der trockenen Notiz: „Mach was daraus, oder auch nicht. Wenn ich tot bin, ist es mir egal."

„Vielleicht ist dieses Kent'Annos doch guter Platz, ich frage herum und du schreibst an Biografie."

Ich drehe mich zu Vesna um. Manchmal kann sie Gedanken lesen. Oder zumindest beinahe. „Vergiss es, die Biografie ist abgesagt. Niemand wird sie kaufen, wenn die Hauptperson tot ist."

„Was ist mit Napoleon? Oder mit Marilyn Monroe?"

„Rosa Prager war interessant, weil sie so lebendig war. Eine Fünfundneunzigjährige, die hinreißend und pointiert erzählen konnte. Und die noch immer eine großartige Schauspielerin war. Man wollte wissen, wie sie das macht. Es war ein Zeichen der Hoffnung, dass es diese sprühenden Frauen gibt, die fast alterslos sind. Aber jetzt ist sie tot."

„Dir fallt auf, wir reden sehr viel über sehr alte Frauen? Hast du Krise, weil du sechzig wirst?"

„Ich hab nicht damit angefangen. Und ich habe keine Krise. Mir geht's gut."

„Und du hast Zeit und wir fahren nach Sardinien. Auch ans Meer. Ich verspreche es. Wie lange warst du nicht am Meer?"

„Na ja, war alles eher mühsam in letzter Zeit."

„Diesmal kann Oskar sich nicht einmal Sorgen machen. Wir fahren bloß Jana und Lilli besuchen. Kein gefährlicher Fall. Ich glaube eigentlich auch nicht an Giftmord an *tzia*. Mehr schon an Geschäftemacherei mit Hundertjährigen. Ich werde auch Benjamin in Ruhe lassen."

„Der ist ohnehin in den USA."

„Weißt du, dass dieser Hartmann in Amerika auch eine Firma für SardaVit gegründet hat?"

„Amerika ist groß, du böse Schwiegermutter."

„Ich bin nicht Schwiegermutter. Du sagst, du hast kein Problem damit, aber wir werden auch älter. Vielleicht ist das Kent'Annos gut dagegen."

„Ohne Oskar ... Er ist es, der dringend Urlaub bräuchte."

„Dann nehmen wir ihn mit."

„Der arbeitet mehr als je zuvor. Die einen Firmen gehen ein, die anderen fusionieren, bauen um, bauen aus ..."

„Und für alles man braucht einen guten verlässlichen Wirtschaftsanwalt. So er bleibt da und wir fahren dorthin, wo alles noch ist, wie es immer war."

„Samt Gift für die Alten?"

„Das habe ich nicht gemeint."

„Dass in Sardinien alles so ist, wie es immer war, glaubst auch nur du. Das wollen Tom Marek und dieser Hartmann den Menschen höchstens einreden."

„Na eben. Dann musst du ihnen auf die Finger sehen. Wo ist dein journalistischer Ehrgeiz? Oder wirst du wirklich alt?"

Etwas später stehe ich im Badezimmer und versuche zu entziffern, was auf der Probepackung von SardaVita steht. Ich war immer schon ein wenig kurzsichtig, aber wer muss schon alles ganz scharf sehen? Ich brauche keine Brille. Beim Autofahren hilft das Navi beim Erkennen zu klein geratener Wegweiser, Lesen ist für mich an sich kein Problem. Nur dieses Kleingedruckte. Und das schlechte Licht. Wir brauchen mehr Licht im Badezimmer. Darum sollte ich mich kümmern.

Vui streicht um meine Beine. Wenn er sich schon erhoben hat, weil er geglaubt hat, ich füttere ihn, dann kann ich seinen Irrtum nun wirklich berichtigen. Indem ich ihn eben füttere.

Ich halte die Packung unter das Licht am Spiegel und kneife die Augen zusammen. *SardaVit forte – mit der Kraft Sardiniens. Das Öl der Wilden Pistazie (Pistacia lentiscus), die Beeren der sardischen Myrte (Myrtus communis) und der hohe Spermidin-Gehalt der Bergkichererbse verjüngen Ihre Zellen (durch Studien bewiesen – QR-Code scannen!). Ihre antiviralen, antibakteriellen und entzündungshemmenden Eigenschaften halten gesund und beugen vor.*

Probieren Sie auch: SardaVit immun, „stark wie eine Eiche" mit Quercetin zur Förderung der Gefäßgesundheit und des Immunsystems. Coming soon: unsere SardaVit-Perlenreihe. Globuli aus der Natur Sardiniens mit potenzierter Heilinformation.

Schaden kann es ja nicht. Wahrscheinlich sollte ich die Kapsel mit etwas Mirto nehmen. Myrte mal zwei. Den bittersüßen Likör hab ich in Sardinien lieben gelernt. Wie werde ich mich verjüngen! Ein Blick in den Spiegel. Das Licht ist viel zu hell. Kein Wunder, dass ich aussehe, als hätte ich jede Menge Falten. Und Tränensäcke. Und so bleich bin ich auch nicht. In echt.

„Talk mit mir": diese Talkshow, in der Tom Marek aufgetreten ist. Ich kann sie in der Mediathek abrufen. Oskar kommt heute spät. Jede Menge Zeit. Aber für so etwas muss es nicht der Fernseher sein, der Laptop tut es auch. Erzeugt außerdem eher das Gefühl von Arbeit: Ich ziehe mir keine Talkshow rein. Ich recherchiere. Vielleicht sieht man ein paar Bilder aus dem Kent'Annos. Auf den Fotos, die mir Vesna in den letzten Wochen gezeigt hat, war vor allem Lilli drauf. Ich möchte wissen, was dieser Tom Marek über sein neues Leben in Sardinien erzählt. Ich habe die Serie, mit der er zum Publikumsliebling geworden ist, nicht häufig gesehen. Aber ich habe die Figur des Chefinspektors Franz recht sympathisch gefunden. Er war unaufgeregt, auf eine nachlässige Art attraktiv und manchmal überraschend flink.

Ich sollte seine Rolle nicht mit dem Menschen Tom Marek verwechseln. Es ist noch nicht lange her, dass er gemeinsam mit anderen in einem TV-Kabarett aufgetreten ist. Seit der Pandemie sind Kabarettsendungen zumindest endemisch geworden. Wahrscheinlich, weil es so wenig zu lachen gab. Er war leider gar nicht gut. Aber Schauspieler sind eben nicht automatisch begabte Kabarettisten. Gilt auch umgekehrt. Dabei soll Marek als Comedian begonnen haben. Ich kann mich nur daran erinnern, dass er vor Jahrzehnten Stimmenimitator beim Radio war. Ich navigiere durch die Mediathek. Apropos Kabarettisten: Auch „Talk mit mir" wird von einem moderiert: platt, platter, Platterer. So heißt er. Und das Wortspiel stammt nicht von mir, sondern von einer Kritikerin, der er daraufhin Humorlosigkeit und Männerhass vorgeworfen hat. Aber ich sehe mir das Programm nicht zum Spaß an. Sondern um mehr über Marek herauszufinden.

Zuerst einmal stelle ich allerdings fest, dass Platterer als Moderator tatsächlich gelinde gesagt platt ist. Er redet mit der Soubrette, die man seit Jahrzehnten an ihrer Hochsteckfrisur erkennt. Danach mit einer jungen Frau, die mit ihren zwei Riesenpudeln bei einer US-Fernseh-Talenteshow den zweiten Platz belegt hat. Zum Schluss kommt Marek an die Reihe. Leider ohne Filmbeitrag aus Sardinien, sie zeigen nur ein paar Fotos, die ihn glücklich und tatsächlich nahezu verjüngt auf einem Felsen mit dem Meer im Hintergrund, bei der Ernte von roten Beeren und gemeinsam mit traditionell gekleideten Sarden bei einem Reihentanz zeigen. Der eine sei schon beinahe hundert, erzählt Tom Marek. Ein Tänzer, der ihn trotzdem locker in die Tasche stecke. „Hier habe ich meine Kraftquelle gefunden", sagt Marek und strahlt. „Jedem tut es gut, sein Leben zu überdenken, sich eine Auszeit zu nehmen. Angesichts der schroffen Felsen, der kargen Bergwiesen der Ogliastra, der Weisheit der Hundertjährigen, dem weiten Blick bis hin zum Meer – da werde ich klein und groß zugleich. Es geht um die Dimension, um die richtige …" Für einen Moment wirkt er, als hätte er seinen Text vergessen.

„Klingt richtig gut, und deine Freundin, für die brauchst du wohl auch Kraft, du weißt schon, sie ist ja doch um einiges jünger … oder?" Als Kabarettist war mir Platterer allemal lieber.

Marek lacht. „Ach, dafür braucht es keine Chemie. Sondern das, was die Erde uns schenkt. Und gesundes Leben im Einklang mit den Jahreszeiten und dem, was sie zu bieten haben. Keine Hektik, das ist das Wichtigste. Eine Abkehr vom … toxischen Stress, wie ich ihn über Jahre und Jahrzehnte praktiziert habe. Weil ich geglaubt habe, es geht nicht anders. Sieh dir die jahrtausendealten Felsen an, die Gesichter der zufriedenen alten Frauen und Männer, Landkarten des Lebens, Bescheidenheit, endlich gute Luft, Durchatmen, Erlösung …" Wieder scheint er kurz den Faden zu verlieren. „Und das Schönste, das alles findet sich auch in unseren Produkten von SardaVita, das Echte …"

„Wenn da einer nicht ins Schwärmen gerät. Aber du weißt, keine Werbung! Verrate uns: Was ist deine nächste Rolle? Und: Wirst du heiraten? Ich habe gehört, es …"

Ich klicke auf das x rechts oben am Laptop und fühle mich tatsächlich erlöst. Dafür muss ich nicht in die sardischen Berge.

[2.]

Es war kein Problem, Sam von einer Reportage über SardaVita zu überzeugen. Die Chefredakteurin von ECCO ist in den letzten Jahren zu einer guten Freundin geworden. Sie ist tough, witzig und weigert sich, vor der traditionellen Freunderlwirtschaft, dieser typisch österreichischen Mischung von Politik, Journalismus und Provinzpromis, in die Knie zu gehen. Wenn ich für ECCO schreibe, habe ich mehr Freiraum als bei den meisten Medien. An deren Abhängigkeit von Inseraten und ihren potenten Geldgebern hat sich auch nach dem Skandal um einen Kurzzeit-Kanzler wenig geändert. Schon klar, ECCO existiert nur online – aber wer sagt, dass das nicht die Zukunft ist? Was Qualität angeht, so lässt sich die wohl nicht daran messen, ob Texte gedruckt oder digital dargestellt werden.

Natürlich hat auch Sam ihre eigenen Ansichten. Die über Homöopathie sind sehr dezidiert. „Warum sollte man an Zuckerkügelchen glauben, in denen pro Kilo ein Molekül irgendeiner Substanz ist?" Unter „Information" verstehe sie jedenfalls etwas anderes, als dass so ein Teilchen uns flüstert, wir sollen doch keinen Husten oder keinen Krebs mehr haben. Beinahe habe ich mich dafür geniert, dass ich dieses SardaVit noch immer in meinem Schrank habe. Aber dabei handelt es sich ja ohnehin um eine Kapsel. Aus der Natur Sardiniens. Oder so. Und ich habe sie nicht gekauft, sondern geschenkt bekommen. Nahrungsergänzungsmittel helfen schon, hat Sam gesagt, und ich habe sie verwundert angesehen. „Denen, die sie erzeugen. Beim Geldverdienen. Halbwegs gesunde Menschen brauchen so etwas nicht." Und wie ist das mit dem Älterwerden? Ich wollte es fragen, habe es aber dann doch nicht getan. Uncool. Sam ist in den Dreißigern. Älter zu werden ist ja tatsächlich keine Krankheit. Auch wenn es letztlich mit dem Tod endet. Neuigkeit. Noch ist es nicht so weit. Ich werde tun, was ich kann: recherchieren.

Ich fahre von der Autobahn ab. Sanfte Hügel mit jungem Grün, vielleicht wird es doch bald Frühling. Windräder, nach der Hügelkuppe eine Ansammlung von flachen Industriegebäuden, Hallen, aus Beton, aus Stahl und Glas, gar nicht so wenige in kräftigen Farben. Einer der ECO-Parks, die im Umland von Wien neue Unternehmen durch gute Infrastruktur und günstigere Grundstückspreise anziehen. Man sieht: Sie wollen sich voneinander unterscheiden, jeder Architekt hat zu beweisen, dass sein Auftraggeber besser, kreativer, erfolgreicher ist. Und trotzdem: Wie finde ich in der Menge des Unterscheidbaren ausgerechnet SardaVita? Ich hätte mich um die genaue Adresse kümmern sollen, nicht bloß um die Lage des ECO-Parks.

Etwas verloren kurve ich an einem Installateur-Betrieb mit überdimensionalen Alurohren als Fassadenschmuck vorbei, einem Fenstererzeuger mit einem Turm aus Glas, großen flachen Hallen in Rosa. Dann, nach einer Kurve, ein deutlich größeres mehrstöckiges Gebäude aus Stahl, Glas, farbigen Zwischenelementen. Sieht aus wie die Zentrale einer Bank oder einer Versicherung. „POINT ONE" steht auf dem Wegweiser. Genug Raum für ein paar hundert Büros. Ich lenke meinen e-Soul Richtung Parkplatz. Ich werde googeln, was das ist. Und vor allem die genaue Adresse von SardaVita heraussuchen. Sonst schaffe ich es nicht mehr zu meinem Termin mit Hartmann. Ich hasse es, zu spät zu kommen.

Neben mir parkt ein Jaguar ein. Elektrisch wie mein Wagen, aber eine andere Preisklasse. Und der Beweis, dass die E-Mobilität auch bei den eingefleischten SUV-Fahrern angekommen ist.

Als jemand an meine Scheibe klopft, fahre ich von meinem Smartphone auf. Ein Typ mit viel Bart im Gesicht. Ist das noch immer modern? Ich bin berühmt für mein mieses Personengedächtnis, aber den Bärtigen kenne ich wirklich nicht. Oder hat er sich die Gesichtsbehaarung erst vor kurzem zugelegt? Ich will das Fenster öffnen. Geht natürlich nicht, weil ich den Motor abgestellt habe. Peinlich. Ich bin kurz irritiert und mache die Tür auf.

„Kann ich helfen?", fragt er und lächelt freundlich. „So von E-Fahrer zu E-Fahrerin. Auch wenn es bei uns gar nicht mehr wenige davon gibt. Suchen Sie was im ECO-Park? Geht vielen so. Oder arbeiten Sie jetzt im Point?"

Ich lächle zurück. Auch SUV-Fahrer können nette Menschen sein. „Was ist das hier? Dieses … dieser Point?"

„Start-up-Center. Unterschiedlichste Branchen unter einem Dach. Bis sie mehr Platz brauchen und sich mehr leisten können. Supersache. Vorzeigeprojekt der Landesregierung. Und gut gefördert. Kann ich empfehlen."

„Sie arbeiten hier?"

„Ich bin so was wie der Hausmeister."

„Mit Elektro-Jaguar. Die müssen gut zahlen. Ich überlege mir das."

„Na ja, man könnte auch sagen, ich führe hier die Geschäfte. Aber Hausmeister trifft's besser. Im Alltag."

„SardaVita, wo finde ich das? Auch hier im Haus?"

„Sie haben tatsächlich ein kleines Büro bei uns. Keine Ahnung, warum. Vielleicht, weil hier die Infrastruktur und die Breitbandverbindung weniger kosten. Deutscher Sparmeister. Oder er will sich doppelt absichern. Datenmäßig."

„Nur ein kleines Büro? Ich dachte, sie produzieren hier?"

Der bärtige Beinahe-Hausmeister lacht. „Jetzt haben Sie sich gefragt, ob Sie auf eine große Story gestoßen sind. Der neue Shootingstar der Anti-Aging-Mittel lässt das Zeug fix fertig aus China heranschaffen … da reicht ein Mini-Büro."

„Woher wissen Sie …"

„Ganz unbekannt sind Sie nicht, liebe Mira Valensky. Und außerdem haben wir uns vor einigen Monaten bei einer Weinverkostung Ihrer Freundin Eva gesehen. Mein Bart ist erst später gewachsen."

„Zur Tarnung."

„So schlecht hab ich mich damals gar nicht benommen. Und: SardaVita produziert tatsächlich im ECO-Park. Hartmann hat alle Hallen geleast, die nach dem Konkurs des Bonbon-Kaisers frei geworden sind. Und er hat eine Option auf einige Gewerbegründe rundum genommen. Aber das ist bloß eine Info im Vertrauen. Unter Freunden der Weine von Eva Berthold. Und damit Sie nicht glauben, dass SardaVita grundsätzlich Fake ist."

„Grundsätzlich?"

„Na ja, ob man an so etwas glaubt oder nicht, ist wohl Geschmackssache."

„Oder eine Frage des Alters?", kontere ich und ärgere mich sofort darüber.

Er lächelt mich an. „Dann sind Sie sicher skeptisch. Gute Recherche wünsche ich. Und wenn Sie was brauchen …" Sein Telefon läutet, er hält mir eine Visitenkarte hin, winkt und dreht ab.

Kompliziertes Kompliment, wenn es denn eines war. Aber nett.

Von außen wirkt die Produktionsstätte von SardaVita eher wie der Sitz einer Kugellagerfabrik. Alles grau in grau, Hallen aus Beton und Wellblech. Die Kaiser-Bonbons vom Bonbon-Kaiser waren knallbunt. Und sehr süß. Nicht mein Ding. Ich suche nach dem Eingang. Zwischen den Hallen ein zweistöckiges Gebäude mit einem Parkplatz davor. Bis auf zwei Autos ist er leer. Immerhin gibt es an dieser Fassade etwas Signifikantes: eine der typisch sardischen Wandmalereien, der „Murales": die alte Flagge Sardiniens mit dem roten Kreuz und den vier Mauren samt ihren Stirnbändern, dahinter ein schroffer Berg, davor eine Sardin in Festtagstracht, die einem Sarden Brot und Wein reicht. Am Rande ein paar Schafe, über allem in geschwungenen Riesenlettern der Name des Unternehmens: SARDAVITA.

Der Empfangsbereich ist klein, die Portiersloge verweist und vom Vorraum durch eine hohe Glasscheibe abgetrennt. Ich rufe einige Male laut Hallo. Keine Antwort. Gerade als ich nach Hartmanns Telefonnummer suchen will, schnelle Schritte, die Treppe herunter.

„Frau Valensky, schön, Sie zu sehen!", sagt Hartmann, ohne mir die Hand entgegenzustrecken. Hat sich mit Corona irgendwie aufgehört.

Er geleitet mich in den ersten Stock. Im breiten hellen Gang hängen zahlreiche Fotos. Landschaftsaufnahmen von Sardinien: Felsgipfel im Sonnenuntergang, am Horizont das Meer. Hochland mit Schafen. Steinhäuser und davor eine Katze. Ein lächelndes Frauengesicht, über und über voller Runzeln. Terezia Sanna, 103, lese ich. Zwei alte Sarden neben einem Esel unbekannten Alters. Eine hagere Sardin in der traditionellen schwarzen Kleidung, mit schwarzem Kopftuch, auf einen Stuhl gestützt: Marigiosa, 105.

„Sie ist wirklich hundertfünf?", frage ich Hartmann.

Er nickt. „Das ist keine Seltenheit in den Bergen Sardiniens. Diese Menschen wissen noch zu leben. Und sie können offenbar gar nicht genug davon bekommen." Jetzt erst sehe ich ihn genauer an. Sardische Vorfahren hat er wohl keine. Seine Haare haben dieses Blond, das mit dem Alter übergangslos zu Grauweiß verblasst. Mittelgroß, schlank, bartlos, Anzug mit Hemd ohne Krawatte. Er ist so unauffällig, dass es kein Wunder ist, wenn man sich automatisch den Bildern an der Wand widmet.

„Ich freue mich, dass Sie sich für unsere Schätze der Langlebigkeit interessieren", sagt er in einem Hochdeutsch, dem ich keinerlei regionale Färbung entnehmen kann. „Wir sind den neuen Medien gegenüber sehr aufgeschlossen, wir orientieren uns an alten Werten und blicken gerade dadurch in die Zukunft. Ich finde Ihren Blog sehr interessant."

Nur dass ich keinen Blog habe. Ich versuche so nichtssagend zu lächeln, wie er aussieht. „Ich liebe Sardinien." Das ist nicht gelogen.

„Es ist eine Schatzkammer, in vielerlei Hinsicht", setzt Claus Hartmann ein.

Bevor sich unser Duett zu ziehen beginnt, deute ich auf die Fotos mit den alten Menschen. „Wissen sie eigentlich, dass sie hier ausgestellt werden?"

„Wie meinen Sie das? Warum?"

„Nicht jeder möchte zu Werbezwecken verwendet werden."

„Es sind doch wunderschöne Bilder, nicht wahr? Diese weisen alten Gesichter. Falten sind wie Landkarten des Lebens, hat einmal jemand gesagt."

„Und sie sind so alt, weil sie Ihre Mittel nehmen?"

Hartmann sieht mich irritiert an. „Wie meinen Sie das? Vielleicht, wer weiß? Aber an sich sind wir es, die von ihnen lernen. Von dem, wie sie leben, was sie essen. Wussten Sie, dass die Wissenschaft inzwischen davon ausgeht, dass die Lebensweise und vor allem die Ernährung deutlich mehr zur Langlebigkeit beitragen als die genetische Disposition?"

„Vereinfacht gesagt, packen Sie also die Ernährung der alten Sarden in Ihre Kapseln."

„Die wichtigsten, die aktivsten Substanzen. Und nicht nur in Kapseln, sondern auch in Shots, wir haben … verschiedene Formen. Das wünschen sich unsere Kundinnen. Auch dafür ist die begleitende Forschung ganz wichtig. So haben wir beispielsweise in einer Studie erhoben, dass unsere Konsumenten zwei Kapseln pro Tag bevorzugen. Und dass die Darreichung als Shots dem Gefühl entspricht, sich zu boostern, wenn Sie verstehen. Also schnell viel wichtigen Wirkstoff zu bekommen."

„Wichtiger als das Was ist also das Wie?"

Er sieht mich beinahe weidwund an. Sind seine Augen grau? Oder doch blau? „Zynismus, meine liebe Frau Valensky, bringt uns nirgendwohin. Finden Sie nicht, dass unsere Gesellschaft ohnehin viel zu gespalten ist? Tragen Sie bei zum guten Ganzen. Wir brauchen Versöhnung, Hoffnung, heute mehr denn je."

„Sie kommen ursprünglich aus der Automobilbranche."

„Das ist doch das beste Beispiel für das große Umdenken. Heute konzentrieren sich die Weltmarken auf Elektromobilität, die Versöhnung von Technik und Natur. Ich mache es … auf meine Art und Weise."

Ich nicke. Ich habe keine Lust, mit ihm über die Verflechtungen von Aktienmärkten, Umweltzerstörung, Wahlergebnissen und Profit zu reden. Und bei Licht betrachtet, verstehe ich davon auch nicht besonders viel.

„Hier geht es ums Substanzielle, das ist das Schöne", fährt er fort. „Um nichts weniger als um Zellgesundheit, um Zellerneuerung. Das ist das große Geheimnis der Hundertjährigen von Sardinien, darüber gibt es inzwischen viele Untersuchungen. Viren und andere Krankheiten können ihnen wenig anhaben, und warum ist das so? Es ist vor allem ihre Ernährung, ihr Lebensstil: Es gibt pflanzliche Substanzen, die, untechnisch gesagt, die Zellen aufräumen, damit sie sich wieder verjüngen können."

„Wenn ich also SardaVit nehme, werden meine Zellen aufgeräumt und ich werde jünger."

Hartmann ist an einer Tür angekommen, die sich von den anderen dadurch unterscheidet, dass sie höher, größer und nicht weiß, sondern aus dunklem Holz ist. Er drückt die Klinke und dreht sich zu mir um. „Darf ich Sie fragen, wie alt Sie sind? Ich nehme an … etwas über fünfzig, richtig?"

Ich lächle. „Ich werde demnächst sechzig."

„Dann können Sie sich glücklich schätzen. Sie haben offenbar gute Gene. Wie unsere sardischen Lehrmeister auch. Und trotzdem, ja: Zellgesundheit ist gerade bei Menschen, die schon eine Weile gelebt haben, ein wichtiges Thema. Die Regeneration der Zellen verlangsamt sich mit zunehmendem Alter. Wir arbeiten dagegen."

„Wir? Mir scheint es hier überraschend still."

Hartmann räuspert sich, öffnet die Tür, lässt mich eintreten, schließt sie wieder. Wir stehen in einem Raum von der Dimension eines Ballsaals, auch hier an den Wänden Sardisches aus dem Langlebigkeitsuniversum, dazu Plakate der SardaVita-Produkte,

Tom Marek in Lebensgröße, neben Schafen und einem sicher hundertjährigen Schäfer. In der Hand hält er einen Zweig mit kleinen grünen Blättern und roten Beeren. Hartmann hat meinen Blick gesehen.

„Wissen Sie, was das ist? Eine der faszinierendsten Pflanzen, die auf Sardinien wachsen: Lentisco. In Griechenland heißt sie Mastix. Es handelt sich um die Wilde Pistazie, Pistacia lentiscus. Aus den Beeren wird in Sardinien seit tausenden von Jahren Öl gepresst. Aus dem Stamm gewinnt man ein Harz, das auf vielfältige Weise wirkt."

„Wie viele Mitarbeiterinnen haben Sie?"

„Ist das … ein Gender-Blog? Ich dachte, es geht Ihnen um die Produkte von SardaVita?"

„Mitarbeiter, Mitarbeiterinnen, egal welchen Geschlechts. Die Portiersloge ist leer, ich habe außer Ihnen niemand gehört oder gesehen."

Hartmann deutet zum Fenster. „Schauen Sie auf die Hallen. Dort wird gearbeitet. Unter besonderen Schutzbedingungen, natürlich sorgen wir für äußerste Reinheit. Sie sehen die beiden Lkw dort? Sie liefern unsere Erzeugnisse zu den Großhändlern. Mit den notwendigen Vorkehrungen können Sie die Produktion sehr gerne besichtigen. Und was die Verwaltung angeht: Ich bin für möglichst schlanke Strukturen. Das habe ich, Sie werden lachen, in der Automobilbranche gelernt. Dort hat sich viel an Repräsentationsmüll angelagert."

„Was meinen Sie damit?"

„Müll in den Hirnen, nicht, dass Sie mir unterstellen, ich meine damit Menschen. Müll, wie man arbeitet. Kennen Sie den Maestrale?"

„Der Nordwestwind Sardiniens. Er bläst alles durch und reinigt die Luft. Allerdings kann er auch saukalt sein."

„Er befreit. Maestrale, die Sonne, die anderen milderen und wärmeren Winde, das Leben ohne toxischen Stress, die Chance durchzuatmen: Das alles können Sie bei uns in den sardischen Bergen finden. In einem Resort, das einzigartig ist. Wir haben es Kent'Annos genannt. Das ist sardisch und bedeutet hundert Jahre."

„Ich weiß."

Hartmann sieht mich kurz irritiert an. Dann lächelt er. „Ich höre auf die alten, weisen Menschen. Und ich habe großen Respekt vor der ursprünglichen Natur und dem, was sie uns geben kann."

Noch ist es im Kent'Annos offenbar so still wie im Verwaltungsgebäude hier. Eigenartig. Aber was Hartmann sagt, klingt in gewisser Weise auch plausibel. Ich sehe durch das große Fenster auf die niedrigeren Hallen. Dazwischen einige Menschen, Kastenwagen, zwei Personen mit Fahrrädern. Fake ist das Ganze nicht. Aber … „Warum sind Sie dann nicht nach Sardinien gezogen?"

„Ich lebe dort. Im Geiste. Und physisch auch, immer wieder. Sooft es geht. Wissen Sie, Sardinien und Österreich, die haben einiges gemeinsam. Einen gewissen unverwechselbaren Charme, ganz unterschiedlich natürlich, aber doch … originärer. Originaler als vieles im modernen Europa."

„Das sind jetzt aber doch arge Klischees."

„Vielleicht haben Sie mich erwischt! Ich bin sentimental, das gebe ich zu! Aber ich meine nicht die schöne Urlaubsidylle mit See oder Meer oder Berg oder gar Schuhplatteln, auch wenn es einen gewissen archaischen Reiz hat. Ich liebe Österreich vor allem, weil es nicht so effizienz- und profitorientiert ist wie Deutschland. Wenn Sie so wollen, ich mag das Schlampige, das Kreative, das nichts ausschließt und so vieles möglich macht. Wie sagt man hier? ‚A bissl was geht immer.' Entschuldigen Sie meinen peinlichen Versuch, Ihre schöne Sprachfärbung zu imitieren."

„Und was von SardaVita würde in Deutschland nicht gehen?"

„Unsere Produkte sind mehr als … Nahrungsergänzungsmittel, wie das so unschön technisch heißt. Sie sind Philosophie, Lebensgefühl, ganzheitlich eben. Und dieses ‚a bissl was geht immer' passt grandios dazu: ein gleichzeitig bescheidener und doch mutiger Ansatz. Neue Bescheidenheit, neue Relationen tun uns gut. Hat man das nicht gerade durch die schreckliche Pandemie gesehen? Diese Bescheidenheit ohne Selbstbeschränkung, die sehe ich in Österreich und in Sardinien. – Danke." Er starrt mich aus seinen blassen Augen an.

Jetzt bin ich irritiert.

„Sie helfen mir beim Denken. Ich sollte das aufschreiben. Bescheidenheit ohne Selbstbeschränkung, das ist gut!"

Er geht tatsächlich zu seinem überdimensionalen, ziemlich abgewetzten Schreibtisch und notiert es. „Meine Liebe zum Ursprünglichen ...", murmelt er.

„Der Schreibtisch stammt noch vom Bonbon-Kaiser?", frage ich.

„Äh. Nein. Das meiste hier habe ich von ihm übernommen. Ich lege keinen Wert auf Repräsentanz."

„Kaiser-Bonbons waren augenfällig bunt, die Hallen sind ganz besonders grau. Warum? War das Ihre Idee?"

Hartmann lacht. „Nein, sie waren schon so. Bunt hätte mir besser gefallen, so bunt wie viele Fassaden in den sardischen Bergdörfern. Der Bonbon-Kaiser hat die Hallen leider möglichst kostengünstig neu streichen müssen. Nachdem bei Protesten ziemlich viel beschmiert worden ist. Unternehmer sein ist alles andere als einfach, heutzutage. – Dieser Schreibtisch hat übrigens meinem Großvater gehört. Er ist mit Auspuffrohren groß geworden, die sich selbst bei großer Hitze nicht verformen und ermüden. Seinetwegen habe ich Maschinenbau studiert. Aber meine Liebe galt immer der Philosophie. Deswegen habe ich mich auch von Anfang an so gut mit Benjamin Koren verstanden. Ein großer Philosoph, ein freier Geist. Es ist eine Ehre, dass er bei uns in Sardinien wirkt."

„Er ist auf Vortragsreise in den USA."

„Ich sage es ja: Er gehört zu den Großen unserer Zeit."

Ich deute auf das Plakat mit Tom Marek und der sardischen Idylle. „Und wie ist er zu Ihnen gestoßen?"

„Mein Freund Tom. Ich war ein Fan seiner Krimiserie. Spannend und trotzdem mit Charme, nicht bloß eine dumpfe Ansammlung von Explosionen, Leichen, Blut und knallharten Ermittlern.

Geschichten aus dem Grenzgebiet zwischen Österreich und Deutschland, zwischen Österreich und Ungarn, zwischen …"

„Ich kenne die Serie."

„Wissen Sie, dass sie in Deutschland fast noch beliebter war als in Österreich?"

„Sie sind hin zu Marek, haben sich ein Autogramm geben lassen und ihn gefragt: Wollen Sie mein Testimonial sein? Und er hat Ja gesagt. Eine Liebesgeschichte."

„Spotten Sie nur, es war beinahe so. Wir sind uns auf einem Event begegnet. Wir sind ins Reden gekommen. Er hat sich nach etwas Neuem gesehnt. Etwas … Relevantem. Ursprünglichem."

„Die Serie ist eingestellt worden."

„Er hätte tonnenweise Angebote, das können Sie mir glauben. Reden Sie mit ihm! Ich bleibe ohnehin gerne im Hintergrund. Er ist kompromisslos, er lebt sein neues Leben, hat sich dem Wesentlichen zugewandt. Hebt den Schatz aus Weisheit und Natur."

„Er ist jetzt Wissenschaftler? Oder spielt er einen? Für Sarda-Vita?"

„Er ist Künstler. Er hat feine Antennen für das Echte."

„Und er ist Ihr Vertreter vor Ort."

„Er ist natürlich kein Vertreter."

„Ich habe keinen Handelsvertreter gemeint."

„Er weiß, dass er auf seine persönliche Goldgrube gestoßen ist … Sorry, das sollte ich mir auch aufschreiben, unser Gespräch inspiriert mich wirklich!"

„Goldgrube? Könnte missverstanden werden, im Sinn der doch recht weltlichen Geschäftemacherei."

Hartmann blickt auf. „Da sehen Sie es!", ruft er. „An so etwas habe ich gar nicht gedacht! Ich beneide Tom! Ich dachte an den Schatz des Lebens, des wahrhaft guten … ja, Schatz des Lebens ist vielleicht besser." Er schreibt schon wieder.

„Noch einmal: Wenn Sie so gerne dort wären, warum sind Sie dann hier?"

„Wie gesagt, Österreich und Sardinien … dieses freundlich Schlampige, das so vieles möglich macht. Aber: Ich bin bei all den … höheren Werten auch Geschäftsmann. Ein Erbe meiner Vorväter, das ich nicht verleugnen möchte. Wissen Sie, dass auf Sardinien die Alten hoch geschätzt werden? Verehrt, nahezu. Sie stehen nicht abseits, sondern im Mittelpunkt."

„Geschäfte lassen sich hier offenbar besser machen als in der Idylle."

„Die Insel ist zu weit weg von den Absatzmärkten, da muss man realistisch sein. Von hier aus kann ich nicht nur Österreich, sondern den gesamten europäischen Zentralraum gut versorgen. Und das ist erst der Anfang!"

„Der Anfang?"

„Ich nehme an, Sie haben vom ‚Longevity Hype' im Silicon Valley gehört? Bezos, Thiel, Zuckerberg: Sie investieren Milliarden in die Langlebigkeitsforschung und in Start-ups, die sich mit dem Thema beschäftigen. Klar", Hartmann lacht ein wenig meckernd, „wie wollen sie ihr Vermögen in nur achtzig, neunzig Jahren ausgeben? Sie haben alles, jetzt wollen sie ewig leben."

„Und sie haben auf SardaVita gewartet."

„Noch halten Sie das für unwahrscheinlich, liebe Frau Valensky. In einigen Monaten sehen wir weiter. Wir sollten ihnen übrigens dankbar sein: Durch ihr Geld werden auch die ganz normalen Menschen länger und gesünder leben."

„Menschenfreunde. So wie Sie einer sind."

„Wirtschaftliches Denken und Humanität widersprechen einander nicht. Ganz im Gegenteil. Es gibt eine Reihe von Finanzprodukten, die sich nur auf solche Bio-Tech-Unternehmen beziehen, Fonds, Stocks, *you name it.* Manche Medien bezeichnen die Langlebigkeits-Industrie bereits als den größten und komplexesten Wirtschaftszweig der Geschichte der Menschheit. Unsere Niederlassung in den USA verfolgt das genau."

„Sie vertreiben SardaVit auch in den USA?"

„Wir sind erst am Anfang", wiederholt Hartmann.

Vielleicht sollte es bescheiden wirken, für mich klingt es eher nach Hochstapelei. Ich hätte mehr über sein Unternehmen recherchieren sollen, aber das werde ich nachholen. Und ich werde mit Tom Marek reden. Da oder dort.

„Daten, Fakten, die Studien, von denen Sie gesprochen haben: Kann ich Material über die Hintergründe von SardaVita bekommen?“, frage ich.

„Natürlich. Mein Chief Information Officer wird alles für Sie zusammenstellen. So ganz allein arbeite ich nämlich doch nicht.“

Mein Blick fällt auf ein Foto, das ein Stück sardisches Hochland zeigt. Weite gewellte Landschaft, niedriges Gras, olivgrüne Büsche, Felsblöcke. Im Vordergrund die unvermeidlichen Schafe, dahinter, im goldenen Licht des Sonnenuntergangs, fast als Scherenschnitt, ein großes Anwesen aus Stein und hellen Mauern. Am Horizont scharf gezackte nackte Berge. Darunter steht: Kent'Annos. Ich habe nicht viele Fotos vom Resort gesehen. Aber das, in dem Jana und Lilli sind, liegt nicht in den Bergen. „Das Resort?“, frage ich.

„Es ist … im Werden … Es wird unser Herzstück, der Platz im Mittelpunkt der Natur und ihrer Schätze, die wir …“

„Ich dachte, das Kent'Annos ist im Hinterland von Cagliari. In einem ehemaligen Franziskanerkloster.“

„Ach, das meinen Sie … eine Vorstufe, alles muss wachsen, das große Zentrum für langes Leben ist im Entstehen. Jetzt gibt es das kleine Kent'Annos: ein Refugium für alle, die spüren, was gut ist und was guttut. Wissen Sie übrigens, dass die Luft in Sardinien einzigartig ist? Klare würzige Bergluft, auch deswegen werden die Menschen dort so alt, haben Wissenschaftler herausgefunden.“

„Füllen Sie die ab? Sardische Luft in Dosen?“

„Seien Sie bitte nicht zynisch. Die Menschen haben Sehnsucht nach dem Echten.“

„Und Sie verkaufen es ihnen.“

„Es geht nicht ums Geld, es geht um einen Goldschatz der ganz anderen Art.“

„Wissen Sie, dass die Großmutter von Sandro Boi gestorben ist?“

„Sandro Boi … Warten Sie … ein Mitarbeiter, den Tom Marek … Woher wissen Sie? Was wollen Sie? Was habe ich mit diesem Tod zu tun? Sind Sie deswegen gekommen? Ich war vollkommen aufrichtig, vertrauensvoll …“

Ich lächle beruhigend. Spielt er das alles oder ist Claus Hartmann auf einem Trip? Und wenn, auf welchem? „Ich habe es bloß von Freunden gehört und es hat mich interessiert. Sie haben sehr vom Kent'Annos geschwärmt. Von der Vorstufe. – Steht das neue Anwesen in den Bergen schon? Oder ist das Bild eine Fotomontage?“

„Es ist so wenig Fake wie unsere Produkte. Es ist das Modell unseres Architekten, und als nichts anderes stellen wir es dar. Man macht das so. Möglichst realitätsnah.“

„So wie die Hotels, die im Prospekt super aussehen, aber wenn man hinkommt, sind sie eine Baustelle.“

„Eben nicht. Deswegen gibt es unser kleines Vorprojekt. In einem wunderbaren inspirierenden Kloster.“

„Tzia Grazia? Haben Sie von ihr gehört?“

„Von wem?“

„Die Großmutter von Sandro Boi.“

„Tut mir leid, so eng sind meine Kontakte leider nicht. Noch nicht. Sie ist gestorben? Wie traurig. Aber unsterblich sind die Menschen nicht einmal in Sardinien.“

„Sie war hundertzwei.“

„Was ich sage! Das Phänomen Sardiniens!“

Die Kichererbsen habe ich schon gestern eingeweicht. Wenn SardaVita damit wirbt, dass ihre „Bergkichererbsen“ verjüngend wirken, wird das vielleicht auch auf die ganz ordinäre getrocknete Spezies zutreffen. Immerhin sind sie bio. Im Internet habe ich ein interessantes Rezept für „Sardischen Kichererbsentopf“ gefunden. Und ich habe gelesen, dass die Ogliastra, ein Teil der bergigen Barbagia, tatsächlich zu den fünf Landstrichen auf der Welt gehört, wo die Menschen am längsten leben. Bis das Gericht fertig ist, bleibt Zeit genug, um darüber noch mehr herauszufinden.

Ich lasse die Kichererbsen in einem Sieb abtropfen und kaltes Wasser darüber rinnen. Dann schütte ich sie in einen großen Topf und fülle ihn mit Wasser, sodass es eine Handbreit über den Kichererbsen steht. Kein Salz, das weiß ich, sonst werden Hülsenfrüchte nie weich. Oder trifft das nur auf solche mit Schale zu? Egal. Salzen kann ich in jedem Fall im Nachhinein. Wie wäre es mit einem Lorbeerblatt? Der Lorbeer wuchert auf unserer Terrasse. Ich schiebe die Glastür auf. Nachmittagssonne. Was hat Claus Hartmann gesagt? Für ihn hätten Sardinien und Österreich einiges gemeinsam. Vor allem das Schlampige. Er hat es beinahe schwärmerisch positiv bewertet. Klischees. Ich halte ihn für einen dieser Deutschen, die Österreich und Italien als mehr oder weniger unterentwickelte Feriengegenden sehen. Habe ich etwa auch diese typisch österreichische Bewusstseinsmischung aus Minderwertigkeitskomplex und Selbstüberschätzung? Und: Ist auch das ein Klischee? Jedenfalls: Wenn jemand über Österreich spotten darf, dann sind wir es selbst. Wobei er gar nicht gespottet hat. Ganz im Gegenteil. Ein seltsamer Typ. Er hört sich gerne reden. Und trotzdem überlässt er Tom Marek den Platz an der Öffentlichkeit. Klar. Der Schauspieler ist bekannt. Dem glaubt man. Chefinspektor Franz. Seit vielen Jahren tapfer um das Gute bemüht.

Ich pflücke ein paar Lorbeerblätter und nehme auch noch Thymian und Rosmarin. Ich weiß nicht genau, was im Rezept steht, aber ich muss mich ohnehin nicht sklavisch daran halten. Mache ich so gut wie nie. Vui stelzt mit steifen Schritten zu mir auf die Terrasse. Er ist wohl gerade aufgewacht. Dass dieses Tier so viel schlafen kann. Er sieht mich aus dem blauen und dem braunen Auge an und beginnt zu schnurren. Schlafen ist gut, heißt das. Sonne ist gut, heißt das. Was er sonst noch gut findet, weiß ich. Fressen. Er wummert mir seinen Kopf in die Kniekehle. Zum Glück war ich darauf vorbereitet, unser Main-Coon-Kater hat mit seinen neun Kilo genug Kraft, um einen zu Fall zu bringen. Ich kraule ihn zwischen den Ohren, das Schnurren wird lauter. Gestreichelt werden gehört auch zum Guten. Wie sehr unterscheiden wir uns von den Katzen? Was hat Hartmann gesagt? Wir müssen wieder erkennen, was essenziell ist. Schlafen, Sonne, Essen. Gestreichelt werden. „Ich versteh dich gut", murmle ich unserem Kater zu. „Wir sind einander ähnlich." Er schnuppert am Thymian und niest.

Inzwischen haben die Kichererbsen aufgekocht. Dicker weißer Schaum, Eiweiß, das sich absetzt. Ich drehe die Hitze so klein, dass das Wasser nur mehr köchelt, schöpfe das Weiße ab, dann gebe ich ein großes Lorbeerblatt und einen Thymianzweig zu den Kichererbsen.

Der Laptop steht auf unserem Esstisch. Auf diese Art kann ich bequem abwechselnd lesen und kochen. So habe ich es mir allerdings nicht vorgestellt. Vui liegt mit seiner ganzen Masse auf der Tastatur. Die ist sein anderer Lieblingsplatz. Oskar und ich, wir sind uns im Prinzip einig: Der Kater ist die Reinkarnation eines der großen Schreiber. Er tippt auf Kafka, ich auf Kisch. Vui ist es egal. Jedenfalls ist es ihm wieder einmal gelungen, den Bildschirm mit Zeichen zu verzieren.

Tzia Grrrrrrrrrrrrrrrrrrrrrrrrrkauräfdsdgfuuuuuuuuuuuuuuuuuuussssssssaaaaaaaaa

Unglaublich, Tzia. Er wächst über sich hinaus. Unsinn. Das habe ich geschrieben. Seine Ergänzungen sind doch um einiges weniger deutlich. Ich speichere sein Werk im Ordner „Vui Orakel" ab. Oder wollte er mir mit seiner Aneinanderreihung von us und as doch einen Hinweis geben? So wenig wahrscheinlich wie dass Bezos bei Hartmann einsteigt. Ich öffne den Browser.

Über die Hundertjährigen auf Sardinien gibt es unübersichtlich viel Material. Es reicht von Zeitungsartikeln über „Das Geheimnis der Sarden" bis hin zu einem deutschsprachigen Blog von „Pecora Nera". Schwarzes Schaf. Klingt nett. Werde ich auch noch lesen. Wichtiger wären fürs Erste handfeste Informationen. Ich ergänze meine Suchanfrage um das Wort „Wissenschaft". Hat seit der Pandemie eine neue Bedeutsamkeit entwickelt. Die, die sich an wissenschaftliche Erkenntnisse halten, auf der einen

Seite. Auf der anderen solche, die alles anzweifeln, was nicht aus der eigenen Blase kommt. – Bin nicht auch ich immer eher skeptisch gewesen? Schon gar dem gegenüber, was uns Herrschaften mit Macht und Einfluss wahrmachen wollen? Aber Fakten ändern sich nicht dadurch, von wem sie präsentiert werden. „Blaue Zonen". So nennt man diese Gegenden, wo Menschen überdurchschnittlich alt werden, offenbar.

Dan Buettner identifizierte erstmals im November 2005 im Magazin „National Geographic" in der Titelgeschichte „The Secrets of a Long Life" fünf Regionen, die er als „Blaue Zonen" bezeichnete: Okinawa (Japan), Sardinien (Italien), die Nicoya-Halbinsel (Costa Rica), Ikaria (Griechenland) und Loma Linda (Kalifornien). Er versuchte mit Daten und Beobachtungen zu erklären, warum die Menschen dieser Landstriche gesünder und länger leben.

Er berief sich dabei auf die Arbeit von Gianni Pes, Biomediziner an der Universität Sassari, und seines Kollegen Michel Poulain, Astrophysiker und Demograf. Die beiden Wissenschaftler erforschten in der Provinz Nuoro (Sardinen) die höchste Konzentration an männlichen Hundertjährigen. Um die Dörfer mit der höchsten Langlebigkeit zu markieren, verwendeten sie blaue konzentrische Kreise. In ihrer nachfolgenden Publikation im „Journal of Experimental Gerontology" nannten sie diese Gebiete „Blaue Zonen".

Gemeinsam mit Pes und Poulain erweiterte Buettner den Begriff, erforschte ähnliche Zonen und wandte ihn auf die anderen genannten Langlebigkeitsgebiete an. Den englischen Begriff „blue zones" ließ sich Dan Buettner über die System Biologie AG der Forschungsgruppe Bluezones für die Bereiche Wirkstoffe, Nahrungsergänzung und Kosmetik schützen.

Sieh an. Offenbar geht es nicht bloß um pure Wissenschaft. Dan Buettner. Ich surfe weiter. Und weiß schon bald, dass er quasi mein Berufskollege ist. Journalist. Kein Wissenschaftler. Auf seiner Homepage findet man neben viel Erbaulichem über langes glückliches Leben auch einen Shop mit Büchern, CDs und

Nahrungsmitteln, die einem helfen sollen, ebenso alt wie Sarden, Japanerinnen oder Siebenten-Tags-Adventisten in Kalifornien zu werden. Und „meal plans", die uns, gegen Geld, beim gesünderen Essen unterstützen. Die beiden Wissenschaftler, von denen alles ausgegangen ist, werden nur am Rande erwähnt. Dafür gibt es gleich mehrere Hinweise darauf, dass niemand niemals ohne Zustimmung der Rechteinhaber den Begriff „blue zone" verwenden darf. Ob er bei den Superreichen im Silicon Valley angedockt hat? Oder geht's denen doch eher um Hightech-Pharmaka als um den Lebensstil der Hundertjährigen? Hartmann hat von der neuen, der anderen Goldgrube gesprochen. Was, wenn es ihm und diesem Dan Buettner doch um eine ganz herkömmliche geht?

Vielleicht bin ich zu selbstgerecht. Warum sollte man an Forschungsergebnissen nicht verdienen. Vor allem, wenn Menschen dadurch zu besserem, gesünderem Leben inspiriert werden. Ob SardaVit dazu beiträgt, weiß ich nicht. Andererseits. Schädlich wird es auch nicht sein. Ich sollte einen Selbstversuch starten. Was kann schon passieren? Die Auslagen der Apotheken sind voll von diesen und ähnlichen Mitteln. Wären sie ungesund, es hätte sich herumgesprochen.

Ich springe auf. „Nein!", sage ich streng zu Vui, der Anstalten macht, sofort wieder auf den Laptop zu klettern. Ich renne beinahe ins Bad, fange die Probepackung heraus, nehme eine Kapsel ganz brav mit Wasser, Mirto kann ich mit Oskar auch später trinken, und gebe den Rest in meine Lade mit der Unterwäsche. Warum? Weiß ich selbst nicht. Spätestens nach meinem Selbstversuch werde ich Oskar davon erzählen. Und wir werden gemeinsam darüber lachen.

Ich zerkleinere eine Zwiebel, zwei Karotten und Stangensellerie. Welche Veränderung können solche Kapseln bewirken? Weniger Falten? Dann wären sie eine Weltsensation. Mehr Wohlbefinden? Mir geht es ohnehin nicht schlecht. Wie kommunizieren meine Zellen, dass sie aufgeräumt werden?

Im Kühlschrank habe ich noch einen Rest fetten Räucherspeck gefunden, den schneide ich in kleine Stücke. Eines dieser Lebensmittel, die mich ab und zu in einem Bauernladen anlachen, dann aber im Kühlschrank doch immer weiter nach hinten wandern. Ein wenig Speck oder Wurst für den Geschmack, das wird offenbar auch in den sardischen Bergen gerne verwendet. Wobei man insgesamt deutlich mehr Gemüse als Fleisch isst. Cucina povera – die einfache Küche, die der Armen. Verwendet wird das, was da ist und nicht gekauft werden muss. Hülsenfrüchte spielen in allen Langlebigkeitszonen eine wichtige Rolle.

Ich lasse den Speck bei geringer Hitze gemeinsam mit etwas Olivenöl warm werden. Noch etwas vom Guten, das ich besonders mag: Kochen. Ich lächle. Zumindest das unterscheidet mich von unserem Kater. Wer hat für Tzia Grazia gekocht? Davon, dass sie mit über hundert noch selbst ihr Essen zubereitet hat, ist wohl kaum auszugehen. Ich tippe auf eine weibliche Verwandte. Auch das soll übrigens zur Langlebigkeit beitragen. In der Familie zu bleiben, dabei zu sein. Gelingt in einem Dorf in den Bergen allerdings auch in Österreich häufiger als in Wien oder anderen Städten. Vereinsamung: Dagegen hilft SardaVit sicher nicht.

Ich röste das klein geschnittene Gemüse an. Dann zerdrücke ich zwei Knoblauchzehen und gebe sie gemeinsam mit einem ganzen Peperoncino dazu. Zum Glück mag Oskar Knoblauch und Chili genauso gern wie ich. Einmal umrühren und mit Rotwein ablöschen. Die Sarden nehmen ihren berühmten Cannonau. Ein voller, würziger, sehr dunkler Rotwein, mit dem Feuer der Insel. Einige Flaschen haben wir davon noch, es hat auch seine Vorteile, dass die Welt immer mehr zusammenrückt. Wir kriegen sardischen Wein ins Haus geliefert. Durch einen Versand, der nichts mit den Branchenriesen zu tun hat. Stattdessen zwei Brüder, die Sardinien lieben. Aber, auch wenn man angeblich mit dem besten Wein kochen soll: Cannonau ist mir für den Kichererbsentopf zu schade. Ich nehme einen, der uns nicht besonders geschmeckt hat. Hauptsache, er hat nicht zu viel Säure. Das tut den wenigsten Gerichten gut, finde ich. Da die

Jahreszeit für gute frische Paradeiser definitiv die falsche ist, erspare ich mir weitere Schnipselei und kippe eine Dose ungewürzte Tomatenstücke in den Ansatz. Ich lächle. Was für eine Erinnerung. Maturareise in Süditalien. Mit meiner besten Freundin habe ich mich von den Schulkolleginnen abgesetzt und bald schon waren wir mit zwei italienischen Studenten in einem echten Cinquecento, die waren damals noch winzig, über die Bergstraßen der Costiera amalfitana unterwegs. Ich sehe die Szene wie in einem Film vor mir. War das wirklich ich? Die Achtzehnjährige, die sich auf die Rückbank gequetscht hat und beinahe überging vor Gefühlen: Freiheit, Abenteuer, ein kleines bisschen Angst, Glück über die Fülle des Lebens. Sie haben uns zum Essen zu *mamma* eingeladen und natürlich habe ich ihr über die Schulter geschaut. Pasta. Von einer echten Süditalienerin zubereitet. Das war im Jahr 1980, weit vor der Zeit, in der man jeden Kochvorgang in tausenden von YouTube-Videos sehen kann. Zuerst habe ich festgestellt, dass die ihre Nudeln nicht selber macht, sondern welche aus dem Supermarkt verwendet. Und dann hat sie mich verblüfft, weil sie den Saucenansatz aus Olivenöl, Zwiebel, Knoblauch und einem ganzen Peperoncino mit einem Schuss Weißwein abgelöscht und einfach zwei Dosen Tomaten darüber gekippt hat. Dosentomaten! Obwohl rundherum die besten Paradeiser reif waren. Sie hat meinen Blick gesehen und ganz langsam, damit auch ich sie verstehe, erklärt: *Domenica*, am Sonntag, da nehme sie frische. Unter der Woche habe sie nicht so viel Zeit. Und jedenfalls seien auch die Dosen „cento per cento italiano". Die Spaghetti al pomodoro waren die besten, die ich je gegessen habe. Aber das lag vielleicht auch am Drumherum.

Immerhin kommt meine Tomatendose sogar aus Sardinien. Originaler geht's gar nicht. Ich koste die Kichererbsen. Noch sind sie hart. Ich lasse die Sauce aufkochen, würze mit Lorbeerblatt, Rosmarin- und Thymianzweigen und reduziere die Hitze aufs Minimum. Bis die Kichererbsen bissfest dazukommen, habe ich noch etwas Zeit.

Auf der Suche nach den Lebensrezepten der Hundertjährigen von Sardinien surfe ich im Internet durch das übliche virtuelle Dickicht an Meinungen, Fakten und Selbstdarstellung. Die einen halten die gute saubere Luft für entscheidend. Die anderen rücken die pflanzliche Ernährung in den Mittelpunkt. Die Dritten sind sich sicher, es ist der Cannonau, der die Menschen so alt macht. Je nach Standpunkt eben. Das mit der sauberen Luft steht auf einer Fremdenverkehrs-Seite. Das mit der pflanzlichen Ernährung auf einer Vegetarier-Plattform. Und das mit dem Rotwein, erraten, auf der Homepage eines sardischen Weinguts. Die können allerdings als Testimonial mit ihrem eigenen Großvater aufwarten: Antonio Argiolas, Tziù Antoni, wurde hundertzwei. Mit Gehstock und Hut sitzt er lächelnd auf einer Bank. In der Hand eine Flasche Rotwein. Hart gearbeitet habe er sein Leben lang, bis ins hohe Alter, lese ich. Zuerst vor allem als Käser, dann hat er sich auf das Weingut konzentriert. Die Homepage der dritten Generation ist schick und international. Auf über zweihundert Hektar Rebflächen ist der Betrieb inzwischen gewachsen, man ist stolz, die Weine weltweit zu vermarkten. Das Wirtschaften und die Wirtschaft haben sich geändert, warum sollte Sardinien eine Ausnahme sein?

Jetzt passen die Kichererbsen. Ich schöpfe sie mit ausreichend Kochwasser in den Topf mit der Tomaten-Gemüsesauce und salze. Nun muss das Ganze nur mehr fünf Minuten zugedeckt kochen, bis sich alle Geschmäcker verbunden haben. Wenn Oskar kommt, werde ich den Kichererbsentopf einfach wärmen.

Als Beilage zu diesen „Ceci in umido" wurden mir dicke geröstete Brotscheiben empfohlen. Das Brot in einer heißen Pfanne mit ein paar Tropfen Olivenöl, Salzflocken und einer ganzen angedrückten Knoblauchzehe auf beiden Seiten goldgelb werden lassen. Klingt gut. Oskar hat ohnehin wieder einmal zu viel Weißbrot gekauft. Auch wenn es schon drei Tage alt ist, dafür kann man es verwenden.

Mein Mann ist von diesem Ausflug in die sardische Bergküche begeistert.

Eines der Geheimnisse der Hundertjährigen seien also Hülsenfrüchte, sagt er schmunzelnd. „Gut, dass die Menschen in diesen Zonen viel Platz haben."

Ich sehe meinen Mann irritiert an.

„Erstens ist viel Platz an sich gut. Und zweitens: Jedes Böhnchen ein Tönchen – den Spruch kennst du doch? Meine Mutter hat seit jeher auf so etwas verzichtet."

Die Hofratswitwe und das kleinste … Tönchen. Unvorstellbar. Seit einem Jahr lebt sie in einer Seniorenresidenz und hält dort Hof. Es scheint ihr bestens zu gehen.

„Du hast eine gute Chance, uralt zu werden", sage ich.

„Weil ich einen Nachschlag vom Kichererbsentopf genommen habe?"

„Gute Gene. Deine Mutter wird sicher hundert. Und was ich dazu beitragen kann, werde ich tun."

„Wunderbar, dann schenk mir doch bitte noch ein Glas Cannonau ein."

Ich verteile den Rest, der noch in der Flasche ist, gerecht. „A kent'ànnos!"

Oskar nimmt einen genießerischen Schluck. „Auch wenn ich gar nicht so alt werden möchte."

„Quatsch. Jeder will so alt werden. Die Superreichen im Silicon Valley stecken Milliarden in Projekte, die ihnen ein längeres Leben versprechen."

„Ich nicht."

Ich sehe meinen Mann an. Besonderen Lebensüberdruss habe ich bei ihm bisher nicht feststellen können. „Aber ich will, dass du hundert wirst. Ich bin dann erst siebenundneunzig."

„Ich will gut leben, und das jetzt."

„Widerspricht sich doch nicht."

„Na ja. Wenn du anfängst, mir mehr Bewegung zu verordnen, weniger Wein, eine Überdosis Gemüse …"

„Wäre nicht schlecht."

„Siehst du? Ich kenn Leute, die sind spindeldürr und quatschen in einer Tour davon, dass man achtzehn Stunden am Tag nichts essen soll, und am Abend schon überhaupt nicht. Oder sie essen, wie diese amerikanischen Models, jeden Tag dasselbe: gedämpften Fisch mit gedämpftem Gemüse. Sieh sie dir an: Wirken sie glücklich? Ist das ein Leben? Lohnt es sich da, hundert zu werden?"

Ich lache. „Ich verspreche dir, das werde ich nie von dir verlangen. Aber …"

„Was, aber? Ich wusste, da kommt noch was. Wenig Fleisch ist für mich kein Problem, nur gar keines … das könnte ich schon Vui nicht antun."

„Ich dachte an etwas anderes. Gute Luft, kein Stress, Spaziergang zwischen Schafen, so viel Platz, dass Bohnen zu essen nicht einmal für deine Mutter ein gesellschaftliches Tabu wäre, auch wenn Kichererbsen übrigens deutlich weniger blähen …"

„Arbeitest du an einem Tourismusprospekt?"

„Nein, an einer Story über sardisch inspirierte Zellerneuerungs-Mittel. Und die Hundertjährigen der Insel."

„Da glaube ich eher an Kichererbsen. Und an Cannonau sowieso."

„Du weißt, dass Jana und Lilli in diesem Resort sind: Kent'Annos. Sie haben noch Platz für uns."

„Kein Wunder, es ist März. Da kann es in den sardischen Bergen sicher saukalt sein."

„Es ist nicht in den Bergen. Noch nicht."

„Dort können Hotels wandern? Vielleicht wirklich etwas, das man sich ansehen sollte."

„Ach Quatsch."

Oskar runzelt die Stirn und sieht mich zerknirscht an. „Ich kann nicht. Ich würde ja gerne, aber es geht einfach nicht."

„Du wirst auch nicht jünger. Eine Auszeit, eine kurze. Vom toxischen Stress."

„Toxischer Stress? So sehe ich meine Arbeit nicht, auch wenn viel zu tun ist. Seit du nicht mehr …" Er verstummt, er weiß, er begibt sich auf gefährliches Terrain.

„Ich arbeite. Ich kann nichts dafür, dass Rosa Prager gestorben ist. Und wenn du zugehört hast, dann ist dir klar, dass ich an der nächsten Story dran bin."

„Du weißt, dass ich das nicht so gemeint habe. Ich finde es richtig, dass du vom ‚Magazin' weggegangen bist. ECCO passt viel besser zu dir."

„Nur verdiene ich so wenig, dass ich davon nicht leben kann."

„Musst du ja auch nicht. Und ich muss dafür nicht hundert werden. Du bekommst eine nette Pension nach mir."

„Ja, super! Weil es das ist, was ich will!"

Oskar legt mir beschwichtigend seine Hand auf den Unterarm. „Ich möchte, dass du die Reportagen schreibst, für die du bekannt geworden bist. Gute, spannende Storys. Solche, bei denen du genau dort hinsiehst, wo andere aus Bequemlichkeit wegsehen. Ich will, dass du unabhängig von Honoraren arbeiten kannst. Genieß doch, dass wir uns das leisten können. Und zur Not …", er grinst und ich sehe ihn böse an, „kannst du ja in Pension gehen."

„Ich bin nicht pensionsreif!"

„Und ich hab keinen toxischen Stress, nur weil momentan viel zu tun ist. – Woher hast du das dumme Wort überhaupt? Toxischer Stress. Das klingt verdammt nach Trommlern, Gesundbeterinnen und … Nahrungsergänzungsmitteln."

„Von Hartmann. Dem Typ hinter SardaVita."

„Nach dem, was du erzählt hast, ist er nicht gerade dein Guru."

„Wird er auch nicht. Ich dachte nur, etwas gemeinsamer Urlaub …"

„Du meinst: Du recherchierst und ich assistiere?"

„Wäre doch schön."

„Frag Vesna."

„Die sagt ohnehin, wir sollen dich daheim lassen."

„Ah, sie kommt also auch mit."

„Hat dich noch nie gestört."

„Stimmt, aber für einen idyllischen Urlaub zu zweit, womöglich Flitterwochen *reloaded* …"

Ich lache, stehe auf, umarme ihn von hinten, drücke meinen Kopf an seinen: „Sollten wir damit nicht sofort anfangen?"

Oskar tätschelt meinen Arm. „Vielleicht kann ich ja von hier aus versuchen, etwas mehr über SardaVita und ihren Eigentümer herauszufinden."

Er ist müde. Kein Wunder, es hat nichts mit mir zu tun. Wir werden eben beide nicht jünger – heißt das, es hat doch mit mir zu tun? Ist doch fein, wenn er mich trotz seiner vielen Arbeit unterstützt. Als Wirtschaftsanwalt hat er andere Zugänge, bessere Kontakte. Ich drücke ihm einen Kuss auf die Wange und hole den vorbereiteten Mirto.

„Medizin", sage ich.

„Ich hab dich lieb", sagt Oskar. „Und: Fahr mit Vesna. Es wird dir guttun."

„Ich dich auch. – Warum jetzt?"

„Hab ich doch schon länger, liebste Mira."

„Nicht ablenken. Warum wird es mir guttun?"

„Weil du dorthin willst?"

„Warum?"

„Ist doch kein Wunder, dass du in letzter Zeit etwas … unrund bist. Der plötzliche Tod von Rosa Prager. Die … unübersichtliche … Weltlage … Ich …"

„Die ‚Weltlage' war immer unübersichtlich, nicht erst seit der Pandemie und dem Ukraine-Krieg. Und du … du findest mich also ‚unrund'?"

„Wär dir rund lieber?"

„Lenk nicht ab."

Oskar hebt die Arme und lässt sie wieder fallen. „Ich würde es verstehen, dass du etwas … Luftveränderung willst. Und überhaupt: Was ist mit dem Tod dieser Tzia Grazia?"

Ich sehe meinen Mann empört an. „Eine Hundertzweijährige. Du hältst mir ihren Tod vor die Nase wie Vui ein besonders schönes Stück Fleisch. Früher hast du dir Sorgen gemacht, wenn ich auf Recherche wollte. Denk nur an Moskau!"

„Ist vielleicht etwas anderes, ob du hinter den Mördern eines gefolterten Russen her bist oder mit Vesnas Mischpoche in Sardinien – wie auch immer die alte Tante ums Leben gekommen ist."

„Na gut, wenn du das willst, dann fahr ich eben!" Das hat schärfer geklungen, als ich es vorgehabt habe.

Oskar verzieht den Mund. „Ist doch einmal was anderes: Ich dränge dich, fortzufahren. – Wobei: Wenn du nicht magst, glaub nicht, dass ich dich nicht daheim …"

„Abgemacht."

„Noch Mirto?"

„Okay, weil du es bist."

[3.]

Inzwischen bezweifle ich, dass es eine gute Idee war, die Fähre nach Sardinien zu nehmen. Nicht wegen der Überfahrt, die war einigermaßen ruhig und weder Vesna noch ich neigen zur Seekrankheit. Aber so hat meine Freundin ihr übermotorisiertes Auto mit. Und das, ihr Fahrstil und die sardischen Bergstraßen vertragen sich schlecht. Zumindest mit meinem Sicherheitsgefühl.

Vesna genießt es, um die Kurven zu flitzen. Gerade ist sie zwei Motorradfahrern in letzter Minute ausgewichen. „Organspender", hat sie geknurrt. „Fahren wie Idioten und glauben, sie sind alleine auf der Straße."

„Die nächsten Organspender könnten wir sein", habe ich eingeworfen.

Ich versuche, nicht auf die Straße, sondern auf die Landschaft rundum zu sehen. Schluchten, Felsspitzen, knallgrünes Gras, gelbe Blumen, niedrige Büsche in allen Grün- und Braunschattierungen, Hochebene. Schafe. Könnten auch Ziegen sein, wir fahren zu schnell, als dass ich sie lange genug fokussieren könnte. Wir sind im Norden der Insel, in Olbia, von Bord gegangen. Das sardische Bergland der Ogliastra liegt faktisch am Weg zum Kent'Annos. Deswegen hat Vesna auch beschlossen, nicht den Umweg über die Schnellstraße zu nehmen, sondern die „direkte" Verbindung. Über die Berge. Mit Stopp in Birgu. Vor Jahren war ich in Gavoi, das liegt in derselben Provinz und ist doch laut

Navi fast eine Stunde entfernt. Ich erinnere mich an ein Dorf aus Stein, freundliche Menschen und einen ganz anderen Fall. Damals bin ich selbst gefahren. Die Straßen sind mir zwar kurvig, aber um etliches breiter erschienen.

„Wir hätten Jana bitten sollen, nach Birgu zu kommen", rufe ich gegen den Motorenlärm an. Seit ich ein Elektroauto habe, kommen mir andere Autos schrecklich laut vor. Und wenn Vesna fährt, noch einmal mehr.

„Sie hat Lilli. Und wenn wir was brauchen, wir können sie anrufen. Zuerst wir machen selbst ein Bild."

„Mit unserem Italienisch?"

„Du kannst es gar nicht so schlecht. Und ich rede alles. Irgendwie. Man muss bloß auf die Menschen sehen."

„Na klar, du schaust eine hundertjährige Sardin an und schon verstehst du, warum man ihre Freundin umgebracht hat. Vesna, das Wunder. Du solltest damit im Zirkus auftreten."

Ein Schatten huscht über die Straße. Vesna verreißt, das Auto bleibt in der Spur. Nur ich lasse einen spitzen Schrei los.

„Da fahren nur wenige. Deswegen das Vieh fürchtet sich nicht", erklärt sie ungerührt.

Hinter der Kurve taucht ein Kleinstlaster mit offener Ladefläche vor uns auf.

„Wie man sieht."

„Ein Ape, ein Klassiker! Dass es das noch gibt!", sagt Vesna und setzt gleichzeitig zum Überholen an.

„Nicht!", schreie ich und sehe die nächste Kurve auf uns zuschießen. Was dahinter ist, sehe ich natürlich nicht. Aber deswegen schreie ich ja.

„Hat nur drei Räder!", ruft meine Freundin und für einen Moment glaube ich, sie redet von unserem Auto. Und dass sie jetzt komplett irre geworden ist. Dann sind wir an dem dreirädrigen Lastenwagen vorbei.

„Ich weiß, der kann nicht schnell fahren, sonst mache ich das nicht."

Ich atme so laut aus, dass sie sich zu mir dreht.

„Schau auf die Straße!“

„Was bist du für Angsthase. Und dann willst du herausfinden, wer Tzia Grazia ermordet hat!“

„Will ich gar nicht, weil sie nicht ermordet worden ist. Du fährst zu Jana und Lilli und ich recherchiere meine Geschichte über SardaVita.“

„Aber wir übernachten in Birgu.“

„Na gut.“ Zumindest habe ich so noch eine Chance, den heutigen Tag zu überleben.

„Da! Das Meer!“, ruft Vesna und deutet am Felsenpanorama vorbei Richtung Horizont.

So muss sich ein Vogel fühlen. – Aber will ich das?

Wir haben uns nicht besonders vorbereitet. Zwei Tage nach meinem abendlichen Geplänkel mit Oskar sind wir los. Bevor ich es mir anders überlege, hat Vesna gemeint. Von Jana wissen wir bloß, dass Tzia Grazia zur Familie Boi gehört. So wie Sandro, ihr Enkel, der im Kent'Annos Direktor ist. Auch wenn Jana meint, das bleibe er nur, bis mehr Gäste kommen. Der Großteil des Boi-Clans lebt in Birgu, einem Bergdorf zwischen Perdasdefogu und Jerzu.

„Locker herumfragen“ nennt Vesna ihren Plan.

Ich wollte auf der Fahrt die eine oder andere Information suchen – wozu kann mein Telefon das und noch viel mehr? Allerdings habe ich nicht bedacht, dass die Mobilfunkverbindungen hier nicht eben zuverlässig sind. Selbst das Navi lässt uns immer wieder im Stich. So gesehen ein Glück, dass es ohnehin nur wenige Straßen und daher auch kaum Möglichkeiten gibt, falsch abzubiegen.

„Ist das sicher der richtige Weg?“, frage ich wenig später trotzdem. Ein Straßenschild hat uns, gefühlt fast senkrecht, noch einmal einen Berg hinauf gewiesen. Zuerst war das Sträßchen asphaltiert. Dann ist es in eine steile Schotterpiste übergegangen. Das einzig Gute daran: Selbst Vesna kann hier nicht mehr rasen.

„War Wegweiser“, murmelt sie. „Du hast eine Internet-Verbindung?“

„Nein“, antworte ich und schüttle mein Mobiltelefon. Absurde Verhaltensweise, übernommen aus dem analogen Zeitalter. Als ob eine Datenverbindung darauf anspringen könnte. Dumm, dass ich nicht daran gedacht habe, eine Straßenkarte mitzunehmen.

„Dort oben“, deutet Vesna. „Wir sind richtig. Das Dorf.“

„Ein Dorf ohne ordentliche Zufahrt?“, zweifle ich.

Es geht einen kargen, von großen Steinen übersäten Hang entlang weiter nach oben, um eine Kurve, und tatsächlich: Birgu. Das Ortsschild ist in die Jahre gekommen, es hat viele kleine Dellen und einige Löcher. „Was ist das?“, frage ich Vesna. „Frisst der Zahn der Zeit auch Blech?“

„Sind Schussspuren“, antwortet Vesna ungerührt.

Wenig später parken wir an der Straße, die uns am ehesten zentral erscheint. Helle einfache Häuser. Die Fassaden stammen wohl aus der Nachkriegszeit, in der es vor allem um praktisch und kostengünstig ging. Ich überprüfe, ob Vesna das Auto auch wirklich zugesperrt hat. Sie verzieht das Gesicht.

„Schon mal was von sardischen Banditen gehört?“ Warum ich es beinahe flüstere, weiß ich nicht. Niemand ist auf der Straße.

„Sie haben Menschen entführt. Auch, weil die reich waren und sie arm“, sagt Vesna mit für mich übertriebenem Verständnis. Und die Einschusslöcher an der Ortstafel? „Da, ein Geschäft!“ Vesna deutet nach vorne. Tatsächlich sind die Rollläden oben. Auf dem Gehsteig Kisten mit Artischocken, Zwiebeln, Kartoffeln. „Hier wir können fragen.“

„Wie stellst du dir das vor?“

„Wir kaufen Artischocken. Die kannst du dann im Kent'Annos kochen, oder kochen lassen. Und vielleicht auch Kartoffeln und so. Was sie eben haben. Dabei fragst du ganz unauffällig nach Tzia Grazia.“

„Ganz unauffällig!", höhne ich. Aber Einkaufen hat etwas Vertrautes, es funktioniert überall gleich. Und die Artischocken sehen köstlich aus.

Die Tür zum Laden ist aus Alu und Pressglas, so wie man sie auch in abgelegenen Gegenden Österreichs noch finden kann. Eine Glocke, die unsere Ankunft meldet. Was sage ich? Wie sage ich es? Ich verfluche Vesna. Die ruft ungerührt: „Hallo? Ciao? Ciao?"

„Das sagt man beim Abschied", knurre ich ihr zu.

„Quatsch, auch zur Begrüßung."

„Aber nicht, wenn man in ein Geschäft kommt."

„Was dann, Frau Schlau?"

Pronto, fällt mir ein. Blödsinn, das sagt man beim Telefonieren. Wie kann ich nur so vernagelt …

„Buon giorno?", fragt eine Stimme.

„Ja, genau!", rufe ich und räuspere mich dann. Wie blöd. „Buon giorno", setze ich hinzu. „Vogliamo …", dann beschränke ich mich aufs Deuten. Der Laden besteht bloß aus einigen Regalen an der Wand, einer Kühlvitrine mit wenigen abgepackten Wurst- und Käsesorten und daneben einem Tresen mit der Kassa. Wir nehmen Kartoffeln und Artischocken.

„Frag sie jetzt", zischt Vesna.

„Pane Carasau?", sage ich. Wie gut, dass mir eingefallen ist, dass es hier sicher dieses knusprige hauchdünne Hirtenbrot gibt.

„Tzia Grazia?", fragt Vesna, die offenbar meint, ich wüsste nicht mehr, wie Sandros Großmutter heißt.

„Chi?"

Eine Freundin, versuche ich zu erklären. *Amica*, *nonna*, Großmutter.

Die Verkäuferin ist um die fünfzig, trägt eine Brille mit einem Rahmen, den man bei uns „Krankenkassenfassung" nennt, und eine ärmellose weiße Kleiderschürze über ihrem rostroten Pullover. Sie schüttelt den Kopf.

„Grazia Boi", versuche ich es.

Dem nachfolgenden Wortschwall kann ich nur „Bar“ entnehmen. Dann sagt sie ganz langsam: „I am Nuoro. Help fratello. Non so.“

„Sie ist nicht von hier, sie hilft ihrem Bruder“, übersetze ich Vesna.

„Du wirst nicht glauben, das habe auch ich verstanden.“ Und zur Verkäuferin gewendet: „In Bar?“ Dann deutet sie auf ihren Kopf.

„Und was heißt das jetzt? In der Bar haben sie einen Vogel?“, spotte ich.

„Not know“, sagt die Verkäuferin langsam. „Ma: Il bar è il centro.“

„Grazie mille“, antworte ich. „Die Bar ist das Zentrum“, übersetze ich wieder. Vesna verdreht die Augen.

Immerhin stehen wir wenig später vor dem Laden, haben Pane Carasau, wunderschöne Artischocken und den Hinweis, dass die Bar das Zentrum ist. Wir verstauen unsere Einkäufe im Wagen. Jetzt sind zumindest einige Autos unterwegs. Ich drehe mein Mobiltelefon hin und her, halte es hoch, nichts. Kein Empfang.

„Wir gehen einfach die Straße lang“, schlägt Vesna vor. „Groß ist Birgu nicht. Die Bar ist hier irgendwo.“

„Mit Betonung auf ‚irgendwo‘.“ Aber sie ist schon vorausgegangen und ich trabe ihr hinterher. Das Schuhgeschäft hat geschlossen, der Papierladen auch. Ausgedehnte Mittagspausen sind hier ganz normal. Eine Querstraße. Bergauf sehen die Häuser älter aus. Steinfassaden und dazu bröckelnder Putz. Dann ein kleiner Platz, einige Bäume und, zurückgesetzt, eine Kirche mit einem schlichten Campanile, der kaum höher ist als die Häuser. Ich schaue wieder aufs Telefon. Und tatsächlich! Hier habe ich Empfang. Zwar nur ein Balken, aber immerhin. Eilig tippe ich „Bar“ und „Birgu“. Nach einigen Hinweisen auf Bars weiter weg wird tatsächlich eine im Ort angezeigt. „Bar Lidia“, keine zweihundert Meter entfernt. Bei der nächsten Kreuzung bergauf, dann sollte die Schule kommen und die Bar und eine Tankstelle.

Der Gehsteig ist so schmal, dass wir nur hintereinander gehen können. Ich versuche mich nicht von Vesna abhängen zu lassen und keuche hinter ihr drein. Meine Freundin dreht sich um und deutet mir, schneller zu machen.

„Die Luft", sage ich mit möglichst normaler Stimme. „Ich glaube, sie ist hier oben schon etwas dünn."

„Wir sind keine sechshundert Meter hoch", gibt sie herzlos zurück. „Du musst mehr Sport machen. Oder putzen."

Das Schild! Bar Lidia.

Die großen Glasscheiben sind mit Werbung für Panini, Pizza al taglio und Pancake con Nutella verziert. An der Straßenecke stehen zwei ältere Männer in Lederjacken, sie rauchen und scheinen uns nicht zu bemerken. Vesna stößt die Tür auf. Der Raum ist schmal, geht weit nach hinten und ist trotz der Fensterfront erstaunlich dunkel. Holztische, Sessel, deren Stoffbespannung schon bessere Zeiten gesehen hat, einige Nischen mit Polsterbänken. Die lange Bar macht den Raum noch schmäler. Bis auf zwei Frauen mit einem Kinderwagen und drei Jugendlichen, die in einer der Nischen hocken, ist alles frei. Es riecht gut. Fleischragout, Pastasauce, irgend so etwas. Hinter der Theke steht eine füllige Frau mit kurzen dunklen Locken. Wir gehen langsam auf sie zu. Ich sehe, dass sich schon etwas Grau in ihre Haare mischt. Wie alt sie wohl ist? Ich räuspere mich. Etwas zu bestellen ist mir auf Italienisch noch nie schwergefallen. Ein Kaffee zu Beginn kann nicht schaden. „Due caffè, per favore", sage ich und bekomme die gängige Antwort: „Espresso?"

Natürlich, antworte ich und lächle. Sie lächelt zurück und dreht sich zur eindrucksvollen Kaffeemaschine.

„Ich will Cappuccino", sagt Vesna zu mir.

„Den trinkt man in der Früh. Um diese Uhrzeit trinkt man Espresso."

„Du hast Kaffee bestellt."

„In Italien heißt der Espresso schlicht *caffè*. Wenn Ausländer ihn bestellen, wird meistens nachgefragt. Zu viele Deutsche oder

Amerikanerinnen, die entsetzt auf die kleine Tasse schauen, wo sie doch gerne einen ganzen Becher oder ein Kännchen voll gehabt hätten."

„Wirklich?"

Ich sehe Vesna ein klein wenig spöttisch an. „Wirklich."

„Du meinst, die haben hier Touristen?"

„In der Hauptsaison sicher. Zumindest ein paar."

Wir trinken den Kaffee im Stehen, Vesna mit zwei Löffeln Zucker, ich wie immer ohne.

Die beiden Männer, die vor der Tür geraucht haben, setzen sich an einen der kleinen Tische in unserer Nähe. Einer nimmt eine Zeitung von der Theke, der andere schweigt vor sich hin.

„Bestell etwas zu essen", schlägt Vesna vor. „Egal was, erstens hab ich Hunger und zweitens können wir dann leichter ins Gespräch kommen."

Ins Gespräch. Wie sie sich das vorstellt. „Wir hätten besser recherchieren und uns Zeit lassen sollen", sage ich leise zu ihr.

„Bis du richtig Italienisch kannst?", ist ihre Antwort.

Nicht viel später stehen vor uns Teller mit gefüllten Nudeln. Culurgiones. Die kannte auch ich bisher nicht. Sie sehen so ähnlich aus wie Kärntner Kasnudeln, oder wie große chinesische Teigtaschen. Darüber reichlich von dem Sugo, das ich schon beim Eintritt gerochen habe. Ragù d'agnello. Ein Ragout aus faschiertem Lammfleisch und Tomaten. Die Barbetreiberin bringt noch eine kleine Schüssel mit geriebenem Käse. Pecorino, nicht „industriale", sondern aus der Gegend, erklärt sie. Es schmeckt großartig. Die Fülle der Culurgiones besteht offenbar aus Ricotta und Kräutern, ich identifiziere Minze, dazu frischen Oregano, etwas Salbei könnte dabei sein. Auch Vesna ist sehr angetan. Inzwischen füllt sich die Bar. Zwei Männer in verschmierter Arbeitskluft, die Cola trinken und riesige Panini essen. Ein Mann mit weißen Haaren, der ein Glas Rotwein bestellt. Frauen sind hier deutlich in der Unterzahl.

„Wir trinken an der Theke Campari“, schlägt Vesna vor, nachdem ein Mädchen in Jeans abserviert hat. Eine Tochter, die mithilft, nachdem sie von der Schule heimgekommen ist? Wir stellen uns an den Tresen. Ich lobe nahezu routiniert auf Italienisch das Essen, kann sein, dass nicht alle Wörter passen und die Grammatik etwas verquer ist, aber ich werde verstanden. Die Barbetreiberin nickt zufrieden.

Ich sei Journalistin und arbeite an einer Geschichte über die Hundertjährigen von Sardinien, versuche ich ihr zu erklären. Leider verstehe ich das Wenigste von dem, was sie antwortet. „Perdasdefogu“ höre ich heraus. Dieses Dorf mit der Familie im Buch der Rekorde.

Auch in Birgu gäbe es *centenari*, Hundertjährige, versuche ich es auf Italienisch. „Tzia Grazia. È centodue.“

Wieder eine bemüht langsame Antwort, von der ich so gut wie nichts verstehe. Könnte das geheißen haben, woher ich das denn weiß? Bilde ich mir das ein, oder ist die Frau jetzt etwas weniger freundlich?

„Facebook“, probiere ich es. Tatsächlich gibt es eine Seite auf Facebook, auf der Geschichten und Interviews der *centenari* gepostet werden. Die Antwort scheint nicht gepasst zu haben.

„Facebook?“, kommt es zurück. „Sorry, English is not good.“

Kann doch nicht sein, dass sie nicht weiß, was Facebook ist, oder? „Tedesco“, versuche ich zu erklären.

„Sandro Boi“, wirft Vesna ein. Ich sehe sie strafend an.

„Momento!“, ruft die Barbetreiberin und verschwindet.

Vesna sieht mich zufrieden an. „So macht man das. Sie hat verstanden, vielleicht sie bringt Sandro Boi. Oder einen anderen von den Boi.“

„Sie ist gegangen, weil ihr das alles zu viel wurde.“

Tatsächlich kommt an ihrer Stelle ein großer schlanker Mann mit kurzen grauen Haaren.

„Boi“, zischt Vesna mir zu.

„Der schaut nicht aus wie ein Sarde“, zische ich zurück. „Eher wie …“

„Meine Frau sagt, Sie sind aus Deutschland?“, fragt der Hagere freundlich und akzentfrei.

Ich strahle ihn an. „Das Essen war einfach großartig.“

„Und wir machen Geschichte über die Hundertjährigen“, ergänzt Vesna.

Er nickt. „Sie haben nach Tzia Grazia gefragt? Und Sandro Boi?“

Wir nicken synchron.

„Leider. Tzia Grazia ist vor kurzem gestorben. Und wenn Sie Sandro, ihren Enkel, meinen, so ist der wahrscheinlich an seinem Arbeitsplatz, irgendwo im Hinterland der Hauptstadt. Kennen Sie ihn?“

Ich schüttle den Kopf, Vesna nickt.

Der Blick unseres Gegenübers wird konzentrierter.

„Wir kennen ihn über die Tochter meiner Freundin. Aus dem Kent'Annos. Die hat uns den Tipp mit seiner Großmutter gegeben. Wie traurig, dass sie gestorben ist.“

„Sie war hundertzwei.“

„Ja. Sie soll … sehr fit gewesen sein.“

„Für ihr Alter schon. Sie war nicht mehr so gut auf den Beinen, aber ihr Verstand war bis zum Schluss glasklar. Und ihr Wille ungebrochen. Beneidenswert. – Aber warum hat Sandro der Tochter Ihrer Freundin nicht gesagt, dass sie gestorben ist?“

„Vielleicht …“

„Sie haben sich schon länger nicht gesehen“, sagt Vesna und lächelt.

„Meine Frau meint, Sie sollten nach Perdasdefogu. Dort leben etliche Menschen über hundert. An den Hauswänden sind sogar Bilder von ihnen. Allen, die hundert werden, widmet man so ein Porträt. Es sind Murales der besonderen Art.“

„Und hier?“, frage ich weiter. „Hier gibt es keine weiteren Hundertjährigen?“

„Doch, drei, wenn man Nonna Anna mitrechnet, die allerdings in einem Pflegeheim in Nuoro ist, vier. Aber in Perdasdefogu sind sie solche Fragen gewohnt. Dorthin fahren die meisten Journalisten und Wissenschaftler. Aus aller Welt."

„Sandro hat uns Tipp gegeben, nach Birgu zu kommen", meint Vesna.

Jetzt sieht der Mann der Barbetreiberin eindeutig misstrauisch drein. „Und warum hat er dann nichts vom Tod seiner Großmutter erzählt? Immerhin kann er etwas Deutsch. Und auch Englisch. Er arbeitet ja im Tourismus."

„Natürlich. Er ist Direktor im Kent'Annos", antworte ich, um ihm klarzumachen, dass wir Sandro wirklich kennen.

„Direktor? Ja, stimmt. Er hat es erzählt. Ein Aufstieg, er ist stolz darauf. Soviel ich weiß, war er bisher Kellner."

„Das Kent'Annos ist klein", füge ich an. „Wie hat es eigentlich Sie hierher verschlagen?"

Ein Lächeln. Ich bin erleichtert. Das war die richtige Frage. „Die Liebe. Ich war Fernfahrer, zum ersten Mal auf Sardinien. Ich habe mich verirrt. Und bin hier gelandet."

„Mit einem Lkw? Diese Straße rauf?" Jetzt bin ich es, die ungläubig schaut.

„Sagen Sie nicht, Sie sind bei der ersten Möglichkeit abgebogen! Wir wollten schon lange ein Warnschild anbringen, aber der Gemeindebeamte meint, die Menschen hier wissen ohnehin, welchen Weg sie nehmen müssen."

„Und Touristen?", fragt Vesna.

„Davon haben wir nicht viele. Die schaffen es, oder sie schaffen es nicht."

„So was wie natürliche Auslese", sage ich und grinse. „So gesehen haben wir bestanden."

„Wir wollen auch noch in den anderen Ort, Perdasdefogu", versucht Vesna wieder zum Thema zurückzukehren. „Dort wohnt beste Freundin von Tzia Grazia, Laurina Perra. Ich hoffe, sie lebt noch."

„Keine Ahnung, ich kenne sie nicht. Vielleicht weiß meine Frau das, die kennt so gut wie alle."

„Können wir hier eigentlich übernachten?", frage ich.

Der Mann sieht uns an, wiegt den Kopf, murmelt etwas. Will er nicht, dass wir hierbleiben? Warum nicht?

„Oder Sie wollen da auch Ihre Frau fragen?“, setzt Vesna nach.

Er sieht uns weiter zweifelnd an. „An der Küste sind viele Hotels. Die meisten haben um diese Jahreszeit geschlossen, aber vielleicht gibt's das eine oder andere …“

„So weit wollen wir nicht mehr“, meint Vesna.

„Wie weit ist das?“, frage ich.

„Dreißig, vierzig Kilometer. Cagliari, die Hauptstadt, ist auch bloß hundert Kilometer entfernt. Aber dann könnten Sie ja auch in dieses Hotel, in dem Sandro Direktor ist.“

„Wie lange dauert Fahrt? Ich bin schon müde“, sagt Vesna.

„Maximal eine Stunde bis zu einem Hotel an der Küste. Und nach Cagliari weniger als zwei Stunden.“

Meine Freundin tut so, als müsste sie gähnen. Was gibt sie als Nächstes zum Besten? Einen Ohnmachtsanfall vor lauter Erschöpfung? Ich zupfe sie am Ärmel. Mittlerweile finde ich die Idee einer Übernachtung an der Küste ziemlich reizvoll.

„Wir hatten einmal ein Agriturismo im Ort, aber das Projekt war zu groß angelegt und ist schiefgegangen. Zu wenige Gäste, die meisten wollen ans Meer. Jetzt gibt's nur mehr ein Bed & Breakfast hier, allerdings ohne Frühstück“, murmelt der Deutsche. „Der Standard ist nicht besonders hoch.“

„Wunderbar“, ruft Vesna, als hätte er ihr eine Gratisübernachtung im Ritz angeboten.

„Wunderbar?“, frage ich sie, als wir in einem dunklen Zimmer mit zum Glück wenigstens zwei Einzelbetten stehen.

„Wir müssen erst einmal Fenster aufmachen.“

„Es ist schweinekalt hier.“

Sie rüttelt am Griff, öffnet die Fenster und danach die Balken.

„Wärmer wird es dadurch auch nicht.“

„Wer wollte nicht so schnell ins Kent'Annos fahren?“

„Man kann das auch langsamer tun.“

„Dafür ist der Fliesenboden sehr schön, fast antik, so etwas magst du ja."

Ich starre auf die dunkelbraunen unregelmäßigen Kacheln. „Kalt. In erster Linie ist er kalt. Wenn es hier drin fünfzehn Grad hat, ist es viel."

Vesna fummelt an der Fernbedienung herum. Der Vermieter hat uns erklärt, dass das Klimagerät auch heizen kann. Wir sollten es einschalten, eine Runde spazieren gehen und schon sei das Zimmer warm. Wenn es nicht stimmt, haben wir Pech gehabt. Er hat uns den Schlüssel gegeben und ist gefahren. Wir seien allein im Haus, daher auch kein Problem, dass das Badezimmer auf dem Gang ist. Morgen früh sollen wir den Schlüssel einfach stecken lassen. Hier werde nicht eingebrochen. Bezahlt haben wir schon. Zugegeben, um dreißig Euro bekommt man selten eine Übernachtungsmöglichkeit.

Vesna stößt einen zufriedenen Laut aus. Tatsächlich. Das Klimagerät setzt sich in Bewegung. Allerdings scheint es kalte Luft von sich zu blasen.

„Heizen, nicht kühlen", schlage ich möglichst ausdrucklos vor.

„Zuerst es muss die kalte Luft loswerden. Dann heizt es. Ich kenne das. Meine Verwandten haben so etwas in ihrem Gästehaus."

„Jugoslawien", knurre ich.

„Erstens gibt es das nicht mehr. Zweitens hat Draga sehr schöne Zimmer, fast an der Küste. Und das Land heißt Montenegro. Er hat gesagt, wir sollen spazieren gehen. Das machen wir. Wir suchen ein Lokal, in dem wir zu Abend essen können, was meinst du?"

Vesna weiß, wie man mich ködert. Auch wenn ich beleidigt sein sollte, wie plump sie es anlegt. „Aber bloß essen und etwas trinken. Nicht wieder nach Tzia Grazia fragen. Ich habe den Eindruck, dem Mann von Lidia hat das nicht gefallen."

„Du meinst, sie haben zu tun mit dem Tod von Tzia Grazia?"

„Ich meine, sie haben keine Lust auf neugierige Ausländerinnen."

„Woher du weißt, dass sie Lidia heißt?"

„Bar Lidia? Schon vergessen?"

„Das kann auch wer anderer sein. Erste Regel bei Nachforschungen: nie auf etwas verlassen. Namen, Daten prüfen."

„Ach, und ihr Mann ist wahrscheinlich vom deutschen Geheimdienst."

„Mache dich nur lustig."

Wir sind durch den Ort gestreift, haben einen kleinen Park entdeckt. Ein Kork- und Korbwarengeschäft, das aber leider auch am späteren Nachmittag geschlossen war. Ein alter Mann mit Esel hat uns freundlich zugenickt. „Ist aus Prospekt für Sardinien-Werbung", hat Vesna geflüstert. „Kann nicht echt sein." Wie alt er wohl sein mochte? Nicht einmal sie wollte fragen. Eine Gedenktafel für die Gefallenen der Weltkriege. Die großen Kriege sind offenbar nicht einmal an dieser Berggegend vorbeigegangen. Ein Handyshop, der aussieht, als hätte er seit Monaten nicht mehr geöffnet. Und: kein Lokal. Nicht einmal ein geschlossenes.

Vesna überredet mich, bergauf zu wandern. Erstens hätte man von oben eine bessere Übersicht und zweitens gehe es dann auf dem Rückweg bergab. Wir spazieren also hinauf, die Häuser der letzten Seitenstraße sind niedrig, haben gepflegte alte Steinfassaden, Gärten hinter Steinmauern. Hier hat niemand „modernisiert". Dann liegt das Dorf hinter uns. Wie still es hier ist. Nur ab und zu, wie aus einem anderen Leben, das gedämpfte Geräusch eines Mopeds, eines Autos. Die Straße geht in einen schmalen Pfad über. Links und rechts Weideland, niedriges Gestrüpp, dazwischen grüne, hohe Grashalme. Nur mehr wenige Bäume, eng beieinander, als müssten sie sich gegenseitig schützen. Man sieht hinunter auf Birgu. Häuser an den Berg geklebt, gelbe, rosa, weiße Tupfen. So bunt ist mir das Dorf gar nicht vorgekommen, als wir durch die Straßen gegangen sind. Immer wieder Büschel mit winzigen gelben Blüten und, was mich am meisten entzückt, wild wachsende, duftende Kräuter: Salbei und Oregano, Thymian, etwas, das so ähnlich wie Minze aussieht und riecht, aber mit harten kleinen Blättern. Das entfernte Bimmeln von Glocken. Schafe? Kühe? Weit entfernt die Silhouette eines Hauses, vielleicht auch einer Ruine. Ist es ein Unterstand für die Tiere? Wohnen hier Hirten?

„Schön ist es hier schon", sage ich zu Vesna.

Sie nickt.

Dann verschwindet die Sonne hinter den Granitfelsen. Es ist, als hätte man der Landschaft einen Filter vorgeschoben. Weniger Farbe, dunkler, grauer. Kälter. Wir sollten zurück, bevor es ganz finster ist.

Wärmer ist es im Zimmer nicht geworden, stelle ich fest. Eher im Gegenteil. Vesna meint, wenn man die Hand Richtung Klimagerät hält, merkt man sehr wohl, dass es heizt.

„Aber durch den Ventilator kühlt die Luft stärker ab, als das Ding sie wärmt. Vielleicht hast du etwas falsch eingestellt?"

„Kenne ich mich mit so was aus oder du?"

„Vielleicht funktionieren die Klimadinger in Montenegro anders."

„Du bist bloß hungrig. Wir gehen zurück in die Bar."

„Die werden am Abend nicht offen haben."

„Du weißt es?"

„Aber du fragst nicht wieder herum. Wir haben uns schon verdächtig gemacht."

„Vielleicht sie erzählen uns von sich aus etwas über die *tzia*. Oder über Sandro Boi, den Direktor, der bisher Kellner war."

„Wir könnten Jana anrufen. Oder wir fahren doch gleich los und lernen ihn selbst kennen. Das Kent'Annos ist bloß achtzig Kilometer von hier."

„Du? Die du schon am Tag fürchtest? Es sind eineinhalb Stunden oder mehr, wenn ich nicht normal fahren darf."

Ich seufze. Vielleicht hat die Bar ja tatsächlich geöffnet und Lidia macht uns etwas zu essen.

„Wir trinken viel Cannonau, dann ist das Zimmer wärmer", schlägt Vesna vor.

Die Fenster der Bar sind erleuchtet. Wir sehen es bereits, als wir in die Straße einbiegen. Kein Problem für mich, noch einmal die köstlichen Culurgiones zu essen.

Als wir die Tür öffnen, merken wir, dass sich das Publikum verändert hat. Jetzt sind vor allem jüngere Leute hier. Der Fernseher über der Bar läuft, Musik tönt aus Lautsprechern. Rock, fast schon Punk.

Vesna grinst mir zu. Sie mag es, wenn sich etwas tut.

„Måneskin“, rufe ich ihr ins Ohr.

„Wer? Wo?“, ruft sie zurück.

„Die italienische Rockgruppe, die Musik! Sie haben San Remo gewonnen. Und den Song Contest!“

„Damit?“

„Mit so etwas Ähnlichem.“

„Hat nichts von ‚O sole mio‘.“

Ich lache. Zum Glück wird gerade ein Tisch frei. Zwei junge Frauen stehen auf, ein Mann kommt von der Bar her, gemeinsam verlassen sie das Lokal. Ich winke Lidia wie einer alten Bekannten, sie winkt zurück und kommt mit Tablett, Tuch und Sprühflasche. Im Handumdrehen ist alles sauber und desinfiziert, wir würden bitte gerne etwas essen, trompete ich gegen die Musik an. Wenn es noch einmal die Culurgiones sind, auch sehr gut. Ihre Antwort verstehe ich gleich doppelt nicht: akustisch und inhaltlich. Nur irgendwas von *formaggio*, *capra*, *purpuzza*. Ich nicke und lächle: „Tutto bene, benissimo!“ Und bitte ein Glas Weißwein für mich, ein Glas Rotwein für Vesna.

„Was bekommen wir?“, fragt Vesna.

„Wenn ich mich nicht täusche, ist Faschiertes dabei, vom Rest hab ich bloß Käse und Ziege verstanden.“

„So wie Cevapcici?“

„Ganz anders.“

Erst als wir sitzen, bemerke ich, dass es auch hier drin nicht besonders warm ist. Die meisten Gäste haben ihre Jacken anbehalten. Ich nehme meine von der Sessellehne und ziehe sie wieder über. Vesna zuckt mit den Schultern. „Das ist nicht Österreich.

Niemand heizt wie blöd, wenn viele Leute im Raum sind. Bei meinen Verwandten ..."

Ich grinse. „Gibt's überhaupt schon Strom in Bosnien?"

Sie grinst zurück: „Sogar in Montenegro. Und wenn nicht, machen sie ein Lagerfeuer mitten im Zimmer. Wie Urmenschen."

Als Lidia einen Korb mit Weißbrot aus dem Holzofen, zwei heiße Teller mit goldgelb gebackenem Käse, Wein und das nötige Zubehör bringt, deutet Vesna aufs Essen, dann auf sie und fragt: „Lidia?"

Sie lacht. „No. In cucina sta mia madre. Susa."

Inzwischen ist die Musik etwas weniger laut, der Rhythmus ruhiger. Ballade, rauchige Männerstimme. Wovon er erzählt? Irgendjemand sei gegangen, aber er werde bleiben, das Leben sei ... Was ist das Leben? Ich habe ihn nicht verstanden. Vesna sieht mich zufrieden an. „Du hast geglaubt, sie heißt Lidia, nur weil es auf dem Schild steht. Man muss es checken. Sie heißt Susa."

Ich proste meiner Freundin zu. „Du täuschst dich. Man sollte Italienisch können, zumindest ein bisschen. Oder erst gar nicht fragen. Das verhindert Missverständnisse. Sie hat geglaubt, dass du wissen willst, ob sie gekocht hat. Und ihre Antwort war: Nein, in der Küche steht meine Mutter. Susa."

„Woher weiß ich, das stimmt?"

„Frag sie nach ihrem Personalausweis."

„Dann sind wir wirklich verdächtig."

„War ein Scherz."

„Ich weiß, aber du hast gesehen? Die Leute, die dort hinten gesessen sind? Sie haben uns beobachtet."

„Wir sind Exotinnen hier."

Zwei Stunden später geht es uns so richtig gut. Unter der dicken Schicht zerflossenem Ziegenkäse waren köstliche gekochte Artischocken. Danach hat es tatsächlich Purpuzza gegeben. Diese Spezialität der sardischen Berge ist mir schon in Gavoi untergekommen. Grob faschiertes Fleisch, in diesem Fall vom Lamm, wird mit Salz, Pfeffer und einem Schuss Essig in Olivenöl knusprig geröstet und auf Pane Carasau gelegt. Susa, die Köchin, hat es noch mit hauchdünn geschnittenem rohem Fenchel und viel frischem Jungzwiebel garniert. Dazu für mich drei Gläser Nuragus aus einer Cantina in Jerzu. Autochthone Weißweinsorte, knackig, mit der mineralischen Würze der Berghänge. Zwei Gläser Cannonau für Vesna. Lidia heißt wirklich Lidia und hat uns gestanden, dass die Artischocken nicht frisch, sondern eingelegt waren. Weil sie nicht mehr mit Gästen zum Abendessen gerechnet hat. Vesna hat ihr gegenüber weder Tzia Grazia noch Sandro den Kellner-Direktor erwähnt. Von der Gemeinschaft, dem Essen, dem Wein gewärmt und beschwingt gehen wir Richtung Bett ohne Breakfast. Aber wir können morgen in unserer Bar Panini kriegen, auch Toast. Und das ab sechs. So früh muss es gar nicht sein.

Nur in wenigen Fenstern brennt noch Licht.

„Früher sind die Menschen mit der Sonne aufgestanden und wenn es finster wird, schlafen gegangen", sage ich.

„Und alle sie waren Hirten", spottet Vesna.

„Wenn sie nicht eine Bar geführt oder einen Lastwagen gefahren haben."

Wir biegen in eine Seitengasse, wieder einmal bergan.

„Hast du schon bemerkt, dass hier viel mehr Straßen bergauf als bergab gehen?", frage ich meine Freundin fröhlich.

„Ich bemerke, Straßenlampen sind aus."

Sie hat recht. Noch reicht der Lichtschein der größeren Straße. Aber die Laternen sind finster. Stromausfall? Sparprogramm? Bis zu unserem Quartier sind es noch zwei-, dreihundert Meter. „Wozu gibt es Sterne? Und den Mond?", frage ich Vesna. „Früher haben sich die Menschen einfach an den Sternbildern orientiert und …"

„Ich dachte, die haben schon geschlafen, wenn es finster war."

„Wenn sie nicht geschlafen, sondern gewacht haben. Zum Beispiel, wenn ein Wolf in der Nähe war." Keine Ahnung, warum ich von meinen eigenen Schauergeschichten Gänsehaut kriege. Wahrscheinlich, weil es noch kälter geworden ist. Im Zimmer wird es warm sein, hoffentlich.

„Wolf, so ein Quatsch. Hat es da nie gegeben."

„Wo es Schafe gibt, gibt es auch Wölfe."

„Was für Logik, liebe Frau Valensky. Du sollst nicht so viel trinken. Und besser, wir machen Taschenlampe am Handy an."

„He, wo ist dein Gefühl für Abenteuer? Schau nach oben! So viele Sterne hast du noch nie gesehen." Tatsächlich funkelt und blinkt es über uns, dass einem vor Staunen der Mund offen bleibt. Die Milchstraße, ein Band von Sternen, dicht an dicht, die Häuser wirken mit einem Mal, als wären sie nicht gebaut, sondern gewachsen, alles ist Teil vom ganz Großen. „Universum", flüstere ich.

„Da ist jemand", flüstert Vesna.

An der Abzweigung zu unserem Quartier drei Bäume, ein Schild, das darauf hinweist, dass wir in eine Sackgasse einbiegen.

„Stopp!"

Zwei Männer, die sich aus dem Schatten der Bäume gelöst haben und uns den Weg versperren. Vesna geht in Angriffsstellung. Mir fällt nichts ein, was ich sagen könnte. Ein Hirn so leer wie das Weltall. Das ist voll. Voller Sterne.

Der eine kommt noch einen Schritt näher. Er ist klein und stämmig, wirkt muskulös. Es ist so finster, dass ich sein Alter nicht schätzen kann. Daunenjacke, dunkle Hose.

„Haut ab!", sagt Vesna.

Ich lege ihr eine Hand auf den Arm. „Vergiss es, die …"

Er macht noch einen Schritt auf uns zu. Ich kann riechen, dass er geraucht hat. Der andere ist aufgerückt. Soll ich schreien? Im Haus rechts: kein Licht. Auf der linken Seite ein Zaun, dahinter ein Garten.

Der Redeschwall des Stämmigen setzt so abrupt ein, dass ich wie bei einem physischen Angriff zurücktaumle. Ich verstehe ihn nicht, „non capito", krächze ich, „niente". Er hört nicht auf zu sprechen, einzelne Wörter betont er besonders, schreit sie beinahe. Als ob ich so besser begreifen könnte. Im Augenwinkel nehme ich wahr, dass sich Vesna nach einer Waffe, einem Werkzeug umsieht. Sie darf nicht …

Wir seien *turiste*, rufe ich.

„Attenti", sagt er jetzt schon zum zweiten oder dritten Mal, es heißt so etwas wie Vorsicht, Achtung, vor wem sollen wir uns in Acht nehmen, wenn nicht vor ihnen? „Domande", das heißt fragen. Sollen wir jemanden fragen? Keine Fragen stellen? Jedenfalls scheinen sie eher mit uns sprechen als uns angreifen zu wollen. Oder kommt das noch? Sie bedrohen uns. Warum? Geht es um Geld? Sexueller Übergriff ist es wohl keiner. Da wird nicht so viel geredet. Glaube ich zumindest. Es war idiotisch, hierherzufahren, herumzufragen. Ohne die Sprache zu können, ohne zu wissen …

„Grazia", sagt er. Meint er Tzia Grazia? Grazia heißt auch etwas anderes. Dankbarkeit? Gnade? Sollen wir um Gnade betteln?

„Tutto bene", sage ich mit rauer Stimme, mehr fällt mir nicht ein. Alles gut, blöder geht es nicht mehr. Die beiden kommen noch näher. Wir stehen beinahe Nase an Nase. Der Schweigende hat eine Narbe, sie läuft vom Mundwinkel über die Wange bis zum Haaransatz. Er fixiert mich. Langsam greift er in seine Tasche. Ich kann nicht anders, ich schreie auf. Vesna faucht, tritt ihm ansatzlos gegen das Knie, er geht zu Boden, schnappt nach ihr. Ich muss ihr helfen! – Wie?

Der andere zieht ihn hoch. Ich will weg. Davonlaufen, Richtung Bar, aber ich kann Vesna nicht allein lassen. Der Narbige starrt Vesna an, macht eine ruckartige Bewegung in ihre Richtung. Vesna hat sich geduckt, sie ist in Lauerstellung. Wie will sie gegen zwei … Doch der Stämmige lässt seinen größeren Kumpel nicht los, hält ihn zurück. Wütende italienische Worte zwischen den beiden.

„No moneta", probiere ich es, „no Euro!"

Banditen, Vesna hat gelacht, als ich ihr von den sardischen Banditen erzählt habe. Sie haben uns in der Bar gesehen, leichte Opfer. Keiner kennt uns hier, dumme Touristinnen. Sie haben uns verfolgt, einen Abschneider genommen, gewartet, uns aufgelauert, als wir blöd in die Sterne geglotzt haben.

Jetzt starren die beiden mich an. Vielleicht wäre es besser, ihnen unsere Geldbörse zu geben ... Ich greife langsam in die Tasche.

„Stopp!", befiehlt der Stämmige.

Glaubt er, ich habe eine Waffe?

„Pace", sagt er und sonst noch alles Mögliche. Den mit der Narbe lässt er noch immer nicht los. Friede. Wenn Friede so aussieht? Freundlich klingt es nicht.

„Let go", faucht Vesna.

Jetzt reden die beiden aufeinander ein. Einig sind sie sich nicht.

„Pace", sagt der Stämmige wieder, macht zwei Schritte zurück und zieht seinen Kumpan mit. Der hebt drohend die freie Hand.

„Morto", verstehe ich von dem, was der Stämmige sagt. Tot. Er hebt die Hand zum Hals: Halsabschneiden. Oder doch Erwürgen? Dann geht die Hand zum Magen: Vergiften. Dann zur rechten Schulter: Vierteilen. – Vierteilen? Irrtum, Mira: Er macht langsam und bedächtig ein Kreuzzeichen.

„Pace", sagt der andere und noch einiges dazu. „Lasciare" kommt mir bekannt vor, es gibt einen bekannten Schlager, da kommt das vor. Das da aber klingt gar nicht fröhlich. Lassen, loslassen, in Ruhe lassen – heißt es so etwas oder bilde ich mir das nur ein? Ich nicke. Die beiden machen noch zwei Schritte zur Seite, der Stämmige zieht den Narbigen mit sich, sie gehen die Straße hinunter, Schatten, dicht an dicht.

„Andate via", bellt der Narbige noch einmal zurück.

„Wir fahren", sage ich zu Vesna. Es ist das Erste, was gesprochen wird. Wir stehen vor unserem Quartier.

„Was haben sie gesagt?", fragt Vesna.

„Wie hätte ich das verstehen sollen? Aber eines ist klar, sie wollen nicht, dass wir hier sind."

„Vielleicht doch normale Räuber?"

„Dann hätten sie uns beraubt."

„Ich habe ihm Tritt gegeben."

Ich sehe meine Freundin an. „Du glaubst doch nicht wirklich, dass du sie damit in die Flucht geschlagen hast? Der Dickere hat den mit der Narbe zurückgehalten. Zum Glück."

„Ja, aber warum?"

„Sicher nicht, weil er sich vor dir gefürchtet hat."

Vesna schnaubt und sperrt die Eingangstür auf. Aber auch sie ist vorsichtig. Sie öffnet sie nur ganz langsam, lauscht. Alles ruhig. Alles finster. Sie tastet nach dem Schalter. Ich atme erst aus, als das Licht im Flur angeht.

„Ist niemand hier."

„Sie wollten nicht, dass wir nach Tzia Grazia fragen. Oder über Sandro Boi reden oder …"

Vesna fällt mir ins Wort. „Ja. Weil sie mit Mord an Hundertjähriger zu tun haben."

Ich denke an das Kreuzzeichen. Ich habe es für Sekunden völlig falsch gedeutet. Halsabschneiden, Vergiften … „Unser Problem ist, dass wir nichts wissen über sie. Und dass wir sie nicht verstehen."

Vesna geht die Treppe nach oben und antwortet nicht. Noch vor weniger als einer Stunde hatte ich ein ganz anderes Gefühl: Wir waren Gäste, beinahe schon Freunde. In dieser Bar mit dem guten Essen und den vielen jungen Leuten. Dem fröhlichen Lärm. Eine Illusion. Was, wenn Lidia oder ihr Mann jemandem erzählt haben, dass zwei Ausländerinnen seltsame Fragen stellen? Über Dinge, die sie nichts angehen. Was, wenn uns jemand beobachtet hat? Wir haben deutsch gesprochen, aber „Tzia Grazia" oder „Sandro Boi" versteht man auch, ohne die Sprache zu können. Der Rest lässt sich erfragen. Immerhin haben wir lange mit dem Mann von Lidia geredet.

Vor der Zimmertür hält Vesna noch einmal inne. Deutet mir, zurückzubleiben. Lauscht. Dreht dann langsam den Schlüssel, öffnet vorsichtig die Tür. Lauscht wieder. Knipst das Licht an. „Da ist niemand. Komm!"

„Wir fahren", wiederhole ich.

Sie seufzt. „Sehr warm es ist nicht geworden."

„Darum geht es nicht."

„Wir sollten wissen, wer sie sind, die beiden."

„Klar, nachdem es schon so gut angekommen ist, dass wir nach Tzia Grazia gefragt haben, fragen wir als Nächstes nach einem Narbigen und seinem Freund, so einem Stämmigen, Kleineren, weitere Kennzeichen unbekannt, weil zu finster."

„Wenn wir wissen, wer sie sind, wir wissen mehr, was sie von uns gewollt haben."

„Wir könnten auch etwas völlig Falsches vermuten."

„Sage nicht, sie wollten unsere Unschuld!"

„Saublöder Ausdruck für sexuelle Nötigung."

„Lass uns nicht Worte klauben, das zumindest war es nicht."

„Wir fahren."

„Na gut. Aber beschwere dich nicht, dass es Nacht ist und dass die Straße Kurven hat."

[4.]

Vesna ist halbwegs vernünftig gefahren. Oder kann mich nichts mehr erschrecken? Je weniger gebirgig die Landschaft ist, desto besser funktioniert das Navi. Nach einer Stunde wird die Gegend hügelig, sanfter geschwungene Scherenschnitte vor Nachthimmel, kein Mond, dafür Unmengen Sterne. Wir haben nicht viel geredet. Nur als Vesna mir erklärt hat, dass wir heute Neumond hätten, habe ich etwas von einer, die immer alles weiß, geknurrt. „Leider nicht", war ihre erstaunliche Antwort.

Das Resort liegt gut sichtbar auf einer kleinen Anhöhe. Es ist etwas nach Mitternacht. Am Horizont ein hellerer Schein. Dort, wo Cagliari sein muss. Die Auffahrt ist von Olivenbäumen gesäumt. Sie stammen wohl noch aus der Zeit, als das da ein Kloster war. Zwischen ihnen, am Boden, kleine Lichter, wie Glühwürmchen. Dann eine Mauer mit einem breiten Durchlass. Links und rechts der Einfahrt Säulen, darauf hohe Engelskulpturen. Ihre Flügel sind groß und halb geöffnet. So, als wollten die Gottesboten gleich davonfliegen. Früher wird zwischen den Engeln wohl ein Tor gewesen sein, jetzt biegen wir ungehindert ins Innere der Anlage ein. Viel Platz, holpriges, unregelmäßiges Steinpflaster. Das Gebäude ist einstöckig und langgezogen, der Eingang erstaunlich klein und niedrig. Aber das war ja auch eine Klosterpforte, geöffnet nur für Auserwählte. Einige Autos, daneben ein Anhänger, Fässer, Gartengeräte. Wir parken. Auch hier schwache Lichtpunkte am Boden. Sie scheinen die einzigen

Lichtquellen zu sein, alle Fenster sind finster. Trotzdem. Ich fühle mich sicher.

„Wir sollten Jana anrufen."

„Warum?", antwortet meine Freundin. „Wir sind da."

„Wie kommen wir rein?"

„Durch die Tür."

Ich trabe hinter Vesna drein. Mit einem Mal bin ich unendlich müde. Keine Kraft mehr für Widerspruch. Als sie in die Nähe der Klosterpforte kommt, flammt helles Licht auf. Bewegungsmelder. – Oder Alarmanlage? Aber es bleibt still. Sie drückt die Klinke. Gleich kommt ein Mönch in Franziskanerkutte, er wird uns ansehen und sagen: Willkommen in unserem bescheidenen Haus Gottes. Stattdessen rüttelt Vesna an der Tür und sieht sich dann suchend um.

Ich bleibe einfach stehen und warte. Döse. Die Mönche, sie kämpfen gegen die bösen Banditen, die uns Geld und Ehre und eine alte Tante rauben wollen …

„Wer ist da?", ruft eine Männerstimme mit italienischem Akzent.

Ich schrecke hoch.

„Vesna und Mira. Ich bin die Oma von Lilli", ruft Vesna zurück.

Schon seltsam, dass sie nicht sagt: die Mutter von Jana. Aber bevor ich in barmherzigem Halbschlaf weiter überlegen kann, geht die Tür auf. Ein schlanker Mann mit schwarzen Haaren, Jeans und einem Sakko über dem weißen T-Shirt sieht uns an.

„Jana sagt, kommt Mama und zweite Lady. Aber jetzt?"

„Wo ist Jana?", frage ich.

„Schlaft. Ich bin Sandro, il direttore. Wir haben Zimmer frei."

Im Refektorium steht ein massiver Holztisch, an dem sicher zwanzig, dreißig Menschen Platz haben. Die Fenster gehen auf den Innenhof. Auch wenn heute die Sonne scheint, liegt der Raum in einem ruhigen Halbdunkel. Ich habe lange geschlafen, es ist beinahe Mittag. Es hat etwas gedauert, bis ich den Speisesaal gefunden habe. Ein langer Gang, die kleinen Fenster, eher Nischen, hoch oben, sodass ich nur Bäume und etwas Himmel sehen kann. Zweimal ums Eck, ein kleiner Vorraum, wieder ein Gang. Und dann habe ich ein Quäken gehört, ein fröhliches Krähen.

Lilli sitzt auf Vesnas Schoß, neben ihr Jana. Meine Freundin strahlt und brabbelt in Babysprache. Da hätten sich die beiden Männer gestern Nacht gewundert. – Ist das wirklich erst gestern gewesen? Jana springt auf und umarmt mich.

„Echt schön, dass ihr da seid. Warum habt ihr euch nicht angekündigt? Ich hätte natürlich auf euch gewartet!"

Vesna sieht mich an. „Ich habe gesagt, dass Schiff Verspätung hatte und dass wir nicht gewusst haben, ob wir Rast machen."

„Ja", bestätige ich überrascht.

„Magst du Frühstück? Ich mache dir etwas!"

Ich schüttle den Kopf. „Wir haben gestern Abend mehr als …"

„Wir sind am Weg stehen geblieben, wie ich gesagt habe", fällt mir Vesna ins Wort. Warum will sie nicht, dass Jana von unserem Stopp in Birgu erfährt?

„Aber natürlich Sie sollen etwas essen", kommt es von einer Tür her. *Direttore* Sandro. „Ich habe Mädchen gesagt, sie muss alles bringen. Benvenuti ancora!" Noch einmal ein herzliches Willkommen. Jana verdreht ein wenig die Augen. Lilli grabscht nach Vesnas Ohrring und die ist darüber entzückt.

„Sie ist ziemlich groß geworden", sage ich zu Jana, um auch etwas zum Thema beizutragen.

Vesnas Tochter lächelt. „Ihr habt sie zwei Monate nicht gesehen. Sie geht, sie läuft, ab und zu fällt sie um. Aber sie ist nicht wehleidig."

„Dabei ist der Boden ziemlich hart", fügt Vesna hinzu und wirft einen besorgten Blick auf den Fliesenboden. Keine Rede von der Rennfahrerin und der Kämpferin, die es mit zwei Sarden in den besten Jahren aufnehmen wollte. Wobei: Für Lilli würde sie gegen eine ganze Armee antreten, wenn es sein muss.

„Es ist hübsch, aber ein Resort stelle ich mir doch anders vor", sage ich wenig später, als ich mit Jana im Innenhof in der Sonne sitze. Rosensträucher, die schon Knospen tragen, Lavendelbüsche, ein dekorativer Ziehbrunnen, der wohl nicht mehr in Betrieb ist. Ein Beet mit verschiedensten Kräutern. Steinpflaster. Sitzmöbel, teils aus verwittertem Holz, teils aus Plastik.

Vesna bewacht ihre Enkeltochter beim Mittagsschlaf. „Bin selbst etwas müde", hat sie gesagt.

Meine Freundin und zu Mittag schlafen. Was es nicht für Überraschungen gibt.

„Es war eben ein Kloster", antwortet Jana. „Eines der zahlreichen Franziskanerkloster auf der Insel. Die Grundsubstanz ist aus dem siebzehnten Jahrhundert. Aber auch hier wurden die Mönche weniger und weniger. Es war fast achtzig Jahre nicht mehr in Betrieb, zwischendurch war es Lager und Büro einer landwirtschaftlichen Genossenschaft. Und dann ist es in ein Hotel umgebaut worden."

„Ich habe Claus Hartmann kennengelernt", sage ich.

„Du hast am Telefon davon erzählt. Der Umbau zum Hotel ist lange vor seiner Zeit erfolgt. In den Siebzigerjahren. Damals hat man in Sardinien an den großen touristischen Aufwind geglaubt. Es war dann leider doch nur ein Lüftchen, abseits der Costa Smeralda, der Küste im Norden für die Berühmten und Schönen. Auch sonst wollten die meisten Menschen eher Meer und Strand. Das Hotel-Konsortium ist pleitegegangen. Am Ende wurde das Haus als Ferienheim geführt. Bis Hartmann es gekauft hat."

„Resort … jedenfalls etwas hochtrabend."

Jana grinst. „Er hat es billig bekommen. Und es soll ja auch bloß der Anfang sein."

„Besonders luxuriös ist es nicht. Mein Zimmer ist winzig, das Fenster klein und hoch oben, das Bad … seltsam. Die Hähne singen mehr, als dass sie Wasser geben."

„Tja, Hartmann redet vom einfachen Leben, vom Ursprünglichen, dem, was einen stark und resilient und die Menschen in den sardischen Bergen glücklich alt macht. Reden kann er, das muss man ihm lassen."

„Habe ich auch schon festgestellt."

„Als sie das Haus umgebaut haben, wurden einfach je zwei Klosterzellen zusammengelegt, in einem ist der Schlafraum, im anderen das Bad. Die Installationen sind seit den Siebzigern nicht erneuert worden. Hartmann will nichts investieren, was nicht sein muss. Siehe Rückbesinnung. Es ist bloß das Vorprojekt zum Resort in den Bergen, seinem Zentrum für ein langes Leben. Wobei … ganz sicher bin ich mir nicht, ob der große Investor wirklich so viel Geld hat, wie er sich den Anschein gibt."

„SardaVit ist in den Auslagen aller Apotheken."

Jana runzelt die Stirn. „Das ist etwas anderes. Am besten, man kümmert sich nicht viel darum."

„Du glaubst nicht an seine Wirkung? Du bist ja auch noch jung." Ich lächle und lasse mir die Sonne ins Gesicht scheinen. Warm strahlt sie hier, beinahe sommerlich.

„Glauben – das hast du richtig gesagt, dafür fehlt mir der Glaube."

„Und Benjamin?"

„Was soll mit ihm sein?"

„Ich meine: Glaubt er daran?"

„Natürlich nicht. Aber von SardaVita bekommt man hier ohnehin nichts mit. Zum Glück."

„Er ist in den USA."

„Hat Mam gesagt, du sollst mich aushorchen?"

Ich lache. „Hat sie nicht."

„Benjamin kennt diesen Claus Hartmann aus Stuttgart. Er hat ihn vollgelabert: Konzept für ein langes und zufriedenes Leben, visionäre Erholung statt Billig-Tourismus, Ruhe und intellektuelle Angebote anstelle von Bespaßungsprogramm, all so etwas. Dabei hätte es bei Benjamin schon gereicht, wenn Hartmann Sardinien gesagt hätte. Er hat ja Familie hier, und er steht auf die Vorstellung, dass er eigentlich ein halber Sarde ist. In

Wirklichkeit ist er ein Achtelsarde und alle näheren Verwandten sind tot oder ausgewandert. Hartmann hat ihn gebeten, so lange wie er mag, sein Gast zu sein. Dafür soll er bloß hin und wieder, wann und worüber er mag, einen Vortrag halten."

„Für wen?"

„Um diese Jahreszeit will offenbar niemand ins Kent'Annos. Benjamins Idee war es, hier in aller Ruhe, egal was sonst auf der Welt los ist, an seinem nächsten Buch zu arbeiten. Sozusagen selbst verordneter Lockdown."

„Und dir hat er den auch verordnet."

„Quatsch. Ich dachte, es ist eine gute Idee, um herauszufinden, ob wir auf irgendeine Art und Weise miteinander leben können. Quasi als Familie. Und für CHANCE kann ich von überall aus arbeiten."

„Nur dass Benjamin weg ist."

„Ich kann es ihm nicht übel nehmen. Sie haben ihm angeboten, die abgesagte Vortragsreise nachzuholen. Harvard, University of California, da sagt man nicht so einfach Nein."

„Du bist hiergeblieben. Mit Lilli."

Jana sieht mich an. „Was immer Mam fantasiert: Ich bin freiwillig und gerne da. Für Lilli ist es großartig. Hunde, Schafe, Katzen, sogar zwei Esel. Viel Platz und Luft."

„Und keine Gäste."

„Mir ist es egal. Hartmann soll demnächst kommen, um den Kaufvertrag für das eigentlich geplante Kent'Annos zu unterschreiben. Ein riesiges Stück Land mit einem ehemaligen Agriturismo drauf. Dadurch ist es zumindest teilweise Bauland."

„Also hat er doch Geld?"

„Vielleicht scheffelt er mit seinen Mittelchen ja wirklich Millionen. Außerdem ist Land in den Bergen wohl nicht besonders teuer. Und sein Vater ist ein großes Tier in der Automobilbranche." Jana verdreht die Augen. „Nicht mein Ding."

„Du warst stinksauer, als dein Benjamin beim deutschen Automobilsalon aufgetreten ist."

„Damals war er noch weniger ‚mein' Benjamin als heute. Klar war ich sauer. Aber er wollte ja bloß wieder einmal provozieren."

„Und jetzt schreibt er ein Buch über die deutsche Automobilindustrie?"

„Das hat er in einem Interview erzählt, ist aber natürlich Unsinn. Das neue Buch soll ‚Die Spaltung – Das Ganze' heißen."

„Auch etwas größenwahnsinnig, oder?"

„Na ja, er versteht seine Philosophie als kontradiktorische Auseinandersetzung mit der Gesellschaft und ihren Systemen."

„Kann alles heißen."

„Ja. Von Pandemie über Ukrainekrieg bis rechts-linken Straßenschlachten und Hass im Netz. "

„Hartmann junior war auch in der Autobranche. Ein beachtlicher Wandel, hin zu SardaVita."

„Er hat ein modulares E-Wasserstoff-Auto entwickeln lassen, mit beiden Antriebsarten parallel. Er wollte beweisen, dass er mindestens so erfolgreich ist wie Vater und Großvater. Jedenfalls wurde er gehypt, wenn auch vor allem von den Medien. Dann hat er Millionen in den Sand gesetzt und ist gerade noch einer Verurteilung wegen Kreditbetrugs entgangen."

„Jetzt versucht er es in einer ganz anderen Branche. Weißt du, was er mir gesagt hat? Sardinien und Österreich hätten einiges gemeinsam. Unter anderem das sympathisch Schlampige. Ein bissl was sei immer möglich."

Jana lacht. „Ich kenne ihn nicht gut, aber dass es ihm um die selbstlose Mission ‚gutes langes Leben für alle' geht, glaube ich ohnehin nicht so recht."

„Der Handel mit Wirkstoffen aus der Natur boomt. Aber was soll die Sache mit diesem Zentrum für ein langes Leben?"

„Das große Kent'Annos … Habe ich mich auch schon gefragt. Der Tourismus in Sardinien hat in den letzten Jahren zugelegt, auch abseits der Trampelpfade. Vielleicht wollte er ein zusätzliches Standbein, um SardaVita die richtige Atmosphäre zu geben: Hundertjährige, Berge, Schafe, gute Luft, gutes Essen, kein Stress. Wer das erleben will, kann seine Pillen nehmen, kann sich aber auch für einige Wochen zurückziehen und regenerieren. Allen Luxus inklusive."

„Am Luxus muss er erst arbeiten."

„In den Bergen soll es ihn dann geben. Die Elite der Welt soll dort ein und aus gehen, hat er uns vorgeschwärmt. Aber all das scheint Tom ohnehin mehr zu interessieren als Hartmann."

„Tom Marek?"

„Wer sonst? Der lebt tatsächlich hier. Er gibt Interviews über seinen Wandel und seine neuen Erkenntnisse. Abkehr vom toxischen Stress, sardische Natur pur – und natürlich die Perspektive, glücklich und gesund zu leben bis fast in alle Ewigkeit. Er ist immerhin Mitte sechzig."

„Seine Freundin soll halb so alt sein."

„Sie war nur für ein paar Tage da. Dann ist sie an die Costa Smeralda, um Freunde zu treffen. Vielleicht hofft er ja darauf, jünger zu werden, oder zumindest nicht so schnell alt. Damit er mithalten kann."

„Oder damit er neue Rollen kriegt. Hat ihn sicher getroffen, dass die Fernsehserie eingestellt wurde."

„Ich hab sie nie gesehen. Kann sein, er hofft auf eine ganz andere Rolle: als Guru für das bessere Leben, umgeben von Schafen und Bewunderinnen. Er gehört zu den Männern, die an jeder Frau etwas finden – vorausgesetzt, sie himmelt ihn an."

„Woher weißt du das?"

„Na ja, bei mir hatte er jedenfalls kein Glück. Wobei: Übergriffig ist er nicht, er macht eher auf Frauenversteher. Tom ist ganz nett, wenn man ihn nicht zu ernst nimmt, aber das tut er ohnehin selbst."

„Was?"

„Sich ernst nehmen, oder besser: wichtig."

„Eitelkeit gibt's nicht nur unter Schauspielern."

„Da hast du recht. Und nicht einmal nur unter Männern. Jedenfalls steigert sich Tom ganz schön hinein. Er ist seit einigen

Tagen in Birgu. Für ein Fotoshooting im Zusammenhang mit SardaVita, aber ich glaube, er will auch vor Ort nachschauen, wie weit das Projekt …"

„He, was …" Wir fahren beide herum. Tom Marek höchstpersönlich. „Was erzählst du für Schauergeschichten über mich?" Weiche angenehme Stimme, erstaunlich volle brünette Haare, die sich im Nacken kräuseln, helle Augen – und Augenringe darunter. Er lächelt. Dann sieht er mich an, nachdenklich. Hat er seinen Text vergessen?

„Das ist Mira Valensky", erklärt Jana. „Die beste Freundin meiner Mam. Eine Top-Journalistin."

Ich grinse schief. Solche Zuschreibungen sind bei Jana nicht eben an der Tagesordnung. Aber vielleicht will sie den Ex-Fernsehstar ja doch ein wenig beeindrucken.

„Ich kenne sie", erwidert Tom Marek und sieht mich noch immer an.

Was hat Jana gesagt? Er ist einer, der Frauen nicht gerade abgeneigt ist, vorausgesetzt … Quatsch. Das ist keine Anmache. Der Blick ist anders.

„Klar, Mira hat lange beim ‚Magazin' gearbeitet. Als Chefreporterin. Sie hat einige spektakuläre Fälle …"

„Nein, vor kurzem … Sie waren doch in der Bar in Birgu, oder? Gemeinsam mit einer schlanken dunkelhaarigen …"

„Mit meiner Mam?", fällt Jana ein. „In Birgu? Unsinn."

„Kein Unsinn. Gestern. So weit reicht mein Gedächtnis noch."

Ich lächle möglichst unverbindlich. „Wir haben dort einen kurzen Stopp gemacht."

„Warum habt ihr davon nicht erzählt?", fragt Jana.

„Hätte … hätten wir noch. War … nicht so wichtig. Ein Ort eben, in den Bergen. Sehr hübsch übrigens, vor allem … die Landschaft."

„Wunderbar ist es dort", schwärmt Marek. „Das Dach Sardiniens, mit weitem Blick, manchmal bis zum Meer, und echten Menschen."

„Avatare sind selten in Sardinien", murmle ich. Keine Ahnung, warum Vesna ihrer Tochter nichts vom Zwischenfall in Birgu erzählen wollte. Eines ist mir allerdings klar: Wenn ich davon anfange, ist sie sauer. Mir ist Marek nicht aufgefallen. In der Bar. Aber am Abend waren viele Leute da. Und: Wenn man nicht damit rechnet, bemerkt man ihn wohl kaum. Er wirkt kleiner als in der Serie. Durchschnittlicher. Weniger präsent. Klar. Kein Regisseur, der ihn in Szene setzt. Kein Close-up. Was, wenn er mit dem Beinahe-Überfall zu tun hatte? Aber warum sollte er?

„Ich freue mich", sagt Marek, lächelt und streckt mir die Hand entgegen. „Tom."

[5.]

Jana hat uns herbeordert. San Pantaleo. Die romanische Kirche von Dolianova. Wir müssen sie uns ansehen. Heute, sechzehn Uhr. Ich mag romanische Kirchen. Aber als apodiktische Kulturvermittlerin ist mir Vesnas Tochter bisher nicht aufgefallen. Jetzt steht sie mit Lilli an der Hand vor den Stufen zum Portal der alten Kathedrale. Und wirkt eher wie ein Racheengel als wie eine Fremdenführerin. Frei, mit viel Platz drum herum, erhebt sich die hohe große Kirche aus hellem Stein. Das Zentrum der Kleinstadt ist anderswo, schmale Gassen mit alten Steinhäusern den Hügel hinauf. Auf der anderen Seite ein Feld. Ruhig ist es hier. Alles gut einsehbar, sollte jemand kommen. Oder gar mithören wollen.

„Es ist einfach nicht zu fassen", sagt Jana und sieht dabei auf ihre Tochter. Die nuckelt an einem Lutscher und sieht sehr zufrieden aus. „Ihr wart in Birgu und erzählt mit keinem Wort, was euch dort passiert ist. Warum bitte?"

Vesna hebt die Hand, setzt zu einer Erklärung an, lässt sie wieder fallen und schweigt. Dank Lilli haben die beiden nicht vor, einander anzuschreien. Ist ja schon etwas. Vielleicht sollten Putin, Kim Jong-un und auch demokratischere Staatenlenker bei Verhandlungen immer Kinder dabeihaben. Andererseits: Gewisse würden sie wohl einfach als Geiseln verwenden.

„Ich finde es verrückter, dass Tom Marek auch dort war", sage ich.

Jana starrt mich böse an. „Lenk nicht ab. Von wegen, ihr habt bisher keine Zeit gehabt, mir davon zu erzählen. Wir haben gefrühstückt. Und dann bin ich mit dir, Mira, stundenlang im Innenhof gesessen. Nichts. Nada. Und jeden Abend werdet ihr doch auch nicht von … wem auch immer aufgehalten."

„Warum du regst dich so auf?", fragt Vesna ihre Tochter. „Ich habe es dir erzählt, weil es Bestätigung ist, dass mit dem Tod von Tzia Grazia etwas nicht stimmt."

„Du hast es mir erst erzählt, als rausgekommen ist, dass ihr in Birgu Station gemacht habt. Zwei Ausländerinnen stellen Fragen. Nach Tzia Grazia, nach ihrem Enkel. Sie können zwar nicht Italienisch, aber sie machen sich wichtig und schnüffeln herum. Allein das macht euch verdächtig."

„Wenn sie so mit allen neugierigen Touristinnen umgehen, ist es kein Wunder, dass sie in den Bergen wenige haben", sage ich milde, ohne die Stimme zu heben. Obwohl mir dieses Tribunal ziemlich auf die Nerven geht.

„Ihr habt nicht einmal eine Ahnung, was die von euch wollten. Ihr habt sie nicht verstanden."

„Auf Kaffee sie wollten uns kaum einladen", antwortet Vesna trocken. „Der eine wollte angreifen, der andere hat ihn zurückgehalten."

„Wenn ich das richtig verstanden habe, hast du ihn zuerst getreten."

„Weil klar war, dass man sich wehren muss. Und zeigen, dass man das kann."

„Zumindest wollten die beiden nicht, dass wir herumfragen. Vielleicht ging es darum, uns zu warnen. Vor wem oder was auch immer", murmle ich.

„Warnen? Dann warst du in einem anderen Film!", ruft Vesna, jetzt schon etwas lauter.

Lilli sieht interessiert auf. Sofort beugt sich Vesna zu ihr. „Hör ihnen nicht zu, Süßes. Die Tante und deine Mutter erfinden gerade eine Geschichte."

Lilli strahlt sie an. „Nacht. Schichte."

„Ich erzähle dir später eine schönere."

„Schaf!", sagt Lilli und deutet auf eine Möwe, die auf den Stufen der Kirche sitzt.

„Für sie ist jedes Tier ein Schaf", sagt Jana und lächelt.

Kinder als Krisen-Stopper. Geht wirklich. Ich sollte mir das patentieren lassen. Oder man baut es ein, ins Konzept des künftigen Kent'Annos. Verjüngung, glücklich und weise alt werden, gut leben, kein Stress, Weltfrieden. Passt doch alles zusammen. Und Tom Marek spielt den Guru.

„Wenn man jemanden nicht versteht, wenn es finster ist, wenn die schnell und nachdrücklich Italienisch reden und wenn Vesna sich angegriffen fühlt, wer weiß, ob man die Lage nicht doch falsch …", überlege ich laut.

„Gestern hast du gesagt, wir müssen sofort weg, weil du Angst hast", widerspricht Vesna.

„Ich habe nicht gesagt, dass ich Angst habe!"

Jana seufzt. „Jedenfalls kann ich mir nicht vorstellen, dass die Aktion mit Tom Marek zu tun hat. Der war in Birgu, weil sie ein Fotoshooting für SardaVita gemacht haben. Und weil er sicher wieder auf dem Gelände herumgestiefelt ist, auf dem sein Kent'Annos entstehen soll. Kann sein, es hat sich in Birgu inzwischen herumgesprochen, dass es Zweifel am natürlichen Tod von Tzia Grazia gibt. Das Letzte, was sie wollen, ist wohl, dass sich jemand von außen einmischt. Vielleicht war es das Fremdenverkehrsamt. Die Hundertjährigen sind ihre größte Hoffnung. Testimonials für Sehnsüchte von solchen, die auch schon in die Jahre gekommen sind. Und bekanntlich haben ältere Leute …."

„Ältere Leute?", frage ich.

„Du musst dich ja nicht betroffen fühlen. Ihr wart ja nicht dort, weil ihr auf Verjüngung hofft. Sondern bestenfalls auf einen neuen Adrenalinkick."

„Durch den Tod einer Hundertzweijährigen", höhne ich.

„Man soll vor Kind nicht so viel über Tod reden", flüstert Vesna.

„Tod“, sagt Lilli und es klingt ziemlich fröhlich.

„Schon vergessen? Du hattest Zweifel an dem … an der Art des Ablebens von Tzia Grazia“, sage ich zu Jana. „Wir haben eher geglaubt, dir ist …“

„Was ist mir?“

„Na, dir fällt die Decke auf den Kopf. Oder so.“

Jana knurrt etwas wie: was für ein Glück für uns, dass Lilli mit dabei sei.

Jetzt beuge ich mich zu Lilli hinunter. „Du bist unser Glück.“

Sie strahlt uns der Reihe nach an.

„Vorschlag“, sagt Jana, „ihr redet mit Elena. Die ist zwar nicht besonders gesprächig, aber sie kennt sich aus. Sie versteht die Leute hier und es ist ihre Großmutter, die Zweifel am … Verscheiden ihrer besten Freundin hatte. Vielleicht gab es schon Gerüchte und als ihr gekommen seid, ist es ihnen zu viel geworden. Was ihr macht, ist nur peinlich und scheucht alle auf. Man kann keine dummen Fragen brauchen.“

„Peinlich? Dumme Fragen?“, wiederholt Vesna. „Warum hast du uns dann …“

„Dumme“, sagt Lilli und strahlt schon wieder.

„Sie lernt gern. Sie liebt neue Wörter“, murmelt Jana.

„Wenn es jetzt nur mehr … Gerücht ist: Warum hast du uns dann hierher bestellt?“, fragt Vesna und sieht ihre Tochter prüfend an. „Zu dieser Kirche mit viel freiem Platz herum. Wo du genau merkst, falls jemand kommt? Wo uns niemand belauschen kann?“

Jana zuckt mit den Schultern. „Weil die Kirche wunderschön ist? Friedlich? Aus Vorsicht? Immerhin ist Lilli …“

„Genau“, antwortet Vesna ganz sanft. „Besser, du denkst an sie und lasst uns in Ruhe.“

Ich merke, wie Jana an die Grenze ihrer Beherrschung kommt.

„Die Oma dieser Elena, wie ist sie? Kennst du sie? Könnte doch sein, dass Elena ihr gegenüber gleich objektiv ist wie Vesna bei Lilli.“ Ich sage es und lächle dabei Lilli an, ohne Vesna anzusehen. Lilli hat sich auf die Stufen gesetzt und lächelt zurück. „Ist sie eigentlich immer so fröhlich?“, frage ich.

„Sie kann auch anders, glaubt mir. Und was Nonna Laurina angeht: Elena hat sie mir vorgestellt. Sie ist nett. Aber ich habe, auch wenn ich ganz gut Italienisch kann, lange nicht alles verstanden. Und dann hat sie Verwünschungen ausgestoßen, auf Sardisch.“

„Gegen dich?“

„Es ging gegen alle, die Unglück bringen.“

„Gegen alle von anderswo“, ich flüstere es beinahe. Aber Lilli sieht ohnehin gebannt der Möwe zu, die sie Schaf nennt. „Sie mögen das nicht, vielleicht ist alles viel einfacher, und die beiden haben uns deswegen ...“

Jana schüttelt den Kopf. „Wo denkst du hin? Das sind keine mittelalterlichen Clans, die abgeschottet leben und denen alles Fremde verdächtig ist.“

„Dann ist Nonna Laurina nicht mehr ... ganz klar im Kopf?“

„Ist sie doch, aber eben auch schon ziemlich alt. Elena sagt, es war gegen den bösen Blick, gegen das Unglück an sich, und es hört sich viel wilder an, als es ist. Weil man eben die Sprache nicht versteht. Sie ist ziemlich abergläubisch, sagt Elena. Obwohl sie Lehrerin war.“

„Und was glaubst du?“

Jana wiegt den Kopf und sieht hinauf zum Kirchenportal mit seinen schön gearbeiteten Rundbögen über dem hohen Tor. „In Perdasdefogu gibt’s inzwischen fast so etwas wie *Centenari*-Stalking. Journalistinnen, Glückssucher, Jugendlichkeitsfanatiker, Geschäftemacher: Viele sind hinter den Hundertjährigen her. Redet mit Elena.“

„Sie kann perfekt Deutsch, hast du gesagt. Sie hat immer schon hier gelebt?“, fragt Vesna.

„Sie war lange in der Weltgeschichte unterwegs, soviel ich weiß.“

„Was hat sie gemacht?“

„Darüber will sie nicht reden, sie sagt, sie konzentriert sich lieber aufs Jetzt. Das sei gesünder. Sie ist heimgekehrt, um sich neu zu orientieren."

Doch als wir ins Kent'Annos kommen, ist Elena nicht da. Einkaufen, sagt Gemma, laut Jana „das Mädchen für alles". „Klingt despektierlich, aber passt einfach", fügt sie hinzu. „Sie kocht, wenn auch lange nicht so gut wie Elena. Sie putzt. Sie lässt sich von Sandro herumscheuchen. Sie ist froh, da und nicht daheim zu sein. Ihr Vater ist nicht besonders freundlich, ihre Mutter so katholisch, dass sie Gemma genau deswegen erlaubt hat, hier mitzuhelfen. Weil es ein Kloster war." Jana sieht ihre Mam an. „Nicht alle haben es so gut erwischt wie Fran und ich. Gibt's in Österreich und in Sardinien. Schlimme Familienverhältnisse. Und gute."

Vesna strahlt sie an, mit einem Mal sieht sie Lilli sehr ähnlich. Wir sollten einander viel öfter etwas Nettes sagen. Lektion Nummer eins im Resort des langen Lebens. Aber natürlich halte ich meinen Mund. Hätte zynisch geklungen, auch wenn ich es nicht so meine. Oder zumindest nicht ganz. Momentan hat nicht einmal Vesna etwas gegen Friede und Freude.

Ich gehe nach draußen, um in diesem unvergleichlichen Licht der untergehenden Sonne zu fotografieren. Die Linien, die klaren Strukturen des ehemaligen Klosters. Das uralte Steinpflaster. Die Auffahrt mit den knorrigen Olivenbäumen, alle Richtung Südosten geneigt. Nicht zur Sonne, sondern weg vom Maestrale, dem Nordwestwind.

Das Foto des Kent'Annos, das ich im Foyer von Hartmann gesehen habe: Mit diesem Haus hier hat es nichts zu tun. Trotzdem verwendet er es auch auf der Homepage. Natürlich: Das Bergpanorama ist imposanter als die freundliche Hügellandschaft. Und passt besser zur Geschichte von den Hundertjährigen. Die Gebäude waren auf dem Foto im Gegenlicht, eher im Hintergrund. Jedenfalls haben sie den Eindruck einer eindrucksvollen Anlage erweckt. Die in Wirklichkeit erst gebaut werden muss. Kann sein, dass ich in meiner Reportage das echte Kent'Annos dem beworbenen und noch nicht existenten gegenüberstellen werde. Sein und Schein. Ich gehe zu den Säulen mit den großen, flugbereiten Engeln. Die sollen mit aufs Bild. Dahinter das ehemalige Klostergebäude mit seiner hellen glatten Fassade und der kleinen Eingangstür. Ich sehe auf das Display und bewege mich langsam rückwärts, bis der Ausschnitt passt. Die späte Sonne färbt den himmelwärts geneigten Kopf des einen Engels rosa. Ich schieße Foto um Foto. Längsformat, auch noch ein paar im Querformat.

„Mi scusi", sagt jemand in meinem Rücken. Ich drehe mich überrascht um. Sandro Boi. Er trägt Jeans und einen dunkelblauen Blazer mit Goldknöpfen. Etwas overdressed, obenherum. Er deutet mir, mich zu den Engeln zu stellen, sehr gerne mache er ein paar Fotos, auf denen ich auch drauf bin. „Gli angeli", die Engel, sagt er und schenkt mir einen Augenaufschlag. Besonders beeindruckt bin ich davon nicht. Internationales Fremdenverkehrsgetue. Frauen im … sozusagen besten Alter, die ohne Mann reisen, sind anfällig für Aufmerksamkeit. Hat man Kellnern und anderem männlichen Personal wohl schon im ersten Ausbildungsjahr eingeredet. Ab und zu stimmt es auch. Häufiger aber wollen die betroffenen Frauen bloß höflich sein. Ich jedenfalls lasse mich fotografieren. Ist ja ohnehin so, dass es von mir nicht viele Fotos gibt. Meistens bin ich es, die abdrückt. Und dem allgemeinen Selfie-Wahn kann ich mich nicht anschließen. Auch deswegen, weil ich, anders als Vesna, nur grottenschlechte Selfies zusammenbringe. Wenn ich es überhaupt schaffe, den richtigen Button zu drücken, ohne dass mir das Telefon runterfällt.

Wie lange wir denn bleiben werden, fragt Sandro Boi. Er, als „direttore", freue sich natürlich über jeden Tag unserer „verehrten Anwesenheit". Und: Was wir denn vorhätten? Er könne uns gute Tipps für Ausflüge geben. Oder sei ich gar „in missione" hier? Er wisse ja, ich sei eine „giornalista importante", eine wichtige Journalistin. Ich lächle. Ach, eigentlich sei ich immer irgendwie auf einer Mission. Auch wenn wir nur Jana und Lilli besuchen wollten. Meine Freundin habe schon solche Sehnsucht nach ihrer Enkeltochter gehabt.

Dann dämmert mir, dass es auch einen anderen Grund haben könnte, warum er fragt. „Wir können gerne für eine Woche bezahlen – so lange bleiben wir sicher."

„No! Das ist nicht nötig, so ich habe das nicht gemeint! – Wofür Sie haben am meisten Interesse?", will er wissen und streicht seine dunklen Haare zurück.

„Ich fotografiere Engel", antworte ich.

„Und ich fotografiere Engel mit Engel", sagt er. Etwas dick aufgetragen, aber ich muss ja nicht darauf reagieren.

„Ich finde das Kent'Annos sehr schön, dieses alte Klostergebäude, es hat … Stimmung."

„Scusi, was ist ‚Stimmung'?"

„Atmosphäre."

„Si, natürlich: So heißt auch auf Italienisch: atmosfera. Ich habe als Junge gearbeitet in Nürnberg, nur stagione, Saison. Hier ist schön, aber klein."

„Sie meinen Sardinien?"

„No. Sardinien ist wie eigene Welt, alles da: Meer und Berge und alte Stadt und Dorf, tutto. Mein Hotel hier ist klein. Aber ich bin capo del progetto, Leiter von Projekt. Es wird groß. Wichtig."

„Ich dachte, Sie sind Direktor."

„Si, ja, aber nicht nur. Es ist … Phase eins."

„Es geht um das Zentrum für langes Leben in den Bergen."

„Sie wissen? Es ist wichtig, auch für Menschen dort. Sie freuen und danken."

„Jana hat uns ein bisschen etwas verraten."

„Bene. Was hat sie gesagt?"

„Nicht viel. Nur dass dort etwas Neues entsteht, etwas Größeres."

„Sie machen Reportage für Zeitung?"

„Sozusagen, ich arbeite für ein Onlinemagazin."

„Ich kann Ihnen alles zeigen, Lady. Vielleicht nur wir beide. Damit Sie richtiges Bild haben, Sie verstehen?“

Es liegt nicht an mangelndem Selbstwertgefühl, aber ich habe den Eindruck, dass Sandro Boi, *direttore* und *capo del progetto*, nicht so sehr an mir interessiert ist als an dem, was ich vielleicht vorhabe.

Ich liege im Bett in der ehemaligen Klosterzelle und sehe durch das kleine Fenster nach draußen, mildes Licht der Dämmerung, einige Zweige bewegen sich im Wind. Warum nur haben sie die Fenster so weit oben angebracht? Damit sich die Mönche himmelwärts orientieren müssen und nicht zu viel von der Alltagswelt sehen? Hätte es sie abgelenkt? Verführt? Warum sind Männer ins Kloster gegangen? Mir ist viel eher klar, warum es Frauen in früheren Jahrhunderten getan haben: Flucht aus despotischen Familienverhältnissen, die Chance, ohne Mann oder Männer zu leben. Auch die Möglichkeit zu forschen, sich mit Gelehrten auszutauschen. Und dann gab es natürlich noch solche, die man alles andere als freiwillig ins Kloster gesteckt hat. Unangepasste, schlimme Mädchen aller Art. Hat irgendwer irgendwann einem Jungen damit gedroht, dass er ins Kloster kommt, wenn er nicht brav ist? Sind Männer dann eher des Glaubens wegen ins Kloster? Wohl auch nicht häufiger als Frauen. Seltsam, dass über ihre Motive viel weniger bekannt ist. Franz von Assisi, der Gründervater der Franziskaner, war aus einer wohlhabenden Familie. Er ist weggegangen, weil er sich um die Armen, die Schwachen, die Tiere kümmern und mit ihnen leben wollte. Auf Augenhöhe, würde man heute wohl sagen. Wer waren die Männer, die hier gelebt haben? Aufmüpfige? Dienende? Am Leben und seinen Herausforderungen Verzweifelnde?

Wie viel Freiheit, wie viel Abhängigkeit hat ihre Selbstbeschränkung gebracht? Diese Frage gilt wohl für Nonnen wie für Mönche. Ihre Zellen waren nicht groß, aber vor zweihundert Jahren haben auch durchschnittliche säkulare Zimmer anders ausgesehen. Wahrscheinlich war ein eigener Raum für viele ohnehin nur ein Traum. Privatheit. Rückzug. Freiheit, zu denken. Ich lächle. Es gäbe vieles zu recherchieren, das nichts mit seltsamen Todesfällen oder bedenklicher Geschäftemacherei zu tun hat. Die Facetten des Klosterlebens. Es wird wohl ein Unterschied gewesen sein zwischen der gebildeten Nonne, dem gebildeten Mönch, der forscht und schreibt, und ihren Brüdern und Schwestern, die sich um den Abwasch zu kümmern hatten. Wurden sie nach ihren Talenten und Fähigkeiten eingesetzt und gefördert oder hatten ihre Chancen auch im Kloster viel mit ihrer Herkunft zu tun?

WhatsApp-Signal. Ich sehe auf mein Telefon. Dass man auch hier mit aller Welt verbunden sein wird, hätte sich wohl der schlaueste Mönch nicht gedacht. Oskar. Wir haben heute früh kurz telefoniert, vom Zwischenfall in Birgu habe ich ihm lieber nichts erzählt. Wobei: Je länger er her ist, desto weniger bedrohlich erscheint er mir. Inzwischen kann ich mir gut vorstellen, dass es sich tatsächlich um ein Missverständnis gehandelt hat. Vielleicht wollten sie uns bloß von Tzia Grazia erzählen, aber als Vesna aggressiv geworden ist … Unsinn. Besonders freundlich war die Stimmung von Anfang an nicht. Die Dunkelheit. Die fremde Sprache. Sie haben so schnell geredet. Wir haben sie nicht gekannt …

Ich sehe auf die Nachricht.

Cara Mira, bin mit Kollegen abendessen. Ich versuche morgen etwas über SardaVita herauszubekommen. Claus Hartmann ist in Deutschland mit zwei Firmen gescheitert. Sein Vater hat offenbar durch eine Haftungsübernahme in letzter Minute den Konkurs verhindert, inzwischen ist eine liquidiert und die andere mit Verlust verkauft. Dadurch hatte Hartmann wahrscheinlich etwas Startkapital. Auch wenn ich nicht weiß, ob und was er seinem Vater zurückzahlen muss. Ich denke an dich und sehe dich in der Sonne sitzen – na, tagsüber zumindest. Genieß es, ich umarme und küsse dich, Vui lässt dir ausrichten, dass du fehlst, Oskar.

Ich lächle und schicke ihm ein Foto, das Sandro gemacht hat: *Zwei Engel und ich*, schreibe ich darunter. Und dass er es sich gutgehen lassen soll. Und dass ich mich freue, wenn er nachkommt. *Amore.* Amore schreibt sich viel einfacher als Liebe. Auch wenn ganz klar ist, dass ich Oskar liebe. Weil in Italien große Gefühle viel normaler sind? Weil Deutsch eine eher trockene Sprache ist und Gefühl ganz schnell in Pathos kippt?

Jetzt gehe ich in die Küche, schreibe ich noch dazu. Und das tue ich dann auch. Elena wird etwas typisch Sardisches kochen, hat Jana gesagt. Ich will ihr über die Schulter schauen. Und: Wo redet es sich besser als dort?

Jeans, Turnschuhe, dunkle Kapuzenjacke. Elena hat sich zu mir umgedreht, sie hält ein großes Messer in der Hand.

„Mira", stelle ich mich vor. „Darf ich zusehen?"

Sie nickt und verzieht ein wenig die Lippen. Ob das ein Lächeln sein soll, kann ich nicht deuten. „Die Freundin der Mutter von Jana."

Seltsame Zuschreibung. Ich bin selten das Anhängsel von anderen. Ab und zu „die Frau von Doktor Kellerfreund" – in seinen Anwaltskreisen. Sonst ist es eher Vesna, die zu mir in Relation gesetzt wird: „Miras Freundin" oder, vor vielen Jahren: „Miras Putzfrau". So haben wir einander kennengelernt. Damals waren Jana und ihr Zwillingsbruder Fran Volksschulkinder, ein paar Jahre davor ist Vesna mit ihnen vor dem Jugoslawienkrieg nach Österreich geflüchtet. Ihr Status im Land war nicht gesichert, sie hat geputzt, aber sie war schon damals die deutlich Abenteuerlustigere von uns beiden.

Kühl ist es in der weitläufigen ehemaligen Klosterküche. Heizung gibt es hier sicher keine. Wahrscheinlich hat früher ein großer Holzherd gewärmt. Auf der Arbeitsfläche aus Marmor liegen große grüne Blätter. Mit dem Messer schiebt Elena viel fein geschnittene Jungzwiebel von einem Brett in eine Metallschüssel.

„Kohlrouladen", erklärt sie, ohne mich anzusehen. „Das einfachste Rezept der Welt, seit ewig in unserer Familie. Jana hat erzählt, du kochst ausgezeichnet. Ist doch okay, wenn ich Du sage?"

„Natürlich. Ich meine, natürlich ist das okay mit dem Du."

Elena spricht tatsächlich fließend Deutsch. Nur wenn man ganz genau hinhört, bemerkt man eine etwas andere Sprachfärbung. Hat eher mit der Sprachmelodie als mit falsch ausgesprochenen Wörtern zu tun.

„Die Blätter: Sie sehen anders aus als Kohl", sage ich.

„*Cavolo* wird üblicherweise mit Kohl übersetzt. Bei uns in Sardinien nennt man sowohl Kohlgewächse als auch das Kraut so. Diese Blätter hab ich heute gesammelt. Sie sind eine Blattkohlart und wachsen hier wild. *Cavolo* bedeutet aber auch Blödsinn, Mist, verdammter Unsinn. Während: *crauto, crauti*: Das sind nicht so freundliche Ausdrücke für die Deutschen."

„Du hast in Deutschland gelebt. Lange, wie man an deinem super Deutsch merkt."

Elena nimmt einige Scheiben Toastbrot aus einer Packung, zerzupft sie energisch über der Schüssel. „Ziemlich lange, nicht nur in Deutschland."

„Du bist zurückgekommen."

Die Frau wendet mir weiter den Rücken zu, sagt eine Zeit lang nichts. „Man braucht viel gutes Hackfleisch. Bei uns war es beinahe immer vom Lamm oder vom Schaf. Die sind öfter geschlachtet worden als Kühe oder Schweine. Und durch den Fleischwolf gedreht kann man auch die Teile essen, die sonst nicht weich werden oder viele Sehnen haben."

„Deine Eltern sind … Schafhirten?"

Ich kann sehen, dass ihre Schultern ein wenig zucken. Lacht sie? Lacht sie mich aus? „Weil alle in Sardinien Hirten sind", sagt sie dann mit eindeutigem Amüsement in der Stimme.

„Wenn du übers Schafeschlachten redest?"

„Mein Onkel Ettore, ich weiß nicht, ob dir Jana von ihm erzählt hat, er ist hier der Hirte vom Dienst."

„Also doch. Ihr habt Hirten in der Familie."

„Er war *assessore*, Gemeindebeamter. Aber die Rolle macht ihm Spaß. Er lässt sich mit unseren paar Schafen fotografieren und wenn jemand behauptet, dass er hundert sei, dann nickt er."

„Ist er es?"

„Er ist dreiundachtzig. Und er war am Anfang ziemlich sauer, als Sandro ihn als *centenario*, als Hundertjährigen, verkauft hat."

„Momentan scheinen ohnehin keine Gäste da zu sein."

„Letzte Woche gab es welche, sie sind zwei Tage geblieben, sie waren auf einer Rundreise."

„Wirkt nicht gerade profitabel."

„Geht mich nichts an."

„Was … hast du früher gemacht?"

„Nichts, was mit hier zu tun hat. – Jetzt knete ich alles gut durch: Jungzwiebel, Knoblauch, Hackfleisch, gezupftes Brot, Senf, die weniger schönen Kohlblätter, die ich klein geschnitten habe, natürlich Salz und Gewürze. Leider mag es hier nur ich scharf, also verwende ich bloß eine Prise geriebenen Peperoncino."

„Sind eben wenige Sarden da."

„Oje. Die wenigsten in Sardinien essen scharf, auch wenn wir die weltbesten Peperoncini haben: Sie sind nicht nur feurig, sondern zugleich süß und würzig. Ich gebe noch Koriander und Kümmel dazu, das macht meine Oma auch so. Kreuzkümmel. In Mittel- und Süditalien ist fast immer Kreuzkümmel gemeint, wenn von *cumino* die Rede ist. Den anderen Kümmel nennen wir *cumino tedesco,* deutschen Kümmel. Ich mag beide." Elena knetet mit kräftigen Händen.

Ich komme näher, sehe ihr über die Schulter. „Kein Ei?"

„Durch das Brot wird die Masse lockerer. Das Lammfaschierte hat genug Bindekraft, damit die Rouladen halten. So kannst du auch super *polpette*, kleine Klöße, machen. Nur aus dem Fleisch plus Gewürzen."

„Bei uns heißen die Klöße Knödel. Und wenn sie klein sind, Knöderl."

„Ich weiß."

„Du hattest mit Sprachen zu tun?"

„Wer nicht? Die wenigsten sind stumm." Sie dreht sich zu mir um. An den schmalen sehnigen Händen klebt etwas Fleischmasse. Jetzt lächelt sie, ohne Zweifel. „Was hat dir Jana erzählt? Dass ich nicht viel rede?"

„Nur dass du offenbar nicht gerne über deine Vergangenheit sprichst."

Elena streicht sich eine dunkle Haarsträhne aus der Stirn. Jetzt hat sie auch am Kopf ein wenig Faschiertes. Hohe geschwungene Brauen, schmales Gesicht, braune Augen. Groß ist sie für eine Sardin, fast so groß wie ich. Volle Lippen, eine dominante Nase. Keine klassische Schönheit, schon gar keine liebliche. Attraktiv, markant – das viel eher. Ich habe den Eindruck, dass auch sie mich mustert. Was sie wohl sieht?

„Ich muss Wasser zustellen, die großen Blätter für die Hülle, sie sollten blanchiert werden."

„Du warst Köchin, kann das sein …"

„Weil ich Worte wie *blanchieren* verwende? Das macht inzwischen jeder Hobbykoch, der ansonsten Finanzchef oder Kindergärtner ist." Sie geht zum Spülbecken. Es ist so groß, dass man Lilli drin baden könnte. „Na gut, ich erzähle dir etwas. Nur damit ihr nicht glaubt, es gibt ein Geheimnis. Es ist einfach so, dass … ich mich gerade neu orientiere. Ich werde bald vierzig und da …"

„Huch, vierzig!", spotte ich.

„Was hast du gedacht, als du vierzig geworden bist? Huch, wie jung? Huch, wie kann man da bloß über sein weiteres Leben nachdenken?" Das kam jetzt einigermaßen schroff.

„Sorry. Klar. Ich kam mir damals nicht alt, aber … auf dem Weg dorthin vor. Nicht viel anders als jetzt übrigens."

Elena füllt einen Topf mit Wasser und stellt ihn auf den gewaltigen Herd. Sechs Kochstellen mit Gas, daneben eine große Platte, wohl aus Gusseisen. Die Küche ist, wie der Rest des Hauses, schon lange nicht mehr renoviert worden. Im früheren Hotel ist hier sicher für viele Gäste gekocht worden.

„Also", sagt Elena, als sie die Gasflamme mit einem Feuerzeug zündet. „Nach dem Abitur bin ich weg aus Sardinien. Kennst du das nicht? Gerade im kleinen Österreich? Alles war zu eng, zu alt, voller Regeln. Zu viel Familie. Gerade weil mein Vater schon vor meiner Geburt die Insel verlassen hat. Das hat die Verbliebenen noch näher zusammenrücken lassen. Onkel, Tanten, alle haben sich um mich gekümmert. Und die Großmütter schaffen sowieso an. Ich war ein Einzelkind, ein bedauernswertes Wesen in unserer Welt. Viel Familie bedeutet viel Glück. Zumindest hat man sich das immer eingeredet."

„Wo bist du her? Jana hat erzählt, deine Großmutter lebt in der Ogliastra."

„Dort bin auch ich aufgewachsen. Sandro hat mir gesagt, dass sie für das Kent'Annos jemanden suchen, der Deutsch und Englisch spricht. Ich kann auch ganz gut Französisch und Spanisch. Ich kenne ihn, seit ich ein Kind war."

„Dann bist du aus Birgu?"

„Nein, aus der Nachbargemeinde. Perdasdefogu."

„Dem berühmten Dorf mit den vielen Hundertjährigen."

„Es gibt einige dieser Dörfer. Ich bin froh, dass ich nicht in den Bergen, sondern hier bin. Auch wenn meine engere Familie für sardische Verhältnisse klein ist, es wäre mir noch immer zu anstrengend. Mein Onkel Ettore, der lebt seit langem in Birgu. Er ist so etwas wie mein Lieblingsonkel. Er versteht Spaß."

„Der, der den hundertjährigen Hirten spielt."

„Genau der. Wobei: Als Kind hat er wirklich Schafe und Ziegen gehütet. Das haben so gut wie alle in den Bergen gemacht."

„Er war Gemeindebeamter, hast du gesagt."

„Ja, aber seine Berufung ist *poeta*, Dichter. Er liebt unsere reiche Geschichte und die vielen mündlich weitergegebenen Erzählungen. In der Gemeinde war er für Straßenbau zuständig. Nicht besonders romantisch. Und wer glaubt, dass sich die Leute nur heute über alles Denkbare empören, der sollte sich seine Anekdoten anhören: Wie sie von einem Weiler auf Pferden und mit Gewehren gekommen sind, um durchzusetzen, dass ihre Straße endlich asphaltiert wird. Auch darüber hat er geschrieben. Aber vor allem hat er einige Bände mit Sagen veröffentlicht. In sardischer Sprache."

Elena gibt die großen grünen Blätter ins sprudelnde Wasser, geht zum Spülbecken, füllt eine Schüssel. Ruhige, selbstverständliche Bewegungen. Könnte gut passen, dass sie als Köchin gearbeitet hat. Viele sind weggegangen und haben in Deutschland, der Schweiz oder anderswo ihr Geld in der Gastronomie verdient. Sie fischt die Blätter mit einem Siebschöpfer aus dem kochenden Wasser, taucht sie kurz in die Schüssel, tropft sie dann ab und legt sie nebeneinander auf ein großes Brett. „Ganz kalt muss das Wasser zum Abschrecken sein, so behalten die Blätter die schöne grüne Farbe. Keine Ahnung, warum."

„Dein Onkel Ettore … Jana hat von ihm erzählt."

„Hm. Du meinst, dass er nicht glaubt, Tzia Grazia ist friedlich eingeschlafen, wie es sich für eine über Hundertjährige gehört?"

„Ja, etwas in der Art. Wobei: Es ist vor allem deine Großmutter, die das nicht glaubt, oder?"

Elena dreht sich zu mir um. „Jana hat mir erzählt, dass ihre Mutter und du eine gewisse Erfahrung habt, was Nachforschungen angeht."

„Ich bin Journalistin."

„Journalistin kann bald etwas bedeuten." Das hat jetzt nicht besonders positiv geklungen.

„Ich bin auf Urlaub. Und Vesna besucht Tochter und Enkeltochter."

„Na gut. Es ist ohnehin keine Geschichte, die in Deutschland oder Österreich Wellen schlagen würde. Meine Großmutter hat vom überraschenden Tod ihrer Freundin gehört. Sie hat Onkel Ettore hingeschickt. Aus einem Gefühl heraus. In den Bergen werden die Alten aufgebahrt. Am Vorabend hat Tzia Grazia noch zufrieden Orangen gegessen, sie hat mit meiner Großmutter telefoniert und überlegt, wie das Osteressen ablaufen soll. Ostern ist eine große Sache hier. Mit der gesamten Familie. Und ihre ist deutlich umfangreicher als unsere."

„Eigentlich ein schöner Tod. Mitten aus dem Leben. Mit hundertzwei."

„Der Tod ist nie schön." Elena fährt in die Schüssel mit der faschierten Masse und formt längliche Würste, wie übergroße Cevapcici. „Natürlich weiß ich, dass so alte Menschen überraschend sterben können. Das weiß auch meine Großmutter. Aber Tzia Grazia war wirklich fit, sie hat Nonna Laurina erst letzte Woche besucht. Der geht es auch gut, aber ihr wird leicht schwindlig."

„Dafür war Tzia Grazia nicht so gut auf den Beinen."

Elena sieht mich an. „Ja. Das stimmt. Aber sie hatte Kinder und Enkel, die sie zu ihrer Freundin Laurina fahren konnten. Ich hänge sehr an meiner Großmutter. Ohne sie wäre ich nicht von hier fortgekommen. Sie hat mir Geld gegeben und mich bestärkt, auch wenn es schwer für sie war, dass ich gegangen bin. Sie war eine der ersten Lehrerinnen hier."

„Also gibt's doch Teile der Familie, die du magst."

„Natürlich. Aber als Gesamtes hätte sie mich erstickt. Meine Großmutter: sie hat Grazia Deledda noch persönlich gekannt. Unsere Literaturnobelpreisträgerin. Als Laurina ein junges Mädchen war und in Nuoro zur Schule gegangen ist, da ist sie ihr begegnet. Das soll den Ausschlag gegeben haben, dass sie Lehrerin geworden ist. Und nicht, wie damals üblich, Hausfrau. Mit mehr oder weniger Zusatzarbeit im Garten, der Landwirtschaft, bei der Käseerzeugung. Ich weiß nicht, ob es stimmt. Sie war wohl immer ein wenig romantisch veranlagt. Hat über das hinausgeschaut, was Alltag war."

„Und Tzia Grazia? Sie war auch Lehrerin?"

„Nein, woher. Sie stammt tatsächlich aus einer Familie von Hirten und Kleinbauern. Ihr Mann war tüchtig, aber arm, wie die meisten hier. Nur darauf aus, möglichst viel Grund zu erwerben, egal, wie karg er ist. Die haben sich nichts gegönnt. Die Hirten hatten jahrhundertelang kein eigenes Land, das sitzt tief. Sie hat viel gearbeitet, auch körperlich schwer. Hirten sind ja oft tagelang unterwegs, die Frauen erledigen alles, was zu Hause anfällt. Aber Tzia Grazia hat gerne gelesen. So hat sie sich mit der Lehrerin angefreundet. – Dieses Rezept. Es stammt ursprünglich angeblich von ihr. Oder ihrer Mutter. So. Jetzt wickelst du einfach die blanchierten Kohlblätter um das Hackfleisch und dann brätst du die Rouladen in Olivenöl auf allen Seiten an."

„Deine Familie war ... bessergestellt?"

„Bei uns gab es keine Reichen."

„... sagte die Königstochter."

„Du hast schon recht, aber es läuft hier wirklich anders. Klar gibt es Unterschiede, auch was Geld und Arbeit angeht. Trotzdem gibt es viel weniger Standesdünkel. Wahrscheinlich, weil das Leben über Jahrhunderte nur funktioniert hat, weil alle zusammengeholfen haben. Wenn in Deutschland jemand sagt, man müsse jemandem ‚auf Augenhöhe begegnen', schwingt dabei oft Herablassung mit. Bei uns ist es normal, dass wir einander als ebenbürtig ansehen. Oder es war zumindest normal."

„Bei uns?"

„In gewisser Weise komme ich nie weg von hier. Das wird mir erst in letzter Zeit klar. Und ich kann so manches mehr schätzen. Tzia Grazia war eine Persönlichkeit, auch wenn sie aus sogenannten ‚einfachen Verhältnissen' stammte. Wo sie war, war sie der Mittelpunkt. Und sie hat gesagt, wo es langgeht. Je älter, desto deutlicher. In Sardinien gibt's gar nicht so wenige alte Frauen wie sie und meine *nonna*. Alte Frauen galten seit jeher als Hüterinnen des Wissens, nicht nur, wenn es um Heilpflanzen geht. Wenig ist aufgeschrieben, weil viele nicht lesen konnten. Und weil sie eine der sardischen Sprachen geredet haben und nicht Italienisch oder Spanisch. Jedenfalls: Die Männer führen zwar auch hier das große Wort, aber wenn Frauen wie Tzia Grazia etwas beschließen, dann setzen sie sich nicht darüber hinweg."

„Und ich dachte, die alten Frauen sitzen in ihren schwarzen Gewändern vor dem Haus und ansonsten sind sie in der Kirche und beten."

Elena lacht. „Sie sind schon religiös, zumindest die meisten. Aber gleichzeitig sind sie ziemlich abergläubisch – es hat mit dem viel älteren Glauben in Sardinien zu tun. Er ist in den Bergen noch sehr präsent."

„Jana hat erzählt, dass deine Großmutter Verwünschungen ausgestoßen hat."

„Das klingt auf Sardisch wilder, als es ist. Sie ist eine gebildete Frau. Aber sie ist auch von hier und hat das nie verleugnet. Im alten Glauben gibt's keine männlich dominierte Amtskirche. Man könnte sagen, sie leben eine Form von Matriarchat, von Feminismus. Aber ich will das nicht in solche Klischees pressen. Sie sind traditionsbewusst, auch was Frauenrollen angeht. Und gleichzeitig stark. Rechthaberisch bis herrschsüchtig, je nach Standpunkt eben. Sie trinken jede Menge Kaffee, viele nehmen Schnupftabak."

„Mein Lieblingskaffee stammt aus Sardinien, La Tazza D'Oro."

Elena lächelt. „Da haben wir etwas gemeinsam."

„Ich habe Videos mit Hundertjährigen gesehen. Die Interviewer haben sie gefragt, ob sie sich noch an ihr Geburtsdatum erinnern können, ob sie die Namen der Enkelkinder kennen ..."

Elena wickelt das Faschierte energisch in die knallgrünen Blätter. „Tzia Grazia und Nonna Laurina haben sich darüber lustig gemacht. Deswegen wurden sie auch selten befragt. Du wirst feststellen, dass immer dieselben Alten in den Videos vorkommen. Natürlich auch, weil lange nicht alle fit genug sind. Manche Interviewerinnen meinen es etwas zu gut. Tzia Grazia hat einmal zu einer gesagt: ‚Halten Sie mich nicht für blöd, ich bin kein kleines Kind, ganz im Gegenteil!' Das war dann natürlich nicht auf dem Video drauf und seither galt sie als schwierig."

„War sie das? Schwierig?"

„Sie ließ sich wenig sagen. Sie war nicht gerade diplomatisch. Sie hatte sehr genaue Vorstellungen, wie ihre Familie leben soll. Es hat mit den alten Werten zu tun: *virtù*, und der sardischen Form, der *balentìa*, es geht um Ehre, Ehrlichkeit, Verantwortung, Gemeinschaftsgefühl, aber auch Freiheit. Ein faszinierendes Konzept. Leider ist es immer wieder falsch verstanden oder missbraucht worden. Man hat uns vorgeworfen, den Ehrenkodex über die staatlichen Gesetze zu stellen."

„Uns?"

Elena lächelt. „Seltsam, dass ich schon wieder ‚uns' gesagt habe. Aber es passt schon. Damit identifiziere ich mich gern."

„Die Banditen … sie berufen sich auch auf diesen Ehrenkodex, oder?"

Elena schüttelt den Kopf. „Das ist es, was ich mit Missbrauch gemeint habe. Verbrecher, die es hier wie anderswo gibt, suchen nach Entschuldigungen für ihre Taten. Aber bei *virtù* und *balentìa* geht es nicht um Ungesetzliches, sondern um moralische Entscheidungen. Zivilcourage würde man heute sagen. Weißt du, dass in den sardischen Bergen nur wenige den Faschisten auf den Leim gegangen sind? Dieses schaurige ‚ich habe nur meine Pflicht getan' hätte niemand als Ausrede durchgehen lassen."

„Ich hab einen Artikel gelesen, da wurde diese sardische Ehrensache mit ‚ein Mann muss tun, was ein Mann tun muss' erklärt."

„Gewisse Männer haben das sicher als so ein Männer-Ding gesehen, glaubst du, die ticken hier anders? Aber die Frauen hatten gerade in der Barbagia viele Entscheidungen zu treffen. Weil die Männer eben oft sehr lange unterwegs waren. Es gibt auch einen anderen Spruch: Frauen stehen nicht hinter, sondern neben dem Mann. Wenn es sein muss, mit der Waffe. Na ja."

„Na ja?"

„Nonna Laurina erzählt heute noch gerne, wie sie sich allein gegen die Faschisten gestellt hat. Mit dem Gewehr im Anschlag. Ich habe es von klein auf gehört. Vielleicht hat mich auch das … jedenfalls: Onkel Ettore meint, das bilde sie sich ein, damals seien ganz normale Vagabunden ins Dorf gekommen, wie es im Krieg viele gegeben habe. Heimatlose."

„Warum werden die Menschen hier so alt?"

„Es sind bei weitem nicht alle, nur eben mehr als anderswo. Meine Mutter ist mit nicht einmal sechzig gestorben."

„Und dein Vater?"

„Lebt in Amerika. – Jedenfalls wird viel über die Hundertjährigen geforscht. Professor Pes von der Universität in Sassari beschäftigt sich schon seit Jahrzehnten damit. Er war quasi der Pionier. Du kannst das alles im Internet finden. Inzwischen gibt's natürlich auch andere, manchen geht es mehr um Geschäft oder Ruhm. Die Ursachen, warum hier ziemlich viele Leute so alt werden, sind wohl eher banal und nicht so leicht zu kopieren: karge Kindheit, saubere Luft, es wird gegessen, was gerade wächst, dazu kommen natürlich die Gene, viel Bewegung und Arbeit auch im Alter, das Leben in Gemeinschaft."

„Die dir zu viel geworden ist."

„Ich war ein halbes Kind, als ich fort bin. Aber, ja, zu viel Familie ist mir nach wie vor zu viel. Einige der Interviews mit den Hundertjährigen sind schon spannend, wenn du magst, kann ich übersetzen."

„Am meisten würden mich solche mit Tzia Grazia interessieren. Gibt's auch welche mit deiner Großmutter?"

„Die kann ich dir in echt vorstellen. Es gibt von beiden Interviews. Weißt du, was Tzia Grazia gesagt hat, als sie ihr zum hundertzweiten Geburtstag gratuliert und ein bisschen mitgefilmt haben? Sie wundere sich, dass man nicht auch ihre Ausscheidungen erforsche, weil das, was sie esse, ohnehin schon hundertfach dokumentiert worden ist. Das war jetzt übrigens die höfliche Übersetzung."

Ich lache. „Ich hätte sie gerne kennengelernt."

Elena seufzt und lächelt. „Tzia Grazia hatte Sinn für Humor. Und Nonna Laurina hat ihn auch. – Rede mit Onkel Ettore, auch wenn er schlecht Englisch und kein Deutsch kann. Er sagt, Tzia Grazias Gesicht war nach ihrem Tod zu einer unheimlichen Grimasse verzogen, einem grausigen Grinsen. Hast du den Film ‚Joker' gesehen? So ähnlich soll es ausgesehen haben: verzweifeltes Grinsen, gefletschte Zähne."

„Jana hat davon erzählt. Eine Giftpflanze, die hier wächst."

„Onkel Ettore kennt sich mit sardischer Geschichte aus. Natürlich kann er sich das auch einbilden. Tzia Grazias Gesicht war klein, schmal und voller Falten. Vielleicht hat sie plötzlich keine Luft bekommen und das hat ihr Gesicht …"

„Herba Sardonia, nicht wahr?"

Die letzte der vielen Kohlrouladen hat Elena so fest gewickelt, dass die Fülle herausquillt. Sie sieht sie überrascht an und beginnt das Blatt ganz langsam und sorgfältig wieder abzuziehen. „Vor tausenden von Jahren soll man alte Menschen hier bei uns damit gelähmt und sie danach umgebracht haben. Angeblich sind sie mit einem Lächeln auf den Lippen gestorben. Wenn, war es wohl eine Grimasse. Die Safranrebendolde. Sie wächst hier wild, sie ist sehr giftig und bewirkt Muskelkrämpfe, auch im Gesicht."

„Schon bei Homer war von dem Kraut die Rede."

„Homer und Odysseus. Eigentlich eine sehr sardische Geschichte. Vom Weggehen und Wiederkommen. Allerdings neigen wir in Sardinien dazu, die ganze Welt auf uns zu beziehen. Also ob hier, auf dieser Insel, alles seinen Anfang genommen und seinen Höhepunkt gehabt hätte. Weißt du, dass viele behaupten, das ursprüngliche Latein sei aus dem Ursardischen entstanden?"

Wieder frage ich mich: Was hat Elena in dem Leben gemacht, über das sie nicht sprechen möchte?

„Oenanthe crocata", redet sie weiter. „Stammt aus derselben Familie wie Möhre, Pastinake, Wasserfenchel, Kreuzkümmel, aber eben auch der Schierling. Wenn ich früher davon erfahren hätte …"

„Früher? Hat sie so etwas im Garten gehabt?"

„Nein. Ich meine vor dem Begräbnis. Meine Großmutter hat mir erst beim Begräbnis von ihrem Verdacht erzählt. Ich habe sie begleitet. Gemeinsam mit ihrer Pflegerin, einer Großcousine."

„Familie."

Elena lächelt. „Wie gesagt, der Familiensinn ist hier noch sehr ausgeprägt. Allerdings bekommt die Pflegerin Geld dafür und nicht zu wenig. Mein Vater kann sich das locker leisten."

„Wo wächst dieses Kraut?"

„In den Schluchten ringsum. Man hat uns als Kinder gewarnt, hinunterzuklettern. Von bösen Geistern war die Rede."

„Wenn es so aussieht wie Karotten, dann kann man es verwechseln. Offenbar sammeln hier viele Wildpflanzen, auch du hast diese Kohlart ...“ Ich sehe die nett nebeneinander geschlichteten Kohlrouladen misstrauisch an.

„Die *Cavolo*-Blätter haben keine bösen Verwandten, da kannst du ganz sicher sein.“

„Aber vielleicht hat Tzia Grazia etwas gepflückt und es mit der Safranrebendolde verwechselt?“

„So gut zu Fuß, dass sie noch in die Schluchten konnte, war sie nicht mehr.“

„Warum ist bloß deinem Onkel aufgefallen, dass da etwas nicht stimmt?“

Elena zuckt mit den Schultern. „Weil man so etwas nicht sehen will? Weil doch auch andere etwas gesehen haben, aber nicht darüber reden wollen? Weil sie außergewöhnlich kurz aufgebahrt war? Weil sich Onkel Ettore getäuscht hat? Je mehr ich darüber erzähle, desto weniger glaube ich, dass an der Sache etwas dran ist. Aber ich tue mir verdammt schwer, Dinge einfach ruhen zu lassen. Und nachdem ich Jana davon erzählt habe ...“

„Hat sie gemeint, vielleicht könne gerade jemand von außen mit Neugier und etwas Erfahrung nachfragen.“

„So in der Art. Ich werde mich jedenfalls zurückhalten.“

„Warum?“

„Ich bin froh, dass ich hier bin, und ich will keinen Unfrieden. Vielleicht wird mir *famiglia* und alles, was das bei uns bedeutet, doch immer wichtiger. Mit zunehmendem Alter. Und: Mein Onkel hat viel Fantasie, er hat nicht nur alte Sagen aufgeschrieben, sondern auch eigene erfunden.“

Mit zunehmendem Alter. Ist eben alles relativ.

„Ich stelle jetzt einen Topf mit Kartoffeln zu. Die Kohlrouladen mache ich fertig, sobald alle da sind. Dauert dann nur mehr eine Viertelstunde. Rundum in Olivenöl anbraten, mit etwas Weißwein ablöschen, einen Schuss vom Blanchierwasser dazu, und zugedeckt zehn Minuten dünsten. Dazu gibt’s gekochte Kartoffeln und Brot. So haben wir das schon als Kinder gegessen. Ich freu mich darauf. Kochen bringt mich dem Wesentlichen näher, vieles, das gerade noch so wichtig war, tritt ein wenig in den Hintergrund …"

„Ich verstehe, was du meinst."

„Manchmal habe ich das Gefühl, dass mir auf Deutsch die richtigen Worte fehlen."

„Was hältst du davon, wenn ich mit deinem Onkel Ettore rede? Du musst allerdings übersetzen. Etwas sardische Geschichte wäre für meine Reportage über die Hundertjährigen perfekt."

[6.]

Es gibt im Kent'Annos zwar ein WLAN-Netz, aber es ist schwach. Mir ist auch aus Sicherheitsgründen lieber, ich verwende meinen eigenen Zugang. Selbst wenn ich mir dabei etwas lächerlich vorkomme. Ich verbinde Mobiltelefon und Laptop und mache mich auf die Suche nach „sardonischem Lächeln", der Safranrebendolde und Ähnlichem. Einige der Ergebnisse sind noch von meinen ersten Recherchen markiert. Inzwischen weiß ich freilich mehr.

Herba Sardonia: Im Winter und zeitigen Frühjahr ist der Polyethingehalt am höchsten. Bemerkenswert ist, dass die Pflanze bei Verzehr anders als nahe verwandte Arten weder bitter schmeckt noch ein Brennen auf der Zunge erzeugt, sondern im Gegenteil einen paradoxen süßen und angenehmen Geschmack und Geruch besitzt. Am giftigsten ist die Wurzel. Ihr Saft wurde den alten Menschen wohl in ein Getränk gemischt. Es gibt Hinweise darauf, dass es sich dabei bereits um den typischen schweren und würzigen Rotwein der Gegend gehandelt hat. Wenn die Wirkung eingesetzt hat, wurden sie durch verschiedene Methoden ermordet. Alte Quellen sprechen von tödlichen Schlägen oder sie sollen über Felshänge geworfen worden sein. Das schreckliche Grinsen sollte die Illusion erzeugen, dass die Alten glücklich und dankbar für ihre Euthanasie waren.

War das Gift doch nicht so stark, dass die Alten daran gestorben sind? Das macht die Ermordung von Tzia Grazia noch unglaubwürdiger. Wer betäubt eine Hundertzweijährige mit Gift und tötet sie dann auf eine Weise, die nicht auffällt? Zumindest niemandem außer Elenas Onkel, dem Dichter sardischer Sagen.

Es folgen einige Einträge über die Verwendung der Safranrebendolde in der sogenannten Alternativmedizin:

Bei Matthiolus wirken die Wurzeln hustenlindernd, steintreibend und gegen Einnässen. Die Homöopathie kennt Oenanthe crocata bei Epilepsie, Delirien, Schwindel, Ischämischem Schlaganfall und zur Nachbehandlung einer Hirnhautentzündung sowie bei ausbleibender Regel. Sie wird in den Verdünnungen D3 und D4 eingesetzt. Unter D3 ist die Konzentration zehnfach höher als unter D4 und es können Vergiftungserscheinungen auftreten.

Was, wenn Herba Sardonia auch bei SardaVita verwendet wird? Das würde zumindest bedeuten, dass einige einen einfachen Zugang zu dieser Pflanze haben. Inklusive Claus Hartmann. Unsinn, ich sollte mich nicht versteigen. Welches Interesse könnte der deutsche Unternehmer gehabt haben, eine Hundertzweijährige aus dem Verkehr zu ziehen?

„Was heißt das, du musst zurück?“, schreit Vesna.

Ich habe mich, inzwischen schon routiniert und ohne mich zu verirren, dem Speisesaal genähert. Frühstück gibt es hier immer – wenn man es sich selbst macht. Dafür hat uns *direttore* Sandro mitgeteilt, dass er den Zimmerpreis auf den für „amici cari“, für liebe Freunde, reduziert. Gestern Abend haben wir köstliche Wurst mit Fenchelsamen, Ziegenricotta und dann Elenas großartige Kohlrouladen genossen. Und wir haben uns bestens unterhalten. Ich kann auch sonst nicht über Schlafprobleme klagen, aber hier – hat es mit den dicken Mauern, der Ruhe, dem Licht von oben, dem sardischen Wein zu tun? – habe ich hervorragend, tief und durchgeschlafen. Jetzt stehe ich in der Nähe der offenen Tür und will mir die gute Stimmung nicht verderben lassen.

„Wer hat gesagt, ich soll mich hier nicht einsperren wie eine sitzengelassene Mutter mit Kind?“ Das ist Jana. Um nichts weniger laut. Zwischen den beiden kracht es, seit Jana sprechen kann. Zwei Frauen mit starkem Willen.

„Jetzt sind ja wir da! – Ich hoffe, dir ist das klar? Wir kommen, weil wir dich und Lilli sehen wollen, und was machst du? Du haust ab! Sehr freundlich!"

„Mam: Es hat nichts mit dir zu tun! Kannst du dir das vorstellen? Es gibt Dinge, die haben nichts mit dir zu tun! Es geht um CHANCE und das Klimafest! Sie schaffen das nicht allein!"

„Ach, und das weißt du gerade jetzt, wo wir angekommen sind?"

„Das weiß ich, seit ich heute früh die Konzepte gesehen habe. Und die Personen, die sich um die Organisation kümmern sollen!"

„Und die arme Lilli? Die schiebst du von da nach dort, wie es der großen Aktivistin eben passt! Was wird sie von besserem Klima auf der Welt haben, wenn sie hat ein Trauma fürs Leben?"

Jana lacht böse auf. „Ein Trauma? Weil sie mit mir zurück nach Hause fährt?"

Ich räuspere mich und trete in den ehemals klösterlichen Speisesaal. Plötzliche Stille.

„Sie will fahren", sagt Vesna dann.

„Es war nicht zu überhören", erwidere ich. „Gibt's noch Kaffee?"

Zwei Stunden später ist alles gepackt. Unglaublich, was ein kleines Kind braucht, wenn es auf Reisen geht. Der Flug mit Umsteigen in Rom war ohne Probleme zu buchen. Vesna hat hin und her überlegt, ob sie mitfährt oder doch nicht. „Die kann nicht mit dem Finger schnipsen und alle richten sich nach ihr", hat sie gefaucht, als sie sich dann doch entschlossen hat, im Kent'Annos zu bleiben.

„Echt, Mira, es geht nicht anders", flüstert Jana, als Vesna das Gepäck im Auto verstaut. „Ich arbeite eben – und es ist mehr als Arbeit. Es ist mir wichtig. Sie sind teilweise so unpolitisch bei CHANCE, dass ich schreien könnte. Wenn wir dieses große Klimafest machen, dann heißt das nicht, dass sich jeder Promi aus Politik, Wirtschaft oder Kultur auf die Bühne stellen und sein persönliches Greenwashing betreiben kann. Der Bundeskanzler will über die CO_2-Bepreisung reden. Gut ist: Die halten uns inzwischen für einflussreich genug, dass er bei uns auftreten möchte. Weniger gut, dass er dabei natürlich Werbung für die Regierung machen will. Also brauchen wir danach einen, besser noch: eine, die klarmacht, was wir alles ändern müssen, damit wirklich wirksame Klimapolitik gemacht wird. Und dazwischen Musik. Vielleicht kann einer der Musiker was sagen. Spontan."

„Oder eben fast spontan", sage ich und lächle. „Benjamin ist auch angekündigt."

„Sag das bitte nicht Mam."

„Es steht auf der Homepage von CHANCE, jüngstes Update zum Klimafest: ‚Der renommierte Philosoph Benjamin Koren unterbricht seine Vortragsreise in den USA, um pointiert wie immer über die Weltklimakrise und die Herausforderungen der Demokratie zu sprechen.'"

„An der Ankündigung müssen wir noch feilen."

„Fährst du deswegen? Um Benjamin zu sehen?"

„Ganz sicher nicht. Es ist okay, dass er mitmacht. Mehr braucht er sich darauf aber nicht einzubilden."

„Ist doch nichts dabei, wenn du ihn vermisst."

„Ich weiß nicht, ob ich ihn vermisse. Unsere Beziehung ist bestenfalls in der Schwebe. Mir tut es leid wegen euch. Und dass ich nicht übersetzen kann."

„Elena kann es."

„Viel besser als ich, aber … ich werde aus ihr nicht ganz schlau. Warum erzählt sie keinem, was sie in den letzten Jahren gemacht hat? Ich hab schon an ein Zeugenschutzprogramm gedacht."

„Dafür kommt man nicht nach Hause. Ganz im Gegenteil."

„Das ist wahr. Hier würde man sie zuerst suchen. Trotzdem: Sie ist sympathisch. Aber da ist etwas. Im Zweifelsfall: seid vorsichtig."

„Sag das deiner Mam."

„Oje. Die redet momentan nicht viel mit mir."

„Wird schon wieder. Sie liebt dich. Und Lilli. Deswegen ist sie auch so …"

„Enttäuscht? Besitzergreifend?"

„Wohl beides." Ich küsse Jana auf die Wangen und umarme sie. Lilli kräht fröhlich aus dem Kindersitz, ich küsse auch sie und sie strahlt. Nach akutem Trauma sieht sie jedenfalls nicht aus.

Und dann ist *la famiglia* auf dem Weg zum Flughafen.

Wir sitzen am Esstisch, vor uns Elenas Laptop. „Das Interview ist von einem internationalen Forschungsprojekt über Langlebigkeit, in das auch Universitäten in Deutschland eingebunden sind. Deswegen die deutschen Untertitel", erklärt sie.

Ich hätte die Aufnahme von Tzia Grazia früher oder später auch allein gefunden. Sie ist auf YouTube. Hat Elena nicht gesagt, von ihr gebe es kaum Aufzeichnungen, weil sie als „schwierig" gilt? Ich sollte nicht zu misstrauisch sein.

Tzia Grazia sitzt sehr aufrecht. Der Kamin hinter ihr wirkt, als würde er einen auf der dem Feuer zugewandten Seite grillen und auf der abgewandten frieren lassen. Sie blickt sehr aufmerksam und, mir kommt vor, ein wenig skeptisch in die Kamera. Tzia Grazia ist sehr schlank, beinahe dünn und so klein, dass es aussieht, als würde ein Kind auf dem großen dunklen Holzstuhl sitzen. Ihr Gesicht ist schmal und voller Runzeln. Ihre Lippen sind noch immer erstaunlich voll. Ich will mir nicht ausmalen, wie sie nach ihrem Tod ausgesehen hat. Auf dem Standbild wirkt sie alt, aber sehr lebendig. Wach.

„Können wir?", fragt Elena. „Wenn du etwas wissen möchtest, halte ich das Video an."

„Wie geht es dir?", kommt eine Frauenstimme auf Italienisch aus dem Off. Sie ist laut, beinahe ein wenig schrill.

Tzia Grazia sieht direkt in die Kamera. „Si va avanti, vado avanti." Die Untertitel übersetzen es mit: „Man bewegt sich. Ich bewege mich."

Elena klickt auf das Pause-Symbol. „Das ist eine dumme Übersetzung. Was sie sagt, bedeutet: ‚Man macht weiter, ich mache weiter.‘ – Verstehst du? Sie blickt nicht zurück, es geht weiter. Sie schaut nach vorne. Das sagen übrigens viele, wenn man sie fragt, wie es ihnen geht: Si va avanti.“

„Wie lebst du? Was machst du?“, ruft die Interviewerin.

„Warum?“, fragt Tzia Grazia zurück. „Jedenfalls bin ich nicht taub.“

Ich sehe Elena an. Sie nickt. „Tzia Grazia, ich habe es dir gesagt. Sie ist eine Persönlichkeit.“

„Das ist schön“, sagt die Stimme aus dem Off noch immer sehr laut. „Was machst du den ganzen Tag, Tzia Grazia?“

„Un po' di tutto.“ – „Etwas von allem“, übersetzen die Untertitel.

„Und was isst du?“

„Un po' di tutto.“ Jetzt steht eindeutig Schalk in ihren Augen.

„Wie alt war sie bei dem Gespräch?“, frage ich Elena.

„Es ist erst vor einem Monat aufgenommen worden. Jetzt siehst du, was ich meine. So ist keine, die von heute auf morgen stirbt.“

„Man kann sich täuschen.“

„Ja, ist mir bewusst. Aber …“

Inzwischen läuft das Gespräch weiter. Tzia Grazia hat Erbarmen mit der eher einfallslosen Interviewerin. Die Übersetzungen scheinen nun halbwegs zu passen, jedenfalls sieht Elena keinen Grund, das Video wieder zu unterbrechen.

Un po' di tutto, erklärt Tzia Grazia, sie esse von allem etwas. Auch gerne Fleisch, vor allem Schaf, am liebsten Eintopf oder Faschiertes, aber nicht viel. Und Gemüse. Auch Hülsenfrüchte, vor allem Kichererbsen. Und die sardischen Kartoffeln, die seien die besten der Welt.

Ob sie denn schon einmal im Ausland gewesen sei?

Ja, sogar zwei Mal. In Rom, mit ihrer Freundin.

„Die *penisula*, die Halbinsel, wie sie Italien gerne nennen, ist für sie Ausland. Übrigens auch für meine *nonna*“, erklärt Elena. „Es gibt genug alte Leute, die haben Sardinien nie verlassen.“

Vieles habe sie gesehen, fährt Tzia Grazia fort. Und viel habe sie gearbeitet. Aber auch gefeiert. Das gehöre zum Leben.

„Wie war es früher? Erinnerst du dich? Wie alt bist du?", sagt die Person aus dem Off.

„Come mai", wie denn auch nicht, natürlich erinnere sie sich.

„Und wie alt bist du?", fragt die unsichtbare Interviewerin nach, um nach einer kleinen Pause gleich selbst die Antwort zu geben: „Du bist vor kurzem hundertzwei geworden!"

Tzia Grazia lacht. „Sonst wärst du nicht da. Aber ich sage dir: Alles war früher wirklich nicht besser. Das sagen nur die, die ..." Sie klopft sich an die Stirn.

„Und was war gut?"

„Man war zufriedener. Und man hat einander geholfen. Man hat gegessen, was da war. Aber Vergangenheit ist Vergangenheit."

„Glaubst du an Gott?"

„An wen?"

„Dio!"

Oh, an den. „Naturalmente", natürlich glaube sie an Gott, aber auch an dieses Land.

Elena stoppt. „Das ist wieder schlecht übersetzt", sagt sie. „*Terra* bedeutet viel mehr als Land. Es bedeutet Heimat und Erde und Grund und Boden." Ich nicke und verstehe um einiges besser, was Tzia Grazia danach sagt:

Terra, das sei ihr Boden, der, auf dem sie und ihre Familie stehen, ohne Boden wären sie nichts. Wer das nicht begreife, der sei dumm. Der Boden gibt Nahrung und Halt, er ist das Fundament.

Jetzt stoppe ich das Video. „Tzia Grazia ist ihr Grund und Boden, das Land, wichtiger als die Religion, oder?"

Elena nickt. „Ganz sicher, auch wenn sie es nicht so sagen würde. Ich glaube, sie kann mit Rankings nicht so viel anfangen. Aber der Besitz von Land ist sehr wichtig. Jahrhunderte, auch nach der Bodenreform, hatten die Hirten in der Ogliastra nichts. Carlo Felice, der, nach dem noch immer viele Straßen benannt sind, hat dafür gesorgt, dass die Bauern und die wenigen großen

Besitzer ihren Grund einzäunen konnten. Das wurde dann in einem Register eingetragen. Die Hirten konnten das nicht. Sie waren schlechter dran als vorher, als das meiste Land niemandem gehört hat. Man hat sie von den guten Weidegebieten vertrieben. Oder sie mussten zahlen. Das sitzt tief. Meine Großmutter hat uns schon als Kinder von dieser Ungerechtigkeit erzählt."

„Hat das mit den sardischen Banditen zu tun? Ich habe gelesen, sie waren landlos."

„Zumindest waren sie arm. Was meiner Meinung nach aber keine Rechtfertigung für Entführung, Mord und Raub ist. Aber ... ich kenn mich da nicht so aus. Du findest es sicher im Netz. Oder wir reden mit meiner *nonna* und Onkel Ettore darüber."

„Hat deine Familie damals Land bekommen?"

„Ja. Aber in den Bergen war das Leben für niemanden einfach. Wir haben uns eng miteinander verbunden gefühlt, auch wenn wir Land und dann mehr Chancen hatten. Meine Vorfahren waren Verwaltungsbeamte und Lehrer, mein Großvater war Richter, ein Onkel Agrarwissenschaftler."

„Und dein Vater?"

„Unternehmer. – Schauen wir weiter? Das Video ist gleich zu Ende."

„Und deine Kinder", ruft die Interviewerin, „die sind alle tüchtig?"

Tzia Grazia hebt die Hände und lässt sie wieder sinken. „Man muss zufrieden sein. Sie sind brav. Und wenn sie es nicht sind, dann sage ich ihnen, was sie zu tun haben. Das habe ich gemacht, als sie klein waren. Das werde ich machen, bis ich sterbe."

Ich sehe Elena an. „Was meint sie damit? Oder ist das eher Gerede?"

„Du meinst, Gebrabbel der Alten? Ist es nicht."

Unterdessen verabschiedet sich die Interviewerin und bittet Tzia Grazia, das auch zu tun. Sie soll in die Kamera winken. „Da sehen dich sehr, sehr viele Leute!"

Die alte Sardin sieht starr geradeaus. „Natürlich. Das heißt Video. Aber warum soll ich winken? Ich bin ja nicht in der blöden Fernsehshow mit den halbnackten Frauen, die sich Felipe immer ansieht."

„Winken!", ruft die Interviewerin noch lauter und man sieht ihre eigene rosafleischige Hand vor der Kamera.

Tzia Grazia macht eine Handbewegung, die man nur mit sehr viel Fantasie als Gruß verstehen kann. Viel eher bedeutet sie: Lass es gut sein und geh endlich.

„Sie ist … sie war eindrucksvoll", sage ich. „Und es hat nicht so gewirkt, als wäre sie begeistert von ihrer Familie."

„Du siehst auf dem Video ganz gut, wie sie war. Ziemlich direkt. Zwei ihrer Söhne haben viel in den Sand gesetzt. Sie haben sich eingebildet, dass man mit einem Agriturismo reich werden kann, wenn es nur groß genug ist. Kein einfacher Hof, in dem man Gäste verköstigt und ihnen Nachtquartier gibt. Sondern eine Art Landhotel mit allen Schikanen. Sogar ein Schwimmbad haben sie gebaut. Sie haben hohe Kredite aufgenommen und viel Land belehnt. In einer Zeit, in der man noch viel leichter von den Banken Geld bekommen hat. Sie haben außerhalb von Birgu, mitten in der Macchia und im Weideland, ihr Mega-Agriturismo gebaut. Sie haben daran geglaubt, dass viele Touristen kommen werden. Tzia Grazia war schon damals dagegen, aber da hat ihr Mann noch gelebt. Die Männer haben zusammengehalten, wie es aussieht. Es hat eigentlich von Anfang an nicht funktioniert und einige Jahre später sind sie pleitegegangen. Details kenne ich nicht, ich weiß nur: Tzia Grazia hat alles unternommen, damit das Land nicht versteigert wird. Irgendwie, ich glaube, auch mit der Hilfe meiner *nonna*, hat sie das geschafft."

„Sandro, euer Direktor, war er mit von der Partie?"

„Direttore, bah!", antwortet Elena und macht eine wegwerfende Handbewegung, die der von Tzia Grazia am Ende des Interviews ziemlich ähnlich sieht. „Sandro war damals viel zu jung, er war gerade auf der Tourismusschule. Ich kann mich daran erinnern: Als er ins Internat ist, hat er von einer großen Zukunft im Hotelbusiness geträumt. Die ganze Welt würde er mir zu Füßen legen, hat er sich gebrüstet. Er war immer ein wenig in mich verliebt. Sein Vater und sein Onkel waren es, die alles verbockt haben. Ich bin wenig später weg von hier."

„‚Direttore, bah!'? Und: Er war in dich verliebt?", frage ich nach.

„Ich hab mich nicht für ihn interessiert, ich habe ihn für einen Aufschneider gehalten. Er war immer schon etwas … großspurig. Jetzt würde ich sagen, er wollte eben dem Mädchen, das ins Gymnasium gegangen ist, imponieren. Er ist Kellner geworden. Jetzt fühlt er sich als Direktor, mehr noch: Er sieht sich schon als Direktor des künftigen internationalen Fünf-Sterne-Kent'Annos. Ich mag ihn … irgendwie. Und er tut mir auch leid: Man gibt ihm einen schönen Titel, damit er macht, was sie von ihm wollen. Und dann suchen sie sich einen, der wirklich etwas vom Geschäft versteht."

„Und wer sind ‚sie'?"

„Wenn ich das so genau wüsste. Ich will mich nicht einmischen. Es ist wohl so, dass Tom Marek vor Ort das Sagen hat, aber dahinter, auch wenn er selten da ist, entscheidet Hartmann. Nur: An Tzia Grazia haben sich alle die Zähne ausgebissen. Sie hat ihrer Familie verboten, das Land zu verkaufen."

„Aber Hartmann hat alles schon geplant. Auf dem Gelände des gefloppten Agriturismo soll das wunderbare Kent'Annos entstehen."

„Die Familie wollte längst an Hartmann verkaufen. Tzia Grazia hat ihr Veto eingelegt. Gar nicht dumm, was weg ist, ist weg. Sie haben dafür geschuftet, eigenen Besitz zu haben. Und sie hat ja schon erlebt, wie schnell etwas schiefgeht."

„Das könnte … ein Motiv sein."

„Nicht wirklich. Hartmann kann das Gelände schon seit längerem nutzen. Es gibt einen notariell beglaubigten Vorvertrag. Tzia Grazia wusste nichts davon. Ihre Söhne haben immer gefürchtet, dass sie es herausfindet. Jedenfalls hätten sie bloß abzuwarten brauchen, bis sie stirbt. Na ja. Jetzt geht alles. Ganz legal."

„Legal? Was haben sie bisher gemacht?“

„Sie ernten Kräuter, die auf dem Gelände wachsen, sie haben Mirto-Sträucher gepflanzt, sie ernten Lentisco, sogar ein Feld mit Kichererbsen haben sie angelegt. Auch wenn es derart steinig ist, dass dort kaum etwas wächst. In Kichererbsen ist Spermidin drin, dieser Wirkstoff ist seit Corona besonders in Mode. Hat mit der Zellgesundheit zu tun, angeblich. All das Zeug geht in die Produkte von SardaVita. – Ich dachte, du hast recherchiert?“

„Mache ich doch gerade. In Hartmanns Büro hängt übrigens ein Foto des geplanten Kent'Annos. Es soll wohl den Eindruck erwecken, als gäbe es das Resort in den Bergen bereits. Er hat gemeint, es handle sich um ein naturgetreues Modell der Architekten, das sei üblich.“

„Ich hab es auf seiner Homepage gesehen. Hier lässt sich Tom Marek vor der Macchia fotografieren, erntet gemeinsam mit ein paar Verwandten von Sandro Wildpflanzen und hält Kichererbsen in die Kamera. Aber warum auch nicht?“

„Für dich ist es okay?“

„Ich bin die zwischen den Stühlen, immer. Auf der einen Seite verstehe ich Tzia Grazias Familie. So viele Chancen gibt es hier nicht. Man muss die Gelegenheiten ergreifen, die man kriegen kann. Auf der anderen Seite brauchen wir einen neuen Zugang, mehr Selbstbewusstsein: Man darf die Ogliastra und ihre Menschen nicht benutzen, das ist viel zu lange passiert. Wir brauchen Respekt, auch vor der Natur. Und die Alten dürfen nicht zu einem bloßen Werbefaktor verkommen, nicht alle können sich so gut durchsetzen wie Tzia Grazia. Das ist eine neue Form der Ausbeutung. Dagegen muss man sich wehren. Das bin ich meinem Land schuldig“, sie lächelt ein wenig. „Und dem Prinzip der *virtù*.“

Jana und Lilli sind erst seit zwei Stunden weg. Trotzdem kommt mir die Stille beinahe beklemmend vor. Ist dieses Kent'Annos das nächste Projekt von Hartmann, das scheitert? Warum hat er das Kloster gekauft, wenn in den Bergen ohnehin etwas deutlich

Eindrucksvolleres entstehen soll? Konnte er nicht warten? Oder ist er einfach ein schlechter Geschäftsmann? Oskar hat erzählt, dass er offenbar nur mit dem Geld seines Vaters einen Konkurs abgewendet hat.

Ich sitze im Innenhof, heute scheint die Sonne nur matt durch hohe Schleierwolken. Eigentlich ist es zu kalt, um draußen zu sein. Aber drinnen ist es nicht viel wärmer. Ich spiele am Mobiltelefon herum, hoffe auf eine Nachricht von Oskar, sehe, dass er vor einer Stunde auf WhatsApp war, aber nicht um mir zu schreiben. Was war ihm wichtiger? Warum hat er keine Zeit für mich? Ich war es, die ohne ihn weggefahren ist. Soll ich ihm schreiben? Zu erzählen gäbe es genug. Besser, wir telefonieren. Am Abend, wenn er daheim ist. Ich öffne Facebook. Schön langsam werden die Millionen Posts rund um Corona weniger. Oder scheinen auf meinem Account nur weniger davon auf, weil ich keinen Sinn darin sehe, mich zu beteiligen? Ich will auch dieses schon wegwischen.

Was steht da? Eine großangelegte Studie in den USA hat ergeben, dass auch Menschen, die anstelle von Impfstoff Placebos bekommen haben, Impfreaktionen gezeigt haben: Schmerzen im Oberarm, Abgeschlagenheit, Kopfschmerzen, sogar leichtes Fieber. Wieder einmal ein Beweis dafür, wie viel man sich einreden kann. Funktioniert ja angeblich auch umgekehrt. Man nimmt ein wirkungsloses Mittel und fühlt sich besser. Käme auf den Versuch an. Ich nehme SardaVit und werde jünger. Dafür müsste ich allerdings daran glauben. Ich scrolle durch die Reaktionen und lande schnell bei empörten von „Alle Studien lügen“ bis hin zu einer, die behauptet, das beweise eben, wie schädlich die Impfung sei. – Warum jetzt? Weil jene, die sie nicht bekommen haben, Reaktionen gezeigt haben? – Stopp. Absurd, so die Zeit zu vertrödeln. Ich sollte einen Spaziergang machen. Dabei wird mir vielleicht warm. Trotzdem gebe ich in meine Suchmaschine „Carlo Felice“ und „Hirten“ ein. Wäre wohl besser, wenn ich die italienischen Seiten ansteuern würde. Aber sinnlos. Dafür reichen meine Sprachkenntnisse nicht.

Sieh an. Es gibt auch einiges auf Deutsch. Diplomarbeiten, die ins Netz gestellt wurden, Reiseführer, die Historisches versprechen oder einfach, weil sie zahlen, bei Google und Co vorgereiht wurden, auch wenn dann im Text nichts über Carlo Felice oder auch Karl Felix zu finden ist.

Ein Sandro Herder hat sich mit Sardinien vom Spanischen Erbfolgekrieg bis zur italienischen Einigung beschäftigt. Ob alles stimmt, was er schreibt? Ich kann ja Elenas Onkel Ettore fragen. Auch wenn sein Spezialgebiet Sagen sind. – Aber werden historische Fakten nicht auch durch den subjektiven Zugang der Chronisten, politische Absichten oder schlichte Auslassungen mit wachsendem zeitlichen Abstand von Sagenhaftem überwuchert?

Ich lese:

Nach dem Spanischen Erbfolgekrieg fiel Sardinien an Österreich, es wurde aber bereits Anfang des 18. Jahrhunderts durch einen Gebietstausch an Savoyen abgetreten.

Dass Sardinien kurz, aber doch zum Habsburgerreich gehört hat, wusste ich nicht. Offenbar haben die Habsburger keinen großen Wert auf die Insel gelegt. Schade, aber kein Wunder, sie war im Inneren unzugänglich und die Menschen galten als rückständig und stur. Hirten eben. Nicht besonders angesehen damals. – Oh, und dann kam dieser Carlo Felice aus dem savoyardischen Herzogshaus:

Als Carlo Felice zu Beginn des 19. Jahrhunderts Statthalter von Sardinien war, ging er erfolgreich gegen Räuberbanden vor. Eine massive Hungersnot führte zur Erhebung des Geheimbundes Carbonari. Carlo Felice weilte zu dieser Zeit in Modena. Der zwischenzeitlich ernannte Regent Karl Albert machte den Aufständischen Konzessionen und liberalisierte die Verfassung. Kaum war Carlo Felice wieder zurück, schaffte er diese jedoch wieder ab und herrschte absolutistisch. Eine Bodenreform schien ihm ein besseres Mittel gegen Aufstände und Hungersnöte. Aber auch um die Aufrührer, die vor allem aus Hirten hoch zu Ross bestanden, zu bestrafen. Die Reform ließ zu, dass Bauern und große Grundbesitzer ihr Land umzäunten und zu ihrem registrierten Eigentum machten. Die Hirten, die mit ihren Herden auf Wanderschaft waren, hatten kaum fixes Land, das sie ausweisen konnten. Die neuen Landeigentümer vertrieben die Hirten vor allem von den fruchtbareren, nicht so hoch gelegenen Weideflächen, was zu einer weiteren Verarmung des Hirtenstandes führte. Da man nicht bedacht hatte, wie groß die Zahl dieser Hirten und ihrer Familien war, drohte Sardinien ein völliger wirtschaftlicher Kollaps. Die Vereinigung Sardiniens mit dem italienischen Mutterland im Jahr 1847 konnte ihn zumindest teilweise abwenden.

Kampf ums Überleben, um Freiheit. Grundbesitz als Zeichen der Unabhängigkeit und Hoffnung, dass es nachfolgende Generationen besser haben könnten. Wie tief sitzt das, was unsere Vorfahren erlebt haben? Seltsam, dass ich gerade hier, auf dieser Insel am Rand Europas, darüber nachdenke. Geschichte lässt uns die Gegenwart verstehen. Vielleicht. Hoffentlich.

Ich bin die Auffahrt entlang und dann in den Olivenhain gegangen. Was haben die knorrigen Bäume schon alles gesehen? Unsinn. Sie sehen nicht. Sie stehen einfach da und machen, wenn alles gutgeht, Früchte. Wer will, soll Bäume umarmen. Ihnen ist es egal. Jetzt hat die Sonne es doch noch geschafft, die Wolken zu vertreiben. Sie scheint warm auf mein Gesicht. Der rote Kater streift durchs knallgrüne Frühlingsgras und sieht mich aus der Ferne gelangweilt an. Ich habe schon ein paar Mal versucht, ihn anzulocken, aber er ist ein Freiluftkaiser. Unabhängig und stolz. Sehr sardisch. Ich sollte es mit etwas Essbarem versuchen. Faschiertem, der Leibspeise von Vui. Und offenbar eine Lieblingsspeise von Tzia Grazia. Meine erste Katze, Gismo, war ganz vernarrt in Oliven. Das hier wäre ein Paradies für sie. Weiter drüben, in der Nähe einer alten Scheune, sehe ich die Schafe, die zum Kent'Annos gehören. Schade, dass Elenas Onkel Ettore nicht hier ist, solange auch keine Hotelgäste da sind. Ich hätte versucht, mit ihm zu reden. Und im Moment habe ich den Eindruck, ich hätte ihn verstanden.

Wunderschön ist es hier. Ruhig, aber nicht einsam. Wer braucht Facebook, Instagram, TikTok? Wer braucht diese permanente Selbstdarstellung? Einfach sein. Für einen Moment habe ich das Gefühl, ich weiß, was es bedeutet. Ich werde Vesna den Platz zeigen. Wir werden …

Ich bin doch nicht alleine hier. Ich höre Stimmen. Die Männer müssen hinter der Scheune stehen. Sind Touristen angekommen? Fröhlich klingen sie nicht. Hört sich nach Diskussion an, eher sogar nach einem Streit. Auf Deutsch. Ich kann einzelne Wörter ausmachen. Ich bewege mich vorsichtig Richtung Scheune. Die Schafe beäugen mich interessiert. Oder hören sie zu?

„Ich tue alles dafür, alles! Ist dir das eigentlich klar? Ich habe mein bisheriges Leben dafür aufgegeben!" Klingt wie aus einem mittelguten Film. Kein Wunder: Das ist Tom Marek, ehemals Chefinspektor Franz und Publikumsliebling.

„Sei nicht so melodramatisch. Das war ganz allein deine Entscheidung! Oder mangelt es dir doch bloß an Rollen?" Hochdeutsch ohne merkbare Färbung. Claus Hartmann. Ich wusste nicht, dass er auf der Insel ist.

„Du schreibst mir ja ohnehin vor, was ich sagen soll! Aber ich spiel da nicht mehr mit! Wir sind Partner!"

„Was willst du? Schauspieler brauchen Text. Du machst das großartig. Die Leute lieben dich. Sie vertrauen dir. SardaVit boomt."

„Es geht um das Kent'Annos und nicht um diese Pillen! Für dich ist das Zentrum nur ein Feigenblatt! Damit du so tun kannst, als ob das Zeug für deine Mittelchen tatsächlich bei den Hundertjährigen wächst!"

„Vom Geschäft hast du keine Ahnung, misch dich da nicht ein." Das klingt scharf, fast schon drohend. Offenbar bezieht Hartmann die Inhaltsstoffe seiner Produkte anderswoher. – Oder behauptet Marek das bloß?

„Bring den Vertrag unter Dach und Fach. Dann kann ich dir wieder vertrauen."

„Und du pfeif Sandro zurück, der stolziert herum, als wäre er Generaldirektor."

„Lass ihn in Ruhe! Er hat eine Menge getan! Eine Menge!"

Ich höre Hartmann abgehackt lachen. „Warum bist du so nervös? In ein paar Tagen wird unterschrieben. Bald gehört alles uns: Mirto, Lentisco, und die Bergkichererbsen mit ihrem göttlichen Spermidin."

„Klingt irgendwie ... obszön." Tom Marek wirkt beschwichtigt.

„Der Name hat tatsächlich mit Sperma zu tun. Da ist nämlich auch eine Menge von diesem Stoff drin."

„Solange du nicht anfängst, Hirten zu melken."

Hartmann lacht. „Nicht einmal Sandro. Du hast recht, er ist nützlich. Als Verbindungsmann. Zu diesem sardischen Clan."

Kurze Stille. Dann wieder Marek: „Was weißt du?"

„Kann sein, dass ich dich nicht verstehe?"

„Sie fragen herum. Die Alte wollte nicht verkaufen, jetzt ist sie tot."

„Wer?"

„Grazia, die Großmutter!"

„Sandros Großmutter meinst du. Dieses Problem hat sich nun doch gelöst."

„Gelöst? Ich wäre mir da nicht so sicher, es gibt ..."

„Sei nicht so hysterisch. Lieber Tom, wir werden bauen, wir werden ernten, wir werden dokumentieren. Die Bilder im Kopf, du verstehst? Die Menschen wollen gute Geschichten. Heute mehr denn je." Die Schafe sehen einander an, als würden sie es begreifen, und traben dann im Pulk davon.

„Ach, und ich soll dafür mein Gesicht hinhalten: Nehmt SardaVit forte und ihr werdet hundert!"

„Sei froh, wenn dein Bild in jeder Apotheke ist! Und ich verspreche dir: Das Resort wird ein Riesenerfolg. Es wird einen richtigen Direktor geben. Und du bist der Star. Die Elite der Welt wird bei uns ein und aus gehen. Alle werden über uns berichten. Das Geheimnis der Hundertjährigen, Abkehr vom toxischen Stress, all das."

„All das in einer Kapsel!", höhnt Tom Marek.

„Groß! Du musst lernen, groß zu denken! Zusammenhängend! Außerdem: Du wirst auch nicht jünger, mein Lieber."

Plötzlich lautes Gebell. „Ruf die Hunde zurück", sagt Hartmann und es klingt nicht besonders tough. Befehle auf Italienisch. Die Stimme gehört zu Elena. Hat sie gelauscht? Oder war sie bei dem Gespräch dabei? Ohne etwas zu sagen? Auf welcher Seite steht sie?

[7.]

Ich habe mich im Kent'Annos umgesehen. Claus Hartmann scheint nicht hier zu sein. Ist er bloß gekommen, um mit Tom Marek zu reden, und gleich wieder gefahren? Wohin? Oder versteckt er sich in einem der Zimmer des alten Klosters? Warum sollte er? Jedenfalls steht auch kein unbekanntes Auto auf dem Parkplatz. Nur der Lieferwagen des Kent'Annos und die Wagen der Stammbelegschaft. Wie viel sagen Autos über Menschen aus? Der Alfa von Marek. Der unauffällige Fiat von Elena. Vesna ist mit ihrem Geschoß unterwegs.

Ich möchte ihr erzählen, was ich gehört habe. Vielleicht gelingt es uns gemeinsam, etwas mehr Durchblick zu bekommen. Es ist kurz vor acht. Ich habe keine Lust nachzusehen, ob und was es zum Abendessen gibt. Ich bin nicht der Typ für klösterliche Mahlzeiten: alle an einem Tisch, dankbar für das, was serviert wird. Liebe deinen Nächsten – danach hat mir das Treffen zwischen Hartmann und Marek nicht ausgesehen. Hartmann geht es um SardaVita, alles andere soll passende Staffage sein und die schönen Bilder liefern. Marek sieht sich als Guru des Zentrums für ein glückliches langes Leben. Umgeben von Bewunderern und vor allem Bewunderinnen aus aller Welt.

Tzia Grazia hat verhindert, dass das Land verkauft wird. Jetzt ist sie tot. Wer braucht das neue Kent'Annos am meisten: Hartmann oder Marek? Oder sind es Tzia Grazias eigene Söhne? Sie bekommen Geld und wohl auch neue Chancen. Kein schlechtes

Motiv, aber doch unwahrscheinlich. Es passt nicht. Zum sardischen Lebensstil. *Virtù* – eine besondere Form der Ehre, hat Elena gesagt. Da bringt man keine hundertjährige Verwandte um. Auch wenn es vor tausenden Jahren offenbar vorgekommen ist. Aber: Was weiß ich schon über das Leben der Menschen in Birgu?

Endlich eine Nachricht von Vesna. Sie habe nach Janas Abreise etwas Dampf ablassen müssen und sei durch Cagliari gestreift. Wie wäre es mit Pizza? Ich rufe sie an: „Super, aber ich habe kein Auto."

„Ich bin schon ganz in der Nähe, ich kann dich abholen, ich habe am Weg eine nette Pizzeria gesehen."

Pizza ist eine wunderbare Abwechslung. Und ein Abend außerhalb des Kent'Annos verführerisch. Ich habe keine Lust, mich noch heute mit Marek, Elena oder doch auch Hartmann zu unterhalten. Auszeit. „Ich komme dir entgegen", sage ich.

Die schwachen Lichtpunkte zwischen den Olivenbäumen stammen von kleinen Solarleuchten. Nur dass sie den Großteil des Tages beschattet sind. Wer ist auf die Idee gekommen, sie hier zu installieren? Lässt nicht unbedingt auf bestes Management schließen. War es Sandro, der so gerne ein großer Direktor wäre? Ich tappe den dunklen Weg entlang und höre die Schafe blöken. Ein beruhigendes Geräusch. Trotzdem: Als ich die Lichtkegel eines Autos sehe, drücke ich mich an einen Baum.

„Was machst du da?", ruft meine Freundin aus dem geöffneten Autofenster.

„Schäfchen zählen?"

„Ihr seid alle seltsam", sagt Vesna, nachdem ich eingestiegen bin.

„Ihr? Seltsam?"

„Die eine verschwindet nach Österreich. Die andere versteckt sich unter einem Olivenbaum, wenn ich komme."

Vesna braust den Weg hinunter, als wollte sie mich entführen.

„Die eine ist deine Tochter. Was hat sie gesagt? Nicht alles hat mit dir zu tun, meine liebe Vesna. Ich wollte nicht gesehen werden. Ich hab ein seltsames Gespräch mitgehört. Hartmann ist hier. Oder er war hier."

Als wir in der Pizzeria ankommen, habe ich meiner Freundin mehr oder weniger alles erzählt. Das Lokal ist klein, hell, freundlich und gut besetzt. Eine Pizzeria, wie es sie überall zwischen Reykjavík, Wien und Dolianova gibt. Mit rot-weiß-rot karierten Tischdecken, etwas zu viel Deko an der Wand, dem Duft und der Wärme eines Holzofens. Ich bin dankbar dafür. Momentan habe ich von allzu Sardischem genug.

Die Pizza ist um Klassen besser als vermutet. Der Boden: hauchdünn und an den Rändern knusprig aufgegangen. Nicht zu viel Belag, dafür von exzellenter Qualität. Ich habe mich für die Variante mit frischen Artischocken und geräuchertem Provolone entschieden. Ich seufze zufrieden und bestelle ein zweites Glas Vermentino. Was den Wein angeht, bleibe ich der Insel treu.

„Ich werde mit Hartmann reden", unterbricht Vesna meine Auszeit-Stimmung. „Dich hat er noch nicht gesehen hier, stimmt das?"

Ich nicke.

„Gut. So soll es bleiben, bis nach meinem Gespräch mit ihm."

„Ich weiß nicht einmal, ob er überhaupt noch im Kent'Annos ist."

„Werde ich herausfinden. Ich bin Mam von Jana, Oma von Lilli. Also total harmlos. Das ist gut. Da redet er anders als mit Journalistin. Mir muss er nichts verkaufen."

„Warum? SardaVit ist doch perfekt für Omas."

„Gute Idee, ich werde sagen, dass ich es nehme. Und mich sehr gut fühle."

„Aber deine Familie ist nicht mehr hier."

„Er kennt Jana. Und besser noch Benjamin, sozusagen Schwiegersohn. – Ich kapiere es nicht: Da tut Jana immer so, als ist Benjamin ihr egal, und dann setzt sie sich mit Lilli in den ersten Flieger, nur weil er bei dem Spektakel dabei ist."

„Sie muss dafür sorgen, dass das ‚Spektakel' gut über die Bühne geht. Und sie wäre nicht sehr begeistert, dass du das große Klimafest so nennst."

„Ja, da ist Frau Wichtig sehr sensibel. Aber wenn ich da bin, dann verschwindet sie mit Lilli und ich darf nichts sagen. Hier haben sie noch mehr Sinn für Familie. Sie könnte etwas lernen."

„Von Elena? Dessen Vater vor ihrer Geburt weg ist?"

„Lenke nicht ab: Du nimmst morgen mein Auto und fahrst nach Cagliari oder sonst wohin. Sardinien ist sehr schön. Kein Frühstück, und schau, dass Hartmann nicht sieht, dass du da bist."

„Marek wird ihm von uns erzählt haben, oder Elena. Oder Sandro."

„Wenn Hartmann über Nacht auswärts ist, oder erst spät zurückkommt, ist das nicht sicher. Jedenfalls es ist einen Versuch wert. So kann ich besser mit ihm reden."

„Als Oma."

„Spotte nicht. Hier ehren sie die Alten."

„Und wenn sie zu stur sind, gibt's immer noch das sardische Gift."

Ich habe beschlossen, nicht in die Stadt, sondern an den Strand von Cagliari zu fahren. Poetto – allein der Name lässt es mir warm ums Herz werden. Er ist acht Kilometer lang, und im Sommer Hotspot für alle, die gerne feiern. Die Sonne strahlt und ich hoffe darauf, dass das eine oder andere Lokal auch jetzt im März geöffnet hat. Ein Liegestuhl, ein Drink, vor mir das Meer.

Von den meisten der *stabilimenti balneari*, der saisonalen Strandbuden, sind jetzt nur die Fundamente zu sehen. Sie werden erst wieder aufgebaut, wenn Badewetter kommt. Ich fahre langsam die Straße entlang, werde von Eiligen überholt. Mir egal. Allein die Palmen an der Uferpromenade … und auf der anderen Seite der Salzsee mit hunderten Flamingos … auch wenn ich sie jetzt nur als rosa Tupfen im seichten Wasser wahrnehmen kann, ich weiß, dass sie da sind. Dann kommt ein größeres, fest gebautes Strandlokal, davor einige Autos. Zufrieden parke ich.

Lachen, Rufen. Hier ist der Strand sicher fünfzig Meter breit. Mehr als genug Platz für ein Volleyballnetz. Junge Leute liefern einander ein fröhliches Match, andere warten, bis sie an der Reihe sind. Ich suche mir einen Sonnenplatz auf der Terrasse. WLAN, steht auf einem Schild. Perfekt. Zuerst Frühstück an der Sonne. Dann ein bisschen Recherchearbeit. So geht das gute Leben. Das ist das wahre Sardinien.

Das wahre Sardinien? Davon gibt's wohl mehr als eines. Hängt eben immer von der Perspektive ab. Was ist das wahre Österreich? Tirol, die Berge, Skifahren samt Hüttengaudi? Oder mein Wien, das regelmäßig zu einer der lebenswertesten Städte der Welt gekürt wird? Und: Würde es ein Migrant in einer Substandardwohnung auch so sehen?

Tom Marek und Claus Hartmann wollen ihre Sardinien-Bilder vermarkten. Glückliches langes Leben, entweder vor Ort oder in Form von Kapseln. Dabei: Viele Menschen sind von Sardinien weggegangen, gerade aus den Bergregionen. Manche für immer. Andere kommen zurück. Wie Elena. Was hat sie die vergangenen Jahre über gemacht?

Ich nehme den letzten Schluck Cappuccino und hole den Laptop aus der Tasche. „Elena Floris" gebe ich ein: und erhalte Resultate zu einem Labor in Toronto, einem Schmuckstudio, zu vielen Facebook-Accounts. Keines der Fotos passt. Ich checke die anderen gängigen Plattformen. Seltsam, sie scheint in keinem Social-Media-Format auf. Oder finde ich sie bloß nicht? Ich werde Fran um Hilfe bitten, Vesnas Sohn, den Computerprofi. Die Familie meiner Freundin funktioniert eigentlich bestens. Sie lieben sich, sie streiten, sie können sich aufeinander verlassen. Sie würden sich anbrüllen und dann füreinander durch dick und dünn gehen. Ich kenne sie seit mehr als zwanzig Jahren, ich habe Jana und Fran aufwachsen sehen. Und jetzt gibt es Lilli.

Die Familie von Tzia Grazia: Wie soll ich wissen, wie sie zueinander stehen, wo ich doch nicht einmal ihre Sprache verstehe?

Die Familie von Elena: die Mutter tot. Der Vater fort, Unternehmer, offenbar reich. Aber sie will nicht über ihn sprechen. Unternehmer kann bald was sein. Vielleicht gibt es einen Grund, warum sie nicht mit ihm in Verbindung gebracht werden will.

Suchanfragen nach „Floris" und „Verbrechen" liefern einen Frauenmörder: Marc Floris. Was, wenn ihre Mutter keines natürlichen Todes gestorben ist? Oh. Elenas Vater war Marc Floris jedenfalls nicht. Er war knapp über dreißig. Ich sollte mich an das Naheliegende halten. Die Sonne ist so warm, dass ich meine Jacke ausziehe. Vesna wird mit Hartmann reden. Dann sehen wir weiter. Oder auch nicht. Viele Unternehmen vermarkten sogenannte Naturmittel. Ich selbst habe zwei Kapseln SardaVit genommen. Was soll es schaden? Ein Schauspieler hat Sehnsucht nach einem anderen Leben. Warum nicht? Träume verändern sich. Eine Hundertzweijährige stirbt. Eine Hunderteinjährige trauert. Ein ehemaliger Verwaltungsbeamter erfindet Sagen und hat auch sonst viel Fantasie. Alles gut.

Oskar. Wenn er bei einem Termin oder in einer Verhandlung ist, hat er sein Mobiltelefon ohnehin ausgeschaltet. Ich muss etwas angeben mit diesem Bilderbuch-Tag. Ich schicke ihm ein Strandfoto: Beachvolleyball-Szene, junge Leute in kurzen Hosen und T-Shirts, unendlich viel freier Strand, blaues Meer. Bevor ich ihn anrufen kann, ruft er mich an.

„Sag nicht, das Foto ist von heute", seufzt er.

„Doch, wenn du es bezweifelst, mach ich ein Selfie."

„Hier hat es sieben Grad und es schüttet."

„Dann komm doch einfach."

„Wäre schön, ich arbeite daran. – Wie lang bleibt ihr? Wie weit bist du mit deiner Reportage?"

Auf die habe ich mehr oder weniger vergessen. Ich sage es nicht. Oskar ist in Wien, geht beinahe unter in Terminen und Arbeit, verdient Geld. Während ich es mir gutgehen lasse. Oder halbgaren Gerüchten hinterherrenne.

„Mira? Bist du noch da? Mein nächster Klient muss gleich kommen."

„Ich habe ein Gespräch belauscht", sage ich rasch. „Hartmann scheint die Inhaltsstoffe seiner Mittel nicht nur aus den sardischen Bergen zu haben."

„Ist wohl kein Verbrechen. Bestenfalls unschöne Täuschung, aber kaum strafbar. Er wird nicht so dumm sein, dass er eine Herkunftsgarantie gibt."

„Mit der Ogliastra und ihren Hundertjährigen darf leider jeder werben."

„Eben. Aber du kannst darüber schreiben. Mir geht die Heuchelei mit der sogenannten Naturmedizin nicht erst seit der Pandemie auf die Nerven. Als ob die Unternehmen weniger Geschäft machen möchten als klassische Pharmakonzerne. Dabei sind ihre Auflagen viel weniger streng."

„Ja. Da … bin ich dran. Und daran, was wirklich drin ist, in SardaVit."

„Du darfst dir auch eine Auszeit gönnen. Genieß Sardinien, das Leben ist kurz genug."

„Ich hoffe auf hundert Jahre, wenn nicht auf mehr", sage ich und lache.

„Ich hoffe auf eine schöne Zeit mit dir, so bald wie möglich", antwortet Oskar.

Ich habe mich so gesetzt, dass der Laptop im Schatten ist. Und dass ich das Meer nur sehe, wenn ich den Kopf drehe. Jetzt wird recherchiert. Ich gebe „Mirto" ein und „Lentisco" und dann … wie hat das geheißen? Sperma… so ähnlich … Spermadin …

„Spermidin" wird mir angeboten und in Verbindung mit den anderen beiden Suchworten lande ich ganz rasch auf der Homepage von SardaVita. Bisher habe ich mir bloß die Hauptseiten angesehen. Samt dem Foto des Kent'Annos, das es so noch gar nicht gibt. – Was, wenn Tzia Grazia davon erfahren hat? Aber dass sie im Internet gesurft hat, erscheint mir doch unwahrscheinlich. Wer könnte ihr davon erzählt haben? Gibt es noch jemanden, der nicht möchte, dass verkauft wird? Stopp. Fürs Erste halte ich mich an das, was ich sehe.

Sie wollen mehr über die Geheimnisse der Hundertjährigen von Sardinien wissen?

Ich klicke auf den grünen Button darunter. Wieder eine Frage:

Sie haben Interesse an der Immun-Kraft der sardischen Natur?

Klar, Immunschutz steht nach wie vor hoch im Kurs. Wäre ja auch schön, wenn das so einfach ginge. Ich klicke wieder.

Ein Bild mit ganz viel blauem Himmel und etwas sardischem Hochland poppt auf. Erinnert mich an unseren Spaziergang in Birgu.

Wie durch ein Wunder erscheinen Buchstaben im Himmel, werden deutlicher, gleiten langsam nach unten.

Das Leben sammelt sich in unseren Zellen. Doch damit sie sich erneuern können, muss aufgeräumt werden. Wir können ihnen dabei helfen. Doch ist es möglich, die Uhr der Zeit zurückzudrehen? JA!

Dieses Ja wird immer größer, steht so lange im sardischen Himmel, bis ich gerade überlege, weiterzuklicken.

„Reverse-Aging" lautet das Wort, es ist kein Zauber, es ist die Natur selbst, die diesen natürlichen Prozess der Zellalterung beeinflussen kann!

Wir haben das Geheimnis der Hundertjährigen Sardiniens wissenschaftlich erforscht. SardaVit forte erneuert die Zellen 365 Tage im Jahr, befreit sie von angesammeltem Zellmüll und erhält sie damit gesund.

Mit den Wirkstoffen von SardaVit forte, SardaVit shot und dem hochwirksamen SardaVit immun für gesunde Zellen und ein gesundes Leben!

Auch in Ihrer Apotheke!

„Reverse-Aging": umgekehrtes Altern. Vesna findet, ich bin viel zu gutgläubig. Aber wenn jemand mit solchen Begriffen operiert, klingeln selbst bei mir alle Alarmglocken. Eine Verjüngung durch irgendwelche Substanzen, egal ob sie direkt aus der Natur Sardiniens kommen oder auch nicht? Dass Apotheken da überhaupt mittun.

Ich lese weiter:

Im natürlichen Pflanzenextrakt vereinen sich Spermidin, Vitamine und andere Phytostoffe zu unserem bioverfügbaren SardaVit Complex.

SardaVit forte – das Öl der Wilden Pistazie (Pistacia lentiscus), die Beeren der sardischen Myrte (Myrtus communis) und der hohe Spermidin-Gehalt der Bergkichererbse verjüngen Ihre Zellen und beugen vor.

SardaVit immun – mit Quercetin „stark wie eine Eiche" und wildem Salbei zur Förderung der Gefäßgesundheit und des Immunsystems.

Die Forschungen an unserer SardaVit-Perlenreihe sind zu 100 % erfolgreich abgeschlossen. Ab Mai: Die Natur Sardiniens mit potenzierter Heilinformation in Globuli.

Mit der SardaVit shot Trinkkur in einem Monat zum raschen Boost deiner Zellerneuerung.

Für deinen Einstieg:

30 shots SardaVit forte. Samt Online-Arztgespräch für deine persönlichen Fragen. Tägliche Tipps zum besseren Leben. Frühlingsaktion: Jetzt 50 % auf die 2. Packung sparen!

Nur noch einige Tage: Unser Anschluss-Angebot für fitte Zellen und ein starkes Immunsystem. Noch heute online bestellen!

Ich klicke auf einen weiteren Button. Sieh an, billig ist die Sache nicht. Es beginnt bei 600 Euro für die Shots, wobei: Die zweite Packung kostet dann nur mehr 300 Euro, also lächerliche 900 Euro im Ganzen. Wenn man auch noch Kapseln bestellt, gibt's Schnäppchen, die einem um 1.200 Euro monatelang aufgeräumte Zellen versprechen. Bevor man einen so teuren Glücksgriff tut, muss wohl die Verzweiflung noch viel größer als das Vertrauen sein.

Wenn ich alle moralischen und sonstigen Bedenken zur Seite schiebe, bleibt die Frage: Gelingt es Claus Hartmann, sein Zeug mit diesen wunderbaren Versprechungen zu verkaufen? Allerdings: Hätten so viele Apotheken SardaVit im Angebot, wenn es ein Ladenhüter wäre?

Eigenartig, dass Tom Marek auf den Verkaufsseiten im Internet gar nicht vorkommt. Auch Hundertjährige sind keine zu sehen. Hätte das „umgekehrte Altern" bei ihnen funktioniert, sie wären inzwischen Babys. Stattdessen sind die Seiten mit Kräutern, Zweigen mit roten und blauen Beeren, glitzernden Tropfen, die in eine medizinisch anmutende Schale fallen, geschmückt. Wahrscheinlich besser, die potenziellen Käufer – und wohl vor allem Käuferinnen – machen sich die eigenen wunderschönen Bilder.

Neben dem Button *Jetzt kaufen und das einmalige Angebot sichern!* ist, offenbar für jene, die trotz allem noch zweifeln, ein weiterer:

Hier erfahren Sie mehr über unsere internationale Forschung!

Auch die Berliner Charité rund um den weltberühmten Virologen Christian Drosten bestätigt: Spermidin hilft gegen die Zellalterung!

Ich sehe Richtung Meer. Ich lächle zwei jungen Frauen zu, die in Shorts und weitem Pulli vom Beachvolleyballplatz kommen. Kann nicht sein, dass der Drosten, der durch die Coronapandemie nahezu allen ein Begriff geworden ist, für Claus Hartmann arbeitet. – Kann es nicht? Vielleicht bin ich wirklich naiv. Wissenschaftler brauchen für ihre Forschung Geld. Nicht alles zahlt die öffentliche Hand. Aber was ist dann mit den Ergebnissen? Sind sie wertfrei oder werden sie so interpretiert, wie es die Auftraggeber gerne hätten? *Der* Drosten, den ich immer für ziemlich cool gehalten habe, ist da auch mit dabei? Aber wenn es anders wäre: Warum klagt er nicht? – Weil er die Homepage nicht kennt? Oder weiß ich bloß nichts von der Klage? Oskar. Dabei kann er mir helfen. Die Daten zu Gerichtsprozessen sind zugänglich.

Zuerst einmal sollte ich freilich alles lesen. Ich klicke auf den Button der SardaVita-Homepage. Und da ist jetzt auch Tom Marek. Er wirkt erstaunlich jung, lächelt und schüttelt einem Mann in weißem Mantel die Hand. Sie sehen einander in die Augen. Der Wissenschaftler ist groß, schlank, dunkle Haare, graue Schläfen, markantes, leicht gebräuntes Gesicht. Mister

Supererfolgreich. Wie aus einer schlechten Fernsehserie. Oder sehen Forscher tatsächlich so aus, wenn sie sich mit Zellerneuerung beschäftigen?

Zahlreiche internationale Studien beweisen es! Spermidin wirkt gegen die Zellalterung!

In einer Reihe von Zellversuchen konnten Virologen der Charité Berlin um Christian Drosten zeigen, dass humane Lungenzellen, die mit SARS-CoV-2 infiziert wurden, verminderte Zellreinigung betrieben. Durch die Gabe von Spermidin wurde die Zelltätigkeit angeregt und es konnte so auch auf die Infektion Einfluss genommen werden. Die Viruslast war um 85 % nach Gabe der körpereigenen Substanz reduziert.

Und warum weiß bloß Hartmann von SardaVita davon? Ich schüttle verwirrt den Kopf und lese weiter:

Um die durch Viren gehemmte Zellreinigung in Gang zu bringen, wurden drei Substanzen erprobt: das experimentelle Krebsmittel MK-2206, das seit Jahrzehnten als Bandwurmmittel verwendete Niclosamid, und das natürlich vorkommende Spermidin. Die Forscher verwendeten dafür Vero-Zellkulturen von Affen, die mit SARS-CoV-2 infiziert wurden.

Das Ergebnis: Durch die Zugabe der Testsubstanzen konnte die Virusvermehrung um 85 % (Spermidin), 88 % (MK-2206) bzw. mehr als 99 % (Niclosamid) gehemmt werden. Gab man vor der Infektion mit SARS-CoV-2 Spermidin oder Niclosamid in die Nährlösung, so reduzierte sich die Virusvermehrung bei der anschließenden Infektion um 70 %. Die Schlussfolgerung der Autoren lautet: „Eine zugelassene und gut verträgliche Autophagie-induzierende Substanz besitzt das Potenzial zur Evaluierung als Therapie einer SARS-CoV-2-Infektion.“

Das berühmte Mittel gegen Krätze und Bandwürmer. Gewisse Politiker haben es propagiert, sogar noch, als Menschen deswegen im Krankenhaus gelandet sind. Sogenannten Coronaleugnern galt Niclosamid als das beste Medikament bei einer Infektion. Es war immer wieder ausverkauft. Gewisse Apotheken fanden offenbar nichts dabei, es abzugeben. – Weil es in Wirklichkeit doch gewirkt hat? Drosten hat daran geforscht? Das kann nur Fake sein. Oder: War meine Perspektive durch die breite öffentliche Meinung verzerrt? Einfach impfen und das dumme Virus schnell hinter uns lassen. Hätte ich mehr oder andere Fragen stellen müssen? Wem nützt die Impfung? – Quatsch. Ich weiß, wem sie zuallererst nützt: mir. Denen, die geimpft sind. Und dann hoffentlich allen.

Gegencheck. Das höchste journalistische Prinzip. Also gebe ich ein paar Stichwörter ein und bewege mich auf andere Seiten.

Wenig später weiß ich, dass das Zitat stimmt, aber: Unter anderem warnt auch die deutsche Apothekerkammer davor, eine Zellkultur-Studie auf die Wirksamkeit beim Menschen umzulegen. Freilich gibt es auch Jubelmeldungen: *Spermidin: Parmesan als Jungbrunnen?* Das finde ich besonders spannend. Offenbar steckt dieser Wunderstoff nicht nur in Weizenkeimen und Bergkichererbsen. Ich liebe Parmesan. Einfach viel davon über die Pasta streuen oder frischen Parmesan über einen knackigen grünen Salat hobeln: Und schon verjüngen sich meine Zellen. *Spermidin hält das Gehirn im Alter fit* – klingt doch auch ausgesprochen gut.

Oh, da gibt's auch eine Seite, die allgemein verständliche wissenschaftliche Bewertung verspricht:

In einer Studie mit Pflanzenextrakt, der reich an Spermidin war, konnte nachgewiesen werden, dass ältere kognitiv beeinträchtigte Menschen 1,2 mg pro Tag gut vertragen haben. Bei Versuchen an Mäusen betrug die Dosis 50 mg pro Kilo Körpergewicht, sie wurde zur besseren Verwertbarkeit (Bioverfügbarkeit) des Stoffes direkt in die Bauchhöhle injiziert. Mit dieser hohen Konzentration konnte tatsächlich ein positiver Effekt auf die Zellerneuerung gemessen werden.

Ergebnis: Da die erlaubte, weil nicht gesundheitsschädliche, Höchstmenge an Spermidin beim Menschen bei 6 mg pro Tag liegt, ist mit dem bisherigen Forschungsstand keine Stimulierung der Zellfunktion zu erreichen. Dazu zeigen Studien, dass die Bioverfügbarkeit von Spermidin beim Menschen schon im Magen durch Verdauungsprozesse stark absinkt.

Ähnliches ergibt der Einsatz von Niclosamid zur Anregung der Zellfunktionen oder der signifikanten Reduktion von Viren wie SARS-CoV-2. Die beim Menschen anzuwendende Dosis wäre so hoch, dass in den meisten Fällen von einer akuten Vergiftung mit nachfolgendem Tod ausgegangen werden muss.

Ich rechne nach: Menschen müssten, selbst wenn sie nur sechzig Kilo wiegen, 3.000 Milligramm reines Spermidin injiziert bekommen. Zugelassen sind maximal 6 Milligramm, als gut verträglich bei älteren Menschen gelten 1,2 Milligramm. Geht sich einfach nicht aus, dass das Zeug wirkt.

Und: Natürlich hat die Berliner Charité mit ihren Wissenschaftlern nicht für Hartmann gearbeitet. Er benützt ihre veröffentlichten Ergebnisse für seine Zwecke und stellt geschickt Zusammenhänge her. Das ist offenbar erlaubt. Liest man ganz genau, steht nirgendwo etwas, das klagbar wäre. Aber das soll Oskar noch checken.

Auch für meine Reportage ist es wohl besser, wenn Oskar sie vorher überprüft. Ich darf nichts behaupten, was nicht erwiesen ist. Geschäftemacherei ist nicht verboten. Wo sich doch sogar ein Pionier der Erforschung der Langlebigkeitszonen den Begriff „blue zone" schützen hat lassen. Und unter dieser Marke jetzt nicht nur Bücher, sondern auch Ernährungspläne und Nahrungsmittel, die angeblich zum längeren gesunden Leben beitragen, verkauft.

Ich kopiere die wichtigsten Passagen in ein Textdokument, speichere die relevanten Webadressen. Und klicke immer weiter. SardaVita ist beileibe nicht die einzige Firma, die mit langem Leben durch Nahrungsergänzungsmittel oder Naturmedizin wirbt. Auch in der klassischen Homöopathie spielen Stoffe, die *Bio-Energie für Zellgesundheit* liefern, eine große Rolle. Ob Zuckerkügelchen helfen? Na gut, sie werden auch nicht schaden. Aber ist das genug? Was, wenn Menschen sich auf ihre Kraft verlassen? Wichtige Behandlungen ablehnen? Ich kann mich an den Fall erinnern, wo die Eltern untersagt haben, ihr Kind zu operieren. Dabei hatte es einen fußballgroßen Tumor.

Für meine Reportage werde ich mich freilich auf die Hundertjährigen von Sardinien und Hartmanns Geschäfte mit ihnen beschränken. Ich muss ja nicht gleich die Welt retten. Sieh an, da ist die Homepage zu seiner US-amerikanischen Niederlassung. Es scheint tatsächlich eine zu geben. Das Headquarter ist eindrucksvoll. Hat Hartmann längst einen großen Investor? Warum hält er ihn geheim? Gebäudekomplex aus Stahl, Glas und farbigen Zwischenelementen. Davor Menschen in weißen Mänteln, die ein und aus gehen, miteinander im Gespräch sind. Nur … der Firmensitz kommt mir bekannt vor. Oder schaffen sie es, genau das zu suggerieren? Vertrauen, Verlässlichkeit, ist wohl ganz wichtig bei solchen Geschäften.

Die Sonne streichelt mein Gesicht und macht mich träge. Die Homepages wird es auch noch heute Abend oder morgen geben. Ich sollte nicht vergessen, dass die Welt auch ihre schönen Seiten hat. Und eine ganz besonders schöne ist hier, am Poetto, acht Kilometer Sandstrand, die Sonne, die hier auch im März angenehm wärmt. Oskar hat gemeint, ich dürfte mir eine Auszeit gönnen. Ich klappe den Laptop zu, drehe mein Gesicht zur Sonne, schließe die Augen.

„Something to drink?", fragt eine Kellnerin mit kurzen struppigen Haaren. Ich schrecke hoch. Ein Campari Spritz sollte sich ausgehen. Ich muss ja nicht sofort danach ins Auto steigen. Vielleicht auch eine *sedia a straio*?, fragt sie weiter. Ich nicke begeistert. Ein Liegestuhl am Strand. Davon träume ich, seit ich angekommen bin. Sie deutet auf die dem Meer zugewandte Seite des Gebäudes. Da steht nun eine Reihe von Liegestühlen, nicht alle sind belegt.

„Il paradiso", sage ich zu ihr und lächle.

Sie nickt. „Oggi sì." Heute schon.

Heute schon, denke ich, nachdem ich von meinem kühlen bittersüß aromatischen Drink gekostet habe. Ich klappe die Augen wieder zu und räkle mich. Ich bin gespannt, ob Vesna mit Hartmann reden konnte. Zu kompliziert, ihr meine Recherche-

Ergebnisse zu mailen. Oder bin ich einfach zu faul? Dieses Headquarter von SardaVita in Atlanta. Ich nehme mein Mobiltelefon und rufe die Seite auf. Hartmann wird als Gründer und CEO angegeben. Ein Team von internationalen Forschern soll ihm unterstützend zur Seite stehen. Mir sagen weder die Fotos noch die Namen der Männer etwas. Aber ihre Biografien sind eindrucksvoll: Universitätsprofessuren, internationale Auszeichnungen für Forschung über Langlebigkeit, Biogenetik-Pioniere. – Ob sie von ihrer ehrenvollen Aufgabe bei SardaVita wissen? Immerhin ist auch das Kent'Annos-Foto Fake. Fake. Jetzt weiß ich, wo ich das Headquarter schon gesehen habe. Nicht in Atlanta, sondern außerhalb von Wien. Es ist das Start-up-Center im ECO-Park: Point One. In dem Hartmann ein winziges Büro hat. Vielleicht genau deswegen. Damit er das Center problemlos für seine Homepage nutzen kann. Wer behauptet denn, dass SardaVita Eigentümerin dieses Gebäudekomplexes ist? Auch ein Mini-Büro kann ein Firmensitz sein. Trotzdem. Das ist ganz nah am Betrug. Glaubt er, dass er so die ganz großen Investoren anlocken kann? Für wie naiv hält er Bezos und Co? Oder überschätze ich die Superreichen? Geld spielt bei ihnen ohnehin keine Rolle. Die Hoffnung, alt, älter, am besten unsterblich zu werden, bringt auch deutlich Ärmere zu irrationalen Verhaltensweisen. Jedenfalls werde ich nach der Visitenkarte des Start-up-Geschäftsführers suchen. Und ihm den Link zu dieser Homepage schicken.

Woher kommen die Stoffe, die in den amerikanischen SardaVit-Dingern drin sind? Oder gibt es bloß die Homepage, alles andere ist Fake und soll fürs Erste potenzielle Geldgeber beeindrucken? Was, wenn jemand hinter den Schwindel gekommen ist?

Ich werde noch einmal mit Elena reden. Sie sitzt zwischen den Stühlen, hat sie gesagt. Vielleicht versteht sie gerade deshalb unterschiedliche Zugänge. Offenbar braucht sie diesen Job, wofür auch immer sie im Kent'Annos bezahlt wird. Sandro hat ihn ihr vermittelt. Als Teenager war er in sie verliebt. – Und jetzt? Läuft da etwas, das ich nicht mitbekommen habe?

Jedenfalls ist klar, dass Sandro vom Tod seiner Großmutter profitiert. Er geht davon aus, dass er Direktor des neuen Kent'Annos wird. Wobei: Sein Vater und sein Onkel haben einen direkteren Vorteil. Sie bekommen Geld, wenn sie verkaufen. Weiteren Familienmitgliedern, auch anderen Menschen aus Birgu könnte ein neues Resort und SardaVita-Zentrum Arbeitsplätze bringen. Vom Erntehelfer bis zur Köchin oder Trainerin. Allerdings würde deswegen wohl kaum jemand einen Mord begehen. Wie ist das mit Tom Marek? Im Streit mit Hartmann hat er gewirkt, als stünde er mächtig unter Druck. Er will seinen neuen Traum leben. Gut möglich, dass er keinen Plan B sieht. Keine Engagements, die seinen Erwartungen entsprechen, eine junge Freundin, die sich offenbar lieber woanders vergnügt. Dass Hartmann das Kent'Annos braucht, um seine Produkte glaubwürdig zu machen, ist klar. Aber das scheint ihm auch jetzt schon zu gelingen, eine gewisse Menge an Fake inklusive.

Ich werde darüber schreiben. Das Schöne ist: Es gibt die Bilder im Internet und es gibt die Realität. Ich kann sie einander gegenüberstellen. Ob ich die Zweifel an Tzia Grazias Tod in meiner Reportage für ECCO erwähnen werde, weiß ich noch nicht. Aber ich werde nachfragen, wer denn die Beeren und Hülsenfrüchte und Kräuter erntet. Wer sich damit auskennt. Und wer ohne Probleme an Safranrebendolde kommt. Hartmann? Marek? Schon möglich. Sandro? Um einiges wahrscheinlicher. Elena? Gut denkbar.

[8.]

Meer und fröhliches Leben. Nicht die Alten, die Jungen stehen am Poetto im Mittelpunkt. Vielleicht hat auch Elena Lust auf etwas Abstand vom Kent'Annos. Wir könnten freier reden. Vielleicht.

Aber bald schon weiß ich, dass Elena das Resort kurz nach mir verlassen hat. Unwillkürlich sehe ich mich um. Unsinn, warum sollte sie mir folgen? Hartmann habe sich ihr gegenüber als großer Gönner aufgespielt, erzählt Vesna am Telefon. Er werde den Menschen in Birgu, in der gesamten Ogliastra neue Chancen eröffnen. Ihr habe er ein Gratismuster von SardaVit forte angeboten. Vesna hat gelacht und erzählt: „Ich habe gesagt, ich bin Oma und schon gegen achtzig und brauche so etwas nicht, weil ich habe sehr gute Gene." Ob er es wirklich geglaubt hat? Vesna meint, er sei zumindest verunsichert gewesen. Die Details des Gesprächs würde sie mir erzählen, wenn ich zurück bin.

Besonders brisant ist es wohl nicht gewesen. Vielleicht ist Elena ja nach Cagliari gefahren. Einkäufe machen. Leute treffen. Dann wäre sie in der Nähe. Vesna hat mir ihre Nummer geschickt. Die nette Bedienung des Strandlokals hat mir versichert, dass wir auch am Nachmittag etwas zu essen bekommen. Kein Problem, ihre Schwester koche für die Kids von der Uni oft etwas, auch zu ungewöhnlichen Zeiten. Sie können zahlen. Andere hätten keine Zeit, tagsüber Beachvolleyball zu spielen, nur weil das Wetter schön sei. Klingt da ein wenig Neid mit? Nicht ganz unverständlich. Ich bin Journalistin. Auf Recherche, sage ich rasch. Sie sieht mich ein wenig ungläubig an.

Ich kopiere Elenas Nummer in meine Telefon-App, wähle, lehne mich zurück und sehe aufs Meer. Sieben-, achtmal läutet es. Schade. War ein guter Plan, meinen Aufenthalt hier zu verlängern und trotzdem etwas Nützliches …

„Si, pronto?" Es klingt ein wenig gehetzt. Ich erzähle Elena von meiner Idee.

„Oh, das wäre schön gewesen. Aber ich bin in Perdasdefogu. Das ist doch ziemlich weit weg. Und ich habe noch einiges zu tun."

„Das Dorf mit der ältesten Familie der Welt", antworte ich.

„Ja, das auch."

Eine Viertelstunde später habe ich mich vom Meer verabschiedet. „Ein wichtiges Interview", sage ich zur Bedienung. Sie soll nicht glauben, dass ich nichts arbeite.

Ich programmiere das Navi. Hundert Kilometer sind es bis Perdasdefogu, hat Elena gemeint. Stimmt ziemlich genau. Allerdings brauche ich dafür offenbar eindreiviertel Stunden. Na gut, die Bergstraßen kenne ich ja. Und es ist schön, selbst zu fahren. Auch wenn ich sicher nicht ausprobieren werde, wie schnell Vesnas übermotorisiertes Gefährt um die Kurven geht.

Der Weg führt mich ziemlich nah am Kent'Annos vorbei, es wird hügeliger, es wird gebirgig. Die Felsen schroffer und ohne Grün, die Straße windet sich bergan, dann wieder bergab, Vogelgefühl, Ziegengefühl, immer wieder mit atemberaubenden Ausblicken in Schluchten und auf Felsspitzen, auf Dörfer, die wie an den Berg geklebt wirken, auf das Meer. Und all das bei strahlend blauem Himmel.

Als ich beinahe zwei Stunden später das Ortsschild von Perdasdefogu sehe, habe ich noch immer dieses Urlaubsgefühl. Wir treffen uns in der Bar der Familie Melis. Perfekt, das kann ich in meine Reportage einbauen: die Bar, in der Adolfo Melis mit beinahe hundert immer noch arbeitet.

Perdasdefogu ist um einiges weitläufiger als Birgu. Auch hier wurden die meisten Häuser wohl erst nach dem Zweiten Weltkrieg renoviert oder neu gebaut. Glatte Fassaden, standardisierte Fenster. Dafür scheint es Murales zu geben, diese mit Alltagsszenen bemalten Hausmauern. Ich rolle, so langsam es geht, näher und sehe, dass es sich um eine ganz besondere Form handelt: Das Foto einer alten Frau wurde kunstvoll auf die weiße Mauer appliziert. Sie hat ein rundes Gesicht, viele Falten, und sie lacht. Den Namen, der darunter steht, kann ich nicht entziffern. Daneben, im typischen Stil der Wandmalereien, eine alte Sardin und ein alter Sarde samt Sprüchen in Sardisch. Auf dem Weg zur Bar fahre ich an weiteren Porträts vorbei. Ich erinnere mich: Der Mann von Lidia hat davon erzählt. Wenn es stimmt, dass man erst ab hundert Jahren zu dieser Ehre kommt, dann ist die Anzahl der *centenari* in Perdasdefogu tatsächlich hoch. Oder sie wohnen alle in derselben Straße. Ich finde ohne Problem einen Parkplatz, fotografiere das Bild mit der Unterschrift „Piroddi Fortunata, n. 1880, m. 1991". Sie trägt ein Kleid mit schwarzem, bodenlangem Rock und ein schwarzes Kopftuch. Ihre Hand ist auf ein Sims gestützt. Ich merke, dass mich zwei jüngere Männer beobachten. Sie unterhalten sich, der eine raucht.

Am Schild über dem Eingang steht „Bar Biliardi". Hat mich Google zur falschen Bar geschickt? Auch das Innere hätte ich mir anders vorgestellt: alt, gemütlich, so ähnlich wie Wiener Kaffeehäuser. Vielleicht etwas Polster und Plüsch. Oder mit traditionellen sardischen Gerätschaften verziert. Hirtenflair. Hundertjähriger Charme. Stattdessen ist die Bar um einiges größer als die von Lidia in Birgu. Der Boden ist aus hellen Marmorfliesen, gut aufzuwaschen. Runde kleine Holztische, sie stehen weit auseinander. Ist das erst seit der Pandemie so? Die Sessel einfache Bugholzstühle. Ich bezweifle, dass sie alt sind. Ich sehe mich um. Keine Elena. An der Wand eine Reihe von Fotos. Ich scheine hier doch richtig zu sein. Die Melis-Familie. Alte und uralte Gesichter, Familienfotos in Schwarz-Weiß und Brauntönen, schlichte Holzrahmen. Das größte zeigt eine wohl sehr alte Frau, ebenfalls in dem typischen schwarzen Gewand. Sie steht aufrecht und blickt konzentriert in die Kamera. In den Rahmen sind die farbigen Fotos einiger Päpste gesteckt. Daneben Urkunden: *Guinness World Records. Certificate.* Ich übersetze: „Das höchste gemeinsame Alter, erreicht von neun lebenden Geschwistern, ist 837 Jahre und 6 Tage und wird gehalten von den Geschwistern Melis (Italien) aus Perdasdefogu, Italien. Das Ergebnis wurde verifiziert am 20. Juni 2014." Daneben eine zweite Urkunde. Aus dem Jahr 2013. Damals waren die Melis-Geschwister gemeinsam erst 828 Jahre alt. Hat aber auch für einen Weltrekord gereicht.

An einer Mauer, über einer Tiefkühltruhe, hängt ein Kalender. Er ist schon ein paar Jahre alt. Ob das auf dem Foto auch einer aus der Melis-Familie ist? Der Mann hat erstaunlich wenig Falten, er lächelt mit jugendlichem Elan. Er könnte Werbung für Hautcreme machen. – Oder für SardaVit. Hartmann scheint ihn noch nicht entdeckt zu haben.

Erst jetzt merke ich, dass jemand hinter dem Tresen steht. Der schlanke Mann poliert Gläser und sieht zu mir herüber. Er scheint nichts dagegen zu haben, dass ich die berühmte Familie so offenkundig besichtige. Wenn es stimmt, was ich gehört habe, ist er wohl daran gewöhnt. Hundertjährigen-Tourismus. Am Ende der Bar ein schmaler Durchgang und dahinter ein zweiter, noch größerer Raum: mit drei Billardtischen, alle besetzt. Durch die Fenster auf der Rückseite scheint die Sonne. Golden. Anders lässt sich diese Farbe nicht beschreiben. Blitzendes gleißendes Goldgelb, reflektiert von den Granitfelsen. Atemberaubend, so stelle ich mir Geister- oder Heiligenerscheinungen vor. Nur dass die Natur keine Menschengestalt braucht, um sich zu offenbaren. Ich hole mein Telefon aus der Tasche, versuche das Fenster auf ein Foto zu kriegen, schaue aufs Display und weiß, dass es nicht funktionieren wird. Manches lässt sich nicht festhalten.

Und jetzt sehe ich auch Elena. Sie winkt von einem der Billardtische her und kommt dann auf mich zu. „Alte Freunde", sagt sie, „ich habe sie ewig nicht mehr gesehen."

Wenig später sitzen wir an einem der kleinen runden Tische. „Der hinter dem Tresen ist Guiseppe Melis", erzählt sie, „der Sohn."

„Sein Vater ist Adolfo? Der legendäre Barbetreiber? Sie haben sogar im deutschen Fernsehen eine Doku gezeigt, in der er vorkam."

„Ja. Adolfo ist der auf dem Kalender dort drüben. Leider geht es ihm momentan nicht so gut. Er hatte einen Schlaganfall, oder einen Herzinfarkt, ich wollte nicht nachfragen. Onkel Ettore weiß das sicher ganz genau. Aber er ist auf dem Weg der Besserung. Er hat heute schon eine Runde durch die Bar gedreht. Er wird wieder, meint Guiseppe."

„Wie alt ist er?"

„Achtundneunzig, in diesem Alter stirbt man noch nicht, wenn man aus dieser Familie stammt. Nur sein Gesicht ist durch die Krankheit eingefallen, jetzt sieht er aus wie ein alter Mann, sagt Guiseppe."

„Ich habe die Fotos der Hundertjährigen auf den Fassaden gesehen."

Elena nickt. „Eine nette Idee. Dabei geht's übrigens nicht nur um Tourismus. Die Leute hier sind wirklich stolz auf ihre Alten. Und natürlich darauf, dass sie gleich zweimal ins Buch der Rekorde gekommen sind."

„Was ist das Geheimnis?"

Elena zuckt mit den Schultern. „Du hast mich das schon einmal gefragt. Das eine große Geheimnis gibt es nicht. Von Giuseppe wollte ein französisches Kamerateam vor kurzem wissen, ob er denn glaube, dass er auch so lange leben werde wie die vorhergehende Generation. Er hat geantwortet, dass seine Verwandten, als sie jung waren, jedenfalls kein Nutella und keine Croissants und keine Chips gehabt haben. – Gefällt mir, die Antwort. Könnte was dran sein."

Ich nicke. „Das karge Leben. Essen, was gerade wächst. Die gute Luft …"

Elena wiegt den Kopf. „Wobei … es gibt hier auch etwas, das gerne ausgeblendet wird. Der Militärstützpunkt. Italien und seine

NATO-Partner testen ganz in der Nähe seit Jahrzehnten Waffensysteme. Jeder hat von missgebildeten Schafen gehört. Von Kindern, die bei der Geburt nicht alle Finger gehabt haben. Angeblich haben sie in den Achtzigerjahren sogar Uranmunition ausprobiert. Bewiesen wurde nie etwas."

Ich sehe sie ungläubig an. „Hier? Wo die Menschen so außergewöhnlich alt werden?"

„Die wurden geboren, bevor die Militärbasis entstanden ist. Und auch wenn ich dagegen bin, dass das Militär auf unserer Insel herumprobieren darf: Auf der anderen Seite gibt's durch den Stützpunkt bessere Straßen, Arbeit für zahlreiche Menschen, Parks, eine Bibliothek und vieles mehr, das in den Bergen nicht selbstverständlich ist. Weil es sich die Gemeinden nicht leisten können. Deswegen haben wir zwar seit langem Bürgerinitiativen gegen die Militärbasis, aber der Großteil der Bevölkerung hat keine Lust, aufzumucken."

„Wie weit von Perdasdefogu ist dieses pleitegegangene Agriturismo, das Hartmann kaufen will?"

„Es ist ein paar Kilometer außerhalb von Birgu. In Richtung Jerzu, also doch gute zwanzig Kilometer vom Militärgelände entfernt."

„Sind jetzt eigentlich alle der Familie Boi mit dem Verkauf einverstanden?"

„Ich weiß es nicht. Die Familie Boi ist deutlich größer als meine eigene. Außerdem: Wo gibt's eine Familie, in der alle mit allem einverstanden sind?"

Ich nicke. „Ich frage mich: Wer hatte ein Motiv, Tzia Grazia zu ermorden? Und wer hätte auf die Idee kommen können, es auf diese archaische Art zu tun?"

Elena zuckt mit den Schultern. „Was in der Familie ist, bleibt in der Familie – eine typisch sardische Verhaltensweise. Auch wenn das natürlich, wie viele andere Grundsätze, schon lange nicht mehr absolut gilt." Sie sieht mich an, überlegt. Lächelt dann ein wenig. „Ich wollte ohnehin Onkel Ettore besuchen. Komm mit. Wenn einer mehr weiß über die Familie Boi, dann er."

Soll ich wirklich nach Birgu fahren? Wir wissen nicht, wer die beiden Männer waren, die uns am Abend aufgelauert haben. Wir wissen nicht, was sie von uns wollten. Ist es klug, Elena davon zu erzählen?

Auch dieses Ortsschild von Birgu hatte einige Dellen. Ich parke hinter Elenas Cinquecento. Von der Mauer an der Straßenecke bröckelt der Putz, erstaunlich viele Schilder weisen denen den Weg, die hier nicht ohnehin seit Geburt leben: Kirche, Sportplatz, Schule, Altersheim Letizia, Piazza Longevità. Der Platz des langen Lebens. Ich gehe in seine Richtung. Nach ein paar Metern bergan beginnt ein kleiner Park, steinernes Straßenpflaster, aber so glatt, dass es wohl erst vor wenigen Jahren gelegt wurde. Ein Olivenbaum, darunter eine Bank. Weitere Bänke an den Rückseiten der Häuser rundum. Aber auf keiner sitzt jemand, der Park ist verwaist. Ein hübsches weiß-blaues Schild aus Keramik mit dem Wappen der Gemeinde und der Aufschrift:

„Piazza Longevità – In ricordo di Consola Melis, Perdasdefogu. 22 agosto 1907 – 5 giugno 2015“

Platz der Langlebigkeit. Zur Erinnerung an Consola Melis, die 107 Jahre alt geworden ist. Elena deutet mir, zurückzukommen und einzusteigen.

„Gibt's keine Alten mehr?“, frage ich.

„Weil sie nicht in ihrem Park herumsitzen?“

„Alles verlassen.“

„Sieh ihn dir an, besonders gemütlich ist er nicht. Er wird eher von der Jugend genützt. Am Abend, als Treffpunkt. Zu meiner Zeit hat es ihn noch nicht gegeben.“

So hätte ich mir Elenas Onkel sicher nicht vorgestellt. Ich dachte an eine Variante der Männer auf den Fotos. Schirmkappe, traditionelle dunkle Jacke oder Strickweste. Klein und schon etwas verwittert. Nun gut, zumindest das Letztere stimmt.

Er hat uns ins Haus gebeten. Terrakottafliesen, helle Teppiche, schlichte Holzmöbel, ein Pellets-Ofen verbreitet angenehme

Wärme. Abstrakte Bilder an der Wand. Ledercouch, ein knallroter Stoff-Fauteuil. Das Klassischste ist eine große Keramikschale voll mit duftenden Orangen. Als er uns vom Vernaccia eines Freundes einschenkt, kann ich ihn unauffällig mustern. Onkel Ettore trägt Jeans und ein Sweatshirt, auf dem *la pecora rossa* steht – das rote Schaf. Seine Haare lassen tatsächlich eher an einen Dichter als an einen Verwaltungsbeamten denken. Weiße, dichte, etwas wirre Mähne, dazu ein struppiger Schnurrbart.

Er ist auf eine sehr sympathische Art charmant, genießt es, Besuch zu haben. Ich versuche, so gut es geht, Italienisch zu sprechen. Er bemüht sein Englisch. Elena merkt ohnehin, wenn es nicht mehr klappt, und übersetzt. Wie ich ihn denn nennen soll, frage ich ihn. Ettore passe schon, er sei zwar über achtzig, aber noch lange keine hundert. Es ist Small Talk der angenehmen Art. Ich erfahre von seiner Reise nach Fernost, über Pakistan und Indien ist er bis nach Thailand gekommen, noch ganz ohne Handy und Kreditkarte. Von Wien kennt er nicht nur Mozart, sondern auch das Konzerthaus und die UNO-City, die Welt, sie ende nicht am Meer, wie das viele hier glauben, sagt er und prostet uns zu. Der Wein schmeckt voll und feurig, eher wie ganz trockener Sherry, er geht warm den Magen hinunter. Vernaccia, so erfahre ich, ist eine besondere weiße Rebsorte. Die Kunst bestehe darin, ihn möglichst lange und sorgsam reifen zu lassen. Es sei kein Wein zum Trinken, sondern einer zum Genießen, erklärt Ettore. Sein Freund Elio sei der wohl berühmteste Produzent in Sardinien, er habe sein Weingut und eine großartige Destillerie in der Nähe von Oristano. Der Gin mit echtem sardischen Safran sei ein *meraviglio*, ein Wunder. Und sein Wermut mit den Kräutern der Umgebung eigentlich Medizin, auch wenn er dafür viel zu gut schmecke. Ich sollte ihn kosten, er werde mir …

Elena winkt lachend ab. Alles könnten wir nun wirklich nicht probieren. Sie wirkt viel gelöster als im Kent'Annos. Und mir wird klar, warum sie ihren Lieblingsverwandten nicht, wie es hier üblich ist, als Tzio Ettore bezeichnet. *Tzio*, das sind die Alten oder auch Uralten, die Bezeichnung zeigt seltener einen

Verwandtschaftsgrad als einen Generationenunterschied an, Ehrerbietung und Distanz. Onkel Ettore aber scheint ihr nahezustehen.

Kräuter … das ist ein Stichwort, um zu dem hinzulenken, weswegen wir eigentlich hier sind. Ich sehe Elena an.

„Oder willst du doch kosten?", fragt sie.

Ich lächle Ettore an und schüttle den Kopf. Auch wenn das sicher sehr schade sei … Die guten Kräuter für den Wermut, gibt's die auch beim stillgelegten Agriturismo, das der deutsche Unternehmer kaufen will? Elena übersetzt.

Ihr Onkel sieht mich an, sein Gesicht wird ernst. Mit einem Mal wirkt er älter. Er nickt. „Ich weiß, ihr seid gekommen, um darüber zu reden", übersetzt Elena. Aber … er wisse nicht so genau, ob er sich da nicht doch etwas eingebildet habe. Sein Kopf … Er lächelt ein wenig. Wirr wie die Haare, habe seine Frau immer gesagt. Trotzdem, es sei gut, gemeinsam die Fakten und die Gefühle und alles das, was eher Gerüchte als Tatsachen seien, zu ordnen. Er sei der festen Überzeugung, dass sich die Realität nicht nur aus dem Tatsächlichen, sondern auch aus unserem Zugang dazu bilde. Und dass es daher zwar Fakten, nicht aber „die eine, reine" Wahrheit gebe. „Ba, philosophia", sagt er dann und lacht, das sei etwas für alte Männer.

Ich frage, ob ich unser Gespräch aufzeichnen darf. Sollte ich etwas davon für meine Reportage verwenden, bekomme es Elena davor zu lesen – damit alles seine Ordnung hat.

Die nächste Stunde redet hauptsächlich Ettore. Er erzählt Familiengeschichten und berichtet von Beobachtungen, von Vorfällen und Ansichten, die sich spätestens seit den Fünfziger-, Sechzigerjahren verändert hätten. Elena übersetzt. Mein Mobiltelefon schneidet mit.

Gut habe das getan, sagt er am Ende, auch weil er sich jetzt weniger wie ein alter Narr vorkomme.

„Du und ein alter Narr", spottet Elena.

Beim Abschied hat mir Ettore eine Flasche Wermut und eine Flasche Vernaccia von seinem Freund Elio Carta in die Hand gedrückt. Hilft beim Leben, aber nicht beim Denken oder Schreiben – zumindest sei das seine Erfahrung, sagt er. Er küsst mich auf die Wange und sagt etwas, von dem ich nur „Elena" verstehe und dass er sich freut. Ich sehe Elena an. Sie schüttelt den Kopf und lächelt.

„Was?", frage ich.

„Er freut sich, dass ich so ‚entspannt' bin, das ist dein guter Einfluss."

Daran denke ich, als ich am winzigen Schreibtisch in meinem Klosterzellen-Zimmer sitze und das Gespräch abtippe. Es war ein langer Tag. Inzwischen ist es gegen Mitternacht. Immer wieder fallen mir die Augen zu. Aber ich weiß, es ist gut, alles niederzuschreiben, solange es noch präsent ist.

Am Ende speichere ich, sichere das Dokument zusätzlich auf einem Stick und mache mich noch an eine gekürzte Version. Sie soll vor allem die Fakten, die dann hoffentlich der Wahrheit nahe kommen, zusammenfassen. Als ich wieder auf die Uhr schaue, ist es halb zwei. Ich bin müde und weiß doch, dass ich nicht schlafen kann. Ich lese mir das Gespräch noch einmal durch:

E: „Ich habe immer wieder versucht, es mir ins Gedächtnis zu rufen. Und mir ist klar, dass ich viel Fantasie habe. Aber: Es ist eine Tatsache, dass Tzia Grazias Gesicht verzerrt war. Unglücklich verzerrt, obwohl die Mundwinkel nach oben gezogen waren."

M: „Das sardonische Lächeln?"

E: „Es gibt mehrere Masken im archäologischen Museum in Cagliari, bei denen der Mund auf diese Weise zur Grimasse verzogen ist. Es gibt auch die zeitgemäße Variante: Hast du ‚Joker' gesehen? Ich liebe amerikanische Filme. So ähnlich war Tzia Grazias Gesicht verzogen. Schmerzhaftes Lachen. Grinsen. Ich … habe sogar davon geträumt."

M: „Es kommt vor, dass Träume realistischer werden als …"

E: „Du meinst, dass ich das für Realität halte, was ich eigentlich geträumt habe? Ich habe mich das auch schon gefragt. Ich glaube es nicht, aber ich kann es auch nicht ausschließen."

M: „Wie erklären Sie sich, dass es offenbar niemand anderer wahrgenommen hat?"

E: „Vielleicht hatte ich einen anderen Blick. Tzia Laurina hat mich gebeten, bei der Toten vorbeizuschauen. Weil sie nicht glauben wollte, dass ihre Freundin Grazia einfach so gestorben ist. Und Elena meint, ich habe auch sonst einen anderen Blick auf das Leben als die meisten hier. Außerdem wurde sie nur ganz kurz offen aufgebahrt. Zwei, drei Stunden vielleicht."

M: „Ist das üblich?"

E: „Bräuche verändern sich. Auch bei uns. Es gibt genug Familien, bei denen die Verstorbenen sofort abtransportiert werden."

M: „Und der Arzt? Hätte er nicht etwas merken müssen?"

E: „Er hat den Totenschein ausgestellt, so wie es sich gehört. Altersschwäche. Plötzliches Versagen der Organe. Was denn sonst? Grazia war hundertzwei. Stell dir vor, er hätte gesagt, dass er Anzeichen für einen gewaltsamen Tod sieht. Was da los gewesen wäre. Das will keiner."

M: „Die Familie wollte ihr stillgelegtes Agriturismo und viel Land verkaufen. Tzia Grazia hat ihr Veto eingelegt. Stimmt das so? Hätten sie nicht verkauft, solange sie dagegen sein konnte?"

E: „Wer kann schon in Familien reinschauen? Was in der Familie ist, bleibt in der Familie. So war es hier immer. Ob es noch so ist? Tzia Grazia war ganz sicher eine Respektsperson. Keine, über die man sich einfach hinweggesetzt hat. Dazu kommt: Es waren sie und ihr Mann, die geschuftet haben, damit sie den Grund erwerben konnten. Eine Absicherung, auch mental. Weil von den vielen Steinen hier oben kannst du nicht runterbeißen."

M: „Sandro Boi, einer ihrer Enkelsöhne, ist Direktor im Kent'Annos. Ihm ist der Plan, das ehemalige Agriturismo in ein Luxus-Resort zu verwandeln, sehr wichtig."

E: „Das ist ganz sicher so. Aber er hatte eigentlich nichts mitzureden. Das Land und die Gebäude des stillgelegten Agriturismo gehören seinem Vater und seinem Onkel. Wobei … Sandro hat ziemlich angegeben. Er werde als Direktor des neuen Resorts dafür sorgen, dass es in Birgu viele neue Arbeitsplätze geben wird."

M: „Hat man ihm geglaubt?"

E: „Sie haben ihn wohl eher damit aufgezogen. Tzia Grazia soll bei einer Familienfeier zu ihm gesagt haben, dass er dumm sei, wenn er dem Deutschen vertraue. Sie mochte Deutsche nicht besonders. Ob er nicht bemerke, dass er nur ein Handlanger sei? Und ein billiger Arbeiter, der mit den anderen Kräuter und Beeren pflücke? ‚Nur über meine Leiche', soll sie gesagt haben, ‚werden wir an den Deutschen verkaufen.'"

Ich sehe vom Laptop auf und reibe mir die Augen. Das, worüber wir dann geredet und auch gescherzt haben, ist nicht Teil des offiziellen Recherchegesprächs. Ettore hat mit den Augen gezwinkert und Elena damit aufgezogen, dass dieser Sandro womöglich doch noch eine gute Partie werden könnte. Hoteldirektor, Sohn von Menschen, die viel Geld für steinigen Grund bekommen. Er wisse, dass Sandro ihr schon als Junge schöne Augen gemacht habe. Elena hat gelacht. Ewig sei das her. Damals habe Sandro davon geträumt, Chef eines großen Agriturismo zu sein. Das Projekt haben sein Vater und sein Onkel in den Sand gesetzt und Sandro sei Kellner geworden, mehr war nicht drin. Sie wolle ja nicht hochnäsig sein, aber … Ettore hat sie unterbrochen und mir erzählt, dass vielleicht nur die Freundschaft von Tzia Grazia und Tzia Laurina eine Blutfehde zwischen den Familien verhindert habe. Nimm ihn nicht ernst, hat Elena gesagt. Eine Blutfehde wegen mir! Ihr Onkel aber hat den Kopf gewiegt und gemurmelt, dass es schon auch um anderes gegangen sei. Elenas Familie habe mehr Glück gehabt, mehr Geld, mehr Chancen. Als Laurina den jungen Ercole geheiratet habe, war das ein zusätzlicher Aufstieg. Alter Inseladel sozusagen, eine

Familie, die man bis ins Mittelalter zurückverfolgen konnte. Laurina sei es auch gewesen, die darauf geachtet habe, dass alle eine höhere Schulbildung bekommen. Während die Boi … Die Großeltern haben geschuftet, aber die Familienmitglieder blieben Hirten und Kleinbauern, später wurden manche Arbeiter. Er sei ja bloß ein angeheirateter Verwandter, aber weder die Perra noch die Floris hätten sich etwas daraus gemacht, dass die Boi weniger gehabt hätten. Die Boi hätten damit ein Problem. Aber jetzt bekämen sie zumindest Geld. Und Sandro stolziere als Direktor herum.

Onkel Ettore sei ein alter Sozialist, Elena hat gelächelt und seine Hand getätschelt. Das Sweatshirt mit *la pecora rossa* sei auch als politisches Statement zu verstehen. Die Boi hingegen, die seien schon immer konservativ gewesen. Vielleicht mit Ausnahme von Tzia Grazia. Die habe ihr ganz eigenes Weltbild gehabt. Sozusagen eine höchst persönliche Mischung.

Was danach geredet wurde, habe ich wieder abgetippt.

M: „Heißt das, Tzia Grazia hat nicht besonders viel von ihrem Enkel Sandro gehalten?“

E: „Sie hat ihre Familie geliebt und hätte sie gegen alle verteidigt. Sozusagen als *famiglia* insgesamt. Mit jedem Einzelnen war sie nicht so einverstanden. Sie hat ihnen, wie es ihre Art war, den Kopf gewaschen. Und sie konnte sehr spitzzüngig sein. Der blaue Blazer mit den Goldknöpfen, den Sandro in letzter Zeit so gerne getragen hat, hat ihr nicht gefallen. Tzia Grazia hat zu Sandro gesagt: ‚Ein Schaf in einem Abendkleid ist trotzdem keine Diva.‘ Vielleicht hat er auch deswegen, nachdem sie gestorben ist, eine stinknormale dunkle Jacke getragen.“

M: „War er hier, als sie gestorben ist?“

E: „Schwer zu sagen, aber kann schon sein.“

M: „War er am offenen Sarg? Hat er sie als Tote gesehen?“

E: „Jedenfalls nicht, als ich dort war. Er war häufig in Birgu. Sie haben rund um das ehemalige Agriturismo geerntet, angebaut und fast noch mehr fotografiert. Auch da hat er sich als

Obermacher aufgespielt. Wenn ihn jemand ermordet hätte … das hätte ich eher verstanden."

Ich runzle die Stirn. Das gehört wohl nicht ins offizielle Gespräch, er hat das natürlich nicht ernst gemeint. Es steht in der langen Fassung der Abschrift, für alle Fälle. Viel wichtiger ist die Tatsache, dass Sandro Boi in Birgu gewesen sein kann, als seine Großmutter ums Leben gekommen ist. „War er auch hier, als sie Vesna und mir aufgelauert haben?", habe ich gefragt und erst danach begriffen, dass die beiden nichts davon wissen. Elena und Ettore haben mich irritiert angesehen und ich habe wohl oder übel erzählen müssen, warum wir vor ein paar Tagen den Ort schneller als geplant verlassen haben.

Elena hat mich ziemlich scharf gefragt, warum ich das verschwiegen hätte. Ihr Onkel hingegen hat genickt und geschmunzelt. Das erkläre, warum Lidia, die Barbesitzerin, von zwei seltsamen Ausländerinnen gesprochen habe, die zuerst viel wissen wollten und dann bei Nacht und Nebel abgehauen seien. Tonio, der Vermieter, habe alles kontrolliert, aber offenbar sei nichts gestohlen worden, und gezahlt hätten die beiden zum Glück im Vorhinein.

Wie die zwei Männer denn ausgesehen hätten, wollte Ettore wissen. Ich habe sie so gut wie möglich beschrieben. Das Auffälligste war die Narbe des einen. Ein Cousin von Sandro habe eine große Narbe im Gesicht, hat er gemurmelt. Woher sie wohl stammt? Ich habe unwillkürlich an Überlebenskampf in der Natur gedacht, Sturz über Felsen, Auseinandersetzung mit einem Wolf, so etwas. Zum Glück habe ich nichts gesagt. Es ist bei einem Motorradunfall passiert, hat Ettore erzählt, nicht bloß die Touristen fahren wie die Vollidioten über die Bergstraßen. Er werde versuchen, ein Foto von ihm zu bekommen, dann schicke er es Elena und wir könnten überprüfen, ob seine Vermutung stimme. Wahrscheinlich gehe es schneller, wenn ich bei Gelegenheit noch einmal vorbeikomme, habe ich gesagt. Schneller als WhatsApp?, hat Ettore geantwortet und gelacht – trotzdem sei ich jederzeit herzlich willkommen. Ich habe ihm meine Nummer gegeben. Direkt sei doch immer am besten.

Hatte es einen Grund, dass Elena so still war und dann abrupt das Thema gewechselt hat? Sie hat Ettore nach den Kräutern gefragt, die Sandro mit ein paar Helfern für Hartmann erntet.

„Sie haben rund um das ehemalige Agriturismo geerntet, angebaut und fast noch mehr fotografiert“, hat Ettore gesagt.

M: „Was wird für SardaVita geerntet?“

E: „Die wunderbaren Dinge“ – Ettores Ironie bei diesen Worten muss ich auf alle Fälle deutlich machen, sollte ich etwas davon veröffentlichen –, „die dieser Deutsche in seine Mittel gibt. Mirto, tatsächlich eine alte Heilpflanze, darüber gibt es sogar Sagen. Lentisco, die Wilde Pistazie, aus der hie und da bei uns noch Öl gepresst wird, weil der Strauch überall wächst und das Olivenöl eher für die besseren Leute war. Und dann all das, womit man würzt und was die Schafe essen: Wilder Salbei und Thymian, Rosmarin.“

M: „Auch Pflanzen, die an sich giftig sind?“

E: „Wie Herba Sardonia? Die Safranrebendolde? Ich weiß nur, dass einer der Helfer in der Bar erzählt hat, sie seien sogar in Schluchten geklettert, weil Sandro sich das eingebildet habe. Der Deutsche wolle noch mehr Wildpflanzen finden und ‚nutzen‘, hat er ihnen gesagt. Wozu auch immer.“

M: „Jedenfalls wächst die Safranrebendolde in Schluchten.“

E: „Wie vieles andere auch. Dort gibt es das ganze Jahr über Feuchtigkeit.“

Ettore hat seine Nichte angesehen und sie etwas gefragt, sie hat ihm geantwortet, ohne mir zu übersetzen. Ich habe nur „Maria“ und „Donatella“ verstanden. Nicht eben viel.

„Was ist mit ihnen?“, habe ich zu Elena gesagt.

„Mit wem?“

„Maria, Donatella.“

„Onkel Ettore wollte wissen, ob ich Maria, Donatella und ‚die anderen Hexen‘, wie er sie nennt, nach interessanten Kräutern gefragt habe. Ich habe Ja gesagt. Hartmann hatte mich darum gebeten. Sandro war deswegen sauer auf mich, ich soll mich nicht in seine Arbeit einmischen, hat er gesagt." Aber über die Safranrebendolde sei nie gesprochen worden. Es sei um wilde Karotten und Ähnliches gegangen.

M: „Wer weiß Bescheid über die Safranrebendolde?"

E: „Dass sie existiert und in unseren Schluchten wächst, wissen viele. Die ‚Hexen' sowieso. Ich darf sie so nennen, ich bin mit den meisten von ihnen zur Schule gegangen. Ich habe in meiner Sammlung von Sagen aus der Ogliastra darüber geschrieben. Und die Hirten und Schafzüchter kennen sie natürlich auch."

Eigentlich kennen sie alle, hat Elena lächelnd hinzugefügt. Sie hätten schon in der Grundschule die Sagen von Onkel Ettore gelesen und in jeder Familie gebe es Menschen, die sich mit Pflanzen, auch mit giftigen, auskennen.

M: „Wer weiß, wie man die Safranrebendolde verwendet?"

Ich streiche diese letzte Frage aus dem Interview. Die Antwort war ziemlich peinlich für mich. Natürlich findet man im Internet sowohl die Fotos der Pflanze als auch den Hinweis, dass die Wurzeln am meisten Gift enthalten. Und es gibt Seiten, auf denen beschrieben wird, wie man die Wurzeln entsaftet.

Ich schaue durch das Fenster hoch oben. Die Mondsichel schimmert hinter den Baumspitzen. Nicht nur die Sterne, auch der Mond ist hier heller als anderswo. Die Menschen im sardischen Hochland leben nicht abgeschieden wie vor hunderten Jahren. Es gibt Handys und Internet und ein militärisches Versuchsgelände obendrein. Alle hier hätten sich informieren und dieses uralte sardische Gift einsetzen können. Inklusive der Familie Boi. Sandro kann auch Hartmann oder Marek davon erzählt haben. Schon um sich wichtig zu machen. Ich schließe die Augen und habe das Gefühl, der Mond strahlt Wärme ab, er scheint auf mein Gesicht, ich sehe einen Mann mit Narbe, der in der Nacht über eine Weide geht, hinunter in die Schlucht, er summt vor sich hin, er stützt sich auf einen schweren Stock, nein, es ist eine Schaufel, er schwebt und neben ihm schwebt Tzia Grazia, auch sie summt. Vado avanti … Ich kann es verstehen und weiß, es bedeutet „ich gehe voran". Elena hat es falsch übersetzt, jetzt schwebe ich neben Tzia Grazia, aber ich will ihr nicht hinterher, nicht dorthin, wo sie hin ist, ich weiß, ich muss aufpassen, leicht kann ich stürzen, in die Schlucht, weil die Luft …

Ein böser Schmerz. Ich reiße die Augen auf, finde mich neben meinem Sessel auf den kalten Fliesen. Mein Ellbogen. Mein Hinterteil. Ich muss eingeschlafen und auf den Boden geknallt sein. Langsam rapple ich mich hoch, stütze mich auf das Tischchen, okay, gebrochen ist nichts. Sehe noch einmal hinauf zum Fenster. Eine Fledermaus, eher der Schatten einer Fledermaus, huscht an der Mondsichel vorbei. Ich träume wahrscheinlich immer noch. Was, wenn Tzia Grazia alles inszeniert hat? – Warum sollte sie? Immerhin war der Ausgang für sie letal. Und Zweck ist auch keiner zu erkennen. Sie wollte, dass der Grund und Boden nicht verkauft wird. Das Fundament, wie sie im Video gesagt hat, das Land, an dem ihr Leben hängt.

Ich muss schlafen, aber vorher schicke ich meine Abschrift an Oskar.

Morgen mehr. Bin total müde, schlaf gut und träum süß, Mira.

Mehr Text geht sich nicht mehr aus. Ettore will herausfinden, wer die beiden Männer waren, die Vesna und mir aufgelauert haben. War wirklich ein Cousin von Sandro dabei? Wie viele Cousins gibt es in der Familie Boi? Hundert? Ich habe Ettore gebeten, vorsichtig zu sein. Er hat geschmunzelt. Hält er mich für überdreht? Haben wir wirklich hysterisch reagiert? Oder hat er geschmunzelt, weil er mehr weiß? Er liebt seine Nichte Elena. Was, wenn er sie schützt? Wir wissen so wenig von ihr. Einige Male schon hat sie gesagt, sie müsse sich zurückhalten, sie könne nichts unternehmen – weil sie schon etwas unternommen hat? Ich schüttle den Kopf. Zähne putzen. Und ins schmale Bett kriechen. Nicht mehr in den Mond schauen.

Es ist gleißend hell, als ich aufwache. Für einen Moment denke ich an Suchscheinwerfer, Blendgranaten. Es wummert an die Tür. Ich reibe mir die Augen. Gleich ist es elf. Die Sonne scheint durchs Fenster genau auf mein Gesicht.

„Mira? Alles in Ordnung?"

Das ist Elena. Ich spüre einen dumpfen Schmerz an der Hüfte. Ich bin eingeschlafen und vom Sessel gefallen. Ich erinnere mich. Ich bin geflogen und wollte nicht abstürzen. „Ja", antworte ich. Es ist eher ein Krächzen.

„Ich … hab was für dich."

So gut kenne ich sie auch nicht, dass ich sie zerknittert, ungewaschen, im Nachthemd in mein Zimmer lasse. Oder gibt es darüber hinaus noch einen Grund dafür? Instinkt? Quatsch. Sie wird mir keinen Gifttrank einflößen. Vesna findet mich dann Stunden später grinsend. Und tot. „In einer halben Stunde. Im Innenhof", rufe ich.

„Onkel Ettore hat das mit den beiden Männern keine Ruhe gelassen", erzählt Elena. Wir sitzen auf Plastikstühlen neben dem alten Brunnen. Jede von uns hat einen großen Becher Kaffee neben sich. „Manchmal braucht man einfach mehr davon", hat Elena mir erklärt, „ich habe das in Deutschland gelernt, wirkt super und gibt Wärme."

„Nicht sehr italienisch", habe ich sie aufgezogen.

„Na und? – Schau her", sie hält mir ihr Smartphone vors Gesicht, „der Typ da: Könnte er einer der beiden sein?"

Ich sehe drei Männer, sie ernten kleine rote Beeren. Lentisco, wird für SardaVit verwendet. Das weiß ich inzwischen.

„Der mit der Narbe!", sagt Elena ungeduldig und zoomt größer.

Schlank, um die vierzig, dunkle Haare, schmales Gesicht, Narbe. Die Narbe, die ich gesehen habe. Die Augen. Auch an sie kann ich mich erinnern.

„Ist er es?"

„Ich glaube schon."

„Und der Zweite: Ist er auch auf dem Foto?"

Er war bullig, muskulös, kleiner. Er hat nach Zigaretten gerochen. Das Gesicht ... eher rund. Passt nicht, das passt zu keinem auf dem Foto. Ich schüttle den Kopf. „Er hat den mit der Narbe zurückgehalten. Der wollte auf Vesna losgehen."

„Was ist mit mir?" Vesna stellt sich zwischen mich und die Sonne, die Arme in die Seiten gestützt. „Ich suche dich schon überall, Mira Valensky, und dabei tauschst du im Garten Geheimnisse aus."

Elena hält auch ihr das Mobiltelefon hin.

Meine Freundin kneift die Augen zusammen. „Der mit der Narbe. – Wer ist das?"

„Ein Cousin von Sandro, aber der hat viele Cousins. Er hilft bei der Ernte für SardaVita."

„Das heißt, er ist Sandro dankbar", überlegt Vesna.

„Dankbar? Ich weiß nicht. Für ein paar Stunden Erntearbeit zahlt Hartmann sicher nicht viel. Trotzdem wird sich Sandro als Gönner aufgespielt haben. – Onkel Ettore will mit dem Cousin reden."

„Ist das nicht gefährlich?", frage ich.

Elena schüttelt den Kopf. „Glaube ich nicht. Jeder kennt Onkel Ettore in Birgu."

„Tzia Grazia haben auch alle gekannt."

„Er hat nichts, was andere verkaufen könnten. Er meint, die beiden wollten euch vielleicht bloß warnen."

„Vor wem?" Vesna sagt es ziemlich scharf.

„Davor, neugierig zu sein, meint er."

„Aber warum?", überlege ich und nehme noch einen Schluck vom eher deutschen Kaffee.

„Warten wir, bis Onkel Ettore mit ihm geredet hat. Vielleicht wollten sie euch fragen, warum ihr euch so für Tzia Grazia interessiert."

Vesna schüttelt den Kopf. „Es war keine Fragestunde, der mit der Narbe hat fast angegriffen."

„Aber eben bloß fast."

„Ich verstehe nicht die Sprache, aber ich verstehe Ausdruck, Reaktionen."

Elena sieht meine Freundin an. Kann sein, dass Vesna mehr Instinkt fürs Nonverbale hat. Ich kann nicht einmal Elenas Gesichtsausdruck deuten.

„Ich habe übrigens noch etwas für euch", fährt Elena fort. „Nonna Laurina war sauer, dass wir gestern nicht bei ihr vorbeigeschaut haben."

„Unser Besuch hat sich ziemlich schnell herumgesprochen", sage ich irritiert.

„Das ist einfach erklärt. Onkel Ettore hat sie angerufen. Weil er noch einmal von ihr hören wollte, warum sie nicht an einen natürlichen Tod ihrer Freundin glaubt. Darauf hat sie meinen Onkel zu sich zitiert. Eigentlich wollte sie, dass auch wir kommen. Aber dann hat sie eine praktischere Idee gehabt: Onkel Ettore hat ein Handyvideo aufgenommen. In dem erzählt sie – natürlich auf Italienisch – warum sie nach wie vor der Meinung ist, dass Tzia Grazia ermordet worden ist."

„Ein Handyvideo?", frage ich.

„Nonna Laurina selbst zieht zwar das Festnetztelefon vor, aber sie weiß natürlich, wie das mit Smartphones funktioniert. Sie nennt es ‚Bilder durch die Luft schicken'."

„Wo ist Sandro?", murmelt Vesna. „Vielleicht besser, wir passen auf, dass er nicht lauschen kann."

„Du verdächtigst ihn?", fragt Elena.

„Er will der große Direktor werden, alle in Birgu sollen Respekt vor ihm haben. Er hat einen Cousin geschickt, um uns zu vertreiben. Passt doch."

„Oder um uns klarzumachen, dass nichts dran ist an unseren Verdächtigungen", relativiere ich.

Vesna macht eine ungeduldige Handbewegung. „Sandro hat Kräuter gesucht, er weiß von Safranrebendolde. Sie waren sogar in der Schlucht – man muss klären, ob der mit der Narbe dabei war."

„Sandros Motiv reicht aus, um die eigene Großmutter zu ermorden?" Ich schüttle zweifelnd den Kopf. „Ist irgendwie gar nicht … sardisch. Passt nicht zum Stellenwert der Familie, zu ihren Ehrvorstellungen."

Elena lächelt ein wenig. „Passt wohl nirgendwo zu den Ehrvorstellungen, nahe Familienangehörige zu ermorden. Selbst wenn es angeblich vor tausenden von Jahren bei uns üblich war. Die edlen traditionsbewussten Sarden der Barbagia sind leider ein Klischee. Es ist so ähnlich wie mit den Banditen: Sie haben zwar meist weniger gehabt als ihre Opfer. Und sie haben ab und zu tatsächlich auch den noch Ärmeren etwas gegeben. Aber sie haben entführt und geraubt und gemordet. Dafür gibt's keine Entschuldigung."

„Vielleicht man hat Sandro unter Druck gesetzt", meint Vesna. „Motto: Du schaffst, dass deine Familie verkauft, oder du kannst gehen."

„So ein Ultimatum wäre dann wohl von Tom Marek gekommen", überlege ich. „Er will das neue Resort um alles in der Welt. Während Hartmann vor allem die richtigen Bilder für SardaVita und potenzielle Investoren braucht. Und die gibt's auch jetzt schon. – Was meinst du, Elena?"

„Ich zeige euch jetzt das Handyvideo. Die Qualität ist nicht eben super, Onkel Ettore zittert schon ein wenig. Auch wenn er es nie zugeben würde. Vielleicht besser, wenn wir dazu in eines eurer Zimmer gehen. Da stört die Sonne nicht."

„Und sonst auch niemand", setzt Vesna nach.

Nonna Laurina sitzt sehr gerade in einem Holzstuhl, die schmalen Hände auf die mit Schnitzereien verzierten Armlehnen gestützt. Sie trägt eine helle Bluse mit kleinem geometrischen Muster, der oberste Knopf ist geöffnet. Ihre Haare sind kurz geschnitten und weiß. Anders als die meisten der Hundertjährigen, die ich bisher in Videos gesehen habe, hat sie kein Kopftuch auf. Im Hintergrund ein Fenster, daher ist ihr Gesicht im Schatten. Nonna Laurina sieht in die Kamera, hebt eine Hand und sagt etwas. Es ist Ettore, der ihr antwortet. Das Bild wackelt ein wenig stärker.

„Sie will vor dem Bücherregal sitzen, dort ist das Licht besser“, erklärt Elena. „Ich hab den Anfang drauf gelassen, weil er viel aussagt über meine Großmutter.“

Sie steht auf, eine mollige Frau mit grauen Haaren kommt ins Bild, schiebt den schweren Stuhl ein Stück nach links, hält dann inne, sieht unsicher und ohne was zu sagen Richtung Kamera. „Avanti“, verlangt die alte Dame und ihre Betreuerin schiebt noch ein Stück. „Basta così“, jetzt ist es genug. Nonna Laurina setzt sich wieder. Tatsächlich kann man ihr Gesicht nun um einiges besser sehen.

Erneut redet sie mit Ettore und ich verstehe kein Wort.

„Sie fragt ihn, ob er es auch wirklich schafft, alles aufzunehmen, und ob er auch darauf achtet, dass der Ton passt. Onkel Ettore sagt, dass sie Ruhe geben soll: Entweder sie will, dass er sie aufnimmt, oder sie soll es bleiben lassen. – Aber er sagt es freundlich“, fügt Elena hinzu. „Er mag Nonna Laurina. Sie neigt eben dazu, alle herumzukommandieren. Immerhin war sie mehr als vierzig Jahre Lehrerin.“

Kurz ist es still. Dann hebt Nonna Laurina ihr Gesicht Richtung Kamera und sagt langsam und deutlich in aktzentfreiem Italienisch:

„Grazia. È stata uccisa!“ Ich verstehe es: Grazia. Sie ist ermordet worden. Sie starrt in die Kamera. Das Bild wackelt wieder, aber das verstärkt den Effekt ihrer Worte nur noch. So fängt Blutrache an, fällt mir ein. Idiotisch.

„Perchè?“, fragt Ettore aus dem Off. Warum?

Jetzt redet Nonna Laurina schneller, und länger. Elena hält das Video an.

„Ich übersetze mehr oder weniger wörtlich: Was für eine dumme Frage! Weil ihre Zeit noch nicht gekommen war. Und sag jetzt nicht, wir sind eben schon alt. Das weiß ich. Ich habe mit ihr am Vorabend telefoniert. Wir haben über die Vorbereitungen für Ostern gesprochen. Gerade wenn man so alt ist wie wir, weiß man, wenn es zu Ende geht. Denk an Barbara. Selbst Matteo hat es gefühlt. Alle!“

Jetzt ist wieder Ettore an der Reihe. Elena übersetzt: „Hast du einen bestimmten Verdacht?"

Als Elena das Video wieder startet, macht Nonna Laurina eine wegwerfende Handbewegung. Den ersten Satz sagt sie direkt und langsam in die Kamera. Ich verstehe bloß „avidità", Gier, und „famiglia". Ettore stellt eine Zwischenfrage. Jetzt ist Nonna Laurina eindeutig ungeduldig. Sie antwortet rasch.

Wir nicken Elena zu. Sie stoppt und übersetzt: „Die Familie ist gierig, sagt sie. Und Onkel Ettore fragt, wer denn aus der großen Familie, und sie antwortet: Das sollen sie herausfinden. Der Anstifter ist aber dieser Deutsche. Phönizier, Römer, Vandalen, Spanier, Italiener: Sie alle haben Sardinien erobert, aber in Wirklichkeit haben sie es nie ganz geschafft."

„Italiener?", frage ich verblüfft.

„Die wenigsten Alten sehen sich als Italiener", sagt Elena ungeduldig. „Dann sagt Nonna Laurina, dass sie nichts gegen die neue Zeit hat, die alte wäre hart gewesen. Aber: Diese Gier hat es nie gegeben. Immer mehr gibt es davon, man sieht alles auf der Welt und man will alles sofort haben."

„Warum ist Hartmann der Anstifter?", fragt Vesna.

„Kommt gleich, das hat Onkel Ettore nämlich auch gefragt." Elena startet das Video erneut. Zuerst die Stimme aus dem Off, dann eine längere Antwort von Nonna Laurina, bei der ich außer „Grazia" nichts eindeutig verstehe.

Stopptaste. „Nonna Laurina sagt, ihre Freundin Grazia hat das alles genau beobachtet. Seit Monaten. Dem Deutschen geht es nur ums Geld. Sandro ist ein Idiot – das sagt sie wörtlich –, er glaubt, dass er wichtig ist, dabei benützt ihn der Deutsche bloß. Er hat Grazia sogar einen Schauspieler geschickt. Der hat sich aufgeführt, als wäre er im Teatro Lirico, nur war er nicht so gut. Und sein Italienisch war eine Katastrophe."

„Tom Marek?", frage ich.

Elena nickt. „Tzia Grazia kann bloß ihn gemeint haben. Auch wenn sie nicht weiß, wie er geheißen hat. Onkel Ettore hat sie dann gefragt, was er Tzia Grazia denn vorgespielt habe."

Nach einem kurzen Dialog wackelt das Bild deutlich stärker. Es dauert, bis ich begreife, dass Ettore offenbar lacht. Nonna Laurina hebt eine Hand, den Kopf himmelwärts, deklamiert mit großer Pose. Dann stützt sie ihre Hände wieder auf die Lehnen des Stuhls und sieht strafend in die Kamera. Wieder Ettore, dann wieder sie. Jetzt macht sie eine wegwerfende Geste und lacht auch, es ist ein erstaunlich helles, beinahe jugendliches Lachen.

„Das sei alles Blödsinn gewesen, Schmierentheater. Nichts, was man ernst nehmen darf. Außerdem hat sie es ja nicht selbst gesehen, sondern nur von Grazia erzählt bekommen", erklärt Elena.

„Was hat Tom Marek gesagt?", will Vesna wissen.

„Ich kann euch nur übersetzen, was Nonna Laurina deklamiert hat – sie hat Schauspiel geliebt und hat uns schon als Kinder nach Nuoro und Cagliari ins Theater mitgenommen. Also, ich probiere es mehr oder weniger wörtlich: Oh Großmutter, wir lieben Sardinien wie Ihr! Wir werden die Weiden der Schafe zum Blühen bringen und Eurem Land Wohlstand und Anerkennung in der ganzen Welt. Weltberühmt werden die Geheimnisse und die Weisheit der Menschen mit hundertjähriger Reife …"

„Mit hundertjähriger Reife?", unterbreche ich und grinse. Elena steht ihrer Großmutter in Schauspielkunst um nichts nach.

„Das hat er offenbar gesagt, auch Onkel Ettore hat nachgefragt, dann hat Nonna Laurina zu lachen begonnen: Ja, Grazia sei sich ganz sicher gewesen, dass er diesen Ausdruck verwendet hat, aber sein Italienisch war eben äußerst stümperhaft, so als ob er Begriff für Begriff in einem Wörterbuch nachgeschaut hätte. – Jetzt kommt nicht mehr viel, aber was kommt, ist spannend. Ich starte."

Nonna Laurina lacht noch einmal auf, räuspert sich, sieht wieder halbwegs ernst in die Kamera und sagt etwas, ganz ohne große Geste, aber mit umso stärkerem Nachdruck. Dann lächelt sie wieder ein wenig und ich verstehe, dass sie uns grüßen lässt.

„La giornalista“ verstehe ich, damit meint sie wohl mich. Sie scheint mir einen Rat zu geben. Ich versuche zu begreifen. Das ist wichtig. Ein, zwei Sätze. Aber das einzige Wort, das ich sicher zuordnen kann, ist *minestrone.* Minestrone? Die Suppe? Muss wohl noch eine andere Bedeutung haben. *Cavolo* bedeutet ja auch nicht nur Kohl, sondern ebenso verdammter Blödsinn. Am Ende lächelt sie noch einmal, hebt die Hand und winkt. Die englische Königin hatte dabei halb so viel Würde wie sie. – Jetzt könne er ausschalten, sagt sie zu Onkel Ettore.

„Was …“, setze ich an.

„Zuerst hat sie gesagt, dass die Deutschen Menschen wie wir seien, auch wenn sie uns – gemeint war offenbar Sardinien oder doch auch ganz Italien – viel Leid gebracht hätten.“

Vesna nickt. „Sie redet von Nazis.“

„Aber auf Mussolini hat sie vergessen“, ergänze ich.

„Nicht wirklich“, sagt Elena. „Sie hat ihn nicht ausstehen können, er sei lächerlich, eitel und dumm gewesen, hat sie uns schon als Kindern immer erzählt – und vor dieser gefährlichen Mischung sollten wir uns besonders hüten. Außerdem hat sie hinzugefügt: ‚Doch wir sind es selbst, die für unser Unglück verantwortlich sind. So ist das auch in diesem Fall.‘“

„Orakel ist nichts dagegen“, murmelt Vesna.

„Sie hat noch etwas gesagt“, setze ich fort.

Elena nickt und schmunzelt wieder. „Sie hat sich verabschiedet. Und sie hat gemeint, vielleicht interessiere sich die Journalistin für ihr Geheimnis des langen Lebens. Weil danach fragen alle. Und ihres sei so einfach.“

„Minestrone?“, frage ich einigermaßen irritiert.

„Genau. Am besten mehrmals die Woche ein Teller guter Minestrone. Und ich soll dir beibringen, wie man sie zubereitet.“

[9.]

Elena hat mir eine Kopie der bemerkenswerten Videobotschaft ihrer Großmutter gegeben. Offenbar hat sie alles genau übersetzt, keine Geheimnisse. Warum auch? Was die Minestrone angeht, so hat sie mir versprochen, dass wir die berühmte Suppe gemeinsam kochen werden. Die sardische Variante habe jedenfalls nichts mit der dünnen Brühe aus etwas Gemüse und Reis zu tun, die man in Oberitalien häufig bekomme, sie sei eine Hauptmahlzeit. Eigentlich ist das Rezept ganz einfach: Alles, was momentan wächst und verfügbar ist, kommt hinein. Dazu noch Bohnen oder Erbsen und Fregola, manchmal auch Kartoffeln.

„So möchte ich mit hundert auch beisammen sein", sage ich zu Oskar am Telefon.

Er lacht. „Leider werde ich das nicht mehr mitbekommen."

„Klar wirst du das", antworte ich rasch. „Die paar Jährchen … du kriegst eben viel Minestrone." Warum nur erschreckt mich der Gedanke so, dass er, dass ich wirklich sterben könnte?

„Mira? Bist du noch da?"

„Bin ich. Ich hab nur gerade überlegt, dass man in meinem Alter wohl abgeklärter mit dem Tod umgehen sollte."

„In deinem Alter? Süße, du bist noch nicht einmal sechzig."

„Werde ich aber demnächst."

„Frag Nonna Laurina, die scheint auf vieles eine Antwort zu haben."

„Ja, aber manchmal ist sie eher wie ein griechisches Orakel."

„Dass sie keine besonders hohe Meinung von der Familie ihrer besten Freundin hat, war klar, oder?"

„Sie ist überzeugt davon, dass Tzia Grazia ermordet worden ist. Aber was sie am Schluss gesagt hat …"

„Das über die Minestrone?"

„Nein, das über den Deutschen. Zuerst hat sie gewarnt, dann sagt sie, die sind Menschen wie wir. Und dann, dass sie selbst fürs eigene Unglück verantwortlich wären."

„Eine allgemeingültige Weisheit."

„Sonst war sie sehr konkret."

„Frag sie."

„Das werde ich machen. Vielleicht geht's leichter, wenn ich ihr erkläre, dass ich aus Österreich bin."

Oskar ist sichtlich amüsiert. „Die armen Deutschen. Immer sind sie die Bösen. Während die Österreicher nichts mit Hitler zu tun hatten. Und Mussolini sowieso ganz anders war."

„Was ist, wenn sie das Ganze viel weniger geschichtlich gemeint hat? Der Deutsche, also Hartmann, ist der Anstifter. Für das Unglück aber sind die eigenen, Tzia Grazias Familie, jedenfalls aber Leute von hier, verantwortlich."

„Warum war sie ausgerechnet dabei nicht so klar wie sonst?", gibt Oskar zu bedenken.

„Weil sie nicht weiß, wer schuld am Tod ihrer Freundin ist, oder weil sie es nicht sagen will?"

Ich höre Oskar seufzen. „Du hast gesagt, sie hat ein großes Schauspieltalent. Und euer Ettore ist sowieso äußerst fantasiebegabt."

„Hab ich auch schon überlegt. Wer weiß, ob sie sich da nicht doch in etwas hineintheatert haben – im wahrsten Sinn des Wortes. Aber was ist dann mit den beiden Männern, die uns aufgelauert …"

„Was? Wer? Was haben sie?"

Jetzt muss ich auch ihm erzählen, was in Birgu geschehen ist. Seltsamerweise reagiert Oskar gar nicht so besorgt, wie ich angenommen habe. Ettore werde das schon klären, meint er. Aber er hasse es, wenn ich ihm Dinge verschweige.

„Passiert eben ziemlich viel zur Zeit", rechtfertige ich mich lahm und dass er ja kommen und auf mich aufpassen könne.

Oskar lacht amüsiert auf. „Das wäre neu. Ich würde trotzdem gern nach Sardinien kommen, aber bei mir stapeln sich die Akten. Viele sind ganz verrückt darauf, mit dabei zu sein, wenn die Wirtschaft im Umbruch ist. Da kaufen, dort verkaufen, da wachsen, dort beteiligen."

„Weißt du, dass Stress schlecht fürs lange Leben ist?"

„Ich dachte, in den sardischen Bergen arbeiten sie bis ins hohe Alter."

„Ja klar, aber ohne Druck. Tzia Grazia hat bis vor drei Jahren ihren Gemüsegarten bewirtschaftet, Nonna Laurina unterrichtet Menschen in der sardischen Sprache und Adolfo Melis, der Barmann aus Perdasdefogu, will nach seiner Krankheit wieder weitermachen. Mit achtundneunzig."

„Tja, nur dass die fleißige Tzia Grazia jetzt trotzdem tot ist. Vielleicht ist es auch ungesund, sich einzumischen."

„Redest du jetzt von mir?"

„Würde ich nie wagen. Du recherchierst. Und Beschäftigung hilft ja angeblich."

„Jedenfalls besser als SardaVit."

„Da bin ich noch dran. Gar nicht so einfach herauszufinden, woher er seine Rohstoffe bekommt. Wäre eher was für Vesna. Lkws kontrollieren, Wareneingang checken. Jedenfalls hat er seine Produktion im letzten Jahr ums Fünfzigfache gesteigert."

„Wow."

„Er ist von einem niedrigen Niveau aus gestartet, trotzdem …"

„Wie hast du das herausbekommen?"

„Ich hab gesagt, ich hätte einen Klienten, der sich für Beteiligungen an Firmen dieser Art interessiert."

„Du hast mit Hartmann telefoniert?"

„Er hat eine Art Geschäftsführer. Außerdem ist es wahr: Ich könnte ihm sofort einige Investoren nennen, die sich bei SardaVita einkaufen würden."

„Das heißt: Die Sache läuft richtig gut."

„Das heißt bloß, dass sich viele für diese Sparte interessieren, weil damit zumindest theoretisch viel zu verdienen ist. Dass SardaVita wächst, bedeutet noch lange nicht, dass es Gewinn abwirft. Ganz im Gegenteil. Rasches Wachstum geht oft mit hohen Investitionen Hand in Hand, es folgt noch mehr Wachstum, das wieder weitere Investitionen … und, und – die Frage ist, ob man es schafft, beides in der Balance zu halten. Und ob man weiß, wann es genug ist."

„Jedenfalls ist es hilfreich, wenn er günstige Rohstoffe bekommt."

„Das ist immer gut."

„Aber ob die von irgendwo her gleich wirken wie die aus den sardischen Bergen?"

„Zweifelhaft, ob da überhaupt etwas wirkt. Bestenfalls bringt der Placeboeffekt ein bisschen etwas. Das Einzige, was übrigens gesetzlich vorgeschrieben ist: Solche Mittel dürfen nicht gesundheitsschädlich sein. Seine Kapseln und Shots unterliegen bloß dem Lebensmittelgesetz."

„Und dem Arzneimittelgesetz, nehme ich an. Sie werden ja immerhin von Apotheken vertrieben."

„Da täuschst du dich. Formaljuristisch sind das Nahrungsergänzungsmittel und damit Lebensmittel in anderer ‚Darreichungsform', wie das heißt."

„SardaVit könnte auch aus Maisstärke mit Oregano-Geschmack bestehen und Hartmann könnte es als Mittel zur Langlebigkeit verkaufen? Wäre das nicht Betrug?"

„Er darf keine konkreten Versprechen auf Heilung machen. Wie: wirkt gegen Herzmuskelentzündung. Aber er darf draufschreiben, dass es die Zellerneuerung fördert. Oder das Immunsystem unterstützt. Und er darf natürlich keine falschen Angaben über die Inhaltsstoffe machen."

„Das Immunsystem kann man gar nicht durch irgendwelche Pillen stärken, hab ich gehört."

„Wird schon so sein. Was zählt, ist, dass es sich bei ‚Immunsystem' um keinen präzisen medizinischen Begriff handelt, damit gibt man also auch keine konkrete medizinische Wirkung an."

„Da halte ich mich lieber an Minestrone. Schmeckt besser und ist deutlich billiger."

„Minestrone – hast du schon früher erwähnt. Was ist mit der?"

„Nonna Laurinas Rezept, um hundert zu werden."

Ich sitze auf einer windschiefen, aber äußerst massiven Holzbank. Sie steht am Rand des Olivenhains und wirkt, als hätten darauf schon Generationen von Mönchen gerastet. Haben auch sie die Bank als Beobachtungsposten genutzt? Oder haben sie von hier aus kontrolliert, ob jemand das Kloster verlässt? Jedenfalls habe ich die Einfahrt mit den beiden großen Engeln und den Parkplatz gut im Blick.

Wir wollen mit *direttore* Sandro reden. Auch wenn ich noch keine weitere Rückmeldung von Ettore zum Narbengesicht habe: Er ist mit ihm verwandt, er hat mit ihm gearbeitet. Es wird Zeit, Sandro Boi mit einigem zu konfrontieren. Elena muss nichts davon wissen, hat Vesna befunden. Man sollte nicht riskieren, dass er womöglich vorgewarnt ist.

Ich habe vorgeschlagen, von der Bank aus zu beobachten, wer kommt und wer geht. Sandro sollte im Kent'Annos sein, zumindest steht sein in die Jahre gekommener BMW vor der Tür. Und der Lieferwagen des Resorts ist auch da. Vesna will versuchen, den *direttore* abzupassen. Und ich melde mich bei ihr, falls er, ohne dass sie es gemerkt hat, wegfahren will.

Im Moment ist alles friedlich und ruhig. Keiner kommt, keine geht. Ich habe meinen Laptop vor mir. Die Minestrone als Rezept für ein langes Leben werde ich sicher in meine Reportage einbauen. Elena hat mir erzählt, dass an der Universität von Sassari viel über die Ernährung der Hundertjährigen geforscht wird. Professor Gianni Pes. Ich sollte ihn kontaktieren. So etwas interessiert viele Menschen. – Oder bloß Menschen ab einem gewissen Alter? Die Leute, die ECCO lesen, sind eher jung. Ist eben ein Onlinemedium. Aber wenn man nicht früh genug damit anfängt, wird man nie so alt. Sicher kann der Professor Englisch. Ich verbinde meinen Laptop mit dem Mobiltelefon, das WLAN-Signal ist erstaunlich gut hier draußen. Aber dann bin ich doch zu träge, um dem Professor zu schreiben. Färbt das geruhsame sardische Leben schon ab? Ist, war es tatsächlich so geruhsam?

Das Gras ist hoch und knallgrün, Blümchen in Lila und Gelb, große Steinblöcke, die halb von Mittagsblumen überwachsen sind. Daneben riesige Opuntien. Die Kakteen zeigen an, in welchen Regionen Sardiniens es Frost geben kann. In den Küstengebieten und im fruchtbaren Hinterland Cagliaris sieht man unendlich viele. Fährt man in die Berge, werden sie seltener, und auf der Hochebene fehlen sie ganz. Wie anders, um wie viel üppiger die Vegetation hier ist. Neben einem Busch sehe ich hohe weiße Blüten, die der Safranrebendolde verdammt ähnlich sehen. Was, wenn sie auch hier wächst? Ich schüttle den Kopf. Das würde Elena wissen. Und ihr Onkel erst recht.

Ich konzentriere mich nun doch auf den Laptop und werfe nur hin und wieder einen Blick auf den Vorplatz des Kent'Annos. Gemma steigt in den Lieferwagen und fährt weg. Sandro Boi ist nicht zu sehen. Die Universität von Sassari hat zahlreiche Studien zur *longevità*, der Langlebigkeit, veröffentlicht. Leider auf Italienisch. Bei der, die ich öffne, geht es vor allem um Ernährungsgewohnheiten. Aber natürlich gibt es keine Rezepte, sondern eher trockene Statistik: Wer von den Hundertjährigen isst und trinkt was in welchen Mengen oder auch nicht. Einfach zu verstehen. Die Schlussfolgerungen sind es schon weniger. Ich sehe auf und strecke mich. Achtzehn Grad haben sie für heute angesagt, im lichten Schatten unter der Olive hat es jetzt sicher mehr. Man könnte sagen, ich arbeite gleich doppelt: Beobachtung, ob Sandro Boi auftaucht. Recherche für meine Reportage.

Man könnte freilich auch sagen, ich sitze faul auf der Bank und lasse mich virtuell ein wenig treiben.

Da ist der Blog, den ich schon in Wien gesehen habe: Pecora Nera, das schwarze Schaf. Eine Deutsche, die in Sardinien zu leben scheint und über das Land berichtet. – Wäre das etwas für mich? Ich liebe das Meer. Ich liebe Sonne und warmes Wetter. Ich mag die Menschen hier. – Stopp. Ich kenne „die Menschen hier" nicht, unter anderem, weil es nirgendwo nur eine Art von Menschen gibt. Dazu kommt: Meine Italienischkenntnisse sind am ehesten noch kulinarischer Art. Oskar und ich, wenn er in Pension ist, hier, in einem Haus mit Olivenbäumen vor der Tür, oder, besser noch, nahe bei einer einsamen Bucht … Nur dass ich mir Oskar in Pension nicht vorstellen kann.

Pecora Nera zitiert aus einer Studie aus dem Jahr 2004. Professor Pes war daran beteiligt, auch der Mitautor Michel Poulain ist mir schon untergekommen:

Es ist … interessant festzustellen, dass sich die meisten der im Laufe der Jahre in verschiedenen Regionen der Welt identifizierten „Langlebigkeits-Hotspots" in gebirgigen Gegenden befanden, auch wenn keine dieser Regionen vollständig validiert wurde. Die besonderen klimatischen und kulturellen Merkmale dieser Zonen, einschließlich der Ernährung und des Lebensstils der Bevölkerung, können als gemeinsame Merkmale angesehen werden, die eine extreme Langlebigkeit der dort lebenden Bevölkerung begünstigen …

Ich finde das sardische Hochland schön, imposant, einzigartig. Aber leben möchte ich dort nicht. Zu viele Steine, zu karg, zu kalt im Winter – wenn auch nicht so kalt wie bei uns in Österreich.

Von diesem Blog treibe ich im Internet weiter zu einer Werbung für das Buch „Die Geheimnisse der Hundertjährigen von Sardinien", zur Einladung für eine Online-Konferenz über Langlebigkeit, einem Artikel über die lebensverlängernde Wirkung von Pecorino und Cannonau. Die *Neue Zürcher Zeitung* schreibt über die Resistenz der Hundertjährigen: *An Covid-19 erkrankt – und wenig später putzmunter den 100. Geburtstag gefeiert: Corona konnte den ältesten Bewohnern Sardiniens wenig anhaben!* Ein

Forscher zeigt sich darin erstaunt, wie widerstandsfähig die Alten seien. Allerdings habe ich anderswo gelesen, dass auch in Sardinien die meisten der Pandemie-Toten über achtzig waren. Und immer wieder tauchen Einträge über die „blue zones“ auf, den Begriff, den sich dieser amerikanische Journalist urheberrechtlich gesichert hat. Braucht man heute für alles Exklusivrechte und juristische Konstruktionen? Gut, dass es Oskar gibt. Nicht deswegen, aber auch deswegen. Ich lächle. Eine gemeinsame Auszeit in Sardinien. Mit viel gutem Essen, sardischem Wein, einer Entdeckungsreise quer durch das so vielfältige Land.

Unglaublich, wie viele Unternehmen Produkte anbieten, die sich auf die Hundertjährigen von Sardinien oder irgendwelche „blue zones“-Studien beziehen. Selbst Chanel bewirbt eine Hautcreme damit: *Die Forschung von CHANEL wählte drei Pflanzenstoffe aus den Blue Zones und extrahierte daraus die kraftvollsten Moleküle für ein Serum.* Das Werbevideo zeigt Sardinien von seiner spektakulärsten Seite: Meer und Felsen, blauer Himmel, „das noble Herz des Mittelmeers“, haucht eine Frauenstimme auf Englisch und fragt: „Kommt daher das lange Leben?“

Selbst der deutsche Text von Wikipedia hat das meiste von der „Blue Zone“-Homepage übernommen. Auf dieser gibt es sogar Handlungsanleitungen, wie man es schaffen kann, uralt zu werden: Hauptsache, man lebt mäßig, gottesfürchtig, isst gesund – am besten nach den *blue zone meal plans*, raucht nicht, trinkt nur wenig Alkohol. Ziemlich amerikanisch-puritanisch. Ich sollte Nonna Laurina davon erzählen. Na gut, das meiste würde sie wohl unterstützen. Nicht aber das Prinzip: Vorschriften und Einschränkungen.

Dann stoße ich auf eine ziemlich sympathische Zusammenfassung des Phänomens der Hundertjährigen auf unserer Insel. Sie scheint von Studierenden in Sardinien und Rom ausgegangen zu sein, ist aber auch ins Deutsche übersetzt.

Die Menschen in den Bergen Sardiniens kümmern sich nicht aktiv darum, dass sie hundert werden. Ganz sicher helfen ihnen die

Gene, ihre DNA wird momentan in einer großen Studie erforscht. Aber wichtiger, da sind sich so gut wie alle Wissenschaftler einig, ist ihre Art zu leben.

Natürlich ändert sich das tägliche Leben auch in Sardinien. So wird es sehr interessant sein, in zwanzig, dreißig Jahren zu erheben, ob diese außergewöhnliche Langlebigkeit weiterhin existiert oder ob sie sich dem Durchschnitt Italiens annähert. Konsum, Medien, arbeitsteilige Gesellschaft machen vor keinem Bergdorf halt und sie haben Auswirkungen auf Alltag, Arbeit und den Zugang zur Gemeinschaft. Was wir hier beschreiben, sind die traditionellen Verhaltensweisen. Man möge uns verzeihen, dass wir dafür verallgemeinert haben. Gerade die alten Sardinnen und Sarden legen, bei allem Gemeinschaftssinn, viel Wert auf Individualismus.

Ganz wichtig: die Ernährung.

Die Menschen in der Ogliastra haben zwar nur in Ausnahmefällen Hunger gelitten, aber man hat sich auch nach 1900 von dem ernährt, was gerade verfügbar war. Die wenigsten hatten Geld, um viel zu kaufen. Eher noch hat man landwirtschaftliche Produkte und Dienstleistungen getauscht. Bohnen, Kichererbsen und andere Hülsenfrüchte gibt es das ganze Jahr über. Wurzelgemüse den Großteil des Jahres. Dazu frisches Gemüse und Obst je nach Jahreszeit, selbst gebackenes Brot aus eigenem Sauerteig. Auch das berühmte trockene Hirtenbrot, das Pane Carasau und das etwas dickere Pistoccu, spielen eine große Rolle. Fleisch wurde selten gegessen, Würste lange haltbar gemacht. Die Schaf- und Ziegenherden dienten vor allem der Milch- und der Käseproduktion. Käse und Brot war auch die Alltagsnahrung der Hirten auf Wanderschaft. Fisch war den Menschen in der Ogliastra, auch wenn das immer wieder anders dargestellt wird, fremd. Nur in einzelnen Dörfern kamen Bewohner häufiger bis zum Meer. Olivenöl ist das gängige Fett, allerdings wird nirgendwo besonders viel davon verwendet. Es gilt traditionell als kostbar. So gut wie alle alten Männer trinken Rotwein, wenn auch in Maßen. Bei den hundertjährigen Frauen gibt es etliche, die gar keinen Alkohol trinken, dafür gehört viel Kaffee zu dem wenigen Luxus, den sich die meisten gönnen. Ein Teil der

Männer raucht, wenn auch nicht intensiv. Mehr Männer und auch Frauen verwenden bis ins hohe Alter Schnupftabak.

Arbeit.

Die Menschen waren von klein auf bis ins späte Alter eingebunden in den Arbeitsprozess: Irgendetwas gab und gibt es für alle zu erledigen. Das trägt nicht nur zum Überleben oder besseren Leben der Familie bei, es sichert ihnen auch Bedeutung. Sie sind wichtig für das Ganze. Wir haben Hundertjährige getroffen, die nach wie vor ihren kleinen Gemüsegarten betreuen. Einen Barmann mit weit über neunzig. Einen ehemaligen Hirten, der mit hundertdrei noch in die Käseproduktion eingebunden ist. Eine beinahe blinde Nonna versorgt täglich die Katzen und schält fürs Essen Kartoffeln. Nichts zu tun zu haben, das sei kein Leben, hat sie uns gesagt.

Bewegung.

Die wird mit der Arbeit quasi „miterledigt": Für fast alle Tätigkeiten im sardischen Hochland ist auch körperliche Aktivität notwendig. Wenn Hundertjährige spazieren gehen, dann nicht, weil es gesund ist, sich zu bewegen, sondern weil sie etwas erledigen. Sie haben ein Ziel.

Gemeinschaft.

Die Familie im eigentlichen Sinn, aber auch im Sinne der Gemeinschaft in einem Dorf oder der Religion, spielt eine große Rolle. Man kann sich auf sie verlassen, genau wie sich die Gemeinschaft auf einen selbst verlassen kann. Auch wenn die Bergbewohner Sardiniens Vorschriften von außen eher ablehnend gegenüberstehen: Im Inneren haben sie sich ihre eigenen Regeln gegeben. Die sind dann auch von allen einzuhalten.

Der Glaube an Gott und die Kirche ist vor allem bei den alten Sardinnen zentral. Allerdings haben sie Traditionen aus vorchristlicher Zeit nie abgelegt. Aberglaube, auch Methoden, um das Böse abzuwenden, haben ihren fixen Platz.

Die ältesten Familienmitglieder sind angesehen, sie stehen im Zentrum aller wichtigen Entscheidungen und bei allen Festen. Nonna, nonno (Großmutter, Großvater), tzia, tzio – der sardische Ausdruck für zia und zio (Tante und Onkel) – sind auch eine Form von Ehrentiteln, sie zeigen Hochachtung, aber nicht immer ein reales Verwandtschaftsverhältnis an.

Zufriedenheit.

Die ist in den Langlebigkeitszonen nicht mit Faulheit zu verwechseln. Es geht um eine positive Grundeinstellung zum Leben. Man arbeitet, aber es wird nichts von einem verlangt, das man nicht leisten kann. Man wird wertgeschätzt. Es gibt genug zu essen, es gibt Feste und man findet immer wieder einen Grund zu lachen. Der Humor und die Schalkhaftigkeit der alten Sardinnen und Sarden sind berühmt. Bei den Interviews haben sie uns Junge mehr als einmal an der Nase herumgeführt und viel Freude damit gehabt.

Drei Motti.

Diese drei Lebensmotti haben wir am häufigsten gehört:
non arrendersi mai – nie aufgeben
un po' di tutto – ein bisschen von allem
si va avanti – weitertun, nach vorne schauen

Wie viel ist noch da vom alten Leben in den sardischen Bergen? Man könnte Sehnsucht danach bekommen, trotzdem ist klar: Es war hart und voller Entbehrungen. Wie wäre es um den Glücks-Koeffizienten gestanden? War er, eingebettet in die Gemeinschaft, um einiges höher als in unserer Zeit? Oder waren die strikten Regeln der *famiglia* für alle, die ein wenig anders leben wollten, schlimmer als Gefängnis? Elena ist es zu eng geworden. Viele sind weggegangen, vor allem, weil es zum Überleben doch kaum gereicht hat.

Wie auch immer. Die „alte Zeit" kommt nicht wieder, egal, ob sie gut oder nicht gut war. Und gerade die Hundertjährigen scheinen lieber nach vorne zu schauen. *Si va avanti* …

Ich schrecke auf. Da kommt ein Lkw die schmale Zufahrtsstraße herauf. Nein, es ist ein monströser SUV.

Eine Frau in lila Hosen hüpft aus dem Wagen, sie hat mich offenbar bemerkt.

„Sie sprechen Deutsch?"

Ich wedle mit den Händen vorm Gesicht herum. „No, scusi!"

„Wo ist Hotel? Resort?“, schreit sie. Als ob ich dadurch besser verstehen könnte. Oder hält sie mich für taub?

Ich zucke mit den Schultern und freue mich. Wer sagt, dass nur alte Sarden Leute an der Nase herumführen können. Ein Mann kommt um das Fahrzeug herum, schaut seine Gefährtin böse an. „Ich hab dir gleich gesagt, da ist nichts! Wir haben uns verirrt! Was für eine blöde Idee, dieses Themen-Hotel zu suchen! Langes Leben! Kein Stress! Dass ich nicht lache!“

„Sie sehen aber gar nicht nach Lachen aus“, sage ich.

In diesem Moment sehe ich *direttore* Sandro durch das Engelsportal auf die beiden zueilen. Der Direktor in seinem dunkelblauen Blazer mit den Goldknöpfen und ausgebreiteten Armen. Die beiden starren ihn an.

„Benvenuti, Sie seien willkommen!“

„Das da ist aber nicht das Resort, oder?“, fragt die Frau.

„Naturlich. Kent'Annos, hundert Jahre, ich, Direktor Sandro Boi, sage Willkommen!“

„Das hat im Prospekt aber anders ausgesehen“, sagt der Mann misstrauisch.

„Oh, Sie haben verwechselt mit anderem, aber Sie seien froh, dieses hier ist … einzig!“

„Und was ist mit der Alten?“, fragt die Frau und deutet auf mich.

Ich starre sie an. Mir fällt einfach nicht ein, was ich erwidern könnte.

Sandro hebt die Arme und lässt sie wieder fallen. Nicht eben sehr charmant. Er sollte seine Hundertjährigen … genau. Auch ich hebe die Arme. „Benvenuti im Kent'Annos. Ich bin hunderteins. Dank dieses Resorts und SardaVit verjünge ich mich ständig. Nur mein Gehör ist noch nicht so gut, wie es sein sollte!“

„Irrenhaus“, sagt der Mann.

„Komm, wir fahren! Das da soll ein Hotel sein?“, sagt die Frau. Dann klettern sie synchron in ihr Monster und schieben verkehrt die Straße hinunter. Wenn sie einen Olivenbaum ankratzen, soll Oskar sie verklagen.

„Das waren Gäste!“, ruft Sandro Boi und sieht mich empört an.

„Die wären sowieso nicht geblieben“, gebe ich zurück.

Er schimpft auf Italienisch vor sich hin.

„Im neuen Kent'Annos wird alles ganz anders“, tröste ich ihn.

Er starrt mich an. „Was wissen Sie?“

„Da steckt er“, sagt Vesna. Und zu mir gewandt: „Du wolltest mich anrufen!“

„Wir habe gerade zwei potenzielle Gäste verloren“, erkläre ich ihr.

Direttore Sandro blitzt mich an. „Das ist kein Spiel! Hier geht es um …“

„Ich sag Hartmann nichts davon“, versuche ich ihn zu beschwichtigen.

Eine wütende Handbewegung. „Ich werde reden, mit ihm! Ich muss ihn dringend sprechen. Bevor notariato und Vertrag. Ich habe, wie man sagt: responsabilità – Antwortung!“

„Verantwortung“, assistiert Vesna.

„Verstehen Sie: Ich mache … alles! Tutto! Ich lasse mir das nicht kaputtmachen!“

Überheblich, hysterisch. Vesna und ich, wir sehen uns an und verstehen einander.

„Tja“, sagt Vesna. „Wir lassen uns nicht drohen. Niente!“

Ihr *niente* klingt so toll wie in einem Italo-Western.

„Ich weiß nicht, was Sie meinen.“

Ich versuche ein Lächeln. *Good cop, bad cop.* „Hat Marek Sie unter Druck gesetzt?“

Ein wütender Blick zu mir, zu Vesna. „Sie hören auf. Basta! Ich lasse nicht … basta!“

Und damit verschwindet er in Richtung des geschmähten ehemaligen Klosters.

[10.]

Heute schlafe ich nicht so gut. Mir ist, als würden Menschen ankommen. Oder abfahren. Geht im Kent'Annos etwa doch die Tourismus-Saison los? War das unhöfliche Paar von gestern nur der Anfang?

Mein Smartphone.

Es liegt auf dem winzigen Schreibtisch. Ich tappe mit nackten Füßen hin. Besser, sein Läuten nicht zu ignorieren. Wer weiß, was los ist.

Fran, Vesnas Sohn. „Hab ich dich geweckt?"

„Nicht wirklich."

„Es ist wegen eurer Elena Floris. Ich hatte nicht viel Zeit, mit den üblichen Methoden finde ich sie in keinem einzigen Social-Media-Forum. Sie hat keine Accounts, es gibt keine Zeitungsartikel über sie, auch keine Studienabschlüsse, die irgendwo aufscheinen."

„So, als ob sie bis vor kurzem nicht existiert hätte." Der Fliesenboden ist eiskalt.

„Was allerdings, nach dem, was mir Mam erzählt hat, unwahrscheinlich ist. Sonst hätte man ihre gesamte Verwandtschaft dazu erfinden müssen. Samt hundertjähriger Großmutter."

„Was bedeutet es dann?"

„Entweder sie gehört zu den wenigen Totalverweigerinnen, was Social Media angeht, und sie weiß auch, wie das geht. Oder jemand hat nachträglich alles gelöscht. Es gibt nicht einmal

Fotos. Dabei geht über so gut wie alles inzwischen eine Gesichtserkennung drüber."

„Wer kann so etwas getan haben?"

„Man braucht einen sehr guten IT-Fachmann. Und man muss wissen, wo sie bisher dabei war."

„Du könntest es?"

„Zumindest könnte ich die meisten sichtbaren Spuren verwischen. An die Big-Data-Speicher komme ich natürlich nicht ran."

„Was ist, wenn sie verheiratet war und wieder ihren Mädchennamen angenommen hat?"

„Da hätte sie erstens alle Accounts ändern müssen, und die Sache mit den fehlenden Fotos erklärt es trotzdem nicht. Ich hab übrigens auch in Accounts ihrer Umgebung nachgesehen. Da scheint sie bei einem Dorffest in Birgu auf. Vor einigen Monaten."

„Warum hat sie ihre Spuren gelöscht?"

„Das kann ich dir nicht sagen, Mira. Nur dass sie es ziemlich sicher nicht selbst gemacht hat. Außer sie hat erhebliches IT-Wissen und die nötige Infrastruktur."

„Silicon Valley. Dort gibt's ein Wettrennen ums lange Leben. Bezos und Co investieren offenbar Milliarden in Methoden, mit denen sie gesund uralt werden."

„Du meinst, eure Elena ist denen in die Quere gekommen?"

Ich schüttle den Kopf und begreife dann erst, dass Fran das nicht sehen kann. „Unwahrscheinlich, oder? Aber wir wissen nur wenig über sie."

„Ich hab den Jugendwahn in Kalifornien hautnah mitbekommen. Bei meinem Auslandssemester für Computer Logics und Software Engineering. Er treibt nicht nur die Superreichen um. Ziemlich zum Kotzen, was die aufführen."

„Wer träumt nicht davon, gesund uralt zu werden?"

„Da geht's um Selbstoptimierung. Wie schaffe ich es, länger gesund, fit, leistungsfähig zu sein. Jünger auszusehen als die anderen. Weniger Falten zu haben als die Nachbarin. Und es geht um beinharte Fremdoptimierung. Wer muss wie leben, damit er immer Top-Leistung bringen kann. Kennst du den Spruch von

Mark Zuckerberg? Du bist nur so gut wie der Durchschnitt der fünf Menschen, die dich am häufigsten umgeben. Heißt: Wehe, du lässt dich mit jemandem ein, der anders ist. Der womöglich in ihrer engen Welt als Loser gilt. Das alles war mit ein Grund, warum ich zurück nach Europa bin."

„Hast du nie erzählt."

„Jetzt geht's dort um Biotech-Design. Dazu Stammzellen-Kuren, Eigenblut: Sie spritzen sich das Zeug, in der Hoffnung, sie verjüngen sich. Und was ihre Anführer angeht: Die Milliardäre haben alles. Nur dass sie leider noch immer sterblich sind. Das möchten sie ändern."

„SardaVita wirbt mit Zellerneuerung durch Extrakte aus Kichererbsen."

„Richtig lieb im Verhältnis zur Genetik-Hexenküche in Kalifornien. Ganz abgesehen davon: Schon einigermaßen zynisch, dass Bezos und Co Milliarden investieren, in der Hoffnung, ein paar Jährchen länger zu leben. Wo Menschen verhungern oder auf der Flucht sind, weil ihnen die Lebensgrundlage fehlt."

„Sie sagen, es wird allen helfen, länger zu leben."

„Vor allem werden die Großinvestoren profitieren, die Biotech-Fonds, dann vielleicht die Oberschicht der reichen Länder. Die anderen sind froh, halbwegs über die Runden zu kommen."

„Wenn Elena recherchiert hat und auf dergleichen gestoßen ist?"

„Die finden nichts dabei, das ist alles öffentlich, du siehst es im Internet. Samt Jubelmeldungen über neue Technologie-Börsen-Highs. Außerdem will Elena ja offenbar selbst, dass möglichst wenig über sie und ihre Vergangenheit bekannt wird. Jana meint übrigens, ihr sei das gar nicht so aufgefallen. Mam stellt eben dauernd Fragen."

Ich denke immer noch darüber nach, als ich eine halbe Stunde später Richtung Refektorium gehe. Haben wir Elenas Schweigsamkeit überinterpretiert? Fran will jedenfalls versuchen, sie in Zusammenhang mit dem Silicon Valley abzufragen. Viel verspreche er sich davon aber nicht, hat er gemeint. Und dass auch ihm ab einem gewissen Level die Möglichkeiten fehlen. Kurz vor dem Speisesaal bleibe ich stehen. Neue Gäste. Die Geräusche in der Nacht. Ich wappne mich. Aber da sitzt bloß Vesna. Tom Marek geht nervös auf und ab.

„Sind Touristen da?“, frage ich und gähne.

Beide sehen mich irritiert an.

„Ich dachte … ich hätte Autos gehört.“

„Du hast geträumt. Von bösen Deutschen, die dich ‚Alte‘ nennen“, grinst Vesna.

„Weil sie dich nicht gesehen haben.“

„Im Doppelpack wir sind am besten“, meint Vesna versöhnlich und klopft mir auf die Schulter. „Du magst Kaffee?“

Ich nicke.

„Da ist niemand gekommen“, sagt Tom Marek. „Und wenn … dann musst du das Sandro fragen. Unseren Direktor. Aber nicht einmal der scheint hier zu sein.“

„Das Gelände ist groß“, erwidert Vesna.

„Trotzdem: Er kann nicht so einfach verschwinden. Es gehört zu seinen Aufgaben, vor Ort zu sein. Wann habt ihr ihn zuletzt gesehen?“

„Gestern Nachmittag, als die Leute im SUV gekommen sind“, murmle ich.

„Die dann gleich wieder weg waren“, ergänzt Vesna.

Tom Marek macht eine große Geste. „Das ist jetzt nicht wichtig. Wichtig ist: Wo ist Sandro Boi?“

Ich zucke mit den Schultern.

Tom Marek tigert im langgestreckten Raum hin und her, bleibt dann unvermittelt stehen. „Ich weiß, dass ihr herumgefragt habt. Es hat ihn nervös gemacht. Sehr nervös. Es gibt das Gerücht, er hat etwas mit dem Tod seiner Großmutter zu tun. Auch Elena scheint so zu denken.“

„Wer hat von dem Gerücht erzählt?“, fragt Vesna.

„Sie reden … Man hört viel … Es geht alles schnell herum, in einem so kleinen Dorf, in dem alle verwandt sind.“ Er starrt mir, dann Vesna ins Gesicht. Reichlich melodramatisch. „Es wäre eine … Katastrophe! Wenn das herauskommt, können wir zusperren! Der Direktor des Kent'Annos, des Resorts für langes Leben, bringt seine Großmutter um! Nein! Es ist unmöglich! Ich kann es nicht glauben!"

„Es gibt keinerlei Beweise", versuche ich ihn zu beruhigen. „Es könnte sein, dass er in irgendeiner Form damit zu tun hat, aber …"

„Es wäre mein Untergang!", ruft Tom Marek.

Mir ist, als würden wir alle drei in einem schlechten Film mitspielen.

„Habt ihr das Interview gelesen? Ich habe Sandro gesagt, er muss es rahmen und ins Foyer hängen! Das große Interview mit mir, ich sage, die Hundertjährigen sind unsere Lehrer, unsere Kraftquelle, unsere Inspiration. Der Schatz des Lebens! Ihre Weisheit! Ihre Erfahrung! Und Sardinien. Ich gebe alles auf, ich lasse alles zurück, Karriere, Society, Freunde … Und dann … das!"

„Wer sagt, dass Tzia Grazia ermordet worden ist?", fragt Vesna trocken. „Du weißt mehr?"

Marek sieht sie irritiert an. „Allein die Gerüchte! Ihr habt herumgeschnüffelt!"

„Ich bin Journalistin. Ich arbeite an einer Reportage über die Hundertjährigen und SardaVita. Da ist es ganz normal, dass man recherchiert", stelle ich klar.

„Es soll auch alles ganz transparent sein", fährt Marek fort. „Habt ihr das Foto zum Interview gesehen? Von mir und dem Hundertjährigen? Leider habe ich seinen Namen vergessen … Ist ja auch kein Wunder. Wir haben Cannonau getrunken! – Glaubt ihr wirklich, Sandro hat seine Großmutter …"

„Wir glauben nicht. Wir suchen Fakten", sagt Vesna sichtlich genervt.

Sieht so aus, als hätten unsere Fragen in Birgu und Umgebung einiges ausgelöst. Oder waren es die Nachforschungen von Ettore?

„Vielleicht hat Jana etwas von Sandro gehört?", überlegt Marek etwas ruhiger.

„Die ist in Österreich. Mit Lilli. Hast du das nicht mitbekommen?"

Marek stutzt. „Ich habe keine Anwesenheitspflicht! Ich bin nicht der Direktor, oder was immer er … ist!"

„Sind doch Gäste angekommen?", frage ich. Vielleicht ist er deswegen so aus dem Häuschen.

„Warum? – Wo ist übrigens Elena?"

„Wie sollen wir wissen? Wir sind nicht Hausmeister", kontert Vesna.

„So geht das nicht!! Die können nicht kommen und gehen, wie es ihnen passt!"

Marek stürzt Richtung Küche. Sucht er sie jetzt in der Kühlkammer? In einem der großen Töpfe?

„Ist aber schon seltsam, dass Sandro weg ist", flüstert Vesna.

„Er wollte mit Hartmann reden, vor dem Termin für den Kaufvertrag. Hat er zumindest gestern gesagt."

„Noch einer, der tut, als ist er für alles verantwortlich. Wichtigschwätzer. Wir machen Ausflug zum Meer, was meinst du, Mira?"

Tom Marek kommt wieder in den Speisesaal. „Ihr müsst verzeihen. Aber … als Künstler hat man feine Antennen. Die Familie, jemand aus der Familie hat mir erzählt, dass es Hinweise gäbe, dass … Ihr könnt euch vorstellen, was mit einem passiert, der seine Großmutter ermordet?"

„Warum nur du glaubst das?", fragt Vesna.

„Sandro wollte mit Hartmann reden", erkläre ich, um dem Ganzen ein Ende zu machen.

„Du weißt, wo Claus Hartmann, der große Boss, ist?", ergänzt meine Freundin mit einiger Ironie in der Stimme.

„Wohl … den Vertrag vorbereiten. Wir haben uns abgestimmt … natürlich. Das ist eine Sache, die Organisation braucht, so ein wichtiger Kaufvertrag. Anwalt, Notar, Cagliari, Nuoro. – Aber darum geht es nicht: Es geht um Sandro!"

„Dann ruf ihn doch an!", ruft Vesna.

Tom Marek klatscht sich mit der Hand an die Stirn. „Kein Wunder, dass ich durcheinander bin! Ja! Das mache ich!"

Er zieht sein Smartphone aus der Tasche und tappt darauf herum, dann drückt er den Anruf-Button. „Ich stelle es auf laut! Vielleicht besser … man hat Zeugen!"

Vesna verdreht die Augen.

Zwei-, drei-, viermal das Anrufsignal. Dann ist Sandro dran.

„Wo bist du, was …", sagt Tom Marek.

Sandro fällt ihm ins Wort: „In Birgu, du musst … kommen. Schnell. Ich habe … erzählen." Die Verbindung ist wieder einmal schlecht. Sandros Stimme klingt verzerrt, dumpf. Aber eines ist deutlich zu erkennen: Er ist aufgeregt.

Vesna steht auf, dann auch ich. Wir wollen näher am Telefon sein. Um besser zu verstehen. Um zu begreifen, was da los ist.

„Was?", sagt Marek konzentriert. „Was hast du zu erzählen?"

Wieder kommt die Antwort abrupt: „Angst, ich habe … Angst, paura, sie verzeiht nicht. La famiglia … sie …"

„Was? Was ist los, Sandro? Wo bist du?"

Knacken, Rumoren. Bricht die Leitung zusammen? Nein, es sind eher Geräusche, die durchs Telefon kommen, von dort, wo Sandro ist. Ein Kampf? Oder versucht er gleichzeitig zu telefonieren und zu fliehen?

„Sandro!", brüllt Tom Marek.

Und dann bricht die Verbindung endgültig ab.

Wir sehen einander alarmiert an. „Los, wir müssen sofort nach Birgu, Sandro suchen", sagt Tom Marek.

„Was weißt du?", frage ich. „Warum warst du so nervös? Du weißt etwas, du musst es sagen!"

Tom Marek schüttelt den Kopf. „Ich hab mir einfach Sorgen gemacht. Sie reden … die Gerüchte …"

„Wir müssen die Polizei verständigen."

„Wir wissen nicht, was los ist", erwidert Marek.

„Er war in Panik! Das hast du doch gehört! – Oder ist dir das Kent'Annos wichtiger? Das heilige Projekt, das nicht angekratzt werden darf?"

„Vielleicht es war anders“, überlegt Vesna. „Sandro hat etwas über Tod von Großmutter herausgefunden. Und die von der Familie wollten nicht, dass der Verkauf gestört wird.“

„Egal, wir müssen hin! Sofort!“, ruft Marek.

In seinem Fernsehkrimi würde er jetzt zum Auto rennen, losfahren und gleichzeitig das Blaulicht auf das Autodach heften.

„Mira, du kommst mit“, sagt er. „Du bist Journalistin. Auch damit keiner glaubt, ich will etwas vertuschen!“

„Ich komme auch. Wir fahren.“ Vesna greift nach ihrer Tasche und hält ihren Autoschlüssel hoch. „Wir nehmen mein Auto!“

Marek sieht sie an. „Besser nicht, ich kann nicht garantieren, was dort los ist. Es könnte gefährlich …“

Vesna faucht ihn an. „Was glaubst du? Ich bin alte Oma? Ich bin Einzige mit Erfahrung, die …“

„Okay“, stimmt er zu. „Wir nehmen zwei Autos. Falls eines eine Panne hat, auf diesen verdammten Straßen. Los! Ich habe ein ausgesprochen ungutes Gefühl!“

Vesna genießt es, um die Kurven zu rasen. Und jetzt hat sie quasi die Lizenz dazu. Trotzdem: An Tom Marek kommt sie nicht heran. War er im früheren Leben nicht nur Schauspieler, sondern auch Rennfahrer? Ich sage zwischendurch Dinge, wie dass es niemandem etwas bringt, wenn wir tot in irgendeiner Schlucht landen. Vesna hört gar nicht hin.

Sandro ist so etwas wie unser Hauptverdächtiger. Aber jetzt scheint er selbst in Gefahr zu sein. Er wollte zu Hartmann. – Um was zu tun? Ihn zu warnen? Ihn zu erpressen? Ihm etwas zu erzählen, das mit seiner Familie zu tun hat?

„Ich habe geglaubt, Sandro will sich bloß wichtigmachen. Er will mit Hartmann reden, damit er sicher Direktor bleibt“, rufe ich Vesna zu. Ihr übermotorisiertes Gefährt ist verdammt laut bei dieser Drehzahl.

„Ich auch. Weißt du, wo deine Freundin Elena ist?“

„Was heißt, meine Freundin?“

„Steckst doch dauernd mit ihr zusammen.“

„Wir haben recherchiert!"

„Ruf sie an! Vielleicht sie ist näher!"

Ich suche ihre Nummer, vertippe mich zwei Mal, fluche. Wie war das? Kein Stress? Langes Leben? Dann hab ich die Nummer. Elena geht nicht dran. Ettore. Lieber WhatsApp. Ich würde ihn am Telefon nicht verstehen. *Dove Elena? Cari saluti, Mira*, tippe ich. Wo ist Elena?

„Vielleicht sie ist es, vor der Sandro Angst hat?", überlegt Vesna und nimmt die nächste Kurve so, dass ich die Augen schließe. „Tzia Grazia war die beste Freundin von Nonna Laurina. Die Elena sehr mag. Was, wenn ihr Onkel oder ihre Großmutter inzwischen mehr wissen? Und Elena dann zu Sandro ist …"

„Warum nicht im Kent'Annos?"

„Elena hat Hinweis natürlich in Birgu oder Perdasdefogu bekommen. Sie bestellt Sandro hin."

„Warum kommt er, wenn er sich fürchtet?"

„Weil er noch nicht weiß, was ihm Elena sagen wird?"

Ich schüttle den Kopf. „Sandro hat von *famiglia* gesprochen, vor der er Angst hat. Elena ist nicht Familie."

„Wir sind bald in Birgu, wo soll ich genau hin?", fragt Vesna.

Ich rufe Tom Marek an. Zuerst ist besetzt. Mit wem telefoniert er? Hat er Elena erreicht? Dann geht er dran. „Ich weiß, wo Sandro wohnt. Ihr parkt bei der Kirche, sie ist an der Straße, wo mehr oder weniger alles ist. Ich weiß nicht, wie sie heißt."

„Die, in der auch die Bar ist. Bar Lidia", antworte ich.

„Ja, genau. Dort warte ich. Das Haus ist ganz in der Nähe."

„Mira will nicht, dass ich so schnell fahre", ruft Vesna ins Telefon. Als ob es um ein Wettrennen ginge.

Wenig später passieren wir die angeschossene Ortstafel. Ein böses Omen. Aber ich sage natürlich nichts.

„Da!" Vesna deutet auf den Alfa von Tom Marek. „Ist auch erst gerade gekommen!"

Wortlos eilen wir hinter ihm her, eine der Gassen bergan. Was habe ich gesagt? Mir kommt vor, als gingen hier viel mehr

Straßen bergauf als bergab. Wir waren fröhlich. Nach dem netten Abend in der Bar Lidia.

„Hier ist es", sagt Tom Marek und drückt die Klinke einer braunen, billigen Holztür. Das Haus ist in die Jahre gekommen, wahrscheinlich war die Fassade früher weiß, jetzt ist sie grau. Hier lebt der adrette Direktor Sandro? Und, wichtiger: Warum kennt sich Tom Marek so gut aus? Außerdem: Müsste er nicht eine Waffe ziehen, Luft holen, uns zunicken und dann … Wir sind nicht in seiner Krimiserie.

Wir gehen hinter ihm in einen düsteren Vorraum: eine alte Kommode in der Ecke, eine Tür, eine schmale Treppe nach oben.

„Das Haus gehört einem Verwandten, der wegezogen ist. Sandro hatte da bloß seine Sachen, gewohnt hat er bei uns. Wir müssen hinauf, in den ersten Stock!"

Vesna probiert trotzdem die weiße Tür neben der Kommode. Sie ist versperrt.

„Zu", flüstert Marek, nachdem er an der Tür im oberen Stock gerüttelt hat. „Vielleicht hat er den Schlüssel irgendwo hier …"

„Und was du willst finden? Sandro gefesselt, geknebelt und Türe von innen gesperrt?", fragt Vesna.

Er hebt ratlos die Arme. „Ich … weiß nicht."

„Du kannst Türe eintreten. Für alle Fälle", schlägt Vesna vor. „Gefahr im Verzug."

Marek wirft sich mit der Schulter gegen die Tür. Sie sieht nicht sehr stabil aus, aber sie hält stand.

Dann versucht er es mit einem Tritt. Er geht halb zu Boden und ächzt. Die Tür hält. Ich sehe mich um. Stiefel, einige Schachteln, alte Blumenübertöpfe, mehr hat nicht Platz zwischen Stiege und Wohnungstür. Sind Schlüssel nicht oft … Ich beuge mich zu den Übertöpfen. Nichts. Noch einmal nichts. Unter dem dritten … Ich halte triumphierend den Schlüssel hoch. Vesna schnappt ihn wortlos, steckt ihn ins Schloss, dreht ihn. Warum zögert sie? Wer immer da sein könnte, er oder sie haben uns längst wahrgenommen.

Sie drückt langsam die Klinke. Tom Marek hält sich etwas hinter ihr.

Ein großer Raum, nur wenig Licht von draußen. Schwere alte Möbel. Niemand da. Die Tür zum anderen Zimmer steht halb offen. Hier drin ist es heller. Ein Esstisch mit drei Sesseln, ein Sofa, ein alter Fernseher auf einem Tischchen. Niemand. Küche. Niemand. Badezimmer. Niemand. Und alles sieht aus, als wäre hier auch schon lange keiner mehr gewesen. Marek öffnet sogar noch den großen Schrank. Niemand.

Wir sehen einander an.

„Das Land, auf dem das neue Kent'Annos gebaut werden soll! Das alte Agriturismo!", rufe ich dann.

„Los!", sagt Vesna und rennt die Treppe hinunter.

„Nein!", ruft Marek.

Wir sehen ihn irritiert an. „Ich … glaube es nicht. Das … Gelände ist so groß. Und … man hat im Telefon gehört, dass es drinnen war, in einem Raum."

„Sag ich doch, im alten Agriturismo!"

„Das klingt anders. Es hat keine Fenster, oder nicht mehr viele. Es ist ganz leer. Ich habe ein gutes Ohr für so etwas. Brauche ich, als Schauspieler. Atmosphäre. Wir sollten zum Haus von Tzia Grazia. Mit ihr hat alles zu tun. Und hat Sandro nicht so etwas gesagt?"

Ich überlege. Kann mich nicht erinnern. Vielleicht.

„Okay, außerdem ist es im Ort, also nah", befindet Vesna. „Aber woher weißt du, wo es ist?" Sie sieht Tom Marek misstrauisch an.

„Ich … war einmal dort."

Nonna Laurina. Die uns im Video vorgespielt hat, wie Marek ihre Freundin erweichen wollte, das Land zu verkaufen. „Ja, das stimmt", sage ich. Jetzt sieht Tom Marek mich misstrauisch an.

Das Haus von Tzia Grazia ist dort, wo Birgu aufhört. Wir sind bei unserem Spaziergang beinahe daran vorbeigekommen. Die Gasse, in der noch schöne alte Steinhäuser stehen. Ihres ist eines der schönsten. Garten, von einer Steinmauer umgeben. Blumen vor den Fenstern, eine massive gepflegte Eingangstür aus dunklem edlen Holz. Hier brauchen wir nicht zu überlegen, wie wir ins Haus kommen. Die Tür ist bloß angelehnt. Ich habe nichts dagegen, dass Vesna vorangeht. Auch der ehemalige Serien-Chefinspektor Franz ist damit sichtlich einverstanden. Es ist still. Von ferne hört man Glocken. Kirchenglocken? Sie sind heller, leichter. Glocken von Schafen, Ziegen. Der bunte Webteppich im Vorraum ist verrutscht. Vesna ist schon im nächsten Raum.

„Kommt!“, ruft sie seltsam tonlos.

Sandro liegt auf dem Boden aus dunkelroten gebrannten Fliesen. Seine Augen sind geschlossen, der Mund entspannt. Kein verzweifeltes Grinsen. So, als ob er schlafen würde. Wenn man bloß das Gesicht betrachtet. Dennoch gibt es keinen Zweifel, dass er nicht mehr lebt. Sein hellblaues Hemd ist an mehreren Stellen blutgetränkt. Kleinere Blutlachen auch auf dem Boden. Er wurde erstochen. Mit deutlich mehr als einem Stich. Ein Gemetzel. Wie lange stehen wir da, ohne etwas zu sagen?

„Wie ist Nummer der Polizei?“, fragt Vesna dann.

„Keine Ahnung“, krächzt Tom Marek. „Ich glaube, ich muss mich …“ Dann rennt er davon.

„Internationale Notrufnummer ist 112“, ergänzt Vesna und beugt sich über den Toten. „Du wählst.“

„Ich?“

„Du kannst besser Italienisch.“

„Bist du dir sicher, dass das die richtige Nummer ist?“

„Nein. Aber die soll überall funktionieren, heißt es.“

Wie still es hier ist. Wie kalt. Ich tippe 112 und merke, dass meine Finger zittern.

„Morto“, rufe ich. „Birgu! Aiuto!“ Hilfe. Es kracht in der Leitung. Was, wenn das Netz nicht funktioniert? Bar Lidia. Dort sollten wir hin. Er ist schon tot. Es gibt keine Eile. Doch. Der Mörder. Die Mörder. Es kann nicht lange her sein. Vor einer Stunde hat er noch gelebt. „Würden Sie das bitte wiederholen?“, sagt eine laute Stimme in sehr gutem Englisch. Ich zucke zusammen und versuche mich zu konzentrieren. Wie ist die Adresse? „Tom!", brülle ich. „Die Adresse!"

„Via Urano 26", kommt es aus dem Nebenzimmer.

„Sie sind bald hier. Wir sollen nichts angreifen. Dableiben. Am besten vors Haus gehen", erkläre ich.

„Sehr gut", sagt Vesna und holt ein Taschentuch aus der Jacke.

„Das darfst du nicht", rufe ich erschrocken, als sie vorsichtig die Hosentaschen von Sandro abtastet.

„Telefon. Wo ist Mobiltelefon? Er hat mit Tom telefoniert. Wir waren dabei. Jetzt ist weg. Ich habe rundherum geschaut."

„Das ist Sache der Polizei." Mir ist übel. Zum Glück habe ich heute noch nichts gegessen. Darum geht es jetzt nicht. „Wir sollten hinaus. Vor die Tür", würge ich heraus.

„Lass mich konzentrieren. Wir zerstören keine Abdrücke. Da, schau!", sagt Vesna.

Sie deutet auf einen Hocker mit dunklen geschwungenen Holzbeinen und einem weinroten Samtbezug. Mitten im Hocker steckt ein Messer mit einem verzierten Griff. Aufgespießt, ein Zettel.

„Da steht etwas", murmelt Vesna. Ich bilde mir ein, dass ihre Stimme zittert.

Ich komme näher, so vorsichtig, als könnte der Tote … Mira! Sandro. Ist. Tot. Langsam geht es ins Hirn. Der, über den wir uns ein bisschen lustig gemacht haben. Der, den wir verdächtigt haben. Der, von dem wir zumindest vermutet haben, dass er mehr weiß. Er ist im Haus von Tzia Grazia. Er wurde durch mehrere Messerstiche getötet. Wenn wir uns nicht eingemischt hätten, würde er womöglich …

„Mira", ruft meine Freundin und fasst mich unter der Achsel. „Nicht umkippen. Das hilft nicht. Lesen."

Ich schließe die Augen für einen Moment. Ganz fest. Dann klappe ich sie wieder auf. Ich kann wieder annähernd klar sehen. Ich fokussiere mich auf das Messer mit dem Zettel. Nichts anderes. Nur das.

„Assassino“, lese ich laut.

„Was heißt das?“, fragt Vesna.

„Ich weiß nicht genau.“

„Mörder“, kommt es von der Tür her. Tom Marek. Er sieht, an uns und an Sandro vorbei, ins Leere.

Sie kommen mit zwei Polizeiautos, einem Rettungswagen, Blaulicht. Da ist nichts mehr zu retten. Ein Mann mit dunklem Bart, der uns misstrauisch ansieht. Er kann ein wenig Englisch. Ein älterer dicker Polizist in Uniform, der sein Deutsch an uns testen will. Vergeblich. Wir haben weder nach dem Weg gefragt, noch wollen wir eine Anzeige wegen einer verlorenen Tasche machen. Und ob wir ihm glauben, wenn er uns einen guten Tag wünscht? Der Tag ist nicht gut. Sie schicken uns in den Garten, eine junge Kollegin mit brünettem Zopf bleibt bei uns. Sie fotografiert Vesnas Führerschein und Mareks Personalausweis. Ich habe nichts mit. Ich merke jetzt erst, dass ich keine ordentlichen Schuhe, sondern bloß die Slipper für den kalten Boden im Kent'Annos anhabe. Man gibt uns zu verstehen, dass die eigentlichen Ermittler erst kommen. Dass wir warten sollen. Ob wir jemanden anrufen wollen?

Die Sonne scheint auf die Bank neben dem Orangenbaum. Er ist über und über voll mit reifen Früchten. Trotzdem ist mir kalt. Und mein Magen ist wie zugeschnürt. Gerade als ich das Telefon heraushole, beginnt es zu läuten. – Was wäre gewesen, wenn Tom Marek *direttore* Sandro nicht angerufen hätte? Würde er dann noch leben? Wenn der Mörder nicht Angst gehabt hätte, Sandro könnte Marek erzählen, was er weiß?

„Was ist los?“, ruft Elena.

„Woher weißt du?“

„Was?“

„Das mit Sandro.“

„Was ist mit ihm? Ich habe dich zurückgerufen. Du hebst ab und sagst nichts. Was ist los?“

„Sandro. Wir haben ihn gefunden. Im Haus von Tzia Grazia.“

„Mira, was ist mit ihm?"

„Er ist tot. Erstochen. Tom Marek hat noch mit ihm telefoniert. Heute in der Früh. Er hat … seltsam geklungen. Panisch. Dann war die Verbindung weg."

„Wo seid ihr?"

„Im Garten."

„Welchem Garten, verdammt noch einmal!"

„Von Tzia Grazia."

„Ist die Polizei da?"

„Ja."

Stille. So, als ob sie überlegen müsste. „Ich bin in Perdasdefogu. Ich komme."

Ein Kastenwagen, auf dem *Polizia Scientifica* steht. Ich kann ihn über die Steinmauer hinweg sehen. Unsere Betreuerin ist inzwischen zu den anderen ins Haus gegangen, offenbar gelten wir nicht als besonders verdächtig. Wie auch? Wir haben mit Sandro telefoniert, seine Angst miterlebt und sind losgefahren. Durch die geöffnete Tür kann ich sehen, dass sie im Wohnzimmer Scheinwerfer aufbauen, einer filmt.

„Mehr Aufwand als in einem Fernsehkrimi. Und es dauert auch viel länger", sage ich zu Tom Marek. Der ist nach der tausendsten Beteuerung, dass er nichts dafürkann, dass er nur mit Sandro reden wollte, dass wir doch alles gehört hätten, verstummt.

„Wer will das so genau sehen?", sagt er.

Elena. Sie kommt durch eine kleine Pforte am hinteren Ende des großen Gartens.

Marek taumelt auf sie zu, als sei sie sein letzter Rettungsanker. Sie streckt die Arme aus, aber nicht um ihn zu umarmen, sondern um ihn auf Distanz zu halten. Ein wenig mitfühlender könnte sie schon sein. Wieder fängt Marek mit seinem Sermon an. „Ich habe mit ihm telefoniert, ich gebe zu, ich habe mich geärgert, dass er nicht da war. Ich hatte das Telefon auf laut. Mira und Vesna haben alles gehört. Sie haben alles gehört!

Famiglia, hat er gesagt, und dass ich kommen soll und dass er sich fürchtet. Sie verzeihen nicht, hat er gesagt, und dann sind wir zu dritt los, sofort. Was verzeihen sie ihm nicht? Es gibt ein Hirtenmesser mit einer Nachricht dran. ‚Mörder' steht drauf, auf Italienisch."

„Mörder?", fragt Elena.

Vesna nickt. „Ich habe es gefunden. Auf Hocker gespießt, neben der Leiche."

„Was ist da genau gestanden?"

„Nur das eine Wort."

„Welches?"

„Na, Mörder."

„Auf Italienisch, was war es für ein Wort?"

„Was ist so wichtig?", faucht Vesna. „Ich kann nicht erinnern, wie es genau war. Eben Italienisch."

Elena sieht mich an. Ich zucke mit den Schultern. In meinem Kopf spielt alles Fangen, da versteckt sich ein italienisches Wort wie nichts. „Tom", fällt mir dann ein, „Tom hat es übersetzt."

Tom Marek starrt mich an. „Ich …"

„Du hast", bestätigt Vesna.

„Ich habe es wieder vergessen."

„Assassino?", fragt Elena.

„Ja! Das ist es! Und du weißt, was das heißt: Sie sagen, er ist ein Mörder. Das alles ist im Haus seiner Großmutter geschehen. Er hat sich gefürchtet. Es war ein Rachemord!", ruft Tom Marek.

Elena wiegt den Kopf. „Es sieht danach aus, aber vielleicht soll es auch danach aussehen?"

„Wie denn? Passt doch alles zusammen. Ich hätte nie gedacht, dass es so etwas noch gibt. Natürlich, die Ehre und die Familie, aber so? Bis zum Äußersten?"

„Vielleicht war ich wirklich zu lange weg", murmelt Elena. „Und ich kapier nicht, was hier läuft."

„Dabei", fährt Tom Marek fort, „die Familie müsste ihm dankbar sein. Er hat sich gekümmert, dass geerntet wird, und vor allem, dass das neue Kent'Annos endlich gebaut werden kann …"

„Indem er Tzia Grazia ermordet?“, fragt Elena scharf zurück.

„Jetzt sagst du es auch!“, ruft Tom Marek. „Oh Gott, was das bedeutet! Auch für unser Projekt!“

„Passt doch gut. Hier sterben Hundertjährige nur, wenn sie ermordet werden. Und sie sind so wichtig, dass man Rache nimmt“, stellt Vesna trocken fest. Pathos ist ihr ein Gräuel. Immer und überall. Ich finde sie trotzdem ein wenig geschmacklos. Mir ist nicht nach ihrer Ironie. In Todesfällen zu recherchieren ist eines. Haben wir schon öfter gemacht. Aber selbst einen Toten zu finden ist doch etwas anderes.

„Vielleicht du kannst fragen, wie es steht? Ob sie etwas wissen? Ob wir helfen können?“, schlägt Vesna Elena vor.

Sie schüttelt den Kopf. „Die haben den Tatort gesichert und jetzt gehen die Spurenexperten und die von der Rechtsmedizin drüber. Die wollen uns da nicht.“

Ich sehe Elena misstrauisch an: „Woher kennst du dich so gut aus?“

„Kennt man doch aus den Filmen. Wir müssen auf die Ermittler warten.“

Zwei Männer und eine Frau in weißen Overalls. Sie ziehen an der Tür zum Garten die Überschuhe ab, gehen ein paar Schritte ins Freie, reden leise miteinander. Die Frau zündet sich eine Zigarette an. Offenbar registrieren sie gar nicht, dass wir sie vom Orangenbaum her anstarren.

Vesna macht einige Schritte in ihre Richtung. „Alles okay?“, sagt sie und lächelt so freundlich wie möglich.

Die Frau im weißen Overall nickt kurz, schmales Lächeln zurück.

Der Mann mit dem Bart, der ganz zu Beginn schon hier war, sagt: „Si, tutto okay“, was er dann noch anfügt, verstehe ich nicht. Vielleicht, dass es halt eben grundsätzlich nicht so fein sei, eine Leiche zu haben.

„Sag was zu ihnen“, raunt Vesna Elena zu.

Sie schüttelt den Kopf, geht in die andere Richtung, zur Mauer, schaut darüber. Ich kann es auch von hier aus sehen. Die schmale Seitenstraße ist mit Einsatzfahrzeugen zugeparkt.

Der dritte der Weißgekleideten murmelt den anderen beiden etwas zu, sie sehen zu uns herüber, die Frau nickt. Der Bärtige kommt einige Schritte näher. Leider sei sein Englisch nicht sehr gut, aber sie hätten eine Frage.

„Elena kann übersetzen", schlägt Vesna vor und deutet in ihre Richtung.

Elena seufzt, lehnt an der Mauer und sagt etwas auf Italienisch. Das Gesicht des Polizeibeamten hellt sich auf. Rascher Wortwechsel. Elena nickt, schüttelt den Kopf, nickt wieder.

„Also?", sagt Vesna erwartungsvoll.

„Sie wollen sichergehen, dass ihr nichts vom Tatort mitgenommen habt. Habt ihr doch nicht, oder?"

„Und das ist alles?", antwortet Vesna.

„Sie sagen, es ist wichtig, dass sie das ausschließen können. Sie dürfen euch nicht durchsuchen, dafür braucht es einen richterlichen Beschluss, da ihr nicht unter unmittelbarem Tatverdacht steht."

„Was fehlt?"

„Ihr habt sicher gar nichts mitgenommen?"

Ich schüttle den Kopf und sehe Vesna an. „Natürlich nicht", sagt sie.

„Wir waren immer zusammen", setze ich nach. „Bis auf Tom. Der ist hinausgelaufen, weil ihm übel war."

Er nickt.

„Aber das war sofort, nachdem wir Sandro gefunden haben, er hat nichts nehmen können", ergänzt Vesna. „Was suchen sie?"

„Haben sie mir nicht gesagt", antwortet Elena.

„Dann frage sie."

Elena fragt.

Der Bärtige sieht uns zweifelnd an, antwortet dann.

Elena lächelt ein wenig. „Es geht um typisch Sardisches. Er will euch nichts unterstellen, ihr könntet es jetzt noch ohne Probleme zugeben, was vielleicht nicht mehr so einfach ist, wenn die Kriminaleinheit kommt. Er fragt nach einem Messer. Oder mehreren. Gut möglich, dass es sich um schöne Hirtenmesser handelt."

„Und die meinen, wir finden einen Toten und als Nächstes stecken wir Hirtenmesser ein?", sage ich einigermaßen empört.

Vesna überlegt. „Die Einstiche. Sie glauben, das war mit mehreren Messern. Stimmt es?"

Elena hebt die Arme, lässt sie wieder fallen.

„Frage ihn, und sage ihm, ich habe Erfahrung mit so etwas. Ist nicht erster Mordfall. Ich habe eine Art Ermittlungsbüro."

„Offiziell hast du ein Reinigungsunternehmen", stellt Elena fest.

„Woher weißt du das?"

„Du erinnerst dich an deine Tochter? Jana?"

„Ich habe Unternehmen für Sauberkeit. In jeder Beziehung."

„Ist mehr so ein Hobby", sage ich beschwichtigend. „Und ohne Lizenz."

„Ja danke auch, meine liebe Freundin."

Ich lächle schwach. „Elena, bitte versuche ihnen klarzumachen, dass wir nichts mitgehen haben lassen. Vesna ist aufgefallen, dass offenbar Sandros Mobiltelefon fehlt. Das haben wir natürlich auch nicht."

„Natürlich nicht", bestätigt Tom Marek. Offenbar ist er aus seiner Starre erwacht. „Ich möchte jetzt gehen. Mir ist nicht gut. Sie können uns später befragen. Wir laufen ja nicht davon. Sie können uns nicht festhalten."

Elena kommt und legt ihre Hand auf seine Schulter. „Alles klar, das wird schon, verlass dich drauf. Sei ruhig. Es ist besser, gut mit ihnen zusammenzuarbeiten. Einfacher. Sandros Telefon: Ist es das Diensthandy vom Kent'Annos, das fehlt?"

„Woher soll ich das wissen", klagt Tom Marek.

„Weil du ihn angerufen hast? Reiß dich zusammen!"

„Ja. Diensthandy. Klar. Ich habe keine andere Nummer von ihm."

„Aber er hat noch eines?", fragt Vesna dazwischen.

„Ich … weiß nicht."

„Ich glaube nicht", erwidert Elena. „Zumindest hat er zu mir gesagt, dass er immer im Dienst ist und kein zweites Telefon braucht."

„Ihr habt auch welche?"

„Tom hat eines, Hartmann auch, meines habe ich Gemma gegeben."

Ich habe eine Idee. „Elena, sag ihnen, ich kenne eine Rechtsmedizinerin aus Nuoro. Elisabetta, leider habe ich ein mieses Namensgedächtnis und die Sache ist schon einige Jahre her, deswegen kann ich mich nicht an ihren Nachnamen erinnern. Es ging damals um einen Bestsellerautor, ich habe über ihn geschrieben und dann ist er hier in Sardinien ermordet worden. Sie war zuständig. Sie könnte bestätigen, dass wir vertrauenswürdig sind. Vielleicht können wir dann gehen."

Elena verzieht das Gesicht. „Wirklich interessant, was man so erfährt."

„Ihr alle wisst, dass ich Journalistin bin."

Wenig später kommt Elena mit dem Bärtigen zu uns. Er sieht mich mit neuem Interesse an. „Elisabetta Santori?"

Ich nicke begeistert. Ja, das ist sie, ich bin mir ganz sicher. Sie sollen sie bitte anrufen und nachfragen. Elena übersetzt, sie reden.

„Dottoressa Santori ist inzwischen in Pension, aber sie werden sie kontaktieren. Oder hast du eine Nummer von ihr?"

„Ich habe mit ihr gemailt. Es ist Jahre her. Karl Simatschek, ein österreichischer Rechtsmediziner und lieber Freund, könnte ihre Nummer haben, sie haben sich gut verstanden. Zumindest ist es einen Versuch wert."

Wieder ein kurzes Zwiegespräch. „Er findet ihre Nummer sicher schneller, meint er. Sie ist offenbar sehr beliebt gewesen. Sie unterstützt die Polizei auch jetzt noch ab und zu, die Rechtsmedizin sei unterbesetzt."

„Wie bei uns", antworte ich und lächle dem Bärtigen im weißen Overall zu.

„Wie bei uns?“, fragt Elena.

„Bei uns in Österreich.“

In der Zwischenzeit haben die anderen beiden ihre Plastikteile wieder über die Schuhe gezogen und sind zurück ins Haus. Der Bärtige nickt mir zu, deutet auf sein Mobiltelefon und verschwindet auch.

„Es war ein Rachemord“, murmelt Tom Marek. „Sie haben ihn mit mehreren Messern ermordet. Alle zusammen.“

Elena sieht ihn beinahe mitleidig an. „Das ist Quatsch. Wir leben nicht im Mittelalter. Und außerdem: Die meisten haben von Tzia Grazias Tod in gewisser Weise profitiert. Neue Jobs, Geld durch den Landverkauf. Und es ist nicht klar, ob Sandro wirklich mit ihrem Tod zu tun hatte.“

„Ich möchte weg von hier“, sagt Tom Marek weinerlich.

Elena zieht ihn zur Bank unter dem Orangenbaum. Er setzt sich widerstrebend. Sie redet leise auf ihn ein.

Sicher besser, wenn wir kooperieren. Mir ist kalt. Die dünnen Slipper sind fürs Haus, nicht für einen langen Aufenthalt im Freien. Die Sonne ist hinter den hohen Schleierwolken kaum zu spüren. Ich hoffe, sie erreichen die Rechtsmedizinerin. Und die kann sich an mich erinnern. – Wird sie schon, der Fall war doch eher außergewöhnlich.

Vesna deutet mir von der Mauer her. Sind die eigentlichen Ermittler endlich im Anrollen? Ich gehe zu ihr.

„Elena mag ihre Großmutter sehr, Tzia Grazia war ihre beste Freundin. Vielleicht, sie hat mehr herumgefragt, als sie erzählt.“

„Soll ja in den besten Familien vorkommen“, antworte ich. Aber mein Sarkasmus prallt an Vesna ab.

„Sie findet etwa heraus und sie rächt Tzia Grazia.“

„Statt die Polizei zu verständigen? Das ist doch Unsinn, warum sollte sie?“

„Weil sie schlechtes Gewissen hat? Vielleicht sie glaubt, sie hätte schon früher merken müssen, dass Tzia Grazia in Gefahr ist. Wir wissen nicht, was sie in den Jahren gemacht hat, bevor sie zurückgekommen ist. Hast du selbst gesagt."

Ich sehe zu ihr und Tom Marek hinüber. Horcht sie ihn aus? Unsinn. Was könnte er ihr auch sagen?

„Aber es gibt noch in die Nähe Gelegtes", fährt Vesna fort.

„Was liegt in der Nähe?"

„Was, was?"

„Du meinst Näherliegendes, oder?"

„Drinnen liegt Leiche und wir machen keine Deutschstunde. Auch besser nicht zu viel Psychologie. Wichtiger ist: Wo ist Telefon hin? Marek hat mit Sandro telefoniert, wir haben es gehört. Dann ist das Gespräch abgerissen. Ist jemand gekommen und hat ihm das Telefon weggenommen?"

„Du weißt, wie schlecht das Netz hier ist. Es kann auch einfach Pech gewesen sein."

„Aber Pech hat ihn nicht umgebracht. Und Telefon ist weg. Ich habe mir etwas überlegt: Marek und Sandro haben Deutsch geredet. Die meisten der Familie können nicht Deutsch. Sie können also nicht gewusst haben, dass Sandro Marek vielleicht Wichtiges erzählen will."

„Die Stimmung war klar. Sandro Boi hat sich gefürchtet. Wir haben es miterlebt. – Was, wenn du einfach versuchst, ihn anzurufen?"

„Habe ich natürlich schon lange gemacht. Das Telefon ist aus. Die Polizei kann schauen, wo es zuletzt eingeloggt war."

Ich deute auf die Pforte am Ende des Gartens.

„Lass mich los", flüstert Vesna.

Instinktiv habe ich mich an sie gekrallt. Kein Wunder, dass meine Nerven durch den Wind sind. Zwei Männer stehen im halboffenen Gartentor. Auf die Entfernung kann ich nicht viel erkennen. Verwandte, die von nichts wissen? Täter, die zum Tatort zurückkehren und … Stumm sehen wir sie näher kommen.

„Buona sera", grüßt der Ältere freundlich. „Commissario Stefano Fois, Nucleo investigativo del comando provinciale di

Nuoro." Er deutet auf seinen jüngeren Begleiter. „Vice Commissario Angelo Menadri."

Ich bemühe mich um ein Lächeln. Sorry, aber wir sprächen leider kaum Italienisch. „Oh, scusi", lautet die Antwort, der Vice Commissario könne Englisch. Und Französisch.

Vesna hat mitgehört. „Er spricht Englisch und Französisch?", fragt sie nach und deutet auf den Vice Commissario. Er könnte Bodybuilder sein. Oder Bademeister. Jede Menge Muskeln jedenfalls, klassische Cornetto-Form. Ausgeprägtes Kinn, dichte blonde Haare. Nicht mein Typ. Wahrscheinlich ist die Mutter Französin und der Vater Amerikaner. „Sag ihm, dass das Handy weg ist."

„Das wissen die Spurensicherer."

Vice Commissario Menadri lächelt. „Sie wissen sicher. Warum es interessiert?"

„Sie können auch Deutsch", stellt Vesna fest und sieht zu Elena hinüber. Die scheint die beiden Ermittler noch gar nicht bemerkt zu haben, Marek und sie haben die Köpfe zusammengesteckt.

„Nur wenig."

Vesna versucht ihm trotzdem vom Telefonat mit Sandro und seinem abrupten Ende zu erzählen. Man müsse klären, wo das Handy zuletzt eingeloggt war. Die beiden Ermittler reden leise miteinander. Kopfschütteln. Es tue ihm leid, er hätte nicht alles verstanden, sagt der Cornetto-Hilfskommissar dann. Ich übersetze auf Englisch, und was folgt, ist ein eher kompliziertes Hin und Her an Sprachen und Informationen. Warum bleiben Elena und Marek unter ihrem Orangenbaum?

Der Commissario sieht mich an, er lächelt. Es sei besser, wir machen unsere Aussagen in Nuoro, lässt er seinen Vize übersetzen. Er wisse, dass wir schon lange warten, und es sei heute nicht eben warm hier draußen. Ich solle fürs Erste einfach das Wichtigste erzählen, ganz ohne Protokoll, nur damit er sich ein Bild machen kann. Besser, weniger Bürokratie und dafür gleich den Spuren nachgehen, solange sie noch frisch sind. Er zwinkert Vesna zu.

Der Commissario könnte mir schon eher gefallen, auch wenn er kein Model-Typ ist. Wellige dunkle Haare, mit etwas Grau, die Länge hat nichts mit Mode, sondern eher mit dem Umstand zu tun, dass er es nicht häufig zum Friseur schafft. Etwas untersetzt, die Jeans abgetragen, aber ohne doofe Risse, die Cordjacke ein bequemes Lieblingsstück. Braune Augen. Ganz abgesehen davon, dass nichts zur Debatte steht: Er ist wohl um einige Jahre jünger als ich. Wie hat sich das so schnell ändern können? Es gab Zeiten, da waren fast alle Menschen, mit denen ich zu tun hatte, älter als ich. Jetzt sind die meisten jünger. Idiotisch, mir darüber jetzt Gedanken zu machen. Außerdem könnte ich ja eine Hundertjährige fragen, wie sie das sieht. Nonna Laurina. Wir müssen den Ermittlern von ihrem Verdacht erzählen. So hat alles angefangen.

„Elena è da qui, parla perfetto tedesco e italiano", bemühe ich mein Italienisch, um direkt mit dem Commissario zu kommunizieren.

Vesna findet das nicht so gut, das sehe ich an ihrem Blick. – Weil sie mich nicht versteht? Weil sie nicht will, dass die beiden dann vor allem mit Elena reden? „Ich hab bloß gesagt, dass Elena von hier ist und alle möglichen Sprachen spricht."

„Deutsch und Italienisch, hast du gesagt. Und warum willst du, dass ausgerechnet sie mit dem Kommissar redet?"

„Weil sie es kann?"

Commissario Fois bittet seinen Vize, noch etwas zu übersetzen. „Elisabetta Santori" verstehe ich. Ich nicke, ja, ich kenne sie.

Sie sei eine gute Freundin vom Commissario, rapportiert der Vize, leider momentan nicht da, sondern in Spanien. Er werde versuchen, sie zu erreichen. Offenbar sei ich öfter in Sardinien. Ich nicke, das ist international verständlich.

Der Commissario nickt zurück und geht zur Bank unter dem Orangenbaum. Vesna macht mir Zeichen. Wir sollen mit. Ich halte mich ein wenig hinter den dreien. Mir ist inzwischen saukalt. Ich bin froh, dass der Ermittler sympathisch ist und dass er die Rechtsmedizinerin kennt. Wenn ich nicht bald ins Warme komme, wenn ich nicht bald etwas zu essen oder zumindest einen Kaffee kriege, klappe ich zusammen. Ist wahrscheinlich eine Sinnestäuschung, dass Elena und der Vice Commissario einander seltsam ansehen. Überrascht. Fast ein wenig entgeistert. Ein weiterer Freund aus Kindertagen? Aber dafür ist der Vize zu jung. Vielleicht kennt er ja auch ihre Familie. Oder ist gar verwandt.

Die folgenden Begrüßungsfloskeln sind allerdings die üblichen, ich versuche so viel wie möglich zu verstehen. Dann haben ohnehin alle damit zu tun, Tom Marek zu beschwichtigen. Er ist völlig von der Rolle. Elena muss übersetzen! Alles! Weg will er, nichts wie weg! Er halte es nicht aus, so getäuscht worden zu sein, er habe Angst!

Sie übersetzt, Vesna fragt: „Und wovor bitte?"

„Ist doch klar, wer weiß, ob die sich nicht auch an mir rächen wollen?"

Elena runzelt die Stirn. „Das hab ich in den letzten zehn Minuten versucht, ihm auszureden. Ergibt doch gar keinen Sinn."

„Oder er hat etwas zu tun mit dem Tod von Tzia Grazia", wirft Vesna ein.

„Natürlich nicht", entgegnet Tom Marek, „aber ich wollte, dass sie verkaufen! Ich wollte es!"

„Und deswegen bringt die Familie Sandro um? Das ist doch Blödsinn. Die wollten ja alle verkaufen", erwidert Vesna.

Übersetzen, bitte übersetzen, fordert der Commissario.

„Was, wenn er seine Großmutter doch vergiftet hat?", jammert der ehemalige Schauspieler. „Dann ist klar, was gelaufen ist. Egal, wem der Verkauf etwas bringt. Blutrache! Vendetta!"

„Vendetta?", fragt der Vice Commissario.

„Sag es ihnen!", fordert Marek Elena auf.

„Das ist doch Schwachsinn. Wir leben im einundzwanzigsten Jahrhundert. Auch hier in Sardinien. Übrigens heißt die traditionelle Rache hier *vindicau*."

„Und woher weißt du das so genau?", fragt Marek und starrt sie an.

„Weil ich von hier bin? Schon vergessen?"

„Du bist ewig nicht hier gewesen, du hast von den Menschen nicht mehr Ahnung als ich. Ich respektiere sie, ich verehre ihr … Ich will mir hier ein neues Leben aufbauen, während du … Was weißt du schon von … Liebe?"

Elena starrt ihn an und atmet tief durch. Sie versucht sich zu beherrschen. Dann wendet sie sich an die beiden Ermittler. Ruhig, beinahe liebenswürdig. Sie erklärt ihnen einiges, von dem ich leider nur aus dem Zusammenhang gerissene Worte verstehe.

Jedenfalls ist wenig später klar, dass wir fahren können. Telefonnummern werden ausgetauscht, demnächst würden sie uns bitten, in Nuoro vorbeizukommen. Es sei eine schöne Stadt, man habe auch kulturell eine lange Tradition. Es klingt fast, als würden wir uns zu einer Sightseeing-Tour verabreden. Nicht zu einer Aussage in einem Mordfall. Sie würden sich bemühen, einen Dolmetscher aufzutreiben.

„Ist sowieso eigenartig, dass sie vertrauen, dass Elena alles richtig übersetzt", flüstert Vesna mir zu.

„Danke, grazie mille", sagt Tom Marek. Jetzt wieder mit fester lauter Bühnenstimme. Er müsse jetzt fahren. Ganz rasch. Er müsse fort von hier. Er rennt beinahe Richtung Hauseingang.

Rasche scharfe Worte auf Italienisch.

„Hinten herum, nicht durchs Haus", übersetzt Elena.

„Warum sind die beiden über die Wiese gekommen?", frage ich Elena und sie gibt es auf Italienisch weiter.

Commissario Fois lächelt und sagt etwas.

„Er meint, er bevorzugt den Weg durch den Garten – von der Rückseite her – das lässt sich nicht so gut übersetzen, aber ich glaube, du verstehst?"

Ich nicke und lächle zurück. „A presto", sage ich, bis bald. Und dann fällt mir sogar etwas auf Sardisch ein: „A si biri." Es ist das Einzige, was ich kann, es heißt so etwas wie auf Wiedersehen.

Das Lächeln wird noch breiter. „Eccezionale", sagt er.

„Außergewöhnlich, bemerkenswert", übersetzt Elena. Ich habe es ohnehin verstanden.

Dann rennt sie hinter Tom Marek drein. „Warte! Ich lasse dich sicher nicht allein fahren! Du bist nicht im Zustand, alleine zu fahren!"

Er dreht sich wütend um: „Was bist du? Mein Kindermädchen?"

„Basta!"

[11.]

Ich habe lange und heiß und geduldig geduscht. Geduld braucht man hier, weil der Duschkopf das ohnehin spärlich fließende Wasser überallhin verteilt, statt es zu einem angenehmen Strahl zu bündeln. Aber das habe ich auch schon in luxuriöseren italienischen Hotels erlebt. Wäre Ausgangspunkt einer interessanten Studie: Warum funktionieren Duschen in Deutschland perfekt, in Österreich meistens ganz gut und in Italien nur sehr selten?

Um mich mit dem Näherliegenden zu beschäftigen, fehlen mir die Nerven. Der *direttore* tot auf den dunkelroten Fliesen, das hellblaue Hemd, die Stichwunden, das Blut. Das Hirtenmesser im Hocker. Als wollte der Täter erklären, warum er gemordet hat. Weil auch Sandro ein Mörder war. Aber: Warum sollte ein Mörder die Wahrheit sagen? Ein Mörder? Mehrere Mörder? Jemand wird mit mehreren Messerstichen getötet. Nicht so ungewöhnlich. Affekthandlung. Nur dass die Ermittler von uns wissen wollten, ob wir Messer mitgehen haben lassen. Laut Vesnas These sind die Einstichkanäle unterschiedlich und stammen von verschiedenen Messern. Sie hat es auf der Fahrt zurück lang und breit erörtert. Mir war die ganze Zeit über flau im Magen. Daran hat sich wenig geändert. Wie man das aushält, quasi routinemäßig Tote zu sehen, oder gar näher zu untersuchen? Ist es noch schlimmer, wenn man sie kennt?

Karl Simatschek. Der Rechtsmediziner meines Vertrauens. Endlich die Idee für eine Aktivität, die mich nicht überfordert.

Ich schicke ihm eine WhatsApp. Ich weiß, es gibt sicherere Messenger-Kanäle, aber seit Telegram von Ultrarechten und Coronaleugnerinnen gekapert worden ist, habe ich eine Ausrede mehr, mich ans Bequeme zu halten. Meine Botschaft ist eine, die jeder mitlesen kann: Er solle mich bitte anrufen. Ich brauche einen Kontakt zu seiner Kollegin Elisabetta Santori. Ich sei in Sardinien und es sei etwas passiert. Ich sehe, dass die Nachricht angekommen ist. Gelesen hat er sie noch nicht.

Von unseren Vermutungen wollte ich nichts schreiben, es klingt zu melodramatisch. Rache, Vendetta, *vindicau*. Und im Mittelpunkt *la famiglia*. Der Großteil der Familie Boi will das Land und das ehemalige Agriturismo an Hartmann verkaufen. Aber ein Mord an Tzia Grazia wiegt wohl schwerer als Geld oder neue Erwerbschancen. Ganz abgesehen davon, dass sie die jetzt trotzdem haben. Man tut dem archaischen Rechtsempfinden Genüge, indem man den Tod der Hundertjährigen rächt, und genießt dann die Vorteile der Tat des Ehrlosen.

Mein Magen krampft sich zusammen. Ich taumle zurück ins Badezimmer. Ein weißes Gesicht starrt mir aus dem Spiegel entgegen. Mehr Ahnfrau als umtriebige Journalistin oder gar fröhliche Sardinien-Urlauberin. Ich trinke ein Glas Wasser. Der Aufruhr in meinem Inneren ist besänftigt. Zumindest ein bisschen. Wann habe ich das letzte Mal gegessen? Gestern Abend. Jetzt ist es vier am Nachmittag. Der Baum voller Orangen. Niemand hat eine genommen, kein Messer, keine Orange. Wann habe ich zum letzten Mal getrunken? Die Polizistin mit dem Zopf hat uns einen Krug Wasser und Gläser gebracht.

Ich öffne den schmalen Kasten und hole die Flasche Vernaccia heraus. Ich kratze mühsam die Siegelschicht aus Kunststoff ab, jetzt lässt sich der Kork herausziehen. Ich nehme einen großen Schluck aus der Flasche. Der gereifte Wein erzeugt ein warmes Gefühl im Magen. Noch einen Schluck. Nein, Mira. Nicht so. Ich hole mein Glas aus dem Badezimmer, setze mich an den winzigen Schreibtisch, schenke mir zwei Fingerbreit der köstlichen bernsteinfarbenen Flüssigkeit ein. Trinke in ganz kleinen

Schlucken. Vor kurzem habe ich hier unser Gespräch mit Ettore abgetippt. Hat er etwas über die beiden Männer und ihre Verbindung zu Sandro herausgefunden? Hat das den Ausschlag gegeben?

Ich kann noch immer nicht klar denken. Wenn einige Schlucke Vernaccia meinem Magen guttun, könnte es doch sein, dass Essen noch besser hilft. Nur weil ich eine Leiche gesehen habe, kann ich nicht auf Dauer ohne Nahrung leben. Kaum habe ich das gedacht, spüre ich Hunger. Ich sollte tatsächlich etwas essen. Etwas Warmes. Ich sollte kochen. Das macht den Kopf klar. Und jedenfalls tue ich etwas Sinnvolles. Wir könnten zusammensitzen und reden und essen. – Können wir? Vesna scheint Elena immer weniger zu trauen. Oder hat es damit zu tun, dass ich mehr Zeit mit der Sardin verbracht habe? Ist Vesna eifersüchtig? Das würde sie natürlich vehement abstreiten. Wahr ist, Elena verhält sich manchmal seltsam. Oder ist das einfach ihre Art? Weil sie anders tickt? Weil die anders ticken, in Sardinien?

Ich gehe in die Küche, niemand da. Ich sehe in den Kühlschrank, in die Vorratskammer. Ich weiß nicht, wann wer Zeit zum Essen haben wird. Ich will auch nicht fragen. Was hat Nonna Laurina gesagt? Minestrone, das sei ihr Geheimnis für ein langes Leben. Dafür ist alles Mögliche vorhanden: Fenchel, Stangensellerie, Zwiebeln, Knoblauch, Karotten. Sogar eingeweichte Borlotti-Bohnen. Es hat geheißen, dass wir nehmen dürfen, was da ist. Ich muss ja nicht alle verwenden, ein paar Handvoll reichen. Eigentlich wollte ich die Suppe gemeinsam mit Elena machen, aber danach ist mir jetzt nicht. Ich werde *freestyle* kochen. So, wie sie es vorgeschlagen hat: Das gute an der Minestrone ist, man verwendet, was da ist. Jetzt erst bemerke ich, dass ich mein Mobiltelefon im Zimmer gelassen habe. Kein Problem. Ich muss nicht immer erreichbar sein. Ich lege die Zutaten auf die Arbeitsfläche aus Marmor. Eine Dose mit Tomatenstücken passt wunderbar dazu. Es ist dieselbe Marke, die ich daheim in Österreich bestelle. Eine Welt. Oder ticken sie nicht einmal in Sardinien alle gleich? Olivenöl, eine angefangene Flasche Wermut, wenngleich kein sardischer, sondern eine international bekannte Marke. Kräuter finde ich draußen.

Ich nehme den hinteren Ausgang. Auch hier niemand zu sehen. Sandro. Der *direttore* in seinem dunkelblauen Blazer mit den Goldknöpfen. Er wird mir nicht mehr entgegenkommen und mit großer Geste irgendetwas sagen wie: „Meine Garten ist auch deine Garten!" Erst jetzt realisiere ich wirklich, dass er tot ist. – Und ein Mörder? Er war … harmlos. Großspurig. Ein wenig lächerlich.

Rosmarin, Lorbeerblätter von einem Strauch, der größer ist als ich. Oregano, Thymian. Wer sagt, dass Mörder immer böse daherkommen? War er es, der uns die beiden Männer geschickt hat? Hat es damit begonnen, dass wir herumgefragt haben? Auch Tom Marek war an diesem Abend in der Bar Lidia. Aber er hat uns nicht gekannt. Und wer hat engeren Kontakt zum Narbigen und seinem Freund? Sandro. Ich schüttle den Kopf. Wir haben keine Schuld. Wir wollen die Wahrheit wissen. Oder ist das manchmal überheblich? Selbstgerecht? Vor allem, wenn man sich in Angelegenheiten mischt, die einen nichts angehen?

Ich fahre mir übers Gesicht und merke, dass meine Hand nach Rosmarin und Oregano duftet. Die kleinen guten Dinge des Lebens. Zufriedenheit. „Un pò di tutto", hat Tzia Grazia gesagt. Ein bisschen von allem. Nicht aufgeben, weitertun: ein anderer Ratschlag der Hundertjährigen.

Ich hole nun doch mein Mobiltelefon. Karl Simatschek hat die Nachricht noch immer nicht gelesen. Ich schaue nach, was ich unter dem Stichwort „Minestrone Sardegna" finde. Die Suchmaschine schlägt vor: „enthält auch Ergebnisse für minestrone sardinia".

Offenbar ist es denen von „Blue Zones" gelungen, ihre englischsprachigen Seiten vorzureihen. Zuallererst kommt ihre amerikanische Homepage und erklärt mir die sardische Suppe. „Ein reichliches Gericht, das jeden Tag zu Mittag von einigen der am längsten lebenden Familien in Sardinien, Italien, gegessen wird", übersetze ich. Jeden Tag isst wohl nicht einmal Nonna Laurina Minestrone. Immerhin, das Rezept steht im Netz und ist kostenlos verfügbar. Erst dann, wenn es um die *meal plans* für langes Leben geht, wird Geld verlangt.

Das Rezept ist eigentlich ganz in Ordnung. Auch wenn ich mir nicht vorstellen kann, dass Kichererbsen und zwei verschiedene Bohnensorten verwendet werden. Und dass sowohl Kartoffeln als auch Fregola drin sind. Man wird wohl variieren. Das Foto entspricht definitiv nicht dem, was rauskommt, wenn man sich an die Kochanleitung hält. Nach eineinhalb Stunden Garzeit siehst du keine glänzenden orangen Karottenstücke mehr, sie sind verkocht. Und die attraktiven roten Paprikaschnitze kommen im Rezept gar nicht vor. Was soll's. Dafür beruft sich die Homepage auf die Familie Melis. Auch ein Video gibt es, in dem Dan Buettner mit einigen Mitgliedern der sagenhaften Familie Suppe kocht. Ich erkenne Adolfo Melis, den Besitzer der Bar in Perdasdefogu. Allerdings entspricht auch das, was sie in die Suppe tun, nicht dem, was im Rezept steht. Als sie dann alle um einen langen Tisch sitzen und essen, sieht man: Tomaten sind in dieser Minestrone ganz sicher keine drin. Am Ende erklärt der Journalist vor sardischem Berghintergrund einer eifrig lauschenden Frau, dass jeder Amerikaner zwei Jahre länger leben würde, äße er täglich eine Handvoll Bohnen. Wenn sie die Bohnen anstelle eines Fastfood-Burgers nehmen, kann es stimmen.

Die Suchmaschine schlägt mir einige weitere Homepages auf Englisch vor. Manche der Rezepte sind direkt vom „Blue Zones"-Rezept abgeschrieben, andere nehmen zumindest Bezug darauf. Ist es dem amerikanischen Journalisten tatsächlich gelungen, das sardische Minestrone-Rezept zu vereinnahmen? Endlich. Die Seite eines in Sardinien populären Radiosenders. Wie machen sie Minestrone? Ich fasse es nicht: Auch sie haben kopiert, was im amerikanischen Rezept steht! – Oder ist es umgekehrt? Haben die von „Blue Zones" abgeschrieben? Unwahrscheinlich. Sie haben sozusagen das Original. Und die anderen berufen sich darauf. Für einige Momente bin ich so empört, dass ich darüber anderes, wohl deutlich Wichtigeres vergesse. Über die eine gemeinsame Welt habe ich nachgedacht, über Gleichheit und Unterschiede. Und was finde ich? Amerikanischen Einheitsbrei via Internet, dank Algorithmen und Suchmaschinen so weit vorne gereiht, dass alle ihn übernehmen.

Ich bereite meine Minestrone jedenfalls so zu, wie ich es will. Ich schwitze klein geschnittene Zwiebeln in Olivenöl an und schnipsle in der Zwischenzeit Stangensellerie, Fenchel und eine große Karotte. Kurz mitrösten, dann zerdrückten Knoblauch dazu, umrühren. Ich lösche mit Wermut ab. „Original" werden sie das nicht machen. Wahrscheinlich kochen sie das Gemüse einfach in Wasser, aber ich finde, so gibt es zusätzlichen Geschmack. Wie schön, zu tun und nicht zu denken. *Si va avanti* … man tut weiter, immer geht es weiter. Voran. Nicht in der Vergangenheit leben. Heißt das, wir sollten den Mord an Sandro Boi abhaken? So kann es nicht gemeint sein. Ich kippe die Dose mit den Tomaten darüber, gebe die Kräuter hinein, dann die Bohnen. Irgendwo wären sicher auch Kartoffeln, aber ich suche nicht nach ihnen. Ich finde, es reicht, wenn ich gegen Ende Fregola einrühre. Wasser dazu, kein Salz. Jetzt soll das Ganze langsam kochen, bis die Bohnen weich sind. Ein paar Chiliflocken. Nicht zu viele, schließlich will ich die Minestrone ja mit anderen teilen und nicht alle mögen es scharf. Elena schon. Hat sie mir gesagt, als ich ihr bei den Kohlrouladen zugesehen habe. Wo sie wohl steckt? Und: Was macht Tom Marek? Hat er sich inzwischen beruhigt?

Schon skurril: Da spielt er jahrelang einen Chefinspektor, die Serie wird eingestellt, und er findet eine reale Leiche. In Sardinien, wo er sein neues schönes anderes Leben aufbauen möchte. Ein Superstar der Schauspielkunst war er wohl nie. Aber sympathisch, wahrscheinlich auch umgänglich am Set, ganz attraktiv, auf seine Art. Inzwischen hängen die Backen und er hat, gerade in der Früh, ziemliche Tränensäcke. Ich sollte nicht so fies sein, er ist einiges über sechzig. Bald wird man das auch von mir sagen können. Bleibt zu hoffen, dass die Suppe hilft. Ich suche in den Laden der weitläufigen Küche nach Pasta. Wenn ich keine Fregola finde, werde ich andere kleine Nudeln nehmen, oder Spaghetti in Stücke brechen. Wie schade, dass ich nicht besser Italienisch kann. Ich hätte Nonna Laurina anrufen und fragen können. Sie würde mir sicher Tipps geben. Und wir würden gemeinsam darüber lachen, dass die Amerikaner so tun, als hätten sie das Originalrezept für Minestrone. Samt dem Tipp, mit einer Handvoll Bohnen pro Tag zwei Lebensjahre zu gewinnen. Wobei: Allemal glaube ich eher an die lebensverlängernde Wirkung der Bohnen als an die von SardaVit. Selbst wenn *forte* oder *immun* dabeisteht.

Da! Fregola. Die gerösteten Teigkügelchen. Dürfen eben in keinem sardischen Haushalt fehlen.

Mein Mobiltelefon läutet. Ich sehe es an wie einen seltsamen Eindringling. Ich brauche ja nicht dranzugehen. Ich habe Petersilie vergessen. Es gibt genug davon im Kräuterbeet. Wer es wohl angelegt hat? Ich werfe einen Seitenblick aufs Display. Karl Simatschek!

„Hallo?" Diese Verbindung zu einer anderen Welt ist mir hochwillkommen.

„Glaubst du wirklich, er hat eine Hundertjährige ermordet?", fragt er anstelle einer Begrüßung. Ich bin irritiert. Ich habe ihm nichts davon geschrieben. „Ich war natürlich neugierig. Ich habe mit Elisabetta telefoniert. Die wusste schon Bescheid. Der zuständige Ermittler hat sie angerufen."

„Wow, das ging aber rasch."

„Kein Mensch exhumiert übrigens eine Hundertzweijährige, nur weil ein Verwandter meint, sie könnte ermordet worden sein."

„Es ist der Neffe ihrer besten Freundin."

„Typisch sardische Verflechtungen. Gehört dann zur Familie im weiteren Sinn."

„Ihr Gesicht war zu einem unheimlichen Grinsen verzogen. Joker-ähnlich. Da gibt es ein Gift, mit dem in Sardinien vor tausenden von Jahren offenbar Alte betäubt oder getötet worden sind. Herba Sardonia, die Safranrebendolde."

„Klingt spannend, sollte ich mir ansehen."

„Man findet sie offenbar in den Schluchten der Ogliastra, mehr oder weniger jeder in den Bergen weiß davon." Ich stutze. „Woher weißt du eigentlich, dass Tzia Grazia ermordet worden sein könnte?"

„Man hat Elisabetta von Gerüchten erzählt. Und immerhin ist der Tote im Haus dieser *tzia* gefunden worden. Mit einem passenden Beipackzettel."

Wenn ich Karl Simatschek zuhöre, wird mit erst klar, wie melodramatisch das Ganze auf Außenstehende wirken muss. Sandro mit den Stichwunden. Das war allerdings real.

„Elisabetta ist in Spanien, aber sie hat Kommissar Fois bestätigt, dass sie dich kennt und dass du im Allgemeinen ganz okay bist."

„Im Allgemeinen? Ganz okay?"

„Na so was in der Art halt. Neugierig, aber ehrlich. Oder was man so darunter versteht. Sie haben sie offenbar gefragt, ob du ein Messer geklaut haben könntest."

„Sie scheinen davon auszugehen, dass Sandro Boi, der Tote, mit mehreren Messern erstochen worden ist. Oder dass das Messer mit dem Zettel nicht zu den Wunden passt."

„Ich bin ja nicht offiziell involviert. Von mir hast du es nicht. Er ist tatsächlich mit mehreren Messern erstochen worden. Sie haben unterschiedliche Breite. Die Stiche sind aus unterschiedlichem Winkel und mit unterschiedlicher Intensität erfolgt."

„Mehrere Personen?"

„Sieht ganz so aus. Oder es soll so aussehen."

„Ich war dabei, als Tom Marek mit Sandro Boi telefoniert hat. Er hatte Angst. Und er hat von *famiglia* gesprochen. Die Verbindung war schlecht. Aber es war klar, er hat gesagt, sie verzeiht nicht."

„Die Familie?"

„Hat sich zumindest so angehört."

„Da hat dieser Kommissar Fois zumindest einen interessanten Fall. Er ist übrigens sehr gut, und sein Team auch. Sagt Elisabetta. Der Vice Commissario soll sogar außergewöhnlich sein."

„Außergewöhnlich? Weil er blond ist und wie ein Bodybuilder aussieht? Da hätte ich ihr einen besseren Geschmack zugetraut."

„Klingt doch toll", sagt Karl und lacht. „Ein Glück, dass ich in festen Händen bin, sonst wäre ich nachschauen gekommen, was an dem Vize so besonders ist."

„Mach dir keine falschen Hoffnungen. Er sieht aus wie einer, der Touristinnen über die Straße hilft und sie dann abschleppt."

„Elisabetta sagt, er hat ein Austauschjahr bei Europol gemacht. Das kriegt man als sardischer Polizist nicht so einfach."

„Vielleicht ein Programm für zurückgebliebene Regionen?"

„Was bist du böse, und ich hab gedacht, du liebst die Insel."

„An sich ja. Nur momentan … Sie kommt mir fremd vor. Und es ist verdammt blöd, die Sprache nicht richtig zu können. Ich hab das Gefühl, ich kann die Leute nicht einschätzen."

„Ihr habt ja sowieso eine deutsche Enklave, wenn ich richtig informiert bin."

„Noch schlimmer. Alle da halten einen automatisch für eine Deutsche."

„Was ist das jetzt? Chauvinismus? Hätte ich dir gar nicht zugetraut."

„Gibt's hier mindestens so wie bei uns. Die Sarden halten sich nicht für Italiener. Und die Deutschen scheinen sie schon gar nicht zu mögen."

„Also wärst du lieber eine Österreicherin. Wie nett und solidarisch."

„Ich bin Österreicherin."

Ich sehe mich irritiert um. Irgendetwas klirrt. Ein Topf. Ein Deckel. Meine Minestrone. Sie hat aufgekocht. Ich drehe die Flamme klein.

„Was ist?"

„Ich koche. Minestrone. Weißt du, dass man im Internet zuerst lauter amerikanische Rezepte findet?"

„Amerika ist ein großes Land."

„Nein, Amerikaner machen Geschäfte mit den Hundertjährigen von Sardinien. Selbst Chanel produziert eine Creme mit den Ingredienzien der ‚blue zones'. Und die Superreichen im Silicon Valley investieren Milliarden in Forschung zur Lebensverlängerung."

„Bezos macht in Minestrone?"

„Die haben es wohl mehr mit Hightech-Produkten. Und viele Unternehmer wittern das große Geld. Biotech, Biogenetik, Bioirgendwas, plus Zellerneuerung plus Stammzellen plus irgendwelche Enzyme, und schon hoffen Milliardäre auf ewige Jugend."

„Sonst haben sie ja alles. Euer Kent'Annos steht in Verbindung mit dem *very big business*?"

„Hartmann, dem das Ganze gehört, scheint darauf zu hoffen. Ich bin da bloß zu Gast. Weil Vesna ihre Tochter und Enkeltochter besuchen wollte."

„Oh, die ist auch da. Hätte ich mir denken können."

„Und das heißt jetzt was?"

„Dass du sie lieb grüßen sollst."

„Kennst du dich eigentlich aus mit Mitteln für längeres Leben? Hartmann produziert mit seinem Unternehmen SardaVita Kapseln aus angeblich sardischen Wirkstoffen, gibt's momentan in allen Apotheken."

„So Zeug existiert wie Sand am Meer."

Ich habe eine Idee. „Was wäre, wenn dieses spezielle Zeug gefährlich ist und Sandro, der Tote, das herausgefunden hat? Oder wenn er herausgefunden hat, dass die Inhaltsstoffe gar nicht aus Sardinien stammen?"

„Wie kommst du darauf?"

„SardaVita hat expandiert, auch wenn die US-Giganten da sicher noch nicht mitmischen. Kannst du klären, was da drin ist?"

„Wie stellst du dir das vor?"

„Kauf eine Packung und nimm Proben. Wofür bist du Forensiker? Jedenfalls wollte Sandro dringend mit seinem Boss Hartmann reden, noch bevor der den Vertrag für ein neues Luxus-Resort in Birgu unterzeichnet."

„Es wird sich schwer klären lassen, woher die Inhaltsstoffe sind. Wie stellst du dir das vor? Rosmarin, dem Geruch nach aus der sardischen Barbagia … Gebiet von Nuoro, ziemlich sicher Osthang …"

„Es gab Konflikte. Hartmann wittert das große Geschäft mit seinen angeblich so natürlichen sardischen Mitteln. Tom Marek tut alles, damit das große Resort in den Bergen gebaut wird. Er sieht sich als Guru eines neuen Lebensgefühls, auf den Spuren der Hundertjährigen, langes, glückliches Leben statt ‚toxischem Stress', wie er das nennt. Und Sandro hat davon geträumt, dort *direttore* zu sein."

„Tom Marek? Der Schauspieler?"

„Genau der. Hab ich doch schon gesagt: Er ist hier. Hat offenbar eine kleine Beteiligung an der Mutterfirma SardaVita. Er war es, der Sandro angerufen hat."

„Als Schauspieler ist er ziemlich von der Bildfläche verschwunden."

„Vielleicht hofft er deswegen auf einen Neustart. Jedenfalls war er heute total durch den Wind."

„Kein Wunder, wenn dieser Sandro ihn anruft und danach wird er umgebracht. Klingt nach einem ‚Columbo'-Drehbuch."

„Nein, er hat ihn angerufen. Sandro war so etwas wie der Direktor des jetzigen Resorts, Tom Marek hat sich als Eigentümer oder zumindest als Anteilseigner gefühlt. Er war sauer, dass Sandro, ohne etwas zu sagen, das Kent'Annos verlassen hatte."

„Dafür gab es dann ja eine Entschuldigung. Jedenfalls guter Sinn fürs Timing. Was, wenn er den Anruf nur gespielt hat?"

„Was hätte er für ein Motiv, Sandro mit mehreren Messern aus unterschiedlichen Winkeln zu erstechen?"

„Eifersucht?"

„Quatsch. Marek hat eine Freundin. Sie ist zirka halb so alt wie er."

„Na eben. Sandro war doch deutlich jünger. Ein glutäugiger Italiener …"

„Er war eher … ein wenig aufgeblasen. In einem dunkelblauen Blazer mit Goldknöpfen."

„Ein Hochstapler? Vielleicht hat Marek etwas über ihn gewusst?"

„Dann hätte wohl Sandro ihn erstechen müssen."

„Erpressung?"

„Außerdem, großer Irrtum, lieber Karl: Marek hat wirklich mit Sandro telefoniert, wir waren dabei. Das Telefon war auf laut gestellt."

„Sag das doch gleich. Elisabetta meint allerdings, dass die berühmte Vendetta, Omertà und all das Zeug aus dem *Codice barbaricino*, schon ziemlich außer Mode ist."

„*Vindicau* heißt die Blutrache in Sardinien."

„Klingt wie der Titel eines schlechten Films."

Ich lache. Das hat was. „Auch wenn offenbar noch immer nicht gerne mit Außenstehenden geredet wird. Und dass sie Fragen stellen, mag man schon gar nicht."

„Habt ihr?"

„Sie haben uns zwei Männer zum Erschrecken geschickt. Oder wir haben etwas missverstanden."

„Vesna hat sie doch sicher in die Flucht geschlagen. Dieses ganze mittelalterliche Getue ist inzwischen Folklore, sagt Elisabetta. Oder Ausrede für Kriminelle. Von wegen edles Banditentum."

„Ach, Herr Sardinien-Auskenner: Dann fällt es hier wohl unter Folklore, einen aus der *famiglia*, der vielleicht seine Großmutter ermordet hat, mit mehreren Hirtenmessern zu erstechen?"

„Sei mir nicht bös, das klingt wirklich nach ‚Columbo'. Oder besser noch nach Agatha Christie, ‚Mord im Orientexpress'. Vielleicht hat Marek ja mal in einer Theaterproduktion mitgespielt? Oder er war bei einer der zahlreichen Verfilmungen dabei."

„Das Buch, den Film: die kennt doch jeder, da brauchst du keinen professionellen Zugang."

„Oder war es dieser Hartmann, der sich vom ‚Mord im Orientexpress' inspirieren lassen hat?"

„Warum er?"

„Er will sein Zeug vermarkten, dumm, wenn sich herausstellt, dass es gar nicht so original ist."

„Aber Sandro hat ihm den Weg geebnet, damit er das Land kaufen kann."

„Kann er etwas über ihn gewusst haben? Wie tickt dieser Hartmann?"

„Er ist nur selten hier. Jetzt schon, weil sie so schnell wie möglich den Verkauf über die Bühne bringen wollen. Tom Marek, der lebt hier. Und er ist das Werbegesicht für SardaVita. Eigentlich seltsam: Kaum fing es an, gut zu laufen …"

„… seid ihr gekommen und habt herumgeschnüffelt."

„Klar, wahrscheinlich haben wir uns das alles bloß ausgedacht, um etwas Unterhaltung zu haben."

„Dagegen spricht ein Toter."

„Plus eine Tote. – Könnte man Tzia Grazia nicht doch exhumieren?"

„Wie stellst du dir das vor? Elisabetta, die angesehene Rechtsmedizinerin in Ruhe, lässt sich von Bezos im Privatjet aus Spanien einfliegen, nimmt einen Spaten, gräbt, öffnet den Sarg und betrachtet das Gesicht der hundertzweijährigen Verblichenen? – Ich werde mich umhören, was SardaVita angeht. Und wie die Safranrebendolde genau wirkt. Ist mir noch nie untergekommen. Muss verwandt sein mit dem Schierling. Du weißt schon, Schierlingsbecher, Sokrates, der ihn trinken musste, weil er zum Tode verurteilt worden ist. Er soll den Becher übrigens vollständig gefasst geleert haben. Seine letzten Worte waren, man möge Asklepios, dem Gott der Heilkunst, einen Hahn opfern. Ein früher Freund der Medizin – vielleicht sogar der Forensik, weil lebendig wäre er wohl nicht mehr geworden."

„Sehr witzig!"

„Weißt du übrigens, was Philosoph übersetzt bedeutet? Wahrheitsfreund. So gesehen bin ich einer. Und du sowieso Philosophin."

„Glaubst du, es kann manchmal selbstgerecht sein, die Wahrheit kennen zu wollen?"

„Ist wohl die Frage, weswegen. Zur Befriedigung persönlicher Eitelkeit oder um der Gerechtigkeit näher zu kommen?"

„Wer kann Persönliches schon ausschließen? Und ‚Gerechtigkeit' ist wohl ebenso relativ wie ‚Wahrheit'."

„Arme Mira. Der tote Sarde hat dich mitgenommen. Als Rechtsmediziner sage ich dir: Das, was jedenfalls existiert, sind die Fakten. Wissenschaft. Egal, was irgendwelche Schwurbler oder Möchtegern-Politiker von alternativer Wahrheit faseln. Und ansonsten gilt als Ausgangspunkt, was Sokrates gesagt hat."

„Ich weiß, dass ich nichts weiß."

„Ja, wobei: Es ist nicht die ultimative Schlussfolgerung, sondern der demütige Ausgangspunkt. Um mehr herauszufinden. Übers Leben. Oder eben, wie in meinem Fall, auch über Tote. In diesem Sinne … ich melde mich!"

Ich rühre die Minestrone um, gieße ein wenig Wasser nach. Die Bohnen sind noch nicht ganz weich, aber wenn ich jetzt die Fregola dazugebe, hat beides in fünfzehn, zwanzig Minuten die richtige Konsistenz. Dann brauche ich nur mehr viel frische Petersilie darüberzustreuen. Ein wenig geriebener Pecorino könnte auch nicht schaden. Ja, es gibt sie. Die guten Seiten des Lebens. Und Abläufe, bei denen ganz klar aus dem einen das andere folgt: Ich koche Bohnen und nach einer gewissen Zeit sind sie weich. Vorausgesetzt, ich salze erst danach. Wie beruhigend.

Bis es so weit ist, gehe ich noch einmal ins Internet. Da ist noch immer die Seite von „Blue Zones" offen: *Get the Blue Zones Meal Planner. LIVE LONGER, BETTER® Learn to eat like the world's longest-living people with the Blue Zones Meal Planner. GET STARTED!*

[12.]

Ich habe die Minestrone mit Salz abgeschmeckt, gekostet und wieder gekostet, dann esse ich einige Löffel voll direkt aus dem Topf. Mein Magen knurrt und verlangt nach mehr. Petersilie holen. Diesmal nehme ich den Weg durch den Speisesaal. Vesna sitzt an einem Ende des langen Tisches und sieht von ihrem Smartphone auf.

„Wollte gerade in die Küche", sagt sie. „Es riecht wie bei meiner Oma, als ich ein Kind war. Ich weiß, bosnische Küche ist nicht berühmt, aber ist eine von den sehr guten Erinnerungen."

Ich lächle. Alles ist bekanntlich relativ. – Ob das auch von Sokrates stammt? Oder doch bloß zu den Binsenweisheiten gehört?

Am anderen Ende des Tisches sitzt Elena, vor sich den Laptop. „Minestrone", stellt sie fest und nickt anerkennend.

Ich ignoriere den auffälligen Abstand zwischen den beiden. Sie sollen den Tisch decken, ich sei gleich wieder zurück, rufe ich. Eine hervorragende Gelegenheit, um alles gründlich zu besprechen. Das und ein großer Teller Minestrone werden meine Lebensgeister wecken.

Als ich mit einem großen Buschen der würzigen *Gigante*-Petersilie zurückkomme, weiß ich, dass ein Teil des Plans jedenfalls ins Wasser fällt. Jetzt sitzt auch Tom Marek am Tisch, Hartmann kommt vom Innenhof her. Sieht aus, als hätte die

Hoffnung auf eine warme Mahlzeit alle im Kent'Annos angezogen.

„Ein grandioser Duft, der aus der Küche kommt", lobt Hartmann Elena.

„Damit habe ich nichts zu tun", erwidert sie trocken. „Mira hat Minestrone gemacht. Aber es stimmt, sie riecht großartig."

Ich freue mich. „Die Suppe der Hundertjährigen", plaudere ich. „Elenas Großmutter sagt, sie ist das Geheimnis ihres langen Lebens."

„Mira hat ein Video meiner Großmutter gesehen", erklärt Elena rasch. „Für ihre Reportage über die Hundertjährigen."

„Gibt's irgendwo Pecorino? Wäre gut über die Minestrone", sage ich.

„Gibt es natürlich", sagt Elena. „Ich hole ihn."

Hartmann bleibt beim Tisch stehen und runzelt die Stirn. „Schon länger her, dass Elena gekocht hat. Offenbar ist ihr nicht klar, dass sich hier jeder nützlich machen muss. Immerhin wird sie bezahlt."

„Aber nicht als Köchin", wirft Tom Marek ein.

„Fragt sich bloß, als was sie eigentlich da ist."

Tom Marek sieht seinen Geschäftspartner wütend an. „Wegen der Sprachkenntnisse. Ich kann nichts dafür, dass gewisse Leute in Österreich die Werbung für das Kent'Annos verschlampt haben."

„Wir brauchen keine schlechte Nachrede. Das ist bloß die Vorstufe, wir haben das oft genug besprochen. Wichtig, dass das Resort existiert. Und das andere, das große, wird dann auch entsprechend groß beworben. Die ganze Welt wird hier ein und aus gehen."

„Die ganze Welt?", fragt Vesna amüsiert nach. „Ist viel für Sardinien."

Tom Marek ignoriert es. „Elena ist wichtig. Als Bindeglied. Zu den Menschen hier", sagt er zu Hartmann.

„Das andere Bindeglied scheinen wir ja verloren zu haben." Hartmann sieht uns reihum an. „Damit das klar ist: Der Tod von Sandro Boi ist tragisch und wir werden alles dazu beitragen, dass er aufgeklärt wird. Aber es ist kein Fressen für die Medien." Jetzt starrt er mir ins Gesicht. Am liebsten würde ich ihm eins mit dem Buschen Petersilie überziehen. Na gut. Schwer verwunden würde ich ihn damit nicht.

„Ich bin ein freier Mensch, ich stehe nicht auf Ihrer Gehaltsliste. Ich recherchiere."

„Ich denke, wir sollten das Kent'Annos bis zur Aufklärung dieser tragischen Geschichte schließen."

„Das heißt, Sie werfen uns hinaus?", fragt Vesna. „Sehr interessant."

„Das heißt, dass mir Pietät und Anteilnahme wichtig sind."

„Sicher", sagt Vesna und lächelt so harmlos wie möglich. „Deswegen möchte man auch nicht, dass eine angesehene Journalistin nachfragen kann."

Tom Marek scheint unschlüssig, wie er sich verhalten soll. Er steht mit halb geöffnetem Mund da und überlegt. Oder kommt jetzt sein totaler Zusammenbruch? „Jedenfalls wäre es besser, wenn Elena zur Vertragsunterzeichnung mitkommt", sagt er dann.

„Ich habe einen international agierenden Rechtsanwalt, einen Notar, der auf die Abwicklung großer Immobilienprojekte spezialisiert ist. Einer seiner Mitarbeiter stammt übrigens aus Düsseldorf. Wir sprechen Deutsch und Englisch."

„Und der Vertragstext?"

„Englisch und Italienisch."

„Wie willst du wissen, ob alles korrekt übersetzt wurde?"

„Wenn ich meinem Anwalt nicht vertraue, wem dann?"

Tom Marek sieht ihn wütend an. „Warum habe ich den letzten Entwurf noch nicht gesehen?"

„Wer hat gedrängt, dass alles so schnell wie möglich über die Bühne gehen soll? Du hast bloß eine kleine Beteiligung. Das Geschäftliche ist meine Aufgabe."

Hartmann wendet sich zu Vesna und mir. „Könnten Sie uns allein lassen? Wir haben offenbar einiges zu klären."

„Ich habe Minestrone gekocht. Die werden wir jetzt essen. Hier“, antworte ich.

„Du … kannst sie nicht wegschicken“, murmelt Tom Marek.

„Solltest du dich nicht langsam entscheiden, wo du stehst?“, blafft Hartmann zurück. „Ich habe dir zehn Prozent überschrieben. Weißt du, was das einmal wert sein wird? Millionen! Du solltest froh und dankbar sein, bei deiner finanziellen Lage. Und dich entsprechend verhalten! Verantwortungsvoll!“

„Ach, und wie wäre es bis dorthin mit Bezahlung? Ist dir klar, was es üblicherweise kostet, wenn ich für ein Produkt Werbung mache?“

„Glaubst du nicht, dass es reihenweise in die Jahre gekommene Schauspieler gibt?“

Tom Marek springt auf. Für einen Moment wirkt es, als wolle er Hartmann angreifen. Dann stürmt er wortlos davon.

Hartmann hebt die Hände und lächelt etwas schief. „Sieht so aus, als würden bei uns allen die Nerven blank liegen. Ist kein Wunder. Vergessen Sie am besten, was ich gesagt habe. Und wenn ich auch einen Teller dieser köstlichen Suppe bekommen kann, wäre ich dankbar.“

Vesna schiebt ein Gedeck in seine Richtung.

„Ich sehe, ob ich … Pecorino finde.“ Eigentlich wollte ich ja sagen, „ob ich Elena finde“. Aber die scheint bei Hartmann nicht besonders gut angeschrieben zu sein. Warum? Weil er weiß, dass sie mehr über den Tod von Tzia Grazia herausfinden möchte? Weil er Sorge hat, sie kennt zu viele Menschen und könnte dadurch auf so einiges stoßen? Oder geht es ihm wirklich darum, dass sie etwas tut für ihr Geld?

Marek hat sie verteidigt, überlege ich, als ich in der Küche stehe und noch einmal umrühre. Jetzt ist sie perfekt, die Minestrone. Ich drehe die Herdplatte ab. Zugedeckt bleibt der große Topf lange heiß. Hier sucht Elena jedenfalls nicht nach Käse. Worüber hat sie mit Tom Marek auf der Rückfahrt gesprochen?

Ich nehme den Hinterausgang und gehe Richtung Küchengarten. Es wird bereits dämmrig. Dicke Wolken haben sich vor die Sonne geschoben. Ich höre leise Stimmen. Oder bilde ich mir das ein? Sind es Schafe, deren Bäh-Laute von der Ferne wirken, als würden sie miteinander flüstern? Ein Stück hinter dem Kräuterbeet steht ein alter Anhänger. Die Reifen sind platt, ein mannshoher Kaktus nutzt die Deichsel als Stütze. Daneben Bottiche, alte Gartenschläuche. Wir haben vor kurzem das Gelände durchstreift und Vesna hat gemeint, solche Anhänger sehen in Bosnien, dem Weinviertel und Sardinien gleich aus. Ich kneife die Augen zusammen. An der Seitenwand stehen zwei Menschen. Ich hasse es, wenn ich spüre, wie mein Herz schlägt. Zu wenig Licht, um zu erkennen, wer die beiden sind. Ich könnte Vesna holen. – Und dann komme ich an ihrer Hand wieder und die beiden sind fort. Sie werden mich nicht bemerken, wenn ich ganz langsam in der Deckung der Mirto-Sträucher näher komme. Und falls doch: Das ist ein Hotel. Ich übernachte hier. Ich darf wohl einen Spaziergang machen.

So lautlos wie möglich bewege ich mich vorwärts. Der dicke rote Kater, der bisher immer auf Abstand bedacht war, kommt und schmiegt sich an meine Beine. Ausgerechnet jetzt. Die Stimmen. Sie reden deutsch. Eine Frauenstimme, eine Männerstimme. Viel näher kann ich nicht mehr ran.

Die beiden haben sich aufeinander zubewegt. Ein Kampf? Der nächste Mord? Für gewöhnlich hab ich kein Problem damit, dass ich nicht alles so genau sehe. Es ist schon dämmrig. Wer sind die beiden? Ich muss hin, wenn ich Schlimmeres verhindern möchte. Und was dann? Ich bin nicht Vesna. Jetzt sind die beiden Silhouetten zu einer verschmolzen. Beugt er sich über sie? Ersticht sie ihn? Ist das, was ich höre, ein Stöhnen? Oder doch ein leises Lachen? Ich gebe dem Kater einen vorsichtigen Schubs. Vielleicht rennt er zu den beiden. – Um was zu tun?

„Sicher nicht“, höre ich. Was die Frau dann sagt, kann ich nicht verstehen. Es ist Elena. Glaube ich. Soll ich einfach nach ihr rufen? Ich könnte gekommen sein, um sie zu holen. Zur Minestrone. Alles ganz harmlos. Die beiden bewegen sich wieder etwas auseinander. Ich kneife die Augen zusammen. Ausgestreckte Arme. Hält er Elena fest? Hält sie ihn auf Distanz?

Er sagt etwas. Nachdrücklich. Fleht er sie an? Heiser. Er hört sich heiser an. Quatsch, er flüstert. Der rote Kater hat sich unter einen Busch verzogen und putzt sich. Los, deute ich ihm, versuche es ohne Stimme, nur mit der Kraft der Gedanken. Klar, gleich springt er fauchend zwischen die beiden, klärt die Situation, und entpuppt sich als verkleideter Agent. Ich bin es, die etwas unternehmen muss.

Ich atme tief durch. Dann starre ich in die Dämmerung: Der Kater stolziert zum Anhänger, baut sich vor den beiden auf und maunzt so laut, dass ich es hören kann. Die beiden fahren auseinander. Ich ducke mich in die Büsche, bewege mich so lautlos wie möglich rückwärts.

„He, wer ist da?", höre ich noch. Jetzt bin ich mir sicher. Elena.

Wir essen und versuchen dabei keine kritischen Themen zu berühren. Ich habe die heiße Minestrone im Topf auf den Tisch gestellt. Daneben eine Schüssel mit viel grob geschnittener Petersilie und einen Teller mit dem Pecorino samt Reibe. Elena ist kurz nach mir mit dem Käse gekommen, als hätte sie nichts anderes getan, als nach ihm zu suchen. Sie hat sich neben mich gesetzt.

Alle loben meine Kochkünste und ich lobe die sardische Küche. Hartmann sagt nicht viel und hört Vesna zu, die von den neuesten Fortschritten Lillis erzählt. Elena lässt uns wissen, dass dieser Pecorino von einem ihrer Cousins stamme. Es sei sein Hobby. Von Beruf sei er Elektriker. Und dass der Preis für die gute sardische Schafsmilch seit Jahren eine Katastrophe sei. Die Schäfer würden von der italienischen Industrie gezwungen, zu verbrecherischen Konditionen zu liefern. In den letzten Jahren habe es eine Reihe von Protesten gegeben.

„Wo ist eigentlich Tom?", frage ich Elena.

„Keine Ahnung", sagt sie mit Blick auf die Tischplatte.

„Ich wollte ihn nicht verärgern", murmelt Hartmann. „Wirklich nicht. Aber für mich ist die Situation auch nicht einfach. Ich wollte heute nach Cagliari, aber ich glaube, ich bleibe hier." Er steht auf und wünscht noch einen schönen Abend.

Wenig später gähnt Elena unübersehbar. Es sei ein schlimmer Tag gewesen, sagt sie. Einfach nur Ruhe, das sei jetzt das Beste. Und dann darüber nachdenken, wie es weitergehen soll. Aber nicht mehr heute.

Vesna verteilt den Rest Vermentino auf unsere Gläser. „Wo ist Tom Marek wirklich?", fragt sie, als wir keine Schritte mehr hören.

Ich erzähle ihr, was ich beim Anhänger gesehen habe.

„Du brauchst Brille", konstatiert sie. „Was war es? Kampf oder Kuss?"

„Ich dachte, das ist der nächste Mord. Aber dann …"

„Was dann?"

„Ich weiß nicht, die Bewegungen … auch wie sie geredet haben …"

„Ein Liebespaar?"

„Vesna, ich weiß es nicht!"

Vesna fummelt an ihrem Mobiltelefon. Schreibt eine Nachricht. Oder eine Notiz. „Man muss klären, was ist mit Tom Marek."

„Wir … könnten nachsehen beim Anhänger."

Benachrichtigungston. Vesna liest. „Tot ist er nicht", sagt Vesna dann.

„Sie könnte sein Mobiltelefon haben."

„Quatsch. Ich habe geschrieben, dass es für ihn noch Suppe gibt. Er hat geschrieben, er ist weggefahren. Hätte sie nicht gemacht. Können wir kontrollieren, wenn wir auf den Parkplatz schauen."

Ich atme erleichtert durch.

„Es ändert alles", sagt Vesna und ihre Worte klingen im leeren Refektorium nach. „Sie haben ein Verhältnis. So oder so. Als Liebespaar oder als Komplizen."

„Wenn sie ein Paar sind, warum halten sie das geheim?", überlege ich.

„Weil er eine Freundin hat."

„Die nur ganz kurz hier war, sagt Jana."

„Eine Skandalstory: Der Publikumsliebling verlässt seine junge Freundin für attraktive Sardin. Gemeinsam sie widmen sich einem neuen Projekt: dem Zentrum für langes Leben in den Bergen. Auf den Spuren von Hundertjährigen."

Ich lache. Es tut gut. „Ein großer Aufreger wäre das nicht. Wie hat Hartmann so schön gesagt? Marek ist in die Jahre gekommen."

„Passt doch, wenn er sich jetzt um Geheimnisse von langem Leben kümmert."

„Vielleicht soll Hartmann nichts von ihrer Beziehung wissen?", überlege ich.

Vesna malt seltsame Zeichen auf die Tischplatte und nimmt einen Schluck. „Oder sie sind eben eine andere Art von Paar. Elena hat dir gesagt, sie war in Perdasdefogu, als es passiert ist. Was, wenn sie zusammengespielt haben?"

„Zusammengespielt?"

„Sie bestellen Sandro ins Haus von Tzia Grazia. Vielleicht anonym, mit dem Vorwand, man weiß etwas. Er hat Panik und kommt. Elena bedroht ihn. Marek ruft im richtigen Moment an. Schaltet Telefon auf laut, damit er Zeugen hat. Uns nämlich."

„Und Sandro hat mitgespielt? Unwahrscheinlich."

„Natürlich nicht. Aber es ist klar, was er sagen wird. Zirka."

„Familie? Elena ist nicht Familie."

„Weißt du, was sie ihm gesagt hat? Vielleicht, dass seine Familie Rache üben will. Jedenfalls: Sie beendet Telefonat, sie bringt ihn um und lasst es aussehen, als wäre es die ganze Familie gewesen."

„Und Tom Marek fährt mit uns zu Tzia Grazias Haus, damit wir es gemeinsam entdecken. – Was ergibt das für einen Sinn?"

„Wir werden Motiv finden. Er ist Schauspieler, er kann alles gespielt haben."

„Dann ist er besser, als ich dachte."

„Vielleicht hat er auch wirklich gekotzt, als er die Leiche gesehen hat. Er ist kein Profi. Jedenfalls haben sie eingefädelt, dass sie gemeinsam zurückfahren können."

„Er wollte unbedingt alleine weg."

„Schauspiel. Und wir sollten noch etwas denken: Was ist, wenn nicht Sandro, sondern Tom Marek und Elena Tzia Grazia ermordet haben? Damit das wunderbare Resort gebaut wird? Elena hofft, dass er dann seine Freundin verlässt. Er hofft auf sein neues Leben. Das Hindernis ist die Großmutter. Man bringt leichter jemand um, der keine enge Verwandte ist."

„Was für eine Logik. Elena kannte Tzia Grazia gut, sie war die beste Freundin ihrer Großmutter. Und die mag sie sehr."

„Kann ja Marek gemacht haben. Mit Gift von Elena."

Ich schüttle den Kopf. „Ich habe die beiden einfach nicht gut genug gesehen. Ich bin mir nicht einmal sicher, ob es Tom Marek war."

„Wer sonst soll es gewesen sein? Was hat Jana gesagt? Tom baggert alles an, was nicht bei drei auf dem Baum ist. Elena war alleine, neu in der alten Heimat, all so etwas."

„Mich hat er nicht angebaggert."

„Vielleicht, meine liebe Freundin, bist du schon außerhalb von seinem Beuteschema."

„Und dich? Hat er dich angebaggert?"

„Ich bin Oma. Außerdem kann er Instinkt dafür haben, dass ich ihm gefährlich werden kann."

Ich kichere. „Amour fou mit Vesna Mata Hari."

„So ich habe es nicht gemeint. Gefährlich, weil ich den Schauspieler durchschaue."

Da war etwas, was Karl Simatschek am Telefon gesagt hat … „Columbo", „Mord im Orientexpress" … „Karl hat gemeint, von außen wirkt das alles sehr melodramatisch. Wie in einer ‚Columbo'-Folge. Oder er hat eine Anleihe bei ‚Mord im Orientexpress' genommen."

Vesna nickt. „Wo alle das Opfer erstechen. Man muss die Filme ansehen, in denen Tom Marek mitgespielt hat."

„Die Krimiserie ging beinahe über zwanzig Jahre. Er wird auch sonst noch etliches gedreht haben."

„Fran wird einen Weg finden. Was die Serie angeht, so soll er im Internet nach Mustern suchen, die passen. Wozu es gibt diese Algorithmen? Oskar kann auch helfen und Filme ansehen."

„Weil er ja so viel Zeit hat."

„Am Abend er muss entspannen. Simatschek hat recht: Das Ganze hat den Geruch von Theater."

„Sandro ist tot. Ganz real", erwidere ich.

[13.]

Ich gehe bloßfüßig im Sand, die Sonne scheint mir warm auf den Rücken. Die Wellen rollen sanft ans flache Ufer. Seltsam. Ich bin in Sardinien und war bislang erst einmal kurz am Meer. Dabei liebe ich es. Seine tausend Arten von Blau, die hoch gischtenden Wellen und auch sein Plätschern. Im Frühling hat das Meer, hat der Strand einen ganz besonderen Duft. Verheißungsvoll. Verjüngt nach den Winterstürmen, selbst im Sand sind einige Gräser und Kräuter aufgegangen. Ich knie nieder und fotografiere: lilienartige Blüte, verlassener Strand, vor mir das Meer. Wunderwelt.

Zwei kleine Hunde tollen nahe an der Wassergrenze herum, ihre unmittelbare Freude ist so offenkundig, dass ich am liebsten mitrennen würde. Vesna ist in der Osteria geblieben, sie wollte einige Telefonate erledigen. Immerhin hat sie eine Firma in Österreich. Wie gut es mir geht. Wie frei ich bin. Wie unwichtig, ob ich mehr oder weniger verdiene. Ich lebe. Und besser zu leben geht kaum. Ich drehe mich um und lasse mir die Sonne ins Gesicht scheinen. Gäbe es Liegestühle, an einem geschützten Platz könnte man sich hier schon im Bikini sonnen. Ich lächle. Nicht so lange her, da hat mich eine Studienkollegin gefragt, ob ich noch Bikini trüge. Ich habe mich gewundert, dachte zuerst, das ehrenwerte Mitglied des Höchstgerichts sei privat eine Anhängerin der Freikörperkultur – warum auch nicht? Doch, ich bleibe beim Bikini, habe ich gesagt und dann erst verstanden. Ob das nicht unästhetisch sei in unserem Alter, hat sie mich gefragt. Ich lache den beiden Hunden zu. Was es für Sorgen gibt, anderswo.

Mein Telefon läutet. Es wird Vesna sein, sie wollte sich melden, wenn wir etwas zu essen bestellen können. Aber es ist Karl Simatschek, mein Lieblings-Rechtsmediziner. Er soll auf Video-Telefonat schalten, dann zeige ich ihm, wie schön es hier ist.

„Ich dachte mir, du willst ein Update", sagt er, wie immer ohne die üblichen Begrüßungsfloskeln.

Ich brauche eine Sekunde, bis mir klar wird, wovon er spricht.

„Mira?"

„Ich bin am Strand, Costa Rei, es ist wunderschön."

„Oh, sorry. Soll ich später anrufen? Ich will dir die Stimmung nicht versauen."

Ich lächle. „Tust du doch nicht, Karl."

„Zumindest nicht gern. Und ich habe immerhin Infos. Die ich so halblegal an euch weitergeben kann. Elisabetta ist ja noch immer so etwas wie die graue Eminenz der Rechtsmedizin in Nuoro. Sie ziehen sie bei schwierigen Fällen hinzu. Der allerdings ist ohnehin nicht besonders kompliziert, bloß heikel, wegen der internationalen Komponente. Ihr hättet es eigentlich selbst merken müssen. Immerhin habt ihr ja eine gewisse Erfahrung …"

„Was denn? Ganz abgesehen davon: Es ist schon etwas anderes, ob du jemanden, den du gekannt hast, tot auf dem Boden findest, oder ob du beruflich zu einer Leiche beordert wirst." Mit einem Mal sind die Bilder wieder vor meinen Augen, kein Meer, keine Sonne kann etwas dagegen tun.

„Jedenfalls ist euer Sandro zuerst sediert und dann erst erstochen worden. Daher gibt es auch so wenig Blut. Das hätte euch stutzig machen sollen. Wenn man jemanden mit mehreren Messerstichen tötet, ist rund um ihn ein hübsches Blutbad. Wenn er hingegen bewusstlos ist, arbeitet der Kreislauf auf Sparflamme."

Ich schlucke. „Herba Sardonia?"

„Hat er gegrinst?"

„Nein. Er … hat eher übertrieben friedlich gewirkt."

„Na eben. Also kein Schierlingsgewächs, sondern ein übliches starkes Schlafmittel. Das macht es einfacher, ihn zu erstechen: Er wehrt sich nicht mehr."

Ich überlege. „Einfacher für die Familie? Sie sind keine kaltblütigen Berufsverbrecher."

„Das würde auch auf andere zutreffen. Dass er von einem Profikiller ermordet wurde, glaubt ohnehin keiner. Jedenfalls waren es unterschiedliche Messer, sehr scharf, typische Hirtenmesser, gute Arbeit, nicht das chinesische Nachbauzeug."

„Hat man sie gefunden?"

„Nein, aber man kann es anhand der Einstiche und der Partikel, die man isoliert hat, sehen."

„Gibt es sonst … Spuren?"

„Was für eine naive Frage, nicht böse sein, liebe Mira, du solltest es wissen: Es gibt immer Spuren. Haufenweise. Genau das ist das Problem: die relevanten zu finden. Es gibt Spuren von euch, ihr wart ja am Tatort. Dann Spuren von Tzia Grazia, sicher auch von anderen aus ihrer Familie. Immerhin war sie dort aufgebahrt und die Leute sind gekommen, um sich zu verabschieden. Das Haus ist noch nicht gründlich gereinigt worden. Glück und Pech in einem. Die Familie war sich noch nicht sicher, was damit geschehen soll."

„Und wenn er Selbstmord begehen wollte?"

„Er hat sich sediert und dann mit mehreren Messern erstochen?"

„Natürlich nicht. Er könnte Schlafmittel genommen haben. Vielleicht hat ihn sogar jemand in den Selbstmord getrieben. Der findet ihn leblos, will das der Familie anhängen und ersticht ihn à la Ritualmord. Schlafmittel haben einen nicht gerade guten Geschmack. Wenn viel davon in einem Getränk ist: Warum hat er es sonst getrunken? – Oder war es wie bei Sokrates? Schierlingsbecher der anderen Art? Die Familie hat ihn gezwungen …"

„Mira, fang deine Fantasie wieder ein. Warum sollten sie ihn danach mit mehreren Messern erstechen? Das Mittel war im Wermut."

„Wir haben … nichts Derartiges gefunden."

„Ihr habt herumgeschnüffelt. Ohne Schutzkleidung. Super. Wie ich das liebe."

„Es ist nicht dein Fall. Außerdem hat Vesna extrem aufgepasst."

„Ja, sicher. Zum Glück war sie so zurückhaltend, nicht in den Küchenkästen nachzusehen. Da stand eine leere Flasche Wermut, allerdings war sie nicht so leer, um keine Spuren mehr zu finden. Wermut ist bitter, da fällt das Schlafmittel nicht so auf."

„Sardischer Wermut ist köstlich!"

„Sieh an, neuer Lokalpatriotismus. Jedenfalls bedeutet das, er hat seinen Mörder gekannt."

„Haben wir doch schon vermutet."

„Ja, schlaue Mira. Es gibt aber noch eine Einschränkung. Er muss ihm oder ihr so weit vertraut haben, dass er mit ihm oder ihr getrunken hat. Wahrscheinlich sogar in Tzia Grazias Haus."

„Jemand von der Familie wird vorgeschickt."

„Zum Beispiel. Jedenfalls trinken sie, der- oder diejenige wartet, bis Sandro umkippt. Das hat bei der Menge, die man in seinem Magen gefunden hat, nicht sehr lange gedauert."

„Dann kommen die anderen und erstechen ihn quasi rituell, jeder mit dem eigenen Messer."

„So bescheuert waren sie nicht. Weiß doch heute jeder, dass man aus Messern, gerade dann, wenn sie Griffe aus Naturmaterialien haben, immer noch Blutspuren auslesen kann."

„Dann nehmen sie eben andere Messer, gibt's hier doch überall."

„Aber warum? Weil er tatsächlich seine Großmutter vergiftet hat? Elisabetta meint, ich soll dir das alles erzählen – vielleicht habt ihr einen besseren Zugang zu den Geschäften, die hinter dem Kent'Annos stecken. Jedenfalls scheinen nicht alle in Birgu begeistert gewesen zu sein, dass sich ein Deutscher einkaufen und ihre Hundertjährigen vermarkten möchte."

„Die bringen Sandro um, weil er dafür gesorgt hat, dass Hartmann das Land kaufen kann? Müssten sie da nicht viel eher seinen Vater und seinen Onkel ermorden? Ihnen gehört das alte Agriturismo und alles drum herum."

„Und wenn die Warnung reicht?"

„Tut sie nicht, laut Hartmann wird demnächst unterschrieben. – Aber was, wenn es weniger ums Resort als um SardaVita geht? Auch in den sardischen Bergen gibt's Internet, sollte man nicht vergessen. Sie recherchieren und stellen fest, dass etwas nicht stimmt. Was, wenn das Zeug gefährlich ist? Wenn es jemand weiß und nicht will, dass ihre Gegend in Verruf kommt?"

„Die Safranrebendolde wird er ja nicht reingepackt haben in seine Kapseln. Auch wenn man sie in der Homöopathie verwendet."

„Ist ja egal, wenn nur ein paar Moleküle drin sind. – Karl, was ist in den SardaVit-Kapseln? Wie wirken sie? Bitte schau nach."

„Passiert schon. Darum hat mich auch Elisabetta gebeten. Und darum, dir auszurichten, dass ihr auf alle Fälle mit Commissario Fois zusammenarbeiten sollt. Es war jemand vor Ort. Aus Birgu, von der Familie, aus eurem Hotel. Alles andere ergibt keinen Sinn."

Als ich über den Strand Richtung Osteria schlendere, überlege ich: Es war jemand vor Ort. Wenn Ettores Verdacht stimmt, jemand aus Tzia Grazias Umgebung. So groß ist diese Schnittmenge nicht. Ich hätte große Lust, mit Nonna Laurina darüber zu reden. Aber ohne Elena? Das geht wohl kaum. Und Elena … sie gehört zu denen vor Ort. Was würde die alte Frau sagen? *Si va avanti*. Einen Schritt nach dem anderen.

Die Sonne strahlt immer noch, das Meer plätschert noch immer sanft an den Strand, und doch hat sich die Stimmung verändert. Sind es die paar Wolken am Horizont? Es liegt nicht an der Landschaft, am Wetter. Es liegt an mir. Alles eine Frage der Perspektive. Genauso sollte ich den Fall betrachten: aus meiner Perspektive und dann aus einer anderen. Unsere war: Tom Marek hat Sandro angerufen, er war nicht gut auf ihn zu sprechen, weil er, ohne sich abzumelden, verschwunden ist. Wir waren dabei.

Wir sind sein Alibi. Hartmann: Warum hätte er Sandro umbringen sollen? Er hat doch alles dafür getan, dass der Kaufvertrag unterzeichnet werden kann. Natürlich auch im eigenen Interesse. Selbst wenn dieses „alles“ den Mord an Tzia Grazia einschließt: Hartmann hätte jeden Grund, sich still zu verhalten.

Ich sehe Rauch aus dem Schornstein der Osteria steigen. Sie ist nahe beim Strand, in der wärmeren Jahreszeit kann man wahrscheinlich bis spätabends auf der Terrasse sitzen, essen, trinken, dem Meer zusehen. – Nur dass man das Meer in der Nacht eher hört als sieht. Weil rund um die Osteria Licht ist. Auf dem Meer aber nicht. Wieder Perspektivenwechsel. Elena. Hat sie ein Verhältnis mit Tom Marek? Oder hat der Kater einen weiteren Mord verhindert? Elena will ihre Ruhe. Sich nicht einmischen. Aber sie hat Jana trotzdem erzählt, dass Tzia Grazias Gesicht zu einer Grimasse verzerrt war. Wenn Sandro Tzia Grazia ermordet hat, wollte sie die Freundin ihrer Großmutter rächen? Warum redet sie mit Jana darüber? Geschicktes Manöver, um von sich abzulenken? Oder, wenn sie mit Tom Marek zusammengespielt hat, dann … Sehr viele *wenn* …

Vesna sitzt in der Sonne und winkt. Ich winke zurück und versuche, etwas von der Leichtigkeit meiner Zeit am Strand zu spüren. Es misslingt. Trotzdem: Ich freue mich aufs Essen. Darauf, den Tag mit meiner besten Freundin zu verbringen. Sie ist so etwas wie Familie. Sogar mehr als das.

„Familie ist relativ“, sagt sie, als wir bei einem Teller mit gegrilltem Oktopus sitzen. Zart und mit dem würzigen Duft der Holzkohle. Dazu eine Zitrone direkt vom Baum hinter dem Haus. Ich seufze zufrieden. Ich muss herausbekommen, wie sie den Oktopus so weich kriegen, ohne dass er mehlig wird. Das sind die Geheimnisse, die mich interessieren. Und die ich, ohne größere Gefahr für mich und andere, wahrscheinlich entschlüsseln kann.

„Hörst du mir zu?“, fragt Vesna streng.

„Der Oktopus ist köstlich.“

„Ist er. Hat nichts zu tun mit gegrillten gebleichten Autoreifen. – Ich habe gesagt, Familie ist relativ. Man muss sich überlegen: Wie eng sind Cousins? In unserer Familie es hat jede Menge davon gegeben. Mein Vater, er hat sechs Geschwister gehabt. Und alle haben wieder Kinder bekommen. Dauernd ist ein neuer Cousin oder eine neue Cousine aufgetaucht. Und dann hatten wir welche, die waren nur die Kinder von einer Cousine meiner Mutter, aber wir haben sie natürlich auch Cousinen genannt. Mit denen habe ich viel mehr unternommen als mit den echten Cousins von Vater-Seite."

Ich lächle. Es ist selten, dass Vesna etwas über ihre Kindheit in Bosnien erzählt. – Halte ich sie deswegen für verschlossen? Ihr ist die Gegenwart einfach wichtiger. „Du meinst, der Cousin mit der Narbe war einfach nicht nahe genug dran, um mit dem Mord zu tun zu haben?"

„Wenn man nicht an alte Blutrache glaubt, wohl kaum."

„Aber er war nahe genug dran, um uns zu bedrohen."

„Sandro hat sie geschickt. Und dann sind sie an Mord beteiligt? Ist doch Blödsinn."

„Wer sagt, dass Sandro sie geschickt hat? Der Narbige, wahrscheinlich auch der andere, sie haben für Hartmann gearbeitet. Er hat sie dafür bezahlt, dass sie Kräuter und Beeren ernten. Kann schon sein, dass alles über Sandro gelaufen ist. Aber was, wenn der eigentliche Boss kommt und sagt: Erschreckt diese Journalistin!"

„Woher hat er gewusst, dass wir in Birgu sind?"

„Tom Marek war in der Bar Lidia, er hat uns dort gesehen. Vielleicht war ihm sehr wohl klar, wer wir sind."

„Und er sagt es Hartmann und der schnipst mit Finger und der Narbige und sein Freund stehen da und drohen uns?"

„Warum nicht? Er kann sie über Sandro kennengelernt haben."

Vesna schüttelt den Kopf. „Dann ist es schon wahrscheinlicher, es war Tom Marek, der die beiden angestiftet hat. Aber das ist alles viel zu viel Spekulation. Wir müssen mit dem Narbigen reden. Ohne Elena."

„Wie stellst du dir das vor? Es ist Ettore, der das mit dem Cousin herausgefunden hat. Sollen wir ihm sagen, er soll bitte seiner geliebten Nichte nichts erzählen, weil wir sie für verdächtig halten? Und wenn, in welcher Sprache sollen wir das tun?"

„Ja, ich weiß", erwidert Vesna und tunkt den Oktopus-Saft mit einem Stück Weißbrot auf. „Schmeckt wirklich großartig. Auch das Olivenöl mit Knoblauch und Petersilie darüber. Sicher altes Familienrezept."

„Wir wissen jedenfalls, dass ihr Vater ziemlich viel Geld hat und in den USA lebt."

„Wir haben es nur von ihr. Und: Da wird es einige geben, auf die das passt, auch wenn Nachname Floris ist."

„Wenn Jana hier wäre: Sie könnte wenigstens Italienisch. Vielleicht würde Ettore etwas über Elenas Vergangenheit erzählen."

„Wenn sie das nicht möchte?"

„Es kann ja sein, dass er sich Sorgen macht. Er ist sehr nett, und gar nicht …" Im letzten Moment verkneife ich mir ein „sardisch". Wäre ja auch absurd. Erstens finde ich die meisten Menschen in Sardinien überdurchschnittlich sympathisch und zweitens: Wie sollen denn Sarden typischerweise sein?

„Wir brauchen Dolmetsch. So etwas gibt es. Ich kann Jana fragen, vielleicht es gibt noch Verwandte von Benjamin, die das können, oder die jemand kennen …"

„Nicht schon wieder Verwandtschaft. Abgesehen davon, dass die paar Sarden, mit denen er verwandt ist, entweder tot oder längst fortgezogen sind."

Vesna kichert. „Vielleicht ein Cousin? Oder Cousin von Cousin? Die es gibt immer …"

Ich lache auch. „Oder wir nehmen das geniale Übersetzungsprogramm von Google oder Microsoft. Das funktioniert dann so gut wie gewisse Bedienungsanleitungen."

„Oder wie wenn dein Kater Vui auf Tastatur schreibt. – Weißt du, was wir machen? Wir fragen einfach hier nach einem Dolmetsch", schlägt Vesna vor.

Als wir heimfahren, sind wir rundum zufrieden. Es war trotz allem beinahe ein Ferientag. Außerdem wird sich Carlo bei uns melden, er arbeitet in der Saison als Fremdenführer und wird fürs Übersetzen nicht besonders viel verlangen, wurde uns versichert. Die tote Zeit zwischen Allerheiligen und Ostern sei hart genug: kaum Gäste, kaum Einkünfte. Sehe man ja auch in ihrer Osteria. Tatsächlich waren nur zwei weitere Tische besetzt. Und dann habe ich mich auch noch nach dem Oktopus-Geheimnis erkundigen können.

„Manche Geheimnisse will man nicht wissen", sinniert Vesna.

„Das sagst ausgerechnet du."

„Ich will mir nicht vorstellen, dass man Oktopus nicht einfach gut auf dem Grill braten kann."

Ich lache. „Was hast du gegen Küchentechnik? Ist doch genial: Du putzt und würzt den Oktopus, vakuumierst ihn und garst ihn zwölf Stunden bei siebzig Grad."

„Er hat nicht nach Plastik geschmeckt, muss man sagen."

„Sous-vide. Hast du doch sicher schon gehört. Bisher habe ich keinen Grund gesehen, das auszuprobieren. Aber wenn wir zurück sind, gibt's Oktopus. Zuerst Sous-vide, dann ganz heiß gegrillt oder gebraten, dann gutes Olivenöl und Petersilie und Knoblauch drüber."

„Ja, aber hier am Strand ..."

„Ihr Mann hat in Basel gekocht. Soll er nichts lernen? – Und genau deswegen glaube ich auch nicht an die Sache mit der Blutrache."

„Wegen Oktopus?"

„Weil sich die Zeiten ändern."

„Und was, wenn vieles gleichzeitig möglich ist?"

Ich stehe an der ehemaligen Klostermauer und streichle den roten Kater. Seit dem mysteriösen Treffen beim Anhänger umschmeichelt er mich. Ich habe ihm schon von Vui erzählt und von Gismo. Kann sein, es gibt welche, die das für schrullig halten. Ihm hat es gefallen, über Katzen von anderswo zu hören. Er wummert seinen dicken Kopf gegen meine Wade und schnurrt. Kann sein, dass auch der Schinkenrest aus der Küche zu unserer Freundschaft beitragen hat. Aber das verbindet ihn mit Vui und Gismo: logisch, dass man Menschen lieber mag, die einen füttern.

„Ihr habt also einen Dolmetscher bestellt", sagt Elena hinter mir.

Ich zucke zusammen. „Ich ... Als Journalistin brauche ich ab und zu eine Übersetzung. Leider kann ich bloß Englisch. Habe ich dir erzählt, dass ich als junge Reporterin in New York gelebt habe?"

Sie tritt neben mich. Der Kater flüchtet. Was hat er beim Anhänger gesehen? Was soll man von Menschen halten, vor denen Katzen davonlaufen?

„Lenk nicht ab. Ich habe zuerst vermutet, der Dolmetscher ist für Hartmann. Für den Kaufvertrag. Aber dann hat dieser Carlo gesagt, dass ihr ihn angefordert habt. Schon dumm, dass er am Festnetz hier angerufen hat. Gibt es einen Grund, warum du nicht mich gefragt hast?"

„Ich wollte dich nicht ... belasten. Immerhin hat sich Hartmann schon darüber beschwert, dass du ... dich nicht ausreichend engagierst. Hier, im Kent'Annos."

„Als was? Als Köchin? Und übrigens, nur damit du es weißt: So wie ich entlohnt werde, kann ich tun und lassen, was ich möchte."

„Er zahlt offenbar nicht gut. Tom Marek hat auch so etwas gesagt ..."

„Nicht gut? Er hat ihm noch gar nichts gezahlt. Dafür hat er diese doofe Beteiligung bekommen. Woran, weiß er selbst nicht. Aber ich weiß etwas: dass Tom ein miserabler Geschäftsmann wäre."

„Und du?"

„Ich habe immerhin Kost und Quartier, wie das so schön heißt. Und meine Ruhe. Habe ich zumindest gedacht."

„Warum bist du nicht zu deinen Verwandten nach Perdasdefogu?"

„Soll ich zu Nonna Laurina? Ich liebe sie wirklich, aber mit ihr und ihrer Pflegerin leben? Oder zu Onkel Ettore? Der würde mich sofort aufnehmen, aber nur, weil er mich so mag. Der lebt sehr gerne allein, das weiß ich."

„Und hier ist ja auch … Tom."

„Was soll das heißen?"

„Das weißt du doch selbst am besten."

Sie sieht mich ausdruckslos an.

Ich wappne mich. „Ich hab dir nicht hinterherspioniert. Ich habe es zufällig mitbekommen."

Sie lacht auf. Es klingt nicht fröhlich. „Dann hab ich mich doch nicht getäuscht. Da war wer, als ich am Abend mit Tom geredet habe."

„Geredet?"

„Ist doch egal. Lass mich in Ruhe mit Tom. Wir haben ein paar Mal miteinander geschlafen, wenn es dich interessiert. Es hat gut gepasst. Und als er dann anhänglich wurde, habe ich versucht, auf Distanz zu gehen. Okay? Ich habe keine besondere Lust auf eine Beziehung mit einem Mann, der fünfundzwanzig Jahre älter ist als ich. Was soll daraus werden? Soll ich in ein paar Jahren seine Krankenschwester spielen? Außerdem, ich weiß nicht, ob du es schon bemerkt hast: Seine Welt kreist in erster Linie um sich selbst."

„Aber … ganz charmant, oder?"

Elena lacht kurz auf. „Wenn man auf so etwas steht. Es ist schon fast liebenswürdig, wie sehr er den Rest der Welt ausblenden kann, wenn du das meinst."

„Er war völlig fertig, als wir Sandro gefunden haben."

„Ja. Sicher. Wird er auch gewesen sein. Aber am liebsten hätte er wohl den passenden Text dafür gehabt, damit er sich bestmöglich in Szene setzen kann. Schauspieler ohne Text … das ist so eine Sache."

„Und das heißt jetzt was?"

„Dass es nervt, wie sehr er herumjammert. Als ob Sandro nur umgebracht worden wäre, um ihn zu quälen." Sie schaut mich konzentriert an. „Deal!", sagt sie dann. „Ich erzähle dir etwas über ihn, das du für deine Reportage brauchen kannst. Und du erzählst mir, wofür ihr den Dolmetscher engagiert habt. – Ich merke, wenn du lügst."

Ich nicke.

Elena sieht mich an. „Okay. Hartmann schreibt ihm den Text für seine Interviews über die SardaVita-Mittelchen oder das angeblich kommende wunderbare Resort."

Ich bin einigermaßen enttäuscht. „Ja, und? Er verwendet dieselben Ausdrücke wie Hartmann, das ist mir längst aufgefallen: toxischer Stress, die Falten der Hundertjährigen sind Landkarten des Lebens, die Schätze der Langlebigkeit."

„Mira: Tom tut, als wäre er begeistert von diesen Kapseln für ein langes Leben. In Wirklichkeit hat er noch keine einzige davon genommen, weil er eine Phobie gegen Tabletten und all so etwas hat. Hartmann schreibt ihm vor, wie er was wann loben soll, wie er was wann begründen soll!"

„Was hast du eigentlich mit dem ‚angeblich kommenden Resort' gemeint? Dass er das Land gar nicht kauft?"

„Doch, das wird er. Er braucht einen Nachweis, dass seine Produkte tatsächlich aus Sardinien stammen, von dort, wo die Hundertjährigen daheim sind. Aber das große Kent'Annos? An das glaube ich erst, wenn ich es sehe."

„Warum?"

„Ist nicht Teil unseres Deals. Und außerdem nur so ein Bauchgefühl. Hartmann hält Tom damit bloß bei der Stange."

„Dafür gibt er so viel Geld aus?"

„Eine enorme Summe wird es nicht sein. Ich kenne das Gelände. Steinige Weideflächen, eine Ruine. Daneben eine Nuraghe, aber so verfallen, dass sie als archäologisch unbedeutend eingestuft wird. Richtig viel würde es kosten, um auf diesem Land ein Resort der Spitzenklasse hinzustellen. Das fängt schon bei der fehlenden Infrastruktur an. Ich kann mir nicht vorstellen, dass die alte Wasserleitung ausreicht. Nur um ein Beispiel zu nennen. – Aber jetzt du: Wozu braucht ihr den Dolmetscher?"

Ich lehne mich an die Mauer, sie gibt Wärme ab, heute war einer der ersten wirklich warmen Tage. Vesna wird mich umbringen. Noch ein Mord in der Familie – oder Quasifamilie. Ich hole Luft. „Wir müssen mit den beiden Männern reden, die uns am Abend in Birgu aufgehalten haben."

„Wir ist jetzt wer? Du und Vesna?"

„Na ja", sage ich lahm. „Uns haben sie aufgelauert."

„Ihr glaubt nicht, dass es gut wäre, wenn jemand von hier mit dabei ist? Der sie besser einschätzen kann? Ganz abgesehen davon, dass Onkel Ettore inzwischen beide ausfindig gemacht hat."

„Hat er?"

„Wie viel Zeit war bisher, euch das zu erzählen?"

„Jetzt ist Zeit."

„Okay. Der mit der Narbe war dabei. Er hat es Onkel Ettore bestätigt. Und er weiß auch, wer der Zweite war."

„Ein anderer Cousin."

„Warum? – Egal. Irgendjemandes Cousin wird er schon sein. Er ist sein Arbeitskollege."

„Wer hat sie angestiftet?"

„Onkel Ettore wollte nicht vorgreifen. Er hat gemeint, es ist besser, wenn wir mit ihnen reden. Aber ihr traut mir nicht."

Ich schüttle langsam den Kopf. „Ich … Es geht um die Perspektive … eine von außen … wo alles so verwoben ist."

„Eine blöde Ausrede. Ich habe einen Vorschlag: Ihr nehmt mich mit. Ihr könnt es ja aufzeichnen. Dann lässt sich überprüfen, ob ich richtig übersetzt habe."

„Ich glaube nicht, dass du nicht richtig …"

„Würde ich mit ihnen, was immer sie getan haben sollen, unter einer Decke stecken: Ich hätte genug Möglichkeiten, ohne euch mit jedem hier zu reden."

„Nur dass du dich eigentlich heraushalten wolltest."

„Möchte ich auch jetzt noch gerne. Nur … – weißt du was? Jetzt setzen wir uns in den Speisesaal und essen einen Teller von deiner Minestrone. Sie ist wirklich gut. Und aufgewärmt schmeckt sie sogar noch besser."

Für einen Moment denke ich an Schlafmittel, an die Safranrebendolde, ich geniere mich dafür und nicke. „Glaubt deine Nonna Laurina wirklich, dass sie durch Minestrone so alt geworden ist?"

Elena lächelt. „Frag sie! Ich habe es getan, und weißt du, was sie geantwortet hat? Ja, natürlich. Und deswegen, weil sie das Glück hat, hier zu leben."

Als ich meine Mails checke, sehe ich, dass mir Karl Simatschek Infos über SardaVit und die Wirkung solcher Mittel geschickt hat. Natürlich kenne ich die Auseinandersetzungen zwischen denen, die an alternative Heilmethoden glauben, und jenen, die sich auf die herkömmliche Medizin verlassen. Das zentrale Wort dabei sei „glauben", meint Karl. Natürlich dürfe man an alles Mögliche glauben, aber es gebe eben Medizin, deren Wirkung überprüft und erwiesen sei. Was SardaVit angehe, so könne er aufs Erste keine gesundheitsschädlichen Stoffe feststellen. Nur eben auch nichts, was wirke. Und das sei in gewissem Sinne auch gefährlich: wenn Menschen deshalb wirksame Therapien versäumen. Oder weil es ihnen Geld aus der Tasche ziehe, das sie besser für anderes ausgeben könnten. Ich lese weiter:

Seit Corona gibt es einen regelrechten Spermidin-Boom. Das ist der Stoff, den SardaVita aus Kichererbsen gewinnt. Andere nehmen Getreidekeime. Inzwischen gibt es ein Forum junger WissenschaftlerInnen, die gegen solche Geschäftemacherei arbeiten. Hartmann wird von ihnen als einer der „Gewinnler der alternativen Phyto-Pharma-Szene" bezeichnet. Seine Expertise? Er kommt aus der Autobranche und ist dort gescheitert. In einem Interview hat er von den Studien geredet, die sie gemacht haben, und wörtlich gesagt: „Wir haben herausgefunden, dass die meisten unserer Kundinnen Kapseln in Weiß bevorzugen, und dass sie flüssigen Shots schnelle Booster-Wirkung zusprechen. Das haben wir entsprechend angepasst." In den Studien, von denen er gerne redet, geht es also nicht darum, wie das Zeug wirkt, sondern wie man es am besten verkauft!

Über diese sogenannten Studien hat mir Hartmann ganz offen erzählt. Er scheint nichts dabei zu finden. Aber was, wenn Hartmann verhindern musste, dass seine Mittel in Verruf kommen? Er träumt davon, dass die Superreichen aus dem Silicon Valley auf das Geheimnis der Hundertjährigen von Sardinien anspringen und bei ihm investieren. Sandro könnte ihn erpresst haben. Er hat ein wenig gerechnet und ist dahintergekommen, dass das meiste in den SardaVita-Produkten gar nicht aus Sardinien stammen kann. Weil sie nicht so viel geerntet haben. Dafür braucht man kein Wissenschaftler zu sein. Vielleicht hat es so begonnen: Ich komme mit Vesna ins Kent'Annos. Sandro weiß, dass ich Journalistin bin. Er stellt Hartmann ein Ultimatum: Entweder er bleibt Direktor, oder er wird mir von Hartmanns unseriösen Methoden erzählen und alles kommt an die Öffentlichkeit. Bloß: Warum hat er es nicht getan? Weil Hartmann ihn beschwichtigt hat? Weil er nicht mehr dazu gekommen ist?

Karl hat mir noch mehr geschickt:

Falls du das brauchen kannst, ein ultrakurzes Fazit zum Thema Immunsystem und ob man es boostern kann:

„Stärkung" des Immunsystems durch irgendwelche Präparate funktioniert bei normal gesunden Menschen nicht – es gibt zumindest keine Beweise in zig Studien und Untersuchungen. (Sonderfälle sind Menschen mit schwerer Immunsystemerkrankung, da wird es kompliziert ...) Man kann aber das Immunsystem in „optimalem" Status halten (v. a. durch „gute" Ernährung, Fitness [inkl. Nikotinstopp], Stressreduktion).

Das Immunsystem ist wie viele andere körpereigene Systeme darauf ausgerichtet, in der aktiven (reproduktiven, sorry, das heißt so ...) Zeit möglichst aktiv zu sein, und nimmt dann mit dem Alter ab.

Mein Immunsystem ist nicht mehr so aktiv, ich bin der Natur schön langsam egal: Ich werde mich nicht mehr vermehren, und damit tschüss. Was ist mit dem, was ich weiß? Meinen Erfahrungen? Oder damit, dass ich durch Engagement oder Erfahrung dazu beitragen könnte, anderen Menschen das Leben zu retten? Sind wir wirklich nicht mehr als eine Tierart? Reproduktion, und das war es? Ich lächle. Es liegt wohl an uns selbst, mehr zu sein. Indem ich zum Beispiel herausfinde, wer hinter dem Tod eines durchaus noch vermehrungsfähigen Sarden steckt. Wobei: Die hundertzweijährige Tzia Grazia liegt mir auch am Herzen.

Ich schicke dir noch ein Zitat aus dem UpToDate (dem vermutlich aktuellsten und hochqualitativsten medizinischen Nachschlagewerk für „Profis") zum Thema nachlassendes Immunsystem im Alter, ich hab die zentrale Passage übersetzt, passt ziemlich gut zu deinen Hundertjährigen:

„Passende Ernährung ist mit einiger Wahrscheinlichkeit ausschlaggebend für eine Optimierung der Immunfunktion. Es gibt Ergebnisse, die anzeigen, dass regelmäßige moderate Bewegung auch wichtig ist. Wie auch immer, es gibt keine pharmakologischen Therapien, die überzeugend nachweisen konnten, gegen die normale Abnahme der Immunfunktionen zu wirken.

Nahrungsergänzungsmittel und Ernährung: Es fehlen Studien, die nachweisen, dass Vitamin- oder Mineralzusätze das Immunsystem anregen können."

Wichtig sei, mit der normalen Nahrung genug an Vitaminen und Spurenelementen zu sich zu nehmen, lese ich. Das Geheimnis der Minestrone: Man sollte es wissenschaftlich erforschen. Mit Nonna Laurinas Minestrone gegen die Phyto-Pharma-Industrie. Ich werde Karl Simatschek zum Dank für die Informationen das Rezept schicken.

Fazit, schreibt er: *Da es sich bei SardaVit nicht um Arzneien, sondern um Lebensmittel in Form von Kapseln, Pillen, Lösungen handelt, darf man nicht draufschreiben, wofür oder wogegen sie genau wirken. Aber diese Infos gibt's online, über Foren und Homepages. Da kann Tom Marek oder sonst jemand suggerieren, dass man durch SardaVit länger lebt oder sich sogar verjüngt. Auch wenn alle Studien sagen, dass das blanker Unsinn ist, schon wegen der Dosierung. Hartmann hat vor, auch homöopathische Globuli herzustellen. Wenn der Wirkstoff so gering ist, dass er nichts anstellen kann, braucht er das als Medizinprodukt bloß registrieren zu lassen.*

Da wird dann gecheckt, ob alles so weit verdünnt ist, dass es unbedenklich ist. Kurz zusammengefasst: Wenn man bestätigt, dass das Zeug wirkungslos ist, und nicht genau draufschreibt, wogegen es wirken soll, dann darf man es als homöopathisches Heilmittel bezeichnen und es wird teilweise sogar von der Krankenkasse bezahlt!

Wer aber darüber schreibt, dass Globuli wirkungslos sind, steht in Gefahr, neue Glaubenskriege heraufzubeschwören. Warum? Dem hat Karl eine „ganz persönliche Anmerkung“ am Ende der Mail gewidmet:

Hunderte Jahre hat man den Menschen eingeredet, dass sie glauben sollen. Jetzt glauben sie an etwas, und es passt wieder nicht! Ha!

Ich grinse. Wobei: Claus Hartmann ist wohl kein Wissenschaftsfeind, sondern ein Profiteur von Sehnsüchten. Immerhin habe auch ich zwei der Kapseln genommen und mir gedacht: Wer weiß? Womöglich hilft es doch?

Diese jungen WissenschaftlerInnen gegen Geschäftemacherei mit der sogenannten Naturmedizin: Können sie jemand bei SardaVita eingeschleust haben? Erzählen sie den Menschen in Birgu, wie unseriös Hartmann ist? – Würde es die Einheimischen stören? Einige von ihnen vielleicht, die meisten wohl nicht. Könnte ähnlich sein wie mit Perdasdefogu und seinem Militärgelände. Es gibt Bürgerinitiativen dagegen, aber die Mehrheit hat sich daran gewöhnt, lebt damit und profitiert sogar auf die eine oder andere Art davon.

Elena hat leidenschaftlich über neue Chancen für Sardinien geredet, über den notwendigen Respekt vor dem Land und seinen Traditionen und der Natur. Da hätte sie allerdings eher Hartmann als Sandro umbringen müssen. Elena, die immer zwischen den Stühlen sitzt. Sie verstehe, wenn die Menschen jede Chance nutzen, hat sie gesagt. Aber sie war wütend über die Ausbeutung, auch die der Hundertjährigen. *Virtù, balentìa*, dieser umfassende Ehrbegriff ist ihr wichtig. – Wie weit ist sie bereit, dafür zu gehen?

[14.]

Wir sitzen in der Bar Melis. Hinter uns die Wand mit den Fotos der langlebigsten Familie der Welt. Vesna zeichnet unser Gespräch auf, so wie Elena es vorgeschlagen hat. Die beiden Sarden wissen nichts davon.

Ettore hat gute Vorarbeit geleistet. Er hat den beiden klargemacht, dass die Familie Boi, und zwar alle von ihnen, samt ihren Freunden und Helfern, unter Mordverdacht steht. Tatsächlich haben die Ermittler bereits mit vielen aus der Familie geredet. Aber auch wir sind im Kommissariat in Nuoro gewesen. Ich habe noch einmal möglichst genau den Ablauf des Vormittags geschildert. Außerdem habe ich dem sympathischen Kommissar einiges über SardaVita erzählt und ihm das Material von Karl Simatschek geschickt. Vielleicht kann er die Dinge so besser einordnen. Der Termin ist um einiges formeller abgelaufen, als ich es mir gedacht habe. Kann sein, weil eine Dolmetscherin dabei war. Und weil diesmal alles protokolliert wurde. Vielleicht habe ich deswegen nichts vom Zwischenfall in Birgu erzählt. Vesna war ohnehin von Anfang an dagegen. Könne man ja noch immer machen, hat sie gemeint.

Der mit der Narbe heißt Pietro, der eher Untersetzte, Kleinere Federico. Elena führt das Gespräch mit großer Effizienz, nahezu unbeteiligt. Die beiden sind sichtlich bemüht, einen guten Eindruck zu machen. Was hat ihnen Ettore gesagt? Egal, es scheint gewirkt zu haben.

Wir trinken Cannonau, Pietro hat darauf bestanden, uns einzuladen. Ihr Stammlokal sei natürlich die Bar Lidia in Birgu, erzählen sie. Dort sei es gemütlicher als hier. Und das Essen von Susa: eine Wucht! Aber schon okay, dass man sich hier getroffen habe.

„Ist in ihrem Interesse", sagt Elena zu uns. „Wahrscheinlich würden es nicht alle in Birgu gut finden, dass sie nach dem Mord mit euch reden."

„Die wissen, dass ich Journalistin bin?", frage ich verblüfft.

„Die wissen jedenfalls, dass ihr Sandro gefunden habt."

Ein kurzes Hin und Her auf Italienisch. „Sie wollten genau übersetzt haben, was ich zu euch gesagt habe. Ich habe gesagt, dass in der Bar Lidia offenbar viel gelauscht wird."

„Warum sie haben uns aufgelauert?", fragt Vesna ungeduldig.

Elena übersetzt, heftiges Kopfschütteln bei den beiden, wenig freundliche Blicke zu Vesna. „‚Aufgelauert' gefällt ihnen nicht, so sei das nicht gewesen, sagen sie."

„Sondern wie?"

Diesmal reden die beiden länger. Wobei vor allem Federico spricht und Pietro bestätigend nickt. Elena stellt Zwischenfragen.

Vesna runzelt die Stirn. „Du wolltest übersetzen."

„Die zwei sind nicht gerade hochbegabt. Logisch und sprachlich. Also wollte ich zuerst einmal den Ablauf klären."

Ich nicke. Immerhin gibt es ja den Mitschnitt, den wir überprüfen können.

„Sie sind in der Bar Lidia gewesen, am Abend. Ein Freund hat erzählt: ‚Da fragen zwei Ausländerinnen nach Tzia Grazia, sie waren am Nachmittag da und jetzt sitzen sie schon wieder hier. Sie behaupten, sie kommen von Sandro.' Er wollte von Pietro, seinem Cousin, wissen, ob das stimmen kann. Pietro hat gesagt, dass Sandro mit dem Deutschen, der das ehemalige Agriturismo kaufen will, zu tun hat. Aber ihm ist die ganze Sache doch seltsam vorgekommen, also hat er Sandro angerufen."

„Haben sie von den Gerüchten über Tzia Grazias Tod gewusst?", fragt Vesna dazwischen.

„Damals nicht, sagen sie. Erst nach dem Mord an Sandro ist darüber geredet worden. Aber eigentlich glaubt niemand so recht, dass auch sie ermordet worden ist. Das sagt übrigens auch Onkel Ettore. Man hat ihm klargemacht, dass er keinen ‚Unsinn' verbreiten soll."

„Schützt die Gemeinschaft jemand Bestimmten? Oder will man es intern regeln?", will ich wissen.

„Unwahrscheinlich. Sie wollen einfach ihre Ruhe. Da ist besser, man weiß nicht alles."

Pietro mischt sich ein. Elena antwortet. Ich verstehe kein Wort und frage, ob sie Sardisch gesprochen haben.

Elena nickt. „Er hat den Eindruck, ich übersetze nicht alles. Aber weiter: Sie haben also Sandro angerufen. Und der hat gesagt, dass er euch nicht geschickt hat. Er wollte ganz genau wissen, was ihr gesagt habt. Sie haben gemeint, dass sie nichts mitbekommen hätten, außer dass sie in der Bar finden, ihr seid ziemlich neugierig. Daraufhin hat Sandro gesagt, sie sollen euch klarmachen, dass so was hier nicht erwünscht ist. Sie sollen dafür sorgen, dass ihr verschwindet."

„Verschwinden?", wiederhole ich.

„Nicht in dem Sinn, den du offenbar meinst. Sie sollten euch vergraulen. So haben sie es jedenfalls verstanden. Sie haben sich nicht gedacht, dass ihr so aggressiv reagiert."

Vesna atmet laut aus und starrt Pietro an. „Wir aggressiv! Der wollte mich angreifen!"

Er hebt beschwichtigend die Hände und sagt etwas.

„Du hast das missverstanden", übersetzt Elena. „Aber er hat niemandem von dem Tritt erzählt, auch nicht der Polizei."

„Was war da falsch zu verstehen?"

„Sandro wollte, dass sie euch etwas von Vendetta, Omertà, *vindicau* erzählen, das interessiert Touristen ja fast so sehr wie die Hundertjährigen. Allerdings haben offenbar alle drei nicht daran gedacht, dass ihr kaum Italienisch könnt."

„Warum hat es sie so gestört, dass wir in der Bar nach Tzia Grazia gefragt haben? Wo angeblich noch niemand von den Gerüchten über ihren Tod gehört hat?", will ich wissen.

„Weil es euch nichts angeht, sagen sie. Mehr Grund gibt es nicht. Sie haben Sandro einen Gefallen getan. Er wollte sich darum kümmern, dass aus dem ehemaligen Agriturismo was wird und dass Birgu in ein paar Jahren viel bekannter sein wird als Perdasdefogu. Weltbekannt."

„Sie haben doch für Hartmann gearbeitet, oder?"

Elena lächelt. „Das hab ich sie gefragt. Pietro sagt, dass man das schlecht ‚Arbeit' nennen kann. Er hätte ein paar Mal geholfen, Mirto zu pflücken. Und ‚Futter für die Schafe', wie er die Kräuter nennt. Er hat es für Sandro gemacht. Er ist kein Bauer. Er ist Automechaniker. Sandro hat ihm gesagt, dass man später sicher jemanden brauchen wird, der sich mit dem Fuhrpark des Luxus-Resorts auskennt. Er muss ihnen sogar erzählt haben, dass Bezos oder Zuckerberg Interesse hätten, zu kommen."

Ich grinse. „Die Superreichen, die ewig leben möchten und deswegen nach Sardinien pilgern. Haben sie den Unsinn geglaubt?"

Elena fragt. Die beiden zucken mit den Schultern, grinsen auch ein wenig und antworten ziemlich einsilbig.

„Sie meinen, das war natürlich Quatsch, Sandro hat oft angegeben. Aber wer weiß? Vielleicht wäre zumindest irgendetwas aus dem ehemaligen Agriturismo geworden. Vielleicht wären ein paar neue Jobs entstanden? Dass die *famiglia* etwas mit dem Tod von Sandro zu tun hat, nennen sie Schwachsinn, *balla*. Das Gerede von Blutrache ist nur zum Erschrecken, ansonsten gehört es zu den Sagen von Onkel Ettore."

Pietro und Federico nicken. „Balla", wiederholen sie.

„Nehmen wir an, Sandro hat seine Großmutter doch auf alte sardische Art … ins Jenseits befördert, damit der Kauf funktioniert: Muss man Tzia Grazia dann nicht rächen?", mischt sich Vesna ein.

Pietro schlägt ein Kreuzzeichen und trinkt einen Schluck Wein. Federico belässt es beim Trinken. Elena übersetzt, hört ihnen zu, antwortet dann: „Sie haben schon gesagt, sie haben das Gerücht gar nicht gekannt. Und die anderen auch nicht. Sie glauben nicht, dass etwas dran ist. Tzia Grazia sei alt gewesen, selbst bei ihnen sterben alte Leute."

Sollten wir fragen, ob sie an diesem Abend auch Tom Marek in der Bar gesehen haben? Ich bin mir noch immer nicht sicher, wie eng Elenas Beziehung zu ihm ist, oder war. Außerdem: Die beiden haben klar gesagt, dass sie den Auftrag, uns zu verscheuchen, von Sandro bekommen haben.

Elena sieht mich aufmerksam an. „Was ist?"

Kann sie Gedanken lesen? „Hartmann", sage ich rasch. „Frag sie, ob sie Hartmann persönlich kennen."

„Il tedesco", verstehe ich, als Pietro antwortet. Und „turismo" und „personalmente".

„Pietro sagt, sie haben nichts gegen Deutsche. Sie haben gehofft, dass der Boss aus Deutschland Birgu etwas bringt. Er hat sich wirklich für das Land interessiert. Er hat ihn erst vor kurzem gesehen, auf dem Gelände des ehemaligen Agriturismo. Der Deutsche ist sogar auf der Nuraghe herumgeklettert. Weil man daraus sicher eine Touristenattraktion machen könnte." Elena lächelt. „Glaube ich übrigens weniger. Sie steht in den meisten Führern gar nicht drin. Meine Vorfahren haben seit Jahrhunderten Steine abtransportiert und sie für ihre Mauern verwendet."

Pietro will wissen, was Elena erzählt. Kurzer Wortwechsel. Offenbar sind sie über die Bedeutung der Nuraghe unterschiedlicher Meinung. Und wieder verstehe ich: „il tedesco".

„Er sagt, dass der Deutsche die Nuraghe untersucht hat, obwohl das gar nicht so ungefährlich ist. – Das kann ich allerdings bestätigen. Sie haben uns schon als Kinder verboten, dort zu spielen. Sie hatte ursprünglich zwei Stockwerke, oder auch drei. Vieles ist eingefallen, der Rest eher lose. Auf alle Fälle: Er soll dort herumgeklettert sein und dann …" Elena fragt offenbar noch einmal nach. Pietro nickt und antwortet.

„… und dann hat er etwas mitgenommen, oder dagelassen, so genau hat er das nicht gesehen. Er meint, es könnte eine Gabe sein, etwas, das eine Verbindung herstellt. Zur alten Zeit, zu diesem besonderen Platz, zu seinem Wesen, so hat er es genannt."

„Wann war Hartmann dort?", fragt Vesna.

„Einen Tag nach dem Mord", sagt Elena wenig später. „Deswegen ist für ihn klar, dass das Projekt auch ohne Sandro weitergeht. Sie hätten also gar keinen Grund gehabt, ihn zu ermorden, meint er. – Eigene Logik, aber was soll's."

„Will sich eben herausreden", gibt Vesna zurück. „Frage, ob das sicher ist: einen Tag nach dem Mord?"

Elena fragt und antwortet dann: „Ja, er ist sich ganz sicher. Weil er eben gedacht hat, es ist eine Opfergabe oder so etwas, ein Zeichen, damit doch noch alles gut wird. Es ist besser, die dunklen Mächte friedlich zu stimmen, sagt er. Das hat übrigens auch Tzia Grazia gerne gesagt."

„Sagst du, oder sagt er?"

„Er sagt das. Aber er hat recht. Tzia Grazia war sehr realistisch, aber sie war auch abergläubisch. Das geht in Sardinien seit tausenden von Jahren gut zusammen. Pietro sagt: Man sollte sich vor dem bösen Blick, vor Unglück hüten. Das hat offenbar auch der Deutsche begriffen. Er kann einer von ihnen werden. Er passt hierher, auch wenn das nicht alle einsehen."

„Und wer sieht das nicht ein?"

Elena übersetzt. Die beiden sehen sich an, reden leise miteinander. Denn redet vor allem Federico.

„Sie sagen, dass es eben engstirnige Menschen gibt, überall. Aber sie seien offen für Neues."

„Man hat es gesehen", knurrt Vesna. „Zwei Frauen kommen, fragen, und schon sie sind verdächtig und man muss ihnen drohen."

„Soll ich das auch übersetzen?"

„Nein", antworte ich anstelle meiner Freundin.

Vesna möchte, dass ich fahre. Sie sei das mit dem Trinken nicht so gewohnt. Und überhaupt: Sie fühle sich etwas müde. Ich sehe sie besorgt an. Vesna, die so schwach ist, dass sie mir ihr Lieblingsspielzeug überlässt? „Mach schon", knurrt sie.

Wenig später weiß ich, dass ich mir doch keine Sorgen zu machen brauche. Jedenfalls nicht um Vesnas Gesundheitszustand. Sie hat Elena gebeten, sich zu ihr auf die Rückbank zu setzen. „Mira ist sonst so leicht unkonzentriert", hat sie gesagt.

Wenn ich tatsächlich nicht voll konzentriert bin, dann hat das mit den beiden zu tun.

„Die beiden haben glaubwürdig geklungen. Wer kennt die Leute hier? Du oder ich? Sie sind vielleicht keine großen Intellektuellen, aber sie wissen, was sie sagen. Das war echt", stellt Elena fest.

„Weil du Ahnung hast! Du warst ewig weg. Vieles hat sich geändert. Und außerdem: Das ist mein Geschäft! Ich habe Erfahrung mit so etwas! Und Gespür!"

Elena faucht. „Da geht es nicht um Gespür. Hunderte Male habe ich … ach Quatsch. Du glaubst ja doch bloß, was du glauben willst!"

„Ich ermittle. Und ich sage dir noch etwas: Schon seltsam, dass Hartmann auf diesem Ding herumgeklettert ist. Überhaupt: die ganze Geschäftemacherei mit den Hundertjährigen und mit Sardinien. Das ist ihnen egal? Warum es war ihnen dann nicht egal, als wir nur ganz harmlos gefragt haben?"

„Weil Sandro ihnen gesagt hat, dass sie euch einbremsen sollen! Und ich kann ihn verstehen!"

„Kann es sein, du identifizierst dich auch sonst eher mit der … *famiglia*?", mische ich mich ein.

„Gute Frage", assistiert mir Vesna.

„*Famiglia*. Als Nächstes werft ihr mir vor, hier eine neue Mafia aufzubauen. Ich gehöre nicht zur Familie Boi, schon vergessen? Und übrigens? Könnt ihr nicht zuhören? Die beiden hoffen, dass Hartmann Birgu neue Chancen bringt. Was immer sie von Sandro gehalten haben: Er war der Mittelsmann. So jemanden bringt man nicht um."

„Wenn es so war", fährt Vesna fort, „wer dann hat Sandro umgebracht? Weil dass er tot ist, wirst nicht einmal du leugnen. War es Rache für Tzia Grazia?"

„Vielleicht war es meine Großmutter, die Sandro auf dem Gewissen hat", höhnt Elena. „Weil sie ihre beste Freundin gewesen ist. Aber ich schwöre unter Eid: Sie schafft das nicht mehr, ihr wird leicht schwindlig!"

„An sie ich habe nicht gedacht. Aber …"

„Du meinst, ich habe es für sie getan?" Elena lacht böse auf.

„Auch eine Möglichkeit. Ich wollte sagen: Was, wenn doch jemand gegen Geschäfte von Hartmann war?"

„Wer jetzt? Miras Wissenschaftler, die vor unwirksamen Produkten warnen? Oder jemand aus Birgu, der will, dass alles beim Alten bleibt?"

Kurze Pause. Ich lausche gespannt und hätte beinahe die nächste Haarnadelkurve unterschätzt.

Anders als sonst scheint es Vesna gar nicht aufgefallen zu sein.

„Tja", sagt Vesna dann. „Tom Marek hat von seinem neuen Leben geschwärmt und Interviews gegeben. Über Schätze des langen Lebens, über Geheimnisse der hochverehrten Hundertjährigen. Er hat sich als neuer Star der Berge gesehen, sozusagen. Und dann stellt sich heraus: Das meiste ist Fake."

„Das ist ein Motiv?", antwortet Elena erstaunlich ruhig. „Und da bringt er nicht Hartmann, sondern Sandro um?"

„Den braucht er noch. Wegen Vertrag."

„Es tut mir leid, es ist einfach Schwachsinn, was ihr euch da zusammenreimt."

„Ach, Hauptsache, dein Tom ist aus dem Schneider, was? Glaube nicht, ich weiß nicht Bescheid", ätzt Vesna.

„Du weißt nicht Bescheid. War doch klar, dass Mira das sofort an die große Glocke hängt. Ich war wirklich eine Idiotin, euch …"

Vesna setzt unbeeindruckt nach: „Tom wollte um alles in Welt verhindern, dass schlechtes Licht auf sein neues Lebens-Projekt kommt. Vielleicht hat Sandro ihn auch erpresst. Damit er garantiert Direktor bleibt."

„Und womit bitte?"

„Ein Freund versucht gerade herauszufinden, ob die Mittelchen von SardaVita wirklich so harmlos sind. Oder bloß wirkungslos“, rufe ich nach hinten.

„Euer angeblicher Rechtsmediziner?“

„Was heißt angeblich?“

„Der hat doch dem Commissario längst alles geschickt: Da ist nichts!“

„Vielleicht meine ich jemand ganz anderen. Weil eines ist klar: So viel wie Hartmann erzeugt, wächst hier nicht.“

„Ach, und um das zu entkräften, klettert Hartmann auf die Nuraghe und bringt ihr ein Opfer. Es ist wirklich sinnlos mit euch. Habt ihr schon einmal etwas von Logik gehört?“

„Und was ist deine Logik?“, kontert Vesna. „Sage uns, was du glaubst!“

„Da geht es nicht ums Glauben. Es ist Sache der Polizei, herauszufinden, was wirklich war. Und nicht von gelangweilten Schnüfflerinnen!“

„Tatsache: Sandro ist ermordet worden“, fährt Vesna mit eisiger Ruhe fort. „Tatsache: Du hast ein Verhältnis mit Tom Marek.“

„Falsch. Das ist vorbei. Und es war nie ein Verhältnis.“

„Was dann?“

„Das geht euch exakt gar nichts an! Deswegen haben wir Sandro ruhiggestellt und mit mehreren Hirtenmessern gespickt? Vielleicht gar, damit unsere Liebe nicht entdeckt wird? In welchem Film seid ihr eigentlich?“

Der Rest der Fahrt verläuft schweigend.

Vesna tippt und wischt am Smartphone herum. Elena starrt in die Landschaft. Und ich sehne mich nach Harmonie.

[15.]

Mir geht diese Heimlichtuerei auf die Nerven", sage ich zu Vesna.

„Besser, man ist vorsichtig."

„Und was, wenn sich jemand als Olivenbaum tarnt? Oder als Schaf?", spotte ich.

Ich war noch im Bett, als Vesna angerufen und mich aus diesem angenehmen Zustand zwischen Schlaf und Wachsein gerissen hat. Zeit für einen Spaziergang, hat sie gesagt. Ich finde, dafür braucht man etwas im Magen. Aber natürlich war ich neugierig.

„Jana sagt, die Übersetzung hört sich richtig an. Sardisch versteht sie natürlich nicht, aber im Grunde passt es. Was auch logisch ist."

„Du meinst, weil Elena davon ausgehen konnte, dass du das überprüfst."

„Genau. Sie sagt, Benjamin kennt Hartmann nicht besonders gut. Sein Vater und sein Großvater sind große Tiere in der deutschen Autoindustrie. Er hat das nicht geschafft. Nicht erfolgreich sein ist bei denen so viel wie Todesurteil. Kein Wunder, dass er es jetzt in einer anderen Branche versucht."

„Und was meint sie zu Elena? Du hast sie doch sicher gefragt."

Meine Freundin seufzt. „Jana sagt, Elena kann man nicht durchschauen. Aber dass sie die Wahrheit über Tzia Grazias Tod herausfinden will, glaubt sie ihr. Ich glaube, Jana hat hier jemanden zum Reden gebraucht. Das macht kurzsichtig."

„Warum bist du Elena gegenüber so misstrauisch?"

„Warum bist du ihr gegenüber so gutgläubig? Weil sie kochen kann?"

„Ich bin nicht naiv, nur …"

„Ist dir aufgefallen, was sie alles weiß? Ich habe noch einmal nachgehört. Sie hat gewusst, dass du dem Commissario die Unterlagen von Karl geschickt hast. Du hast ihr davon erzählt?"

„Sicher nicht. Allerdings: Dass SardaVit nicht wirkt, hat wohl kaum direkt mit dem Mord zu tun."

„Egal, sie hat es gewusst."

„Commissario Fois kann sie nach ihrer Einschätzung gefragt haben."

„Und nennt seine Quelle? Was ist das für ein Ermittler?"

Ich sehe hinüber zur niedrigen Trockensteinmauer. Mauern trennen nicht nur Grundstücke, sondern halten Schafe ab, schützen gegen den Wind. Da war etwas … etwas, das mir eingefallen ist. Bevor mich Vesnas Anruf aus dem Halbschlaf gerissen hat. Irgendwas mit Elena. Das zu dem passt, was Vesna vermutet. Es ist weg. Mauer. Steine. Nuraghe. Da war noch was. „Was hat Hartmann bei der Nuraghe gewollt?", frage ich meine Freundin.

„Was ihr immer mit diesem alten Stein habt. Ich glaube, es ist nicht so wichtig, wenn er klettert. Die beiden wollten ablenken."

Mir kommt ein ganz anderer Verdacht, warum Vesna abblockt: „Weißt du, was eine Nuraghe ist?"

„Natürlich. Uralte Steine."

„Es sind steinerne Turmbauten aus der Bronzezeit. Du kannst sie überall auf der Insel finden. Eindrucksvoll. Sie haben meterdicke Mauern, Kammern, mehrere Stockwerke. Wofür die alten Sarden sie gebaut haben, ist immer noch nicht ganz klar."

„Was wird das? Geschichteunterricht?"

„Wahrscheinlich waren sie Wehrtürme und dann das Zentrum von befestigten vorchristlichen Siedlungen."

„Du meinst … wir sollten uns so einen ansehen und wenn der zufällig bei Birgu ist, warum nicht? Aber: Ist es wahrscheinlich, wir finden etwas in Steinehaufen? Elena hat gesagt, dass die Nuraghe zerfallen ist."

„Glaubst du, dass Hartmann wirklich dort war?"

„Das kann schon sein. Er will das Gelände kaufen. Also besichtigt er auch die alte Ruine. Was die beiden sonst gesagt haben, ist Blödsinn: das mit Geister der Vergangenheit freundlich stimmen und Opfer bringen."

„Es gibt eine Menge Geschichten und Sagen über Nuraghen. Sie gelten als Kraftplätze."

„Und du glaubst esoterischen Unsinn? Es sind Steine, die schon lang daliegen. Basta. Du kannst Onkel von Elena fragen. Warum redest du überhaupt noch mit mir?"

Ich fasse Vesna am Arm. „Du bist meine Freundin. Und du kannst besser kombinieren als alle. Meistens."

„Meistens!"

„In diesem Fall bis du voreingenommen. Natürlich geht's nicht um das alte Brimborium, auch wenn wir das hier lieber nicht so nennen sollten. Es geht … um die Perspektive: Pietro hat gemeint, Hartmann hat der Nuraghe etwas geopfert. Was, wenn er in Wirklichkeit etwas loswerden wollte? Das verschwundene Mobiltelefon? Irgendwelche Schlaf- oder Narkosemittel?"

„Klingt nicht ganz dumm. Wir könnten nachsehen. Auch nicht schwieriger, als Nadel im Misthaufen zu finden."

„Nadel im Heuhaufen, meine liebe Vesna."

„Heuhaufen? Warum? Nadel in Heuhaufen ist einfach. Du brauchst nur überall draufdrücken. Bei Misthaufen …"

„Aber das Sprichwort geht so."

„Ich finde es besser mit Misthaufen. – Wir sehen uns das ohne Elena oder sonstige Verwandtschaft an, okay? Wir sagen, wir fahren wieder an den Strand. Du brauchst Erholung von der Aufregung."

„Ich?"

„Wer sonst? – Aber: Ich gebe zu, das ist zumindest eine Idee, wie wir weitertun können."

„Ist mir im Halbschlaf eingefallen."

„Wie man sagt? Den Rächern gibt's der Herr im Schlaf."

„Den Gerechten."

„Glaube ich nicht."

Drei Schafe kommen näher und sehen uns interessiert an.

„Sie ist Rächerin, ich bin gerecht", sage ich zum dicksten der Tiere und mache „bähhh!"

Vesna lacht. „Reingefallen. Natürlich weiß ich, wie es wirklich heißt. Aber Rächer klingt gut."

„Wann fahren wir?"

„Sofort. Du zeigst mir antike Steine und wir forschen nach sardischer Geschichte."

Sie macht kehrt, und das so schnell, als würde die Nuraghe demnächst weggeräumt. Dabei steht sie seit mehr als dreitausend Jahren in der Gegend herum. Mein Telefon läutet. Oskar. Es sei ohnehin besser, nicht gemeinsam zurückzukommen, meint Vesna, sie winkt und ist verschwunden.

„Ja, sie lässt dich auch grüßen", antworte ich meinem Mann.

„Vesna."

„Sie ist auf einem Geheimhaltungstrip. Aber wir haben immerhin eine Idee …"

„Und ich habe neue Informationen. Ein paar Dinge über SardaVita sind inzwischen klar. Das Unternehmen ist chronisch unterfinanziert. Hartmann hat sich bis über beide Ohren verschuldet. Die Einstiegskampagne war viel zu teuer. Dazu kommen hohe Zahlungen an Pharmavertreter. Und Geld für die Apotheken."

„Geld für Apotheken?"

„Man zahlt heutzutage dafür, dass gewisse Produkte gut platziert und präsentiert werden. Ist nicht nur in dieser Branche so. Mit den verschreibungspflichtigen Arzneimitteln ist wenig zu verdienen. Das unnötige Drumherum finanziert sozusagen unsere hochwertige Versorgung durch die Apotheken."

„SardaVit ist also nicht in den Auslagen, weil man davon überzeugt ist, dass es sich um ein gutes Mittel handelt."

„Du kannst nicht so naiv sein."

Ich lache. „Vesna meint, ich kann. Nein, bin ich natürlich nicht. Aber trotzdem: Ich habe mir nicht gedacht, dass das so direkt über Bezahlung läuft."

„Nicht immer, aber immer öfter. Glaubst du wirklich, dass mein Buchhändler einen Stapel mit einem grottenschlechten Thriller aufbaut, weil er ihn für das beste Buch hält?"

„Er macht es, weil er glaubt, davon am meisten zu verkaufen."

„Und weil er oder das Unternehmen dahinter dafür Geld oder Preisnachlässe von großen Verlagen bekommt. In der Lebensmittelbranche läuft es ähnlich. Besondere Regale werden von den Firmen direkt bestückt und bezahlt. – Aber darum geht's jetzt nicht. Jedenfalls hat Hartmann hohe Schulden."

„Das wird Tom Marek nicht freuen. Er ist mit zehn Prozent beteiligt. Für die Werbekampagne hat er offenbar noch keinen einzigen Cent gesehen."

„Das passt ins Bild. Hartmann hat diverse Substanzen bestellt, konnte aber offenbar nicht alles bezahlen. Jedenfalls hängt einiges in Zollfreilagern fest."

„Woher sind die Stoffe gekommen?"

„Das, was im Zollfreilager blockiert ist, kommt aus China. Ansonsten steht neben Italien auch Griechenland auf den Frachtpapieren. Frag mich nicht, wie ich das herausgefunden habe."

„China! Wenn das bekannt wird …"

„… kann er einpacken. Aber wer soll es bekannt machen? Ich gehe einmal davon aus, dass auch Komponenten anderer sogenannter Naturheilmittel aus Fernost stammen."

„Es muss ja nicht die Konkurrenz an die Öffentlichkeit bringen. Es kann auch jemand sein, der ihn erpressen möchte. Oder der sich rächen will."

„Oder eine Journalistin. Sei vorsichtig, Mira. Erzähl Vesna davon. Sie soll auf dich aufpassen. Redet mit dem Kommissar darüber. Und: Ich werde so bald wie möglich kommen."

„Um mich zu beschützen?“, spotte ich, aber mir ist doch etwas mulmig zumute.

„Um dich endlich wiederzusehen. Und weil ich etwas Erholung brauche. Du musst mir nur versprechen, dass wir dann auch wirklich Urlaub machen.“

Ich erinnere mich ans Meer an der Costa Rei, an den Liegestuhl am Poetto, den Blick auf schroffe Granitfelsen im goldenen Licht des Sonnenuntergangs. „Ja“, sage ich beinahe feierlich. „Ich will.“

Oskar lacht. „Ich freu mich, dass du meinen Antrag annimmst. Bitte seid wirklich vorsichtig. Ich habe auch, wie von Vesna verordnet, ferngesehen. Die Plots der Serie, in der Marek gespielt hat, sind manchmal ziemlich wirr. Aber ich hab etwas gefunden, das zu eurem Fall passen könnte. Seht es euch an. Vielleicht täusche ich mich auch. Ich kann mich nicht mehr im Detail daran erinnern, was du über das Telefonat zwischen Marek und Sandro gesagt hast. Ich hab die entsprechenden Passagen der Folge mit dem Smartphone vom Fernseher abgefilmt, die Qualität ist daher nicht besonders, aber so konnte ich es dir gleich schicken.“

„Du meinst das letzte Telefonat zwischen Tom Marek und Sandro?“

„Ja. Und wenn ihr auch nur irgendwie das Gefühl habt, es könnte relevant sein: Redet mit dem Commissario!“

Ich rufe meine E-Mails ab und finde das File. Ich widerstehe der Versuchung, es sofort zu laden und zwischen Schafen und Olivenbäumen anzusehen. Hartmann ist also so gut wie pleite. – Hat er dann überhaupt das Geld für das Land in Birgu? Vielleicht ist es seit längerem bei einem Notar, als Sicherheit. – Darf er das, wenn er anderswo Schulden hat? Wenn er seine Bank überzeugen kann, dass es sich bloß um Anfangsschwierigkeiten handelt, geht wahrscheinlich viel. Und überzeugend reden kann er ja.

Vesna ist längst im Kent’Annos verschwunden. Klar ist: Ich muss Oskars Video hier herunterladen. In Birgu und Umgebung ist das Handynetz viel zu instabil. – Noch etwas, das Hartmann beim Bau des neuen Zentrums bedenken müsste: Menschen, die viel Geld zahlen, um in den sardischen Bergen etwas vom guten langen Leben mitzukriegen, wollen trotzdem stabile Telefonverbindungen und schnelles Internet. Und da denke ich jetzt nicht einmal an Mister Zuckerberg persönlich.

Die Folge stammt aus der letzten Staffel von „Grenzpolizei". Wir sitzen an meinem winzigen Schreibtisch, vor uns der Laptop. Ich konnte Vesna davon überzeugen, dass mehr Geheimhaltung als eine geschlossene Tür nicht notwendig ist. Klostermauern sind dick. Auf dem Bildschirm sehen wir Marek alias Chefinspektor Franz im Gespräch mit einem Privatdetektiv. Der gibt zu, den Ehemann seiner Klientin überwacht zu haben. Sie sei sehr eifersüchtig. Er sollte klären, ob ihr Mann deswegen so oft in ihrem Zweithaus in Salzburg war, weil er dort ein Verhältnis hatte.

„Und?", sagt Chefinspektor Franz und streicht sich die Haare zurück. Eine Geste, die ich bei Tom Marek in echt auch schon öfter beobachtet habe.

„Da war nichts. Ich habe es ihr gesagt. Er hat gearbeitet. Und an den Abenden war er zu Hause."

„Trotzdem hat die Frau Sie ersucht, weiter zu ermitteln. Warum?"

Der Detektiv lacht dreckig. „Wie gesagt, sie ist krankhaft eifersüchtig. Dabei waren da auch diese Telefonate."

„Welche Telefonate?"

„Sie hat ihn kontrolliert. Am Festnetz. Jeden Abend. Mal früher, mal später. Er war immer zu Hause."

„Vielleicht war er … nachtaktiv?", sagt Chefinspektor Franz lässig und zwinkert mit dem linken Auge. Cooler Typ. Wirkt um einiges weltläufiger als unser Tom. Wie hat Elena gesagt? Die meisten Schauspieler brauchen Text. Ich stoppe das Video.

Vesna runzelt die Stirn.

„Hartmann hat Marek aufgeschrieben, was er in den Interviews über SardaVita und das Kent'Annos sagen soll. Hat mir Elena erzählt."

„Du meinst, er hat ihn manipuliert?"

„Ich weiß nicht, Hartmann ist gut im Argumentieren. Marek nicht. Die Frage ist …"

Vesna nickt. „… ob er ihm auch sonst vorgeschrieben hat, was er sagen soll. – Noch mir ist nicht klar, warum Oskar diese Folge geschickt hat."

„Er hat die relevanten Passagen abgefilmt."

„Besser, wir fahren zu deinen alten Steinen."

„Wir sehen uns das fertig an. Jedenfalls scheint die Ehefrau keinen Grund gehabt zu haben, ihren Mann zu ermorden. Sie hat vom Detektiv erfahren, dass er sie nicht betrügt."

„So es sieht aus. Oder soll es aussehen."

Der Mitschnitt endet und geht mit einer späteren Szene weiter. Wieder Chefinspektor Franz und der Privatdetektiv. Sie stehen im typischen heruntergekommen Büro, das klarmachen soll: Besonders gut geht es dem Detektiv nicht.

„Deshalb hast du nie die Lizenz gemacht", sage ich und grinse. „Du wolltest nicht in so einem Loch enden."

„Quatsch. Erstens ich wäre erfolgreich. Und zweitens, selbst wenn ich nicht viel verdiene: Ich würde zusammenräumen. Habe ich gelernt. Und ein besseres Bild aufhängen."

„Vielleicht solltest du ein Sauber-Service speziell für Privatdetektive entwickeln", necke ich sie.

„Hör zu!"

„Sie haben ihn erpresst, so sieht die Sache aus", sagt Chefinspektor Franz und setzt sich auf die Schreibtischkante. Würde ich nicht tun. Er könnte einen Fleck auf seine helle Hose kriegen.

„Da war nichts!"

„Meine junge Kollegin hat genau zwei Stunden und einunddreißig Minuten gebraucht und sie wusste Namen, Adresse, Beruf der Dame."

„Polizeimethoden!", faucht der Detektiv. „So was haben wir nicht zur Verfügung, und …"

„Wissen Sie, wie ich mir das vorstelle?", sagt Chefinspektor Franz und sieht, warum auch immer, aus dem Fenster. „Sie haben von ihr kassiert und sie haben von ihm kassiert. Doppeltes Spiel, doppeltes Geld!"

„Sieht aber nicht nach Geld aus", murmelt Vesna. „Du musst Oskar fragen, was er gemeint hat mit Parallele: dass er jemand erpresst hat und von jemand anderem bezahlt worden ist?"

„Keine Ahnung."

Der Detektiv lenkt überraschend schnell ein. Aber eine Folge dauert ja bloß fünfundvierzig Minuten und Chefinspektor Franz ist ein richtig guter Ermittler. Okay, sagt der Detektiv, er gebe zu, er habe dem Ehemann von der Beschattung erzählt. Aber Erpressung sei das keine gewesen, nur ein gutes Geschäft für beide Seiten: Der Ehemann konnte sicher sein, dass seine Frau nichts von seinem Verhältnis erfährt, und er habe dafür kassiert. Warum sollte er ihn töten?

„Und von ihr haben Sie auch abgecasht."

„Ihr freier Wille. Ich habe ihr gesagt, da ist nichts dran. Sie wollte weitermachen."

Wieder ein Zeitsprung im Video. Wir sind im Finale. Diesmal darf die junge Kollegin von Chefinspektor Franz, schlank, blond und schön, mitspielen. Sie beugt sich über einen Anrufbeantworter.

„Wann hast du zum letzten Mal einen analogen Anrufbeantworter gesehen?", frage ich Vesna.

„Psst", macht sie.

Die blonde Kollegin drückt die Wiedergabetaste.

„Hallo Schatz!", sagt eine Männerstimme. – Pause. „Natürlich geht es mir gut, und dir?" – Pause. „Ich küsse dich, Schatz!" – Pause. „Es war ein harter Tag, ich werde bald zu Bett gehen." – Pause. „Schlaf gut und träum was Schönes!"

„So wie ich es mir gedacht habe", sagt Chefinspektor Franz zu seiner jungen Kollegin. „Typisch Ehepaar. Sie ruft ihn an, was soll sie viel sagen? Sie will ja bloß kontrollieren, ob er daheim ist. Sie sagt immer mehr oder weniger dasselbe. Und er sagt auch mehr oder weniger dasselbe. Nur dass er es via Anrufbeantworter tut. Während er bei seiner Geliebten ist."

Ich stoppe und starre Vesna an. „Anrufbeantworter. Das ist es. Marek hat die Antworten von Sandro vorher aufgenommen, geschnitten und auf seine Mailbox gespielt."

„Quatsch. Wann sollte Sandro Angst gehabt und das mit *famiglia* gesagt haben?"

„Marek hat ihn dazu provoziert. Er hat ihm die passende Geschichte erzählt."

„Was hast du gesagt? Hartmann hat ihm Text geschrieben."

„Wer weiß, vielleicht war es auch hier so. Aber es kann noch einfacher gelaufen sein. Tom Marek war zu Beginn seiner Karriere Comedian und Stimmenimitator. Kannst du dich nicht erinnern? Er war oft im Radio. Sandro ist nicht schwer nachzuahmen. Und die Verbindung war schlecht."

„Er kann es so aufgenommen haben, dass es undeutlich ist. – Aber wer hat ihn umgebracht?"

„Wir müssen mit Commissario Fois reden."

„Wer hat in der Krimi-Folge untreuen Ehemann ermordet?"

„Ist doch egal!"

„Man muss systematisch vorgehen. Oskar hat noch etwas geschickt, oder?"

Tatsächlich gibt es noch eine Sequenz, wenn auch nur eine sehr kurze. Die Ehefrau, aufgetakelt, sichtlich in die Jahre gekommen, steht am weißen Teppich ihrer weißen Villa. Sie hält eine Pistole in der Hand. Vor ihr, die Hände erhoben, der Detektiv. Er bittet sie, nicht zu schießen, von ihm werde niemand … Schwenk zum Chefinspektor, er schleicht sich an. Durch die Terrassentür sieht man ein schwer bewaffnetes Sonderkommando, die Waffen im Anschlag.

„Kommando hat wohl gerade um die Ecke was zu tun gehabt", murmelt Vesna.

Natürlich überredet Chefinspektor Franz die Ehefrau, „alles nicht noch schlimmer" zu machen und aufzugeben. Sonst wäre ja auch der weiße Teppich schmutzig geworden.

Großaufnahme Ehefrau: „Ich habe Wochen gebraucht, bis ich dahintergekommen bin. Sie haben mich beide hintergangen."

„Abführen!“, sagt Chefinspektor Franz.

„Schwachsinn“, sagt Vesna. „Wie kann sie nicht gemerkt haben, dass ihr Mann immer dasselbe sagt?“

„Ist doch egal. Vielleicht hat er den Text am Anrufbeantworter ab und zu variiert. Marek hat nur eine Version gebraucht.“

„Ja. Und er selbst war es, der die Mailbox angerufen hat.“

Ich nicke. „Marek bringt Sandro um, bespricht seinen Anrufbeantworter, fährt ins Kent'Annos und achtet darauf, dass er Zeugen für sein Gespräch mit Sandro hat. Das perfekte Alibi.“

„Sandro hatte Handy vom Kent'Annos. Kann gut sein, Marek hat das Passwort gekannt. Aber: Hartmann ist es, der den Text schreibt. Marek sagt ihn auf.“

„Er hatte die Vorlage aus der Krimi-Folge. Jedenfalls ist es jetzt noch wichtiger, das Telefon zu finden.“

Vesna nickt. „Es war Hartmann, der bei der Nuraghe gesehen worden ist. Wenn die beiden Wahrheit gesagt haben.“

„Vielleicht war es so“, überlege ich, „Hartmann hat Sandro ins Haus von Tzia Grazia gelockt. Er hat mit ihm Wermut getrunken. Als Marek angerufen hat, war Sandro längst betäubt. Hartmann hat die Stimme verstellt und wahrscheinlich noch einiges unternommen, damit die Verbindung besonders schlecht wirkt.“

„Aber warum hat er Telefon nicht sofort entsorgt? Einfach vergraben. Das findet keiner in den Bergen.“

„Weil keine Zeit dafür war? Weil auf dem Handy noch etwas anderes drauf war? Das er erst finden und löschen musste? Wer weiß schon so genau, welche Handydaten die Telefongesellschaft speichern kann?“

„Also doch Anrufbeantwortertext“, sagt Vesna.

„Die beiden haben zusammengespielt, so wie der Detektiv und der untreue Ehemann, aber dann …“

„Ich weiß nicht. Hartmann wollte das große Geschäft mit SardaVita machen. Tom Marek wollte ein neues Kent'Annos für sein eigenes langes glückliches Leben.“

„Wenn Sandro beide erpresst hat? So wie der Detektiv von beiden Ehepartnern kassiert hat? Um Direktor zu bleiben?“

„Nicht alles ist so einfach wie Fernsehkrimi“, murmelt Vesna. „Man muss sich an Fakten halten: Das totsichere Alibi von Tom Marek ist nichts wert. Man muss klären, wann Sandro gestorben ist. Sie haben es vielleicht gar nicht genau geprüft. Wo es doch das Telefonat gegeben hat.“

„Mit uns als Zeugen dafür, dass Sandro noch lebt“, ergänze ich. „Wir müssen mit Commissario Fois reden.“

„Der gefällt dir besser als Chefinspektor Franz“, stichelt Vesna.

„Er ist jedenfalls echter.“

[16.]

Wir treffen uns mit den Ermittlern in einer kleinen Osteria. Sa Canna, in Settimo San Pietro. Schon ziemlich nahe bei Cagliari. Es ist kein offizielles Gespräch. Elisabetta, die Rechtsmedizinerin in Ruhe, hat vermittelt.

Das Lokal ist unscheinbar, an der Durchzugsstraße gelegen. Hinter der großen Fensterscheibe eine handgeschriebene Tafel mit dem, was es heute zu essen gibt. Daneben die Bitte, es einfach abzufotografieren und dann zu bestellen. Klingt verlockend: eine Reihe sardischer Spezialitäten, die ich aus Kochbüchern kenne, die man aber nur mehr selten in Lokalen findet. Leider hat die Osteria offiziell noch geschlossen. Essen gibt's erst ab zwanzig Uhr.

Ein freundlicher Mann mit grauem Bart bittet uns herein. Wir werden schon erwartet, sagt er auf Italienisch.

Am letzten Tisch, gleich bei der Schwingtür zur Küche, sitzen Commissario Stefano Fois und Vice Commissario Angelo Menadri. Ich weiß, dass der blonde Vize mit der Cornetto-Figur sehr gut Englisch kann. Vesna wäre es deutlich lieber gewesen, wir könnten uns auf Deutsch unterhalten, aber Elena mitnehmen wollte sie doch nicht.

Zur Begrüßung gibt es freundlichen Small Talk. Aldo, der Wirt, sei vor seiner Pensionierung in ihrer Einheit der Kriminalpolizei gewesen, erzählen die Ermittler. Jetzt unterstütze er seine Frau. Eine großartige Köchin, die noch wisse, was echte sardische Küche sei. Und er sei ein ausgewiesener Weinkenner.

Ich seufze. „Schade, dass wir nicht einfach in Ruhe essen können“, sage ich auf Englisch und Angelo Menadri übersetzt.

Commissario Fois macht eine ungeduldige Handbewegung. Dafür reiche sein Englisch gerade noch, so etwas zu übersetzen sei unnötig.

Vesna lächelt ihm zu und nickt.

Aldo bringt warmes geröstetes Weißbrot. Dazu das beste Olivenöl aus der Gegend und sardisches Salz. Fior di sale, händisch abgeschöpft.

Wir kosten, freuen uns am Geschmack und ich habe den Eindruck, dass eigentlich niemand über etwas anderes als die guten Dinge des Lebens reden möchte. Ich nehme noch einen Bissen und hole Luft. Immerhin waren wir es, die um dieses Gespräch gebeten haben.

„Sie wissen ja, dass ich für eine Reportage über SardaVita und die Hundertjährigen recherchiere. Das Onlinemagazin, für das ich arbeite, hat übrigens auch eine italienische Ausgabe: ECCO Italia. Sie können nachsehen – wir bemühen uns um seriösen Onlinejournalismus.“

Der Vice Commissario sieht seinen Chef an. Ein fast unmerkliches Nicken, und er übersetzt. „Wir haben uns die Seite schon angesehen“, sagt er dann zu mir. „ECCO Italia. Kannten wir nicht, macht einen guten Eindruck. Seriöser Onlinejournalismus, was es nicht alles gibt.“

Ich lächle. „Natürlich kooperieren wir bei allem, was mit dem Tod von Sandro Boi in Verbindung steht – ich bin ausgebildete Juristin. Ich weiß, was ich zu tun habe.“ Immer wenn ich darüber rede, dass ich Juristin bin, fühle ich mich wie eine Hochstaplerin. Ewig ist es her, dass ich mein Doktorat gemacht habe. Mein Leben hat damit ganz wenig zu tun. Aber in diesem Fall ist es hoffentlich eine Empfehlung.

„Ich weiß“, bestätigt der Vice Commissario wieder. Offenbar haben sie ihre Hausaufgaben gemacht. Was wissen sie sonst noch von mir? Von Vesna?

„Es geht um das Telefon von Sandro Boi“, sage ich.

Der Commissario sieht mich an und sagt etwas auf Italienisch.

„Sie müssen es herausgeben. Sofort", übersetzt sein Vize.

„Ich habe es nicht, das habe ich schon in Nuoro zu Protokoll gegeben."

„Ich will wissen, was geredet wird", mischt sich Vesna ein. „Telefon habe ich verstanden. Die glauben, dass wir es haben, oder?"

„Ja." Zu den Ermittlern gerichtet wiederhole ich: „Ich habe es nicht und wir würden nie Beweismaterial unterschlagen."

Erst als sie mich beide irritiert ansehen, merke ich, dass ich Deutsch gesprochen habe. Verständigung über drei Sprachen hinweg. Als ob das nicht schon in einer Sprache schwierig genug wäre. Die Ermittler reden leise miteinander.

„Ich habe es nicht", wiederhole ich auf Englisch. Und dann erzähle ich von der Fernsehserie, in der Tom Marek den Chefinspektor gespielt hat. Von der Folge mit dem Anrufbeantworter. Zwischendurch übersetzt der Vize. Sie hören mir zu, bis ich hoffe, alles halbwegs klar beschrieben zu haben. Samt unserer Erkenntnis, dass Mareks Alibi gar nicht so gut ist, wie es ausgesehen hat. „Es könnte helfen zu wissen, ob der Anrufbeantworter tatsächlich neu besprochen worden ist. Aber dafür bräuchten wir das Telefon. Oder die Daten der Telefongesellschaft", füge ich hinzu.

Sieht so aus, als würden sich die beiden beraten. Ich verstehe einzelne Wörter, auch „dottoressa Santori" kommt vor. Offenbar sind sie sich nicht einig. „Elena" und „referenza". Hat Elena doch mit allem zu tun?

Dann lächelt der Cornetto-Vize und erklärt mir in seinem wirklich ausgezeichneten Englisch: „Wir haben die Verbindungsdaten. Sie haben recht. Der Anrufbeantworter ist am Tag des Mordes neu besprochen worden. Nur leider kennen wir den Text nicht."

„Davvero?", werfe ich ein. Wirklich?

Commissario Fois nickt.

„Wirklich. Der Text wird leider nicht zentral aufgezeichnet. Genauso wenig wie Gesprächsinhalte. Am Tag nach dem Mord wurde er übrigens wieder gelöscht und auf die Standard-Ansage der Telefongesellschaft zurückgesetzt."

„Das Telefon war den ganzen Tag über an?"

„Nein. Offenbar hat Tom Marek auf der Fahrt immer wieder versucht, Sandro Boi anzurufen. Das hat er auch ausgesagt. Aber er ist nicht mehr drangegangen. Ein paar Minuten, bevor die Einsatzzentrale euren Notruf registriert hat, wurde das Telefon ausgeschaltet. Und dann am nächsten Tag nur mehr einmal kurz eingeschaltet. Danach: over."

Ich schüttle den Kopf und übersetze für Vesna.

„Du musst fragen, wo es eingeloggt war. Vielleicht sie wollen uns nicht alles erzählen."

Der blonde Vize lächelt, er habe verstanden, sagt er. Wenn ich bloß wüsste, wie gut sein Deutsch wirklich ist. Das Telefon sei seit dem Vorabend des Mordes in Birgu eingeloggt gewesen, fährt er fort, es gäbe dort nur sehr wenige Umsetzer. Zuerst bei dem im Ortszentrum, dann bei dem in der Nähe des Hauses von Grazia Boi. Der Commissario möchte, dass ich noch einmal ganz genau beschreibe, wie alles vom Telefonat bis zum Eintreffen der Carabinieri-Einheit abgelaufen sei.

Ich nicke. Und versuche mein Bestes. Rufe mir in Erinnerung, wie Marek sich aufgeregt hat, dass Sandro ohne Abmeldung verschwunden sei. Theatralisch hat es gewirkt, aber was sagt das bei einem Schauspieler schon? Dass es Vesna war, die genervt gemeint hat, dann solle er ihn eben anrufen. Wie Marek das Telefon auf laut gestellt hat. Dass die Verbindung schlecht war. Dass Sandro Angst gehabt hat. Oder dass es zumindest so gewirkt hat. Nein, in keiner Sekunde hätte ich gedacht, dass es nicht Sandro sei.

„Und Ihre Freundin?"

Ich frage Vesna.

„Leider. Ich muss sagen, ich auch nicht. Man kommt nicht auf die Idee. Es ist wie bei Zaubertrick. Wenn du ihn nicht kennst, du siehst nicht, wie es gemacht ist."

„Ihre Freundin ist eine kluge Person", lässt Commissario Fois übersetzen. Ich sage es Vesna und finde, dass er klug ist.

Komplimente helfen. Selbst bei ihr. Ich fahre fort, beschreibe, wie wir zuerst in Sandros Unterkunft sind, danach ins Haus von Tzia Grazia. Wessen Idee es war, ihn dort zu suchen? Ich bin mir nicht sicher.

„Du hast vorgeschlagen, Sandro im Haus von Tzia Grazia zu suchen, oder?“, frage ich meine Freundin.

„Es war Tom Marek. Ich bin mir sicher. Weil ich mich noch gewundert habe, dass er weiß, wo es ist.“

„Er war bei Tzia Grazia, um sie zum Verkauf zu bewegen.“

„Weiß ich jetzt auch.“

Ich übersetze und fahre fort. Die Tür war bloß angelehnt. Gemeinsam haben wir Sandro gefunden. Kurz danach ist Tom Marek hinaus, ihm ist schlecht geworden. War das, bevor wir den Notruf gewählt haben oder danach? Ich kann mich nicht erinnern. Wir haben überlegt, welche Nummer die richtige ist. Ich frage Vesna. Davor. Knapp davor sei er hinausgelaufen, sagt sie. „Wenn er da das Telefon genommen hätte, warum löscht er nicht sofort Anrufbeantworter und lasst es verschwinden?“

„Weil er keine Zeit gehabt hat? Weil er zu ungeschickt war?“

„Ich weiß, du willst es nicht hören. Aber Elena war in der Nähe. Sie hat es dir selbst gesagt, sie ist ja nicht dumm. So kann sie schnell zu uns und hat alles Weitere unter Kontrolle.“

Ich übersetze und lasse das mit Elena weg.

„Ihre Freundin hat Signora Elena erwähnt.“

Ich lächle unverbindlich. „Ich hatte sie vorher angerufen. Sie hat gesagt, dass sie in Perdasdefogu ist und so schnell wie möglich kommt.“ Ich beobachte, wie die beiden Ermittler darauf reagieren.

„Wir wissen wenig über sie“, ergänze ich.

Die beiden nicken einander zu. Ich kann es nicht deuten.

„Sage, dass wir sie verdächtig finden. Und dass sie ein Verhältnis mit Marek hat.“

Ich sehe Vesna strafend an. Aber der Vize hat sie leider verstanden. Er lächelt schmal und sagt dann auf Englisch. „Was glauben Sie? Blutrache? Nur anders? Elena Floris, die Marek benutzt, um die beste Freundin ihrer Großmutter zu rächen?“

So haben wir die Sache noch gar nicht betrachtet.

„Das Leben ist kein Drehbuch“, fährt er fort. „Blutrache? Egal, ob Sie meinen, es war die Familie oder die Enkeltochter der besten Freundin: Leider sind die meisten Verbrechen viel weniger kompliziert. Wenngleich …“

Commissario Fois sagt etwas in besonders hohem Tempo und grinst ein wenig.

„Wenngleich“, fährt der Vize fort, „es schon einige eindrucksvolle Fälle von *vindicau* bei uns gibt.“

Ich nicke. „Immerhin sind da die unterschiedlichen Stichwunden.“

„Das lässt uns zweifeln. Es wirkt … aufgesetzt.“

„Wann ist Sandro Boi eigentlich gestorben?“

Der Vize sieht den Commissario an, fragt ihn etwas, der nickt. „Man kann es weniger genau sagen, als gemeinhin angenommen wird. Der Raum war kalt, die Fliesen sind noch kälter. Dazu die vorhergehende Sedierung. Und der Umstand, dass wir davon ausgehen konnten, dass er eine Stunde, bevor Sie ihn gefunden haben, noch gelebt hat. Weil Sie ihn sprechen gehört haben. Es muss irgendwann am späten Abend oder in der Nacht passiert sein. Wir werden weitere Untersuchungen veranlassen. Für den Fall, dass an Ihrer These wirklich was dran ist.“

Ich nicke. „Warum sollten die unterschiedlichen Einstiche so … gewollt wirken? Weil sie in Wirklichkeit echt waren? Immerhin gäbe es dadurch gleich einige Personen, die nie reden werden.“

Der Vize lächelt. „Nach alter sardischer Tradition, oder dem, was viele dafür halten. Wie bei diesem Erbstreit zwischen zwei wohlhabenden Familien, bei dem es über fünfzig Morde gegeben hat. Dann, im Jahr 1917, nach einem großen Strafprozess, nach außen die Versöhnung. Dreißig Jahre später bricht die Feindschaft wieder auf, gar nicht so weit von hier, in Orgosolo. Wo es die berühmten Zeichnungen von Alltagsszenen an den Hauswänden gibt.“

„Murales“, sage ich und nicke.

Der Commissario lacht. Ich sehe ihn irritiert an. Er macht seinem Vize klar, dass er mir genau übersetzen soll, was er sagt.

Der grinst auch. „Ich soll Ihnen sagen, dass diese alten Geschichten ein Hobby von mir sind, aber dass er gelernt hat, es ist besser, dem Weg des Geldes zu folgen."

„Hartmann?", frage ich.

Die beiden wiegen den Kopf. Schon klar, dass sie uns nur sagen, was ihren Ermittlungen helfen könnte.

„Es ist sehr wahrscheinlich, dass Hartmann weit weniger Geld hat, als er sich den Anschein gibt. Er hat offenbar zu viel in die Einstiegskampagne für SardaVit gepulvert", erzähle ich.

Natürlich ermittle man in alle Richtungen, lässt mich Commissario Fois wissen.

„Die Familie Boi bekommt Geld, wenn Hartmann immer noch kaufen will und es auch kann. Aber sie verliert Land. Ich habe gehört, das ist nicht allen recht", sage ich auf Englisch.

„Das Land hier kostet nicht viel", antwortet der Vice Commissario.

„Für Tzia Grazia war es sehr viel wert", setze ich nach.

Jetzt beraten die beiden wieder miteinander. Der Commissario lächelt mir zu. Ich solle keine melodramatische Geschichte basteln, das wäre dem guten Ruf von ECCO sicher abträglich, lässt er mir ausrichten. Und: Sollten wir das Telefon ganz zufällig finden: Es ist Beweismaterial, verstanden? Und wieder ein Lächeln.

Ich lächle zurück.

Der Wirt kommt mit einem Korb Pane Carasau und einem Keramiktopf mit weißgelbem Käse. Kleine Teller und Messer für uns. Ohne zu fragen, schenkt er Wein ein. „Vermentino Riserva. Con forza e fuoco."

„Mit Kraft und Feuer", übersetzt der Vize und sieht den Commissario an. Der schüttelt amüsiert den Kopf. Was passt nicht? *Forza e fuoco* habe auch ich verstanden. Hat es noch eine andere Bedeutung? Wortwechsel zwischen den beiden. Der Vice Commissario zwinkert uns zu. Mir kommt ein Verdacht, was sie so fröhlich macht. Der Käse sei eigentlich verboten, lässt mich der Vize wissen, aber sie seien ja nicht bei der Lebensmittelpolizei. Ob wir diese sardische Spezialität kosten wollten? Ich werde Vesna nicht warnen. Und ich werde, ausnahmsweise, nicht zu genau hinsehen. Ich nicke und lächle.

Der Commissario deutet, dass wir es machen sollen wie er. „Nicht wie *turisti*“, erklärt er, nicht riesige Brocken, sondern bloß *poco*, wenig, soll man nehmen. Er gibt ein kleines Stückchen Käse auf sein Messer, legt es auf ein größeres Stück Pane Carasau und isst mit Genuss.

„Schau nicht zu genau hin“, sage ich leise zu Vesna.

Dann mache ich es dem Commissario nach. Kleines Stückchen vom Käse, größeres vom knusprigen Hirtenbrot. Nicht hinsehen. Schon gar nicht erschrecken, falls sich etwas bewegt. Zum Mund führen. Entschlossen hineinbeißen. Ich bin erleichtert. Das Ganze schmeckt würzig, beinahe scharf, irgendwie nach sardischem Meer und eben sehr reifem Käse. Ich nicke.

„Casu Marzu“, sage ich zum Wirt, der mich genau beobachtet hat. „È un grande onore“, eine große Ehre. – Und kein Fehler, wenn man etwas vom Essen und Trinken versteht, füge ich im Geiste hinzu. Die beiden Ermittler nicken zufrieden. Vesna kostet. „Gut“, sagt sie, grinst und hebt einen Daumen. „Buono!“ Ob sie weiß, dass Casu Marzu deswegen verboten ist, weil er so lange gereift wird, bis ihn Maden befallen und ihm sozusagen den letzten Kick geben? Jedenfalls ist der Wein dazu perfekt: trocken, würzig, kräftig, mit so viel Charakter, dass er dem berühmten Käse standhält. Außerdem: eine gute Methode, allfällige Würmer hinunterzuspülen.

Leider dauere es immer wieder, bis sie Unterlagen von den Finanzbehörden bekommen, übersetzt mir der Vize dann, dazu komme das Sprachproblem und Amtshilfe und all das. Bürokratie. Sie seien für meine Informationen über die finanzielle Lage von Hartmann sehr dankbar und würden das natürlich alles prüfen. Sie hätten gerne meine Einschätzung: Wie ist sein Ruf? Ist er … ein seriöser Unternehmer?

Ich zucke mit den Schultern. „Er will endlich Erfolg haben", sage ich dann auf Englisch. „Mit solchen Produkten kann man viel Geld verdienen. Ob er sich für seine Einstiegskampagne so verschuldet hat, weil er schlecht wirtschaftet, oder ob er hasardiert und es rechtzeitig in die Gewinnzone schafft? Ich weiß es nicht. Im Silicon Valley gibt es einen regelrechten Boom für alles, was mit längerem Leben zu tun hat. Er hofft, von der Goldgräberstimmung zu profitieren. Die Superreichen investieren Milliarden. Aber er ist nicht gerade der einzige Unternehmer, der Mittel für Zellgesundheit, Immunschutz, längeres Leben verkauft."

Der Vize übersetzt, der Commissario murmelt etwas, beide nicken.

„Unsere Hundertjährigen werden immer mehr zum Geschäft, wie es aussieht. Fragt sich nur, wer profitiert. Wäre nicht das erste Mal, dass die Leute vor Ort am wenigsten davon haben."

„Also doch ein Rachemord? Aber anders? Einheimische, die das nicht hinnehmen wollen, statuieren an Sandro Boi ein Exempel. Er hat sich mit dem Deutschen und seinen Geschäften eingelassen", überlege ich. „Außerdem ist da noch die Sache mit Tzia Grazia. Sie hat Widerstand geleistet."

Commissario Fois schüttelt den Kopf und gibt mir auf Italienisch Antwort.

„Pace", verstehe ich: Frieden. Man solle sie in Frieden ruhen lassen, ergänzt der Vice Commissario.

Nach einigen hausgemachten Pardulas, köstlichen kleinen Küchlein mit gebackenem Ricotta und Safran, noch etwas mehr vom Vermentino Riserva und freundlichen Sätzen über den Frühling in Sardinien, den Maestrale, der morgen oder übermorgen aufziehen soll, und die Vorzüge des Lebens am Land stehen wir auf und verabschieden uns voneinander.

Ich verspreche dem Wirt, dass wir sehr bald essen kommen werden – hoffentlich gemeinsam mit meinem Mann. Er lobt mein Italienisch und sagt etwas zu seinen Ex-Kollegen, das ich leider nicht verstehe.

Ich sehe den Vize fragend an. Inzwischen finde ich ihn viel sympathischer als bei unserer ersten Begegnung, er ist alles andere als ein doofer Muskelprotz.

„Er hat gesagt, dass wir uns glücklich schätzen könnten, so kompetente Hilfe zu haben, und dass Sie im Geiste eine echte Sardin seien, das könne er sehen."

Ich lächle ihn an und küsse ihn auf die graubärtigen Wangen. „Grazie mille."

„Una vera Sarda", wiederholt er.

„Und alles nur, weil Sie den stinkigen Käse gut finden", grinst der Vize.

„Dieser Käse hat wirklich Würmer?", fragt Vesna, als wir auf dem Weg zurück ins Kent'Annos sind.

„Hast du sie nicht gesehen?"

„Nein, und ich habe auch nicht verstanden, was der Vize gesagt hat. Ich kann leider nicht gut Englisch, aber ich kann dafür Serbokroatisch."

„Nützt dir in diesem Fall nicht viel", necke ich meine Freundin. „Außerdem: Er hat nichts von den Maden erzählt."

„Ich habe keine gespürt."

„Ich auch nicht. Im Internet gibt's Videos von Casu Marzu, der nur so wimmelt von Maden. Manchmal springen sie auch. Aber wahrscheinlich isst man ihn üblicherweise, wenn die schon wieder weg sind."

„Du siehst schlecht."

„Manchmal ein Glück. Geschmeckt hat er jedenfalls gut, oder?"

„Mir ist er zu … reif. Aber ich habe schon gedacht, dass es eine Art von Test ist."

„Die beiden Commissari sind wirklich nett", sage ich beschwingt.

„Man darf sie nicht unterschätzen. Sie haben erzählt. Aber nur, was sie wollen."

„Logisch."

„Hat Hartmann eigentlich ein Alibi? Geredet habt ihr nicht darüber, oder?"

Ich schüttle den Kopf.

„Hätten sowieso nichts gesagt. Hast du mitbekommen, was sie über Elena gesagt haben? Über sie haben sie geredet, das war klar."

„Ja, aber der Vize hat es nicht übersetzt. Wir könnten Elena fragen, wann sie Hartmann vor Sandros Tod im Kent'Annos gesehen hat."

„Blödsinn. Sie war in Perdasdefogu. Schon eher wahrscheinlich, sie war mit Marek zusammen. Sie …"

Mit einem Mal weiß ich wieder, was mir heute früh gedämmert ist. Das war es. Tom Marek und Elena Floris. „Kannst du dich erinnern, wie du mit Elena auf der Rückfahrt vom Treffen mit den beiden Sarden gestritten hast?"

„Ja, so lange reicht Gedächtnis noch."

„Sie hat Tom Marek verteidigt. Ich habe in Erinnerung, dass sie es so formuliert hat: ‚Und wir sollen Sandro deswegen ruhiggestellt und mit mehreren Hirtenmessern gespickt haben? Damit unsere Liebe unentdeckt bleibt? Lächerlich!' – War das so?"

Vesna kurvt mit besonderer Rasanz durch einen der zahlreichen Kreisverkehre. „Genau so hat sie gesagt. Du weißt, was das ist?"

„Täterwissen", nicke ich. „Das mit den unterschiedlichen Hirtenmessern, okay, das haben viele mitbekommen, weil ja Messer überprüft wurden. Aber ‚ruhiggestellt'? Wer wusste, dass er zuerst betäubt worden ist?"

„Die Ermittler. Und die erzählen so etwas nicht. Und Elisabetta. Aber die kennt Elena nicht."

[17.]

Hartmann hat ins Refektorium gebeten. Er habe eine wichtige Mitteilung zu machen.

„Ich bin um volle Transparenz bemüht, deswegen sind Sie und Ihre Freundin als Gäste des Hauses natürlich auch eingeladen, dabei zu sein“, hat er mir mitgeteilt. „Ich habe nichts zu verbergen.“

Mir fiele da sehr wohl einiges ein.

Jetzt sitzen wir am oberen Ende des langen Tisches. Was hier wohl schon alles besprochen worden ist? Hartmann ist der Einzige, der steht. Er geht auf und ab. Dann bleibt er am anderen Ende des Tisches stehen, stützt seine Hände auf, sieht uns reihum an.

„Es ist tragisch, was geschehen ist. Jedenfalls. Egal, was dahinterstecken mag. Ich glaube nicht an die Sache mit der Blutrache. Das habe ich der Polizei auch gesagt. Ich würde mich freuen, wenn ihr euer Wissen und eure Vermutungen mit mir teilen würdet. Immerhin geht es um die Zukunft unseres gemeinsamen Projekts.“

Tom Marek reibt sich die Nase. Elena macht ihr Pokerface.

„Wer weiß, worin Sandro verwickelt gewesen ist?“, fährt Hartmann fort. „Ein bisschen größenwahnsinnig war er, Pietät hin oder her. So etwas kann gefährlich werden. Jedenfalls habe ich die erfreuliche Mitteilung zu machen, dass morgen, wie geplant, der Kaufvertrag unterschrieben wird. Die Familie Boi steht weiterhin zum Verkauf und zu unserem engagierten Projekt zum Wohle der gesamten Gegend. Ich würde alle ersuchen, keine anderslautenden Gerüchte zu verbreiten."

Hartmann starrt mich an, ich bemühe mich um einen festen Blick zurück. Hat Commissario Fois ihn schon zu seiner finanziellen Situation befragt? Ich kann mir nicht vorstellen, dass er meinen Namen genannt hat. Vielleicht sind ja auch Oskars Nachforschungen nicht unentdeckt geblieben. Oskar hat mich gebeten, vorsichtig zu sein. Und mit den Ermittlern zu reden. Das haben wir getan. Vesna ist in meiner Nähe. Was soll mir passieren?

„Tom weiß das mit dem Kaufvertrag bereits", fährt Hartmann fort. „Ich habe es ihm gleich gesagt, damit er sich nicht wieder übergangen fühlt. Er bleibt natürlich eine wichtige Säule unseres Projekts. Die Stimme nach außen."

Tom Marek runzelt die Stirn. „Wohl mehr als die Stimme."

„Alles gut. Natürlich. Mehr als die Stimme. Du bist wesentlich. Was täte ich ohne dich?"

Vesna wirft mir einen verstohlenen Blick zu. Wirkt, als würde sie dasselbe denken. Da war ein ironischer Unterton. Ein überheblicher Beiklang. Marek freilich scheint ihn nicht bemerkt zu haben. Oder hat er sich einfach gut im Griff?

„Unter anderen Umständen wäre das ein Grund zu feiern", ergänzt Hartmann. „Wir werden es nachholen. Wenn alles …"

„… wenn alles über die Bühne ist", ergänzt Vesna. „Schön, dass es so schnell geht. Deswegen waren Sie also vorgestern beim Notar, bevor … die Sache mit Sandro …"

„Woher wissen Sie das?", fragt Hartmann scharf.

„Ach, Freunde", sagt Vesna. „Sie sind eine bekannte Persönlichkeit und werden noch bekannter werden." Es klingt wie eine Drohung.

Der Versuchsballon mit dem Notar war nur der Anfang. „Wir müssen ihn aus Reserve locken", flüstert mir Vesna wenig später zu. Kein Grund, leise zu sprechen. Wir stehen wieder einmal im

Olivenhain. Die Schafe betrachten uns schon als Teil ihrer Herde. Ein weißes mit einem schwarzen Fleck neben der Nase hat mich sogar beschnüffelt.

„Deswegen du wirst mit Notar-Kanzlei telefonieren. Ich weiß, wie der Notar heißt."

„Woher?"

„Ist egal. Hartmann hat Aktentasche offen gelassen. Es gibt zum Glück noch Papier, nicht nur Laptop. Du sagst dem Notar, du bist Assistentin von Hartmann. Er hat leider bei ihm seinen Schirm vergessen."

„Seinen Schirm?"

„Auch hier regnet es ab und zu."

„Aber nicht in den letzten Tagen. Ich sage, er hat seinen Terminkalender vergessen."

„Wer hat noch Terminkalender? Man schreibt es ins Handy."

„Lieblingsfüllfeder."

„Okay, das geht. Ist ja nur, damit wir Bestätigung haben, ob Hartmann wirklich bei Notar war."

Die Schafe blöken zufrieden. Oder machen sie sich über mich lustig?

Nur eine Stunde später startet Stufe zwei des Plans. Vesna hat darauf bestanden, keine Zeit zu verlieren. Wer weiß, wohin Hartmann sonst abtauchen könnte. Das Telefonat mit dem Notariat war einfacher als gedacht. Die Sekretärin war freundlich, kooperativ, konnte tadellos Englisch und hat mir mitgeteilt, dass da leider ein Missverständnis vorliegen müsse. Herr Hartmann sei noch gar nicht bei ihnen gewesen, der Termin sei erst morgen. Das könne nicht sein, habe ich gesagt, vielleicht war es ein privates Treffen zwischen dem Notar und meinem Chef? Eines, von dem sie nichts weiß? Sie hat gelacht. Das sei schon vorgekommen, aber in diesem Fall auszuschließen.. Ihr Chef sei dienstlich in Mailand und komme erst heute Abend mit der letzten Maschine zurück.

Hartmann sitzt im Innenhof. Auf dem Gartentisch liegt ein schmaler Ordner. Daneben sein Smartphone. Der Laptop ist aufgeklappt. Aber er tut bloß so, als würde er arbeiten. Er starrt auf sein Telefon, dann auf den alten Brunnen, den Himmel, die Bäume, wieder auf sein Telefon.

Wir sind in der gegenüberliegenden Ecke des Hofs, halb verdeckt durch einen hohen Strauch. Wir tun, als würden wir ihn nicht bemerken. Und wir reden etwas lauter als gewöhnlich.

„War wirklich ein superinteressantes Gespräch mit Kommissar Fois", trompetet Vesna. „Zum Glück können sie die ganzen Handydaten rekonstruieren."

„War ein schwerer Fehler, dass Sandros Handy später noch einmal eingeschaltet worden ist. Jetzt gibt es eine sehr genaue Ortung. Sie finden das Telefon sicher."

„Ja, bin ich auch sicher", setzt Vesna wieder ein. „Nur leider, dass sie die Sache mit Datenschutz und Bürokratie ernst nehmen. So dauert es noch einen Tag, bis sie suchen dürfen und wir mehr wissen. Und du darüber schreiben kannst."

„Ich bin total gespannt, was drauf ist."

„Ja, und sie haben ihre Truppe zum Handysuchen schon bereit", ergänzt Vesna.

Das kommt mir etwas dick aufgetragen vor. Doch Hartmann packt hektisch zusammen, eine Minute später hallen seine Schritte durch den ehemaligen Klostergang. Vesna legt den Finger auf die Lippen und verschwindet. Ich bleibe stehen, halte die Luft an. Das Treffen im Speisesaal. Wie er mich angesehen hat. Es war eine klare Drohung. Was, wenn Hartmann wiederkommt? Wenn er glaubt, jetzt wäre eine gute Gelegenheit … Ich, allein im Innenhof. Er…

Vesna taucht so plötzlich wieder auf, dass ich zusammenzucke. „Er ist in seine Zimmer. Du kannst sicher sein, bald fahrt er los."

„Und wenn er den Kent'Annos-Wagen nimmt?"

„Er hat eigenes Auto, warum sollte er? Da ist der Schlüssel für den Lieferwagen. Ich brauche mein schnelles Auto, damit ich an ihm dranbleiben kann. Du musst vor ihm dort sein! Du versteckst dich und wartest und wenn er kommt, fotografierst du. Denke daran: Auch wenn du mich nicht siehst: Wenn Hartmann da ist, bin ich auch nahe."

Ich nicke. „Was, wenn Elena ..."

„Fahre einfach. Ich kümmere mich."

Mein Mobiltelefon liegt am Beifahrersitz, seine Navigations-App funktioniert. Lange her, dass ich so eine Klapperkiste gefahren bin. Aber ich schaffe das. Wenn sich Vesna um alles andere kümmern kann, dann werde ich wohl den Weg bis zur Nuraghe finden. Die Strecke zwischen dem Kent'Annos und Birgu ist mir inzwischen ohnehin vertraut. Ich habe ein ungutes Gefühl. Wir hätten Commissario Fois und seinen talentierten Vize einschalten sollen. Aber natürlich hat Vesna recht: Was hätten sie zu unserem Manöver gesagt? „Manchmal muss man Abkürzung nehmen", hat meine Freundin festgestellt. Das Letzte, was ich von ihr gehört habe, war: Hartmann ist in sein Auto gestiegen. Bisher hat niemand nach dem fehlenden Lieferwagen gefragt. Sie wird ihm folgen. Alles wird gut. Bald werden wir wirklich Urlaub machen können. Oskar wird da sein, und ... Ich sehe auf mein Mobiltelefon.

Verdammt! Beinahe hätte ich eine Ziege niedergefahren, die unvermittelt auf der Fahrbahn aufgetaucht ist. Sie springt erschrocken über die Straße, dann auf einen Felsblock. Ich darf mich nicht ablenken lassen. Das Telefon sagt mir den Weg an, ich muss nicht hinsehen. Ich weiß, dass das Gelände mit dem geschlossenen Agriturismo und der Nuraghe kurz nach Birgu, Richtung Jerzu, liegt. An der Hauptstraße. Oder dem, was hier als Hauptstraße gilt.

Die Hochebene mit ihren hellen bis olivfarbenen Grüntönen, gesprenkelt mit Steinen, Büsche wie große Tupfen, immer wieder schroff aufragende Granitfelsen. Schafe, Ziegen, schnell ziehende weiße Wolken vor dunkelblauem Himmel. Der Wind ist stärker geworden. Zwischen zwei Gipfeln in der Ferne das Meer, ein Trugbild, es verschwindet, Felsen werfen dunkle Schatten, ein paar magere Bäume, nach Südosten gebeugt, nicht Richtung Sonnenaufgang, sondern weg vom Maestrale, dem stärksten der Winde.

Ich passiere Perdasdefogu, dann Birgu. Ich versuche, mich nur aufs Fahren, auf den Weg zu konzentrieren. Noch zwei Kilometer nach dem Ortsende, dann noch fünfhundert Meter. „Sie haben das Ziel erreicht", sagt mein Mobiltelefon. Was, wenn Hartmann einen anderen Weg genommen hat und längst hier ist? Dann wäre auch Vesna da. Außerdem: Viele Wege gibt es nicht. Ein schmaler Schotterpfad, gesäumt von Büschen, weiter weg windschiefe Bäume, dahinter ein großes flaches Gebäude, ein paar kleine Häuser, vielleicht auch bloß Schuppen. Es ist noch nicht lange her, dass ich das Foto vom Kent'Annos in Hartmanns Büro gesehen habe. Die Landschaft war grüner, das Gebäude höher, imposanter, nur der Himmel war so blau wie heute. Und die Berge im Hintergrund, sie habe ich auch in Erinnerung. Wir hätten uns erkundigen sollen, wie groß das Gelände ist. Was, wenn ich die Nuraghe gar nicht finde? Ich rumple mit dem Lieferwagen Richtung ehemaligem Agriturismo, parke zwischen der hinteren Mauer und einem Nebengebäude, so nahe wie möglich an den hohen Büschen. Lentisco. Die Wilde Pistazie. Wächst wirklich überall. Hier kann man das Auto zumindest von der Straße aus nicht sehen.

Mein Mobiltelefon. Endlich. Vesna. Wo ist sie? Aber es ist Elena. Ich sollte nicht rangehen. Oder muss ich rangehen? Warum hat sich Vesna noch immer nicht gemeldet? Das schlechte Netz. Hier scheint es zu funktionieren. Hat Elena mitbekommen, was wir vorhaben? Hat sie sich irgendwo versteckt und … Ich sehe kein Auto. Sei nicht feige, Mira, im Fall der Fälle startest du den Boliden und tuckerst damit so schnell es geht von der Bildfläche.

„Wo bist du?", fragt Elena scharf.

„Was willst du?"

„Mira, ich weiß, dass ihr mir nicht vertraut. Aber: Hör mir zu, es ist wichtig. Tom Marek war am Tag nach dem Mord in

Birgu. Und: Die Leute hier bezeichnen alle als Deutsche, auch wenn es Österreicher sind. Pietro und sein Kumpel haben nicht von Hartmann gesprochen. Ich habe das leider auch geglaubt. Sie haben von Tom geredet. Für sie war er der Boss."

Ich überlege. Kann das stimmen? Dann wäre Hartmann doch nicht so eilig weggefahren. Unsere Falle hat funktioniert.

„Mira? Bist du noch da? Hör mir gut zu: Es gibt eine Erklärung, warum er bei der Nuraghe war. Dort ist der Handyempfang, warum auch immer, stabil. Ich weiß nicht, wo du bist. Ich weiß nur, dass der Lieferwagen fehlt. Und ich habe gesehen, dass Vesna hinter Hartmann her ist. Wo auch immer du bist: Zieh dich zurück. Überlass das den Profis!"

„Und das heißt jetzt was?"

„Fois und Menadri. Ich hab sie informiert."

„Woher wissen sie, dass ich …"

„Sag nicht, du bist auf dem Gelände?"

Ich unterbreche die Verbindung und bemerke jetzt erst, dass Vesna einige Male versucht hat, mich zu erreichen. Und mir eine WhatsApp geschickt hat:

Hartmann fahrt Umweg Richtung Cagliari. Ich folge ihm. Tu nichts und warte!!!

War es tatsächlich Tom Marek, den Pietro auf der Nuraghe gesehen hat? Er hatte dort einen guten Empfang. Er musste den Anrufbeantworter auf die Standard-Ansage zurücksetzen und dann das Telefon ausschalten. Zwischen den Millionen Steinen wird es keiner finden. Besser, als es mitzunehmen, entdeckt zu werden, durchsucht zu werden … Aber all das trifft auch auf Hartmann zu. Was für ein Spiel treibt Elena? Ich habe ihr nicht gesagt, wo ich bin. Nein. Sicher. – Sicher? Nein, ich habe es ihr nicht gesagt. Sie vermutet es aber.

Ich hole Luft und steige aus. Noch habe ich Zeit, um ein Versteck zu finden. Mira! Du hast noch nicht einmal die Nuraghe gefunden. Hier sieht man vor lauter Steinen die Nuraghe nicht. Ich kichere nervös. Könnte eines von Vesnas Sprichwörtern sein. Ich gehe langsam um das Nebengebäude herum. Wofür es wohl gedient hat? Türöffnung ohne Tür, zwei Fenster sind eingeschlagen.

Dass man den steinernen Turm von der Straße aus nicht bemerkt! Aus dieser Perspektive glaubt man es kaum. Er ist sicher fünf, acht Meter hoch. Rundherum kleinere dunkle Steinhaufen, Mauerteile, niedriges, moosartiges Gras. Ich renne. Es gibt keine Deckung. Eine Möwe kreischt. Maestrale. Nordwestwind. Er ist noch stärker geworden. Ich keuche, renne weiter, stolpere fast. Sie brauchen nur auf meinen Rücken zu zielen, ein Schuss fällt hier keinem auf. Ein Riss, ein Stich in meiner Seite. Weiter, Mira, wenn du überleben willst. Das ist Seitenstechen, nichts ist das!

Ich klettere über einige Begrenzungssteine, sehe den Eingang in die Nuraghe. Drücke mich an die dunklen großen Steine. Ist hier jemand? Da ist niemand, so wie niemand auf dich geschossen hat. Elena weiß nicht, wo du bist. Vesna lässt sich nicht von Hartmann abhängen. Ich gehe vorsichtig durch die Öffnung, staune, wie geräumig die Nuraghe im Inneren ist, mehrere Kammern, in einer so etwas wie eine Stiege, versetzte riesige Felsblöcke, hoch oben ein Stück vom blauesten Himmel, den ich je gesehen habe. Hier drinnen ist es windstill. Ich schaue mich um. Ein Teil der Zwischenwände, ein Teil der Außenmauer ist eingefallen. Einige zerzauste Büsche haben es geschafft, sich in den Steinen festzusetzen. Wenn es mir gelingt, ein Stück nach oben zu klettern, kann ich nach draußen sehen. Und ich überblicke den Großteil des Inneren. Und habe immerhin ein wenig Deckung. Ich keuche und plage mich nach oben. Da war ein Geräusch. Raubvogel. Ich sehe ihn, er kreist ober mir. Es war ein anderes Geräusch. Auto. Von hier aus, eingeklemmt zwischen den Steinen, habe ich keine Sicht. Ich muss hinauf, noch ein Stück, sonst bin ich gefangen, wenn jemand kommt. – Wenn Vesna kommt? Dann kommt auch Hartmann. Ich habe das Telefon auf lautlos gestellt. Ich kann, ich darf jetzt nicht nachsehen. Ich muss den letzten Meter schaffen, zwischen die Büsche, zu dem Vorsprung in der halb eingefallenen Mauer. Und nicht darüber nachdenken, wie locker auch riesige Steine sein könnten. Ich ziehe mich hoch, finde Halt, rutsche mit dem linken Fuß ab, verfluche meine Sneakers, probiere es noch einmal. Bin oben. Verstecke mich. So gut es eben geht. Taste nach dem Telefon. Ich brauche es, um zu fotografieren. Oder um Hilfe zu holen, wenn ich dann noch dafür Zeit habe. Was hat Elena gesagt? Überlass das den Profis! Profikiller? Ich bin der Wahrheit zu nahe gekommen. Meine verdammte Neugier. Nicht nachdenken. Nicht spekulieren. Sardische Profikiller, Unsinn. Auf das Wesentliche konzentrieren. Ich sehe kein Auto, vielleicht habe ich mich getäuscht. Ich muss Vesna eine Nachricht schicken. Sie sollte wissen, dass Elena …

Da kommt jemand. Von der anderen Seite des Hauptgebäudes her. Gut möglich, dass er mein Auto nicht gesehen hat. Ich kann nicht erkennen, wer es ist. Dunkle Kapuzenjacke. Elena hat so eine Jacke. Sie hat sie getragen, damals, als sie Kohlrouladen gemacht hat. Ich drücke mich zwischen Büsche und Steine. Wo bleibt Vesna? Hartmann hat sie in die Irre geführt, sodass Elena mit mir allein sein kann und … Der Maestrale weht ihm die Kapuze vom Kopf. Das ist Marek. Tom Marek. Er geht zielsicher durch die Öffnung in die Nuraghe, hält kurz inne. Wenn er jetzt nach oben sieht … Kann ich über das Geröll an der Außenseite des Turms nach unten klettern? Er fixiert einen Punkt in der Wand. Er steigt über ein paar lose Steine, ist in einer Nebenkammer verschwunden. Ich höre ihn unterdrückt fluchen. Jetzt kann ich ihn wieder sehen. Er ist auf halber Höhe unter mir, auf der gegenüberliegenden Seite. Er hat etwas in der Hand. Mira. Du bist da, um zu fotografieren. Nicht denken, tun. Ich nehme das Smartphone, die Foto-App ist ein Shortcut. Ganz einfach. Aktiveren. Fotografieren. Abdrücken, irgendwas wird drauf sein. Tom Marek. Jetzt sehe ich es: Er hält ein Telefon in der Hand. Ich fokussiere durchs Display. Foto. Foto. Noch eines. Er keucht, er sieht nicht in meine Richtung. Er ist so konzentriert wie ich. Er tippt, er wischt. Hat Elena ihn geschickt? Mein zweiter Shortcut. Ich schicke Vesna das letzte Foto. Sie wird es bekommen und Bescheid wissen. Hier habe ich ein Netz. Habe ich … ein Stein. Er rollt nach unten. Ich ducke mich in die Büsche. Ich muss nach unten, über die Geröllhalde ins Freie.

Marek starrt zu mir nach oben. Er sagt kein Wort, er fixiert mich bloß, tastet nach einem großen Stein, legt das Telefon in eine Lücke. Wiegt den Stein in seiner Hand.

„Sie haben das Foto, es ist vorbei", sage ich. Es klingt erstickt.

„Darauf fall ich nicht rein." Er klettert nach unten, ohne Vorsicht, den Stein noch immer in der Hand. Jetzt steht er im kreisförmigen Hauptraum der Nuraghe. Ich bin gefangen auf meiner Mauer. Ich traue mich nicht übers Geröll nach draußen, das wäre Selbstmord. Aber wenn ich nicht …

Da kommt jemand. Die Bewegungen. Es ist klar. Das ist Elena. Seine Geliebte. Sie weiß, dass ich hier bin. Sie versperrt mir den Fluchtweg. Wo ist Vesna? Wenn es Vesna wäre … Vielleicht kann ich ihn täuschen. Meine einzige Chance.

„Vesna!", will ich rufen, aber stattdessen rufe ich „Elena!" Ich bin irre. Irre vor Angst, ich funktioniere unter solchen Bedingungen nicht.

„Elena? Vergiss es!", schreit Marek und sucht das Gelände nach einem Weg nach oben ab. Noch hat er die Stufen im Nebenraum nicht gesehen, aber wie lange …

„Wir wissen, dass du hier …"

„Die weiß gar nichts", schreit Marek. „Die interessiert sich doch nur für sich selbst, und für ihre blöde Großmutter!"

„Ihr werdet mich nicht …", setze ich an und stocke. Was hat er gesagt? Hat nicht nach Komplizenschaft geklungen. Oder ist das wieder so ein Manöver, um mich … Ich starre nach draußen. Niemand mehr zu sehen.

„Habe ich ihm befohlen, die Alte umzubringen? Nein! Habe ich nicht! Er hat es getan, weil er es wollte! Geld! Direktor sein! Lächerlicher Lackaffe! Alle denken nur an sich selbst! Er hat gesagt, es war ein Unfall! Er hat nicht gewusst, dass sie stirbt an so ein bisschen Zeug im Kaffee! Ich soll schuld sein! Nichts, ich hab ihm nichts angeschafft! Alles Lügen!"

„Du hast Bescheid gewusst über Tzia Grazia", sage ich langsam.

„Einen Dreck habe ich. Alles Egoisten, keiner denkt daran, was es mich kostet: alles! Meinen Ruf! Die Zukunft! Die wäre sowieso bald gestorben, er hat sie umgebracht, damit er mich erpressen kann! Aber die Wahrheit interessiert die tolle Journalistin ja nicht, was?"

„Doch", rufe ich. „Sandro hat dich erpresst. Er war schuld. Die Wahrheit …"

„Seine ganze Saubande hätte ich am Hals gehabt, dann …"

„Deswegen musstest du den Rachemord inszenieren. So wie bei Agatha Christie."

„Das ist kein Theater! Er hat seine Großmutter ermordet! Er hat nichts Besseres verdient! Aber niemand wird es erfahren." Er bewegt sich in meine Richtung, sucht nach einem Aufstieg, dann duckt er sich.

„Die Fingerabdrücke sind auf der Wermutflasche. Der Kommissar hat das Foto, von dir und dem Telefon."

Marek zieht auf, wirft, der Stein saust an meinem Gesicht vorbei, prallt von der Wand ab, trifft mich an der Schulter. Donnert zurück ins Innere der Nuraghe.

„Ich habe das perfekte Alibi, schon vergessen? Ich hätte dir gerne dafür gedankt! Ich bin nicht so undankbar wie die anderen. Alles habe ich aufgegeben für das Projekt! Meine Karriere, mein Leben! Aber für die war ich nur der alternde Schauspieler, der zu blöd ist, um zu begreifen … Ich bin nicht blöd!"

Ich bekomme kaum Luft vor Angst. Jetzt hat er den Einstieg in die Nebenkammer entdeckt. Er geht langsam darauf zu. Ich sehe, wie er sich hochzieht. Das Geröll, kann ich über die Außenmauer nach unten? Ich würde stürzen, fünf Meter mindestens, über Steine.

„Bleib, wo du bist", sage ich. „Die Polizei weiß von der Folge mit dem manipulierten Anrufbeantworter. Und Elena …"

Marek kommt näher. Ich suche nach einem Stein. Alles ist lose hier, und doch gibt es keinen, den ich … Marek schnellt auf mich zu, ich kippe zur Seite, halte mich irgendwie am Busch fest, trete nach ihm, trete noch einmal, ins Leere. Sehe keinen Marek mehr, er ist gestürzt. Ein Stein …

„Ich hab ihn“, schreit jemand von unten. Elena. Sie keucht.

„Du falsches Luder!“

„Du hältst den Mund, oder ich hau dir eine rein“, sagt Elena. Klingt nicht eben nach Liebe.

„Komm runter“, ruft sie mir zu. „Er ist fixiert!“

Theater? Natürlich ist alles Theater. Warum durchschaue ich nicht, wie alles zusammenhängt? Jetzt lockt sie mich nach unten und … Ich sehe vorsichtig ins Innere der Nuraghe. Marek am Boden. Die Hände auf dem Rücken. Elena kniet auf ihm.

„Woher weiß ich …“, setze ich an.

„Nicht quatschen, er ist kräftig für sein Alter. Ich brauch deine Hilfe.“

Marek versucht sich zu befreien. „Schlampe“, höre ich, „Spionin.“ Elena zieht seinen Arm so fest zu sich, dass er aufstöhnt.

„Ruf Fois an, sofort, du hast seine Nummer, ich hab sie dir geschickt. WhatsApp. Sie sind auf dem Weg. Hol aus dem Auto das Klebeband, hinten, im Kofferraum, so ein großes graues …“

Ich knie, suche mit meinem linken Bein Halt auf dem unteren Felsblock. Bleibe dann stehen.

„Los! Oder glaubst du immer noch, das ist eine Falle? Wenn, wärst du schon tot. Ich rede nicht so viel wie der. Kapierst du nicht, wem du trauen kannst?“

„Trau ihr nicht, der Schlampe“, keucht Marek.

Halb klettere ich, halb stürze ich nach unten. Sehe zu Elena und Marek.

„Renn!“, schreit Elena.

Ich renne los, der Wind knallt mir entgegen, da ist ihr Auto, ich finde das Band, zurück zu ihr, ich mache genau, was sie mir sagt. Langes Stück vom Band abreißen.

„Knie dich auf seinen Rücken, fest drauf!“

Ich spüre Fleisch und Knochen unter mir. Ich denke nicht, ich tue. Er hätte mich umgebracht.

„Gib mir das Band!“

Marek versucht sich aufzubäumen, ich komme ins Rutschen, aber Elena hat es geschafft. Seine Hände sind mit Klebeband fixiert.

„Noch ein Stück“, keucht sie.

Ich begreife, was sie vorhat.

„Wenn er sich bewegt, nimm den großen Stein und hau ihn ihm über den Kopf!“

Welchen großen Stein? Sie hat keinen ... Dann begreife ich.

„Hab ihn!“, rufe ich und versuche, mich so stabil wie möglich auf seinem Rücken zu halten. „Ich hau ihm den Stein drüber ...“

Jetzt hat Elena auch seine Beine gefesselt. Sie sieht mich an. „Danke. Du kannst runter.“ Ich rapple mich auf. Marek faucht etwas von Menschenrechten und dass er alle Medien der Welt auf uns hetzen wird.

„Man sollte ihn auch knebeln“, sagt Elena. Sie hat sich an eine Steinwand gelehnt und keucht.

Ich weiß nicht, ob sie es ernst meint.

„Wo ist das Telefon?“, fragt sie dann. „Sandros Telefon.“

Ich weiß, wo es ist, zumindest glaube ich, es zu wissen. Marek hat es in eine Lücke gelegt. Als er den Stein genommen hat, um ihn nach mir zu werfen.

„Dann eben nicht“, sagt Elena. „Die Polizei ist bald hier.“

Ich hab vergessen, den Commissario anzurufen!

„Trau ihr nicht! Die hat alles eingefädelt! Ich kann dich noch retten ...“, ächzt Marek.

„Halt den Mund!“, herrscht Elena ihn an.

Ich starre ihr ins Gesicht.

Sie versucht ein Lächeln. „Sorry, er nervt. Und am meisten nervt, dass ich so lange nichts begriffen habe. Peinlicher geht es nicht, ich ...“

„Ich hab vergessen, Fois anzurufen.“

„Nicht wichtig, er weiß, wo ich bin.“ Ohne viel hinzusehen, tippt sie etwas in ihr Mobiltelefon.

„Woher hast du gewusst, dass Sandro zuerst betäubt worden ist?“, frage ich langsam.

Elena schüttelt den Kopf. Und kommt langsam näher.

Ich hätte sie das nicht fragen dürfen. Ich bin eine Idiotin. Sie wird mich … Ich drücke mich an die Steine. Vielleicht geben sie nach, eine Geheimtür und ich … Sie haben dreitausend Jahre nicht nachgegeben.

Elena hebt die Hand. Deutet auf meine Schulter. „Hat er dich da erwischt?“

Erst jetzt bemerke ich einen diffusen Schmerz. „Ein Streifschuss, sozusagen, ein Abpraller … Stein …“

Sie sieht mich an. „Ich werde dir alles erzählen, inzwischen ist es egal. Ich habe … mit der Polizei zu tun. Beruflich. Bin sozusagen eine von ihnen, nur ganz woanders. Ich habe versprechen müssen, mich eine Zeit lang zurückzuziehen … Es war ein Deal.“

Ich gehe dorthin, wo vor kurzem Marek gestanden ist. Das Telefon liegt in der Spalte zwischen den Steinen. Ich nehme es heraus. Halte es Elena hin. Sie lächelt.

„Achtung!“

Wir fahren beide zusammen. Es ist Vesna, die geschrien hat. Elena geht in Stellung.

„Sie ist eine von den Guten“, rufe ich. Vesna stoppt in buchstäblich letzter Sekunde.

„Glaube ich zumindest“, seufze ich.

[18.]

Noch etwas von der Fisch-Zuppa? Oder lieber ein kleines Stückchen Maialetto? Aldo, der Wirt, ist sichtlich angetan, wie gut Oskar das Essen schmeckt. Ich kann nicht mehr. Nach geräuchertem Ricotta mit Stangensellerie und Bottarga, eingelegten Artischocken mit Prosciutto sardo, Bohnen und Oktopus, Ravioli und, und …

Einen winzigen Nachschlag würde er noch nehmen von der köstlichen Zuppa, die sei zu gut, seufzt Oskar. Aldo nickt zufrieden. Man könne sie ohnehin nicht aufwärmen, dann wäre der Fisch kaputt, gibt er uns in seiner Mischung aus Italienisch und Englisch zu verstehen. Ein Glück, dass sein Freund gestern nicht nur gefischt, sondern auch zwei *astici* gefangen habe. Mit Langusten sei die *zuppetta* einfach noch besser.

Ich nicke. Ich weiß inzwischen, wie man sie zubereitet: Aus allen Gräten, Köpfen, Abschnitten einen Fischfond kochen. In dem werden dann die schönen Stücke ganz kurz gegart, Safran gibt die besondere Farbe, Jungzwiebel, etwas Stangensellerie, mit Knoblauch getoastete Weißbrotstreifen einlegen, fertig.

„Wobei auch das Maialetto", sinniert Oskar, „… natürlich barbarisch, so kleine Schweinchen zu grillen, aber die Haut … und das zarte Fett …"

Vesna lacht. „Oskar wird gleich schnurren wie Vui."

Oskar nickt. „Hättet ihr mir erzählt, wie traumhaft man hier isst, ich wäre längst gekommen."

„Charmant“, frotzle ich ihn. „Wegen mir ist er nicht da, auch nicht wegen der Hundertjährigen.“

„Ihre Geheimnisse hab ich schon geklärt. Das Wichtigste ist das wunderbare Essen. Dann Beschäftigung, aber keinen Stress. Dazu die gute Luft, der Sternenhimmel. Nette Menschen.“

„Alle waren nicht nett“, widerspricht Vesna.

„Und was das Essen angeht, so hat Tzia Grazia gesagt: un po’ di tutto – du weißt, was das heißt?“ Ich zwinkere meinem Mann zu.

„Ein bisschen von allem. Deswegen wollte ich ja nur mehr ganz wenig. Wo doch Aldo die Zuppa nicht aufheben kann. Sie ist ein Gedicht im Safranfond, dafür lasse ich jede Bouillabaisse stehen.“

Ich lache. „Es ist der vierte Nachschlag!“

„Nonna Laurina schwört auf Minestrone“, ergänzt Vesna. „Mira hat wirklich gute gemacht, einen Riesentopf voll, man kann sie immer wieder aufwärmen und immer noch was dazugeben. – Warum ist Elena nicht gekommen und auch die Kommissare nicht? Aldo hat für alle gekocht und gesagt, wir sollen nicht auf sie warten. Ist schon wieder etwas passiert?“

Ich hoffe nicht. Ich sehne mich nach einer Zeit ohne Aufregung, ohne Recherche und Fallen. Commissario Fois hat uns, als Dank für die Mitarbeit, in die Osteria Sa Canna eingeladen. Aber warum sind er und sein Vize nicht hier? Und wo ist Elena? Sie war schon die letzten Tage über verschollen. Ich habe nur eine kurze Nachricht von ihr bekommen. Wir sollten auf alle Fälle im Kent’Annos bleiben, bis sie uns so einiges erklärt hat. Und: Ihre Großmutter, Nonna Laurina, möchte mich kennenlernen.

Aldo kommt mit einem Topf und sucht für Oskar die schönsten Stücke heraus: Wolfsbarsch und Goldbrasse, ein Stück Langustenschwanz, darüber gießt er, beinahe zärtlich, etwas vom Fond, legt zwei Weißbrotstreifen darauf. Leider habe er keine frischen Muscheln bekommen, auch die seien in der Zuppa wunderbar. Und wenn ich in Österreich keine guten *astici* bekäme, könne ich Garnelen nehmen, wobei … Der Wirt dreht sich zur

Tür um. „Finalmente!“, ruft er, endlich! Gerade noch rechtzeitig, bevor die Zuppa kalt wird!

Commissario Fois, Vice Commissario Menadri, Elena. Umarmungen, Händeschütteln. Sie müssen sofort Zuppa essen, keine Widerrede. Die Vorspeisen kommen später, warum nicht einmal andersrum?

Sie seien aufgehalten worden, entschuldigt sich Commissario Fois, als wir alle sitzen und Aldo ihre Teller gefüllt hat. Bürokratie! Aber wir hätten ja beste Gesellschaft durch den *avvocato*, vielen herzlichen Dank auch ihm für die Unterstützung. Er prostet Oskar zu. Dann sagt er noch etwas, das ich nicht verstehe. Er sieht Elena an und nickt.

Sie lächelt. „Das war eine ganz besondere Form der internationalen Polizei-Zusammenarbeit, hat er gesagt. Und dafür möchte er sich bedanken. Ich habe in den letzten Tagen einiges klären müssen. Ich kann auch jetzt nicht alles erzählen, das ist bei meiner Arbeit leider so. Jedenfalls: Ich habe die letzten zwölf Jahre für Europol gearbeitet. In einer Sondereinheit, die offiziell gar nicht existiert.“

Vesna runzelt die Stirn. „Die haben dich bei Kent'Annos eingeschleust?“

Elena schüttelt den Kopf. „Nein. Mit so etwas beschäftigen wir uns nicht. Ich habe euch übrigens so gut wie immer die Wahrheit gesagt. Ich hatte versprochen, mich komplett zurückzuziehen. Sonst hätte ich den Dienst quittieren müssen. Es ... gab ein Problem bei einem Einsatz, eine traurige Sache. Ich habe Mist gebaut, aber ich hatte kaum Alternativen. Es hätte internationale Verstimmungen geben können. Der Deal war, dass ich eine Zeit in Sardinien untertauche.“

Der Vize hat immer wieder genickt. „Elite-Sondereinheit“, erklärt er beinahe mit Andacht.

Elena lächelt. „Das meiste war Verwaltungskram, wie immer bei Europol.“

Der junge Polizist schüttelt den Kopf. „Sie ist zu bescheiden“, sagt er auf Englisch. „Als ich in dem Ausbildungsprogramm war, habe ich nichts von der Sondereinheit gewusst. Ich habe sie als Vortragende in Den Haag kennengelernt."

Elena seufzt. „Und dann der Mord an Sandro Boi. Ich konnte nicht anders, ich bin zum Tatort, nachdem mich Mira verständigt hat."

„Signora Floris ist auf der Bank gesessen, sie ist mir so bekannt vorgekommen, es war natürlich ein völlig anderer Zusammenhang, ich habe gerätselt …", redet der Vize auf Englisch weiter.

„Was?", fragt Vesna. „Ich will auch wissen!"

Elena nickt. „Er hat mich nicht gleich erkannt, aber ich ihn. Ich habe bei Europol natürlich darauf geschaut, dass gute Leute aus Sardinien eine Chance auf einen Ausbildungsplatz bekommen. – Das hat mich eingeholt."

Ich nicke. „Du bist mit Marek unter dem Baum sitzen geblieben. Ich dachte, du hast Angst, entdeckt zu werden …"

„In gewisser Weise war das auch so." Elena wird ernst und schüttelt den Kopf. „Ich weiß ohnehin nicht, ob ich weitermache. Ich war die letzten beiden Tage in der Zentrale. Ich habe berichtet und um eine längere Auszeit gebeten. Ich habe mich von Marek zu lange täuschen lassen. Dabei ist er nicht gerade einer, den man als raffinierten Verbrecher bezeichnen kann."

„Du warst … persönlich involviert", murmle ich.

„Ach was. Das war nichts. Ich habe mich wohl einsam gefühlt. Und als er begonnen hat, zu klammern …"

„Immerhin ist er Schauspieler", sagt Oskar.

„Tja, jedenfalls noch eine Niederlage für mich. Eine internationale Ermittlerin ohne Instinkt. Könnte lebensgefährlich sein. Ich war überheblich, eitel …"

„Wenn einer eitel ist, dann wohl er", widerspreche ich. „Wie er geklagt hat, dass alle nur an sich denken, während er seine Karriere, sein Leben geopfert hat …"

Elena nickt. „Ich darf euch etwas vorspielen, ich habe es mit den beiden vereinbart." Der Vice Commissario nickt.

Sie zieht ihr Mobiltelefon heraus. „Eines stimmt, was er behauptet hat. Sandro hat tatsächlich versucht, ihn zu erpressen. Er hat ein Telefongespräch, das sie geführt haben, mitgeschnitten."

Wir starren gespannt aufs Smartphone.

Zuerst die Stimme von Tom Marek: „Du hast es versprochen! Du musst dafür sorgen, dass der Kauf klappt! Sonst kannst du deine Zukunft vergessen!"

Dann Sandro: „Sie wird nicht mehr lange leben, Nonna Grazia. Sie ist alt."

„Wir können nicht warten! In ein paar Tagen kommt Hartmann!"

„Was soll ich tun?"

„Deine Sache. Du willst doch Direktor bleiben? Sonst bist du wieder Kellner, wenn du überhaupt noch eine Arbeit findest. Du wirst zum Gespött. Die Alte muss Ruhe geben!"

„Das war auf Sandros Telefon. Er hat es ihm vorgespielt und ihn damit erpresst, als die Gerüchte über den Tod von Tzia Grazia aufgetaucht sind", erklärt Elena.

„Weil wir herumgefragt haben", sage ich.

„Ihr habt keine Schuld, sie sind schon selbst verantwortlich für das, was sie getan haben. Jana hat mir von ihrer Mam erzählt und dass sie eine großartige Ermittlerin ist. Und von ihrer Freundin, der bekannten Journalistin. Ich habe mir gedacht, das könnte ein Weg sein. Ich kann mich im Hintergrund halten, so wie ich es versprochen habe. Und trotzdem ist jemand da, der nachsieht, was es mit dem Tod von Tzia Grazia auf sich hat. Ich war so lange nicht in Sardinien, ich habe mich um so vieles nicht gekümmert. Ich dachte, ich bin es meiner Großmutter schuldig, nicht einfach wegzusehen."

„Warum hat Tom Marek das nicht gelöscht, er hat auch Anrufbeantworter besprochen und dann wieder geändert?", fragt Vesna.

„Hat er versucht. Er hat das File allerdings nur aus der App entfernt. Er ist nicht gerade ein Technik-Freak. Sein Plan war wohl, nachdem ihr mit ihm gemeinsam den Mord entdeckt, nimmt er das Telefon, löscht den Text des Anrufbeantworters, schaltet es aus, lässt es verschwinden. Warum das nicht geklappt hat? Vielleicht war die Verbindung zu schlecht. Oder ihr wart zu nah dran. Oder die Polizei zu schnell da. Und am Rückweg war ich bei ihm. Also ist er am nächsten Tag zurück. Er hat sich dort eingeloggt, wo das Netz halbwegs verlässlich ist, wo die vermeintlichen Täter leben, wo nichts auf das Kent'Annos hinweist. Er hat den Text der Mobilbox gelöscht und sie auf Standard zurückgesetzt. Dann hat er das Telefon zwischen den Steinen begraben. Vielleicht war es im weiteren Sinn tatsächlich so etwas wie eine Opfergabe. Alles ein Opfer für sein neues schönes Leben."

Die Messer, mit denen Sandro erstochen wurde, könnten übrigens ihm selbst gehört haben, fährt der Vize auf Englisch fort. Wie viele hier hatte er eine Sammlung von Hirtenmessern, er hat sie gerne hergezeigt. Jetzt sind sie verschwunden.

Aldo kommt mit einer gewaltigen Korkplatte, auf der, hübsch im Mirto-Laub, ein halbes gebratenes Schweinchen drapiert ist. Dazu die köstlichen sardischen Kartoffeln, eine Schüssel mit ganzen knackigen Radieschen, geröstetes Kraut, eingelegte Artischocken, Brot. Wenn ich könnte, ich würde noch einmal zu essen beginnen.

„Maialetto", ruft der Commissario, „una vera festa!" Und sie erweisen dem wirklichen Fest die nötige Ehre. Auch Oskar nimmt noch ein winziges Stück, Elena erzählt von den ganz besonderen sardischen Artischocken, zart, dafür mit sehr vielen Stacheln, und langt auch kräftig zu.

„Was wird jetzt aus dem großen Kent'Annos-Projekt?", fragt Oskar.

Elena wiegt den Kopf. „Hartmann hat sich davon bereits verabschiedet. Er sei so schwer getäuscht worden, dass er nicht weitermachen könne, hat er dem Onkel von Sandro erzählt. Dabei ist gar nicht klar, ob ihm die Bank das Geld für das Gelände gegeben hätte."

Oskar nickt.

„Am Nachmittag, bevor Sandro ermordet wurde, war Hartmann übrigens auf der Bank. Er hat versucht, von seinem Vater eine Bürgschaft zu bekommen. Und als ihr geglaubt habt, er fährt zur Nuraghe …"

„… ist er zum zweiten Mal nach Cagliari. Hast eben nicht nur du dich getäuscht, ich auch", sagt Vesna.

Könnte das doch noch der Beginn einer Freundschaft werden? Sondereinheit bei Europol … Ich weiß, was meiner Freundin imponiert.

„Und SardaVita?", frage ich.

Elena zuckt mit den Schultern. „Hartmann hat durchklingen lassen, dass er schon demnächst mit einem Millionen-Investment rechnet."

„Wahrscheinlich hat er mit Bezos telefoniert. Oder mit Zuckerberg. Die wollen ja alle nicht sterben und Hartmann hat das Geheimnis der Hundertjährigen so praktisch in Kapseln verpackt."

Oskar lacht. „Das Silicon Valley wird vielleicht nicht anklopfen, aber Interesse gibt's für die Marke. Seit ich mich umgehört habe, halten mich einige offenbar für den Rechtsvertreter von SardaVita. Erst heute habe ich wieder eine Anfrage bekommen. Der Markt für derartige Produkte boomt. Daran werden wir nichts ändern."

„Warte nur, bis meine Reportage erscheint. Besser, du lässt dich nicht auf diese Branche ein."

„Hab ich auch nicht vor. – Ich dachte, du schreibst über das Geheimnis der Hundertjährigen."

Elena lächelt. „Ich fürchte, das ist eigentlich ziemlich unspektakulär."

„Aber alle wollen es kennen", sagt Vesna.

„Ihr wisst, was Nonna Laurina sagt?"

Ich nicke: *Si va avanti!*

DANKE!

an **Professor Gianni Pes** von der Universität Sassari für die freundliche Unterstützung und seine Forschungsarbeit. Der Mediziner und Biochemiker ist der Vorreiter der Langlebigkeitsforschung, er beschäftigt sich seit den 1990er-Jahren mit dem Phänomen der Langlebigkeit in Sardinien. Seine Studie (gemeinsam mit **Michel Poulain,** *Identification of a geographic area characterized by extreme longevity in the Sardinia island: the AKEA study*) hat 2004 die Grundlage für die Titelgeschichte von **Dan Buettner** im National Geographic „The Secrets of a Long Life" gelegt. Dort wurden fünf Regionen identifiziert und als „blue zones" bezeichnet: Okinawa (Japan), Sardinien (Italien), die Nicoya-Halbinsel (Costa Rica), Ikaria (Griechenland) und Loma Linda (Kalifornien).

Das von Professor Pes mitgegründete **Osservatorio della Longevità Sardegna Blue Zone** beschäftigt sich mit den Lebensbedingungen und dem Leben der *centenari* in Sardinien. Im Internet und auf Facebook gibt es zahlreiche Interviews mit diesen faszinierenden Menschen, die bereits über hundert Jahre alt sind. Ganz besondere Bücher mit Porträts der Hundertjährigen stammen von **Luigi Corda** und von **Pierino Vargiu / Angela Mereu**. Auf deren Facebook-Seite finden sich auch viele Interviews mit den *centenari*. Auf Deutsch erschien 2016 „Das Geheimnis der Hundertjährigen von Sardinien" von **Ulla Rahn-Huber**, ich habe es sehr interessant, informativ und sympathisch gefunden. Nicole Raukamp alias **Pecora Nera** schreibt in wunderbaren Blogs und Büchern abseits des touristischen Mainstreams über Sardinien und seine Menschen – ein ganz besonderer Dank für die vielen Tipps, die ich auf diese Weise bekommen habe.

www.uniss.it
www.bluezones.com
www.luigicorda.com
www.facebook.com/centenaridisardegna
www.ulla-rahn-huber.com
www.pecora-nera.eu

an **Giovanni Melis** für unser so nettes Gespräch in seiner Bar in Perdasdefogu, in der sein Vater gearbeitet hat, bis er beinahe hundert war. Ihre Bar Biliardi ist quasi *das* Zentrum der *centenari* – immerhin hat es die Familie Melis als langlebigste Familie der Welt gleich zwei Mal ins Buch der Rekorde geschafft.

www.facebook.com/famiglia.melis

an **Maria** und **Ettore Sanna**, unsere lieben Freunde, von denen ich so viel über das heutige und das frühere Sardinien lernen darf. Sie Kunsthistorikerin, er Agrarwissenschaftler und von Berufung Poet und Bildhauer – was für ein Glück, die beiden zu kennen, lange nicht nur wegen der Recherche zu diesem Buch. Sie haben uns auch mit ihrem Freund **Elio Carta** bekannt gemacht – sein gereifter Vernaccia di Oristano, sein Vermouth, Gin mit sardischem Safran, Mirto und alle anderen Köstlichkeiten sind in jeder Beziehung inspirierend. Kein Wunder, dass das alteingesessene Familienunternehmen mit nationalen und internationalen Preisen überhäuft wird.

www.silviocarta.it

an **Luisa D'Arienzo**, die Präsidentin der Deputazione di Storia Patria per la Sardegna, emeritierte Universitätsprofessorin für sardische Geschichte und liebe Nachbarin, für ihren Geschichtsunterricht der ganz besonderen Art. Ihr Mann **Giuliano Manca** zeigt viel Geduld, wenn sie mir über den Gartenzaun begeistert von der sardischen Literatur im ausgehenden Mittelalter erzählt.

www.deputazionestoriapatriasardegna.it

an die Menschen in Sardinien, die uns in den letzten Jahren so offen und freundlich aufgenommen und uns geholfen haben – viele sind inzwischen zu guten Freund*innen geworden. **Daniela** und **Fabrizio** (sie betreiben auch das großartige **Ristorante Genn'e Mari da Palmira**), **Donatella** und **Alberto**, **Luca** (durch den ich auch zum Fan von Cagliari Calcio wurde), **Luca**, **Danilo**, **Franco**, **Sergio**, **Roberto**, und, und …

http://www.dapalmira.it/

an **Thomas** und **Michael Carli**, die aus ihrer Liebe zu Sardinien eine großartige Geschäftsidee gemacht haben und die besten Produkte der Insel versenden oder in ihrem Geschäft in Innsbruck verkaufen. Dort gibt's übrigens auch Miras Lieblingskaffe von **La Tazza D'Oro**. Ich freue mich schon jetzt auf unser nächstes kulinarisch-sardisch-weltoffenes Zusammentreffen!

https://sardinienprodukte.at
www.latazzadoro.it

an meine Mutter **Ernestine Rossmann**, die mich mit ihrer Lebensfreude und ihrem wachen Verstand inspiriert hat, über Menschen zu schreiben, die schon lange auf der Welt sind. An meinen Neffen **Martin Fandler**, der mir als Top-Notfallmediziner und engagierter Oberarzt in Bamberg Fakten zum Thema Immunsystem, Homöopathie und Naturmedizin aufbereitet und zusammengefasst hat. Er und sein Bruder **Simon Fandler-Höfler**, Neurologe an der Uniklinik Graz, mit knapp über dreißig bereits Dozent (und trotz seines Titels *Univ. FA Priv.-Doz. Dr. med. univ. Dr. scient. med.* – sorry, lieber Simon, das musste sein – ein supersympathischer Mensch), und ihre Mutter, meine liebste Schwester **Elisabeth Fandler** (Psychologin auch an der Uniklinik Graz und Psychotherapeutin), fühlen sich den Menschen und der Wissenschaft verpflichtet und haben mir beim Zugang zu diesem Buch sehr viel geholfen – was für ein Glück, eine solche Familie zu haben!

an **Dr. Natalie Grams-Nobmann** für ihre engagierte Aufklärung über sogenannte alternativmedizinische Heilmethoden. In ihren Büchern setzt sie sich ohne Besserwisserei für eine faktenbasierte Medizin ein, die sich im umfassenden Sinn an den individuellen Bedürfnissen orientiert. Ihr bisher letztes Buch „Was wirklich wirkt – Kompass durch die Welt der sanften Medizin" ist 2022 in einer überarbeiteten Neuausgabe im Aufbau-Verlag erschienen und beschäftigt sich auch mit Corona-Mythen.

https://twitter.com/NatalieGrams

an das wunderbare Team des **Folio Verlags**, **Ludwig**, **Marylou**, **Arnold**, **Christian**, **Uli**, **Hermann**, **Adele**, das mich wie immer nicht „nur“ mit großer Professionalität, sondern weit darüber hinaus freundschaftlich und sehr persönlich unterstützt hat. Das trifft auch in besonderem Maß auf meinen Lektor **Joe Rabl** zu – du bist einfach wichtig für meine Bücher, und: Darüber hinaus ist es ein Vergnügen, mit dir zusammenzuarbeiten!

www.folioverlag.com

an **Gerda** und **Joschi Döllinger**, für ihre langjährige Freundschaft, viele Gespräche, gemeinsame Reisen und auch die Begleitung bei einem wichtigen Recherche-Aufenthalt in Sardinien. Naheliegend, dass die schönen Seiten des Lebens dabei nicht zu kurz gekommen sind. Ihren Weinbaubetrieb haben sie schon an ihren ebenso großartig engagierten Sohn **Matthias** übergeben (danke, dass die Sonderweineditionen zu meinen Büchern weitergehen!), aber was gut schmeckt, wissen „wir Alte“ mindestens so gut!

www.doellinger.at

an den einzigartigen **Manfred Buchinger** (sozusagen der Bruder, den ich nie hatte) und sein **Gasthaus „Zur Alten Schule“** mit **Hussam Al Zalek** als kompetentem und liebenswertem Rückhalt (Gratulation zur Kochprüfung!!) – so schön, euch zu kennen und immer wieder gemeinsam mit euch in der Küche stehen zu dürfen.

www.buchingers.at

an **Ernest**, wie immer, ganz am Schluss, weil du der Allerwichtigste bist. Mit dir hab ich in Sardinien eine zweite Heimat gefunden. In diesem Sinn: A kent'ànnos!

Die Mira-Valensky-Serie

im Hardcover und als E-Book

„Aufregend bis zur letzten Seite.“ BRIGITTE

Wahlkampf	ISBN 978-3-85256-332-9; E-Book ISBN 978-3-99037-000-1
Ausgejodelt	E-Book ISBN 978-3-99037-001-8
Freudsche Verbrechen	ISBN 978-3-85256-163-9; E-Book ISBN 978-3-99037-002-5
Kaltes Fleisch	ISBN 978-3-85256-220-9; E-Book ISBN 978-3-99037-003-2
Ausgekocht	ISBN 978-3-85256-251-3; E-Book ISBN 978-3-99037-004-9
Karibik all inklusive	E-Book ISBN 978-3-99037-005-6
Wein & Tod	ISBN 978-3-85256-311-4; E-Book ISBN 978-3-99037-006-3
Verschieden	ISBN 978-3-85256-345-9; E-Book ISBN 978-3-99037-007-0
MillionenKochen	ISBN 978-3-85256-378-7; E-Book ISBN 978-3-99037-008-7
Russen kommen	ISBN 978-3-85256-444-9
Leben lassen	ISBN 978-3-85256-496-8; E-Book ISBN 978-3-99037-009-4
Evelyns Fall	ISBN 978-3-85256-528-6; E-Book ISBN 978-3-99037-010-0
Unterm Messer	ISBN 978-3-85256-575-0; E-Book ISBN 978-3-99037-011-7
Unter Strom	ISBN 978-3-85256-605-4; E-Book ISBN 978-3-99037-012-4
Männerfallen	ISBN 978-3-85256-629-0; E-Book ISBN 978-3-99037-035-3
Alles rot	ISBN 978-3-85256-648-1; E-Book ISBN 978-3-99037-040-7
Fadenkreuz	ISBN 978-3-85256-668-9; E-Book ISBN 978-3-99037-046-9
Gut, aber tot	ISBN 978-3-85256-698-6; E-Book ISBN 978-3-99037-059-9
Im Netz	ISBN 978-3-85256-752-5; E-Book ISBN 978-3-99037-081-0
Heißzeit 51	ISBN 978-3-85256-789-1; E-Book ISBN 978-3-99037-099-5